HEYNE BÜCHER

SCIENCE FICTION

Ein Verzeichnis aller BATTLETECH®-Romane
finden Sie am Schluß des Buches.

Loren Coleman

Gefährlicher Ehrgeiz

Teil Eins der
Capellanischen Lösung

Fünfundvierzigster Roman im
BATTLETECH®-Zyklus

Deutsche Erstausgabe

WILHELM HEYNE VERLAG
MÜNCHEN

HEYNE SCIENCE FICTION & FANTASY
Band 06/6245

Titel der amerikanischen Originalausgabe
THREADS OF AMBITION
Deutsche Übersetzung von Reinhold H. Mai

Umwelthinweis:
Dieses Buch wurde auf chlor- und säurefreiem Papier gedruckt

Redaktion: Joern Rauser

http://www.heyne.de
Printed in Germany 2000
Umschlagbild: FASA Corporation
Umschlaggestaltung: Nele Schütz Design, München
Technische Betreuung: M. Spinola
Satz: Schaber Satz- und Datentechnik, Wels
Druck und Bindung: Presse-Druck, Augsburg

ISBN 3-453-15670-6

Ich möchte diese Gelegenheit nutzen, meine Wertschätzung für die folgenden Personen zum Ausdruck zu bringen, die, jede auf ihre Weise, daran mitgewirkt haben, diesen Roman möglich zu machen.

Jim LeMonds, für seine Belehrung und anhaltende Freundschaft. Meine Eltern, die es (mehr oder weniger) aufgegeben haben, mich zu drängen, mir einen ›echten Beruf‹ zu suchen. Die *Orlando Group* – unter besonderer Erwähnung der Computer-Gurus Matt und Tim und des örtlichen Experten für Massenvernichtungswaffen, Russell Loveday.

Mike Stackpole, der mir geholfen hat, mir über das Ausmaß der Geschichte klar zu werden, die ich hier erzählen will, und während meines Exils bei Verstand zu bleiben. Mehr oder weniger.

Wie immer Dean Wesley Smith und Kristine Kathryn Rusch, deren anhaltende Unterstützung und Freundschaft mir sehr viel bedeutet.

Das FASA-BattleTech-Team Bryan Nystul und Randall Bills, unter deren lenkender Hand sich das Universum weiterentwickelt. Chris Hartford, Chris Hussey, Chris Trossen für ihre Anmerkungen. Das FASA-Redaktionsteam, insbesondere Donna Ippolito, die mir selbst einen Mord durchgehen läßt. Literarisch.

Die BattleTech-Fans Maurice Fitzgerald und Warner Doles, die für ihr Erscheinen im Text wohltätige Zwecke unterstützt haben.

Mein Agent, Don Maass, für das Risiko, das er eingegangen ist.

Meine Familie: Heather, Talon, Conner und unser jüngster Neuzugang, Alexia Joy, ohne die all dies bedeutungslos wäre.

Dieses Buch ist Mike Stackpole gewidmet – einem meiner Sifu und einem guten Freund.

Nichts ist schwieriger als die Kunst der Bewegung. Die Schwierigkeit liegt darin, die heimtückische Route zur direktesten zu machen und ein Unglück zum Vorteil zu wenden.

Also führe deine Truppen auf einen Umweg und lenke den Feind mit einem Köder ab.

– Sun Tzu, *Die Kunst der Kriegsführung*

Die Kunst der Täuschung hat ihre Berechtigung. Welcher Fürst wäre nicht tagtäglich auf sie angewiesen? Aber derartige Täuschungsmanöver, ob politischer oder militärischer Natur, können ein Reich nur in die Nähe des Sieges führen. Der Rest bleibt den Kriegern vorbehalten.

– Sun-Tzu Liao, Tagebucheintrag,
21. Februar 3058, Sian

PROLOG

Palast des Himmels, Zi-jin Cheng
(Verbotene Stadt), Sian
Kommunalität Sian, Konföderation Capella

3. März 3060

Die Türen des Aufzugs in die Strategische Kommandozentrale des Palasts öffneten sich beinahe lautlos. Die schwere, dunkelgrüne Seidenrobe knisterte leise, als Sun-Tzu Liao, Kanzler der Konföderation Capella und derzeitiger Erster Lord des Neuen Sternenbunds, eintrat. Trotzdem genügte das, alle Aktivität zum Stillstand zu bringen. Seine drei höchsten Berater drehten sich um und warteten schweigend zwischen den Computern und Hologrammkarten auf seine Worte. Nicht einer von ihnen rechnete mit dem guten Willen des Kanzlers. Nicht heute.

Einer von ihnen erwartet, erschossen zu werden, dessen war sich Sun-Tzu sicher.

Er starrte sie schweigend an. Hinter ihm glitten die Aufzugtüren zu und verschwanden nahezu in der Teakholztäfelung der Wand. Sun-Tzu strich langsam mit einer Hand über die Robe, um den weiten Kragen mit der kunstvollen Stickerei zu glätten: mit schwarzem Faden gestickte Tiger und goldene Damdaoschwerter. Er genoß das Gefühl der Seide unter seinen Fingern. Auf seine Lippen trat ein äußerst dünnes Lächeln, das die Spannung unter den Anwesenden nur noch erhöhte. Die Liaos waren nicht gerade bekannt für ihren Humor.

Natürlich fühlte er den Zorn, den seine Untergebenen erwarteten. Er loderte tief im Innern seines Wesens und wärmte ihn. Aber er weigerte sich, in blinder Wut zu explodieren. Sein Großvater mochte sich solche Ausbrüche geleistet haben, schon bevor Hanse Davion ihn in den Wahnsinn getrieben hatte. Seine Mutter, Romano Liao, hatte sie während ihrer Amtszeit als Kanzlerin auf jeden Fall erlebt. Blutige Säuberungen waren beinahe alltäglich gewesen. Aber Sun-Tzu weigerte sich, so zu werden wie seine Mutter. Er kontrollierte seine Emotionen, studierte sie und nutzte seine Wut für konstruktivere Zwecke.

»Sechs Monate«, stellte er mit einer Stimme fest, die wenig mehr als ein Flüstern war. »Victor Davion hält sich schon seit sechs Monaten nicht mehr in der Inneren Sphäre auf, und ich erfahre das erst heute?«

Er stampfte auf seine Berater zu, wobei er leicht nach links abschwenkte, um zu sehen, womit sie sich bei seiner Ankunft beschäftigt hatten. In der Mitte des Raums zog sich eine zweidimensionale Hologrammprojektion bis zur Decke, aber durch die Position des Aufzugs hatte er sich ihr zunächst von der Kante genähert. Sun-Tzu bemerkte Schweißtropfen auf der Stirn Sascha Wanlis, der alternden Direktorin der Maskirovka, als sie nervös beiseite trat, um ihrem Kanzler ungehinderte Sicht zu ermöglichen.

Die Karte zeigte die für Holoprojektionen eher ungewöhnliche zweidimensionale Darstellung der Inneren Sphäre, eines grob kugelförmigen Raumbereichs von etwa tausend Lichtjahren Durchmesser. Das Hologramm hatte nur die halbe mögliche Maximalgröße, aber sie reichte aus, um die Grenzen der Großen Häuser zu zeigen, die über die meisten Sonnensysteme herrschten, in denen sich die Menschheit niedergelassen hatte, seit sie sich vor Jahrhunderten aus den sicheren Gefilden Terras hinaus ins All gewagt hatte. In diesem Maßstab erschien Sun-Tzus Konföderation Capella als schmaler, jäh abgeschnittener Keil. Sie wirkte winzig neben dem gigantischen Vereinigten Commonwealth auf der einen Seite oder Thomas Mariks Liga Freier Welten auf der anderen. Selbst der von den Clans besetzte Raumabschnitt, den die Invasoren aus den Herrschaftsgebieten der Lyranischen Allianz und des Draconis-Kombinats geschnitten hatten, war größer.

Und die Clans waren auch der Grund für den reduzierten Maßstab der Karte und die Abwesenheit des gefährlichsten Feindes, den Sun-Tzu besaß: Victor Steiner-Davion. »Und wo ist er?«

Sascha Wanli wußte, wer damit gemeint war. Sie trat nervös einen Schritt vor und strich mit der Hand über die lange Sternenspur des ›Wegs zu den Heimatwelten‹. »Wir nehmen an, daß Victor Davions Einsatzgruppe sich innerhalb dieses Gebiets aufhält. Noch nicht in den Clan-Heimatwelten, aber in ihrer Nähe.« Der Weg zu den Heimatwelten stellte eine verkrümmte Kette von Sonnensystemen dar, die sich spin-kernwärts von der Grenze des Draconis-Kombinats aus in unerforschte Regionen der Galaxis erstreckte. Sie war der Weg, auf dem Aleksandr Kerensky drei Jahrhunderte zuvor die Sternenbund-Verteidigungsstreitkräfte in eine neue Heimat geführt hatte, und auf dem deren Nachkommen vor nur zehn Jahren als die Invasoren der Clans zurückgekehrt waren.

Sun-Tzu schätzte ab, welche Entfernung Victor noch vor sich hatte. »Morgan Hasek-Davion sollte mit seiner Einsatzgruppe Schlange für diese Reise neun bis zwölf Monate benötigen. Wie kann Victor es in sieben schaffen?«

Oberst Talon Zahn, der Strategische Direktor der Konföderationsstreitkräfte, beantwortete die Frage mit ruhiger Gelassenheit. Das Eis in den dunklen Augen dieses Offiziers strafte seine Jugend Lügen und sprach von einer Schläue, wie sie andere erst weit später entwickelten. »Schlange folgte einem Kurs, der etwa parallel zu dem kürzeren Weg zu den Heimatwelten verlief, den die Clans benutzen, um unbemerkt zur Heimatwelt der Nebelparder vorstoßen zu können.« Mit einem Laserzeiger zog er eine schnelle Spur über die Karte. »Aber niemand hat damit gerechnet, daß die Besatzungskräfte der Nebelparder so leicht zu besiegen wären.« Zahn sah seinen Herrn mit ruhigem Blick an, in dem Respekt lag, aber keine Furcht. »Victor kommt schneller voran, weil er die Überreste dieser Besatzungstruppen auf kürzestem Weg zu ihrer Heimatwelt verfolgt.«

»Was bedeutet, daß er ebenso schnell zurückkehren kann«, stellte Sun-Tzu fest, und seine Stimme klang hart. Er rechnete in Gedanken nach, wieviel Zeit er durch das Versagen seines Geheimdienstes verloren hatte. Sascha Wanli wurde bleich. *Verglichen mit Zahn ist ihre Unfähigkeit ebenso deutlich wie ihr Alter.* »Victor befehligt Sternenbund-Einheiten. Als Erster Lord hätte ich über deren Abflug zu den Clan-Heimatwelten informiert werden müssen, statt mit den Lügen über Säuberungsaktionen in der nahen Peripherie abgespeist zu werden, die man der Öffentlichkeit vorsetzt. Kann er das rechtfertigen?«

»Mit ziemlicher Sicherheit«, antwortete Zahn. »Nach allem, was ich aus den Maskirovka-Berichten entnehmen konnte, geht man allgemein davon aus, daß es sich beim Amt des Ersten Lords um eine reine Repräsentationsaufgabe handelt.« Eine kurze Pause, die Sun-Tzu nicht als Zeichen von Nervosität auslegte, sondern als bewußt eingesetztes Stilmittel. Er tolerierte Zahns offene, geradlinige Art, begrüßte sie zuweilen sogar. Eben dieses Auftreten hatte ihn auf den Mann aufmerksam werden lassen. Viel wichtiger war, daß der Senioroberst seine Aufgaben kompetent und effizient erledigte. »Ihr habt zwar allen beteiligten Einheiten die SBVS-Insignien verliehen, aber anschließend erhielt Victor die operative Befehlsgewalt über sie, und offenbar hat er die Entscheidung für diese Verfolgungsjagd aus operativen Sicherheitserwägungen getroffen.« Zahn sah zu Sascha Wanli hinüber, die zögernd nickte.

Sun-Tzu gefiel ganz und gar nicht, was er da hörte, aber er brauchte vollständige Informationen. Er warf Wanli einen grimmigen Blick zu, damit sie sich nicht in Sicherheit wiegen konnte, und widmete sich dann wieder ganz Zahn. »Haben Sie Victors Chancen berechnet, diesen Abstecher in den Clanraum zu überleben?« Auf diese Frage gab es keine Antwort, wie er genau wußte. Aber er war noch nicht soweit, die Konsequenzen aus diesem Versagen des Geheimdienstes zu ziehen, und er wollte sehen, wie sein Strategischer Direktor reagierte.

Talon Zahn zuckte mit keiner Wimper. »Ich kann es mir nicht leisten, von weniger als einhundert Prozent auszugehen, mein Kanzler. Victor Davion hat seine Überlebensfähigkeiten in der Vergangenheit schon unter den extremsten Umständen bewiesen. Er hat zehn Jahre Krieg gegen die Clans überlebt, und jetzt hat er die Nebelparder aus der Inneren Sphäre vertrieben.«

Sun-Tzu nickte kurz. Die schnelle Antwort beeindruckte ihn, aber zugleich fühlte er die Wut in sich aufbrodeln. Zahn war kaum sechsunddreißig und ausgesprochen jung für seinen Posten, doch er besaß einen militärisch scharfen Verstand wie kaum ein anderer in der Konföderation. Obwohl seine Beförderung auf den höchsten Militärposten des Reiches die Pfründe älterer, behäbigerer Obersten bedrohte, wagte niemand, ihn seiner Jugend wegen anzugreifen. Sun-Tzu selbst war erst neunundzwanzig. Unter den Fürsten der Freien Inneren Sphäre war nur Katrina Steiner-Davion noch jünger.

Ausgenommen natürlich Yvonne Steiner-Davion, aber die zählte für Sun-Tzu nicht, da sie nur als Victors Regentin auf dem Thron des Vereinigten Commonwealth saß. Und Arthur, der jüngste Steiner-Davion, war als Viertgeborener so weit von der Macht entfernt, daß er kaum der Erwähnung wert war. Katrina allerdings hatte sich Beachtung als nahezu ebenbürtige Rivalin verdient. Vor drei Jahren hatten sie ihrem Bruder das Lyranische Commonwealth entrissen, immerhin die Hälfte seines Reiches, und fröhlich verkündet, daß es in Zukunft als Lyranische Allianz von ihr regiert werden würde. Ja, Katrina hatte sich als ein Machtfaktor etabliert, den man im Auge behalten mußte.

»Und was meinen Sie, Ion?« Sun-Tzu wandte sich an den dritten seiner Berater. Ion Rush, Meister des Kriegerhauses Imarra und Großmeister aller acht capellanischen Kriegerhäuser, stand mit im Rücken verschränkten Händen hinter Zahn und hüllte sich in eine Aura stoischer Gelassenheit. Der große Krieger mit den slawischen Gesichtszügen trug eine einfache Felduniform in Elfenbein und Liaogrün. Sun-Tzu schätzte seinen Rat, auch wenn er sich häufig darum bitten ließ. *Genau wie um seine Loyalität.* »Sie sind sehr still, Meister Rush.«

»Dui, mein Kanzler«, bestätigte der muskulöse Haus-Meister. »Das stimmt.« Rush runzelte leicht die Stirn und schien zu überlegen, ob seine jüngsten Überlegungen es wert waren, sie dem Kanzler vorzutragen. Dann zuckte er die Schultern. »Es gibt nichts weiter zu sagen.«

»O doch, das gibt es.« Sun-Tzu wirbelte zur Direktorin der Maskirovka herum und kniff die jadegrünen Augen zusammen. »Über den Zeitraum von sechs Monaten, in denen die Gefahr eines Victor Davion mit dem Befehl über eine multinationale Streitmacht nicht über meinem Haupt hätte zu schweben brauchen.«

Sascha verschränkte die vom Alter runzligen Hände im Rücken. Sie hatte den Befehl über die Maskirovka übernommen, nachdem Sun-Tzus Vater Tsen Shang an der Seite Romanos der Tod ereilt hatte. Sie war schon einmal aus Gesundheitsgründen gezwungen gewesen, ihr Amt niederzulegen, aber Sun-Tzu hatte sie zurückgeholt, als ihr Nachfolger sich als so eigenwillig erwiesen hatte, daß er schließlich wegen eigenmächtigen Handelns exekutiert werden mußte. Ohne Zweifel drehten sich Saschas Gedanken in diesem Augenblick um die Tatsache, wie wenige Maskirovka-Direktoren eines natürlichen Todes gestorben waren – sowie um die Frage, ob jetzt ihre Zeit gekommen war.

»Wie ich bereits erwähnte, Weisheit des Himmels, hat die Geheimhaltung, die Victors Bewegungen im Draconis-Kombinat vor den Clans verbarg, ihn auch gegen unsere Überwachung abgeschirmt. Wir haben kaum Agenten in den hohen politischen Bereichen des Kombinats. Und als Victor sich an die Verfolgung der flüchtenden Parder-Kräfte machte, hat Theodore Kuritas Sicherheitnetz unsere Agenten daran gehindert, etwas davon zu erfahren, bis einer von ihnen vor kurzem die niederen Bereiche der draconischen ISA infiltrieren konnte.«

Sun-Tzu widersetzte sich dem Drang, auf seine Geheimdienstchefin einzuschlagen. *Mit körperlicher Gewaltanwendung bekomme ich die verlorenen sechs Monate auch nicht zurück.* Er arbeitete sich durch eine Entspannungsübung, um die verkrampften Muskeln zu lösen. »Und welche Möglichkeiten haben wir jetzt, da wir es endlich wissen?«

Sascha antwortete rasch, ohne Zweifel in einem Versuch, es Zahns Entschlossenheit gleichzutun. »Ich habe die Befehle zur Eliminierung der Feldagenten aufgesetzt, denen es nicht gelungen ist, Victors Abwesenheit festzustellen. Ich brauche nur noch…«

Jetzt schlug Sun-Tzu zu. Sein linker Arm schoß in einem brutalen Rückhandschlag vor. In einer Angewohnheit, die er von seinem Vater übernommen hatte, waren die letzten drei Fingernägel beider Hände auf zehn Zentimeter Länge gewachsen, mit Kohlenstofffasern verstärkt und rasiermesserscharf geschliffen. Sie hinterließen drei blutige Schnittwunden auf Saschas Wange. Es war eine schmerzhafte Zurechtweisung, darauf angelegt, sie zu beschämen. Keine schwere Verletzung, aber er hätte sie töten können, wenn er es darauf angelegt hätte. Und hätte er es getan, wäre es nicht aus Wut über ihr früheres Versagen geschehen.

»Erst erklären Sie mir, wie kümmerlich unser Agentennetz im Kombinat ist, und dann wollen Sie die wenigen Agenten, die wir dort haben, töten lassen?« zischte er verächtlich. »Haben Sie von meinem Vater gar nichts gelernt?«

Wenigstens nahm Sascha Wanli die Strafe schweigend entgegen und versuchte auch nicht, sich das Blut abzuwischen, das ihren Hals hinablief. Sun-Tzus grüne Augen funkelten, als er alle drei seiner Berater musterte. »Ich will wissen, was wir *jetzt* tun, um aus Victors Abwesenheit einen Nutzen zu ziehen.«

Talon Zahn hatte, bereit wie immer, als erster eine Antwort. »Wir planen die Rückeroberung eines Großteils der Umstrittenen Territorien.« Er streckte die Hand aus und gab auf einer nahen Konsole einen Befehl ein. Die Hologrammkarte veränderte sich in eine Ansicht der Konföderation Capella und ihrer Umgebung. Die beiden verbliebenen Systeme der Souveränität Sarna schmiegten sich an die kernwärtige Grenze der Konföderation. Dahinter lag die noch unabhängige, aber Liaofreundliche Region des Alls, auf die sich Zahn bezog. Vor über dreißig Jahren hatte Hanse Davion im 4. Nachfolgekrieg neben vielen anderen auch diese Systeme erobert. Sun-Tzus Anstrengungen während der Marik-Liao-Offensive von 3057 hatten sie aus dem Herrschaftsbereich des Vereinigten Commonwealth befreit, es war ihm aber nicht gelungen, sie wieder in die Konföderation einzugliedern. In den Kartenbereichen, die sich zur Decke erstreckten, wirkte die Lage noch unangenehmer. Das waren die Chaos-Marken, deren Systeme die Herrschaft aller Großen Häuser abgeschüttelt hatten und die völlige Unabhängigkeit beanspruchten.

»Wenn wir uns auf Söldner und eventuell auf Magistratseinheiten stützen, können wir unsere Operationen dort verstärken«, fuhr Zahn fort. »Es ist nicht viel, aber ein Anfang und leicht in Eure Xin Sheng integrierbar.«

Der Kanzler nickte. Indem er das Prestige, das ihm sein Amt als Erster Lord verschaffte, bis ins Letzte ausnutzte, hatte Sun-Tzu es geschafft, in der Konföderation umfassende wirtschaftliche, gesellschaftliche und militärische Reformen einzuleiten, die unter dem Namen Xin Sheng zusammengefaßt wurden, der Wiedergeburt oder Neugeburt bedeutete. Es handelte sich um nichts weniger als eine erneute Anstrengung Capellas, das Reich von innen heraus zu stärken. Die wichtigste Reform bestand in der Ausweitung der knospenden Allianz mit dem Magistrat Canopus, die ihren Anfang kurz vor seiner Wahl zum Ersten Lord gehabt hatte.

Sun-Tzu zog mit dem rechten Zeigefinger die Linie seines Kinns nach. »Wie machen sich die Magistratseinheiten?« Im Gegenzug zur technologischen Unterstützung lieferte das Magistrat Haus Liao militärische Hilfe. Es war eine Beziehung, die in weiten Teilen der zu den Kriegerhäusern der Konföderation ähnelte. Die beiden ältesten Töchter der Magestrix befehligten derzeit mehrere BattleMech- und Infanterieregimenter innerhalb der Grenzen der Konföderation bzw. als Teil des capellanischen Beitrags zu den Sternenbund-Streitkräften.

»Ich kann keine besonderen Vorkommnisse melden«, stellte Sascha unterwürfig fest. Offensichtlich wählte sie ihre Worte mit Bedacht. »Danai Centrella scheint Prinz Victors Einsatzgruppe in den Clanraum begleitet zu haben. Naomi Centrella strengt sich sichtlich an, den größeren Teil der canopischen Truppen in Eure Armee zu integrieren.« Diese Nachricht war durchaus nicht unwichtig. Danai war die älteste Tochter der Magestrix und die canopische Thronfolgerin.

»Sie sind begeistert dabei«, stellte Oberst Zahn fest. »Ich hätte nichts dagegen, sie auf die Probe zu stellen.«

Eben das hatte Sun-Tzu vor. »Wie sieht es mit der Detroitkonferenz aus? Können wir die vorziehen?«

Der Planet Detroit lag am unteren Rand der Karte. Die knapp randwärts der capellanischen Grenze, in der Region der Neuen Kolonien zwischen dem Magistrat und dem Tauruskonkordat gelegene Welt war Standort einer kleineren Mechfabrik, die derzeit von capellanischen Technikern modernisiert wurde. Die BattleMechs, haushohe Kampfmaschinen von generell humanoider Form, beherrschten zwar im gesamten erforschten Weltraum das Schlachtfeld, aber in der Peripherie galt ein Großteil der in jüngster Zeit wiederentdeckten Technologie noch als Mangelware. Wieder antwortete Sascha Wanli zurückhaltend. »Nicht, wenn Ihr die Fabrik funktionsbereit haben wollt, um damit Eure Popularität zu steigern, Kanzler Liao. Meine Analytiker empfehlen, die Anlage zumindest eine komplette Mechkompanie produzieren zu lassen, bevor Ihr zu Eurem Treffen mit Emma Centrella und Jeffrey Calderon dorthin fliegt.«

Sun-Tzu runzelte ernüchtert die Stirn. Das Treffen mit Emma Centrella konnte die bereits zwischen Konföderation und Magistrat existierenden Bindungen nur unwesentlich vertiefen. Der Schlüssel zu weitergehender Unterstützung lag bei Jeffrey Calderon, dem Herrscher des Tauruskonkordats.

Und ich brauche diese Unterstützung, dachte Sun-Tzu. *Wenn wir mit alten Angelegenheiten von Bedeutung nicht weiterkommen, müssen wir neue Pläne schmieden.*

Er gab selbst einen Befehl in die Computerkonsole ein. Auf der Karte legte sich der helle Umriß der alten Konföderationsgrenzen um die Souveränität Sarna, den größten Teil der Chaos-Marken und die Systeme des

Vereinigten Commonwealth, die früher Teil der Kommunalität Tikonov gewesen waren. Eine weitere geisterhafte Linie umschloß den nahen St. Ives-Pakt – die frühere Kommunalität St. Ives. Über den Pakt herrschte seine Tante, Candace Liao. Sie hatte die Konföderation am Ende des 4. Nachfolgekriegs verlassen und ihren Herrschaftsbereich mitgenommen. Als anerkanntes Mitglied des neuen Sternenbunds blieb er der Konföderation verwehrt, aber das hieß keineswegs, daß er vergessen war.

»Ihr denkt wieder an Sarna?« fragte Ion Rush mit einem Nicken in Richtung der winzigen Allianz aus zwei Systemen an der kernwärtigen Grenze. 3058 hatte Sun-Tzu ihm aufgetragen, die Souveränität zu schwächen, und er hatte eine bewundernswürdige Leistung abgeliefert.

»Vor zwei Jahren haben Zahn und Sie mir versichert, daß wir Sarna über seine Nahrungsversorgung beherrschen können.« Der Kanzler sah die beiden Militärs an und hob eine Augenbraue. »Hat sich an dieser Situation etwas geändert?«

Beide schüttelten den Kopf. Dann, als sie die Karte erneut studierten, dämmerte ihnen, worauf er hinauswollte. Wieder ergriff Rush zuerst das Wort. »St. Ives? Verzeiht, mein Kanzler, aber das würden die Mitgliedsstaaten des Sternenbunds nie zulassen. Candace...« Er stockte und wählte seine nächsten Worte sorgfältig aus. »...Candace würde die anderen gegen Euch kehren.«

Sun-Tzu bestätigte die Vermutung des Haus-Meisters weder, noch stritt er sie ab. Er betrachtete nur die Karte. »Sascha, wie sehen die aktuellen Projektionen für Katrina Steiner-Davion aus?«

»Es gibt Meldungen über zivile Unruhen im gesamten Vereinigten Commonwealth. Yvonne Steiner-Davion ist der Lage nicht gewachsen.« Bevor Sun-Tzu danach fragen konnte, fügte sie hinzu: »Wir wissen noch nicht, ob die Meldungen echt sind oder von Katrina lanciert wurden. Aber unabhängig davon ergibt eine Auswertung unseres Persönlichkeitsprofils für sie, in das die Daten eingeflossen sind, die Ihr von der Begegnung bei der Sternenbundkonferenz auf Tharkad mitgebracht habt, daß sie versuchen wird, die Gewalt über das restliche Reich ihres Bruders zu erlangen, während er fort ist.«

Ion Rush, der ebenfalls über die Informationen aus dieser Begegnung verfügte, führte seinen Gedankengang weiter. »In der Zwischenzeit jedoch bilden Yvonne, Theodore Kurita, Magnusson und Candace einen unangreifbaren Machtblock innerhalb des Sternenbunds. Hypothetisch«, fuhr er fort, ohne Zweifel, um nicht respektlos zu erscheinen, zurückhaltender als er es auch hätte ausdrücken können: »könntet Ihr als Erster Lord des Neuen Sternenbunds zweifachen Sanktionen ausgesetzt sein, wenn der Eindruck entsteht, daß Ihr Eure Verantwortung für nationalistische Ziele ausnutzt.«

Sun-Tzu bemerkte Zahns Schweigen und fixierte seinen Senioroberst, der den Blick lange Sekunden ruhig erwiderte, bevor er schließlich die Achseln zuckte. »Militärisch gesehen ist der Pakt kein Gegner für die Konföderation, obwohl wir dabei selbst mit den Magistratstruppen an die Grenzen unserer Möglichkeiten gehen müßten, wenn wir die anderen Anstrengungen nicht einstellen. St. Ives zu halten würde nicht einfach werden.« Er zuckte wieder die Schultern. »Natürlich liegt die Entscheidung darüber ganz bei Euch, mein Kanzler.«

Sun-Tzu streckte die Hand aus und fuhr mit den Fingern über die Systeme der Chaos-Marken. »Wir unterstützen immer noch Partisanen und professionelle Widerstandszellen in diesem Gebiet, richtig?« Er wartete auf Zahns zustimmendes Kopfnicken. »Setzen Sie reguläre Einheiten an deren Stelle und starten Sie einen organisierten Vorstoß mit dem Ziel, einen möglichst großen Teil der Chaos-Marken zurückzuerobern. Verlagern Sie die Widerstandsanstrengungen auf die Tikonov-Welten des Vereinigten Commonwealth.«

Zahn blinzelte, was bei seinem stoischen Auftreten eine beachtliche Überraschung zeigte. »Tikonov? Ihr erwartet, die Tikonov-Systeme ohne eine gesicherte Grenze so weit kernwärts halten zu können?«

»Ich habe nie behauptet, daß ich versuchen würde, diese Systeme zu halten«, stellte Sun-Tzu gleichmütig fest. In seinen Gedanken formulierte er einen Plan. Um ihn umzusetzen, würde er sich in beträchtlichem Umfang auf die Maskirovka stützen müssen, aber zumindest gab das Sascha Wanli die Gelegenheit, sich zu rehabilitieren. »Es geht mir nur darum, daß sie ein Stachel im Fleisch jeder Herrscherin sein werden, die auf dem VerCom-Thron von New Avalon sitzt.« Sein Blick wurde stechend. »Und ich erwarte, daß die Leute zum Herbstfest Zhong-qiu-jie in Position sind. Sie können es ausnutzen, um das traditionelle capellanische Heimatgefühl wiederaufzubauen.«

Seine Berater sahen sich an. Offenbar konnte keiner von ihnen seine Absicht erkennen. »Was ist mit St. Ives?« fragte Ion Rush schließlich für alle drei. »Ihr habt gesagt…«

Sun-Tzu schüttelte den Kopf und unterbrach seinen Kriegerhaus-Meister. »*Ihr* habt gesagt…«, erwiderte er, und sein Blick schloß die ganze Gruppe seiner Ratgeber ein.

Wieder starrten sie ihn an. Sascha Wanli schien verwirrt und enttäuscht. Ihr sonst so scharfer Verstand konnte die Teile des Puzzles nicht zusammenfügen, das sich in Sun-Tzus Gedanken zu einem immer klareren Bild formte. Ion Rush verfiel in sein übliches Schweigen und sann stumm über die Absichten seines Herrn nach.

Nur Talon Zahn schien sich nicht weiter dafür zu interessieren, ob er Sun-Tzus Gedankengang verstand. »Und wie sehen Eure Pläne für St. Ives aus, falls Ihr welche habt?« fragte er geradeheraus.

Sun-Tzu, Kanzler, Erster Lord und vor allem ein Liao, lächelte nur entwaffend. »Ich werde eine Rundreise arrangieren.«

WEG DER SCHATTEN

1

Shen-cai-Amphitheater,
Provinz Gao Shang, Sarna
Souveränität Sarna

25. Juni 3060

Sarnas helle Nachmittagssonne badete das graue Feld des Amphitheaters in ihrem Licht, ließ die dunklen Risse deutlich hervortreten, die sich im Laufe der Zeit in dem behauenen Stein breitgemacht hatten, und die prächtige Maserung der Rotholzbühne leuchtete in ihrem Schein. Sorgfältig getrimmte Kiefern säumten den oberen Rand des gewaltigen Runds, und in strategisch plazierten Rotholzbottichen wuchsen in seinem Innern kultivierte Farn-, Efeu- und Jadepflanzen. Keine blühenden Gewächse mit starkem Duft oder Bäume, deren Laub sich im Jahreswechsel verfärbte. Nur Grün und ein frisches Waldaroma, die einfachsten Formen der Natur.

Eine gute Wahl für die Einführungszeremonie, gestand Kompanieführer Aris Sung widerwillig ein.

Aris stand in stolzer Hab-Acht-Haltung auf der Rotholzbühne, und eine leise Sommerbrise fuhr mit sanften Fingern durch sein kurzgeschorenes schwarzes Haar. Er flankierte Haus-Meister Ty Wu Non auf dessen linker Seite. Infanteriekommandant Jessup stand zu dessen Rechter. Nur ein kleiner Teil der Sitze des Theaters waren besetzt: die ersten fünf Reihen vor der Bühne, mit je fünf Kriegern auf beiden Seiten des Gangs. Etwas mehr als die Hälfte des Infanteriebataillons Haus Hiritsus. Aris und Ty Wu Non waren die einzigen anwesenden MechKrieger, Ty Wu Non in seiner Eigenschaft als Haus-Meister, Aris als Sponsor des Anwärters. Alle Anwesenden trugen die schwarzgrüne Ausgehuniform Haus Hiritsus, mit offen befestigtem Umhang – wie bei Hauszeremonien üblich.

Alle Anwesenden außer dem Anwärter auf eine Haus-Kriegerschaft, Li Wynn.

Li kniete am Ende des Mittelgangs, die Hände auf den Oberschenkeln, den Kopf ergeben gebeugt. Der junge Mann trug eine einfache dunkelgrüne Seidenrobe, und damit das nächste an einer Bekleidung in den Farben Haus Hiritsus, das ihm je gestattet worden war. Obwohl er selbst sich nie in Lis Position befunden hatte – Aris' Aufnahme in das Kriegerhaus war äußerst ungewöhnlich vonstatten gegangen –, wußte er, daß Li in Gedanken die vorbereiteten Antworten auf die formellen Fragen durchging, die Aris und Jessup ihm stellen würden.

Aris erkannte an, daß er als Sponsor des Anwärters verpflichtet war, der Zeremonie beizuwohnen, und es war Li Wynn gegenüber sicher unfair, ihm diese Zeremonie zu mißgönnen, nur weil Aris sie nie erlebt hatte. Aber alles in allem hätte er es trotzdem vorgezogen, im Cockpit seines *Spuk* zu sitzen und seine Mechkompanie zu trainieren.

Wenn ich schon träume, warum wünsche ich mir nicht gleich eine baldige Versetzung in die Umstrittenen Territorien oder gleich in die Chaos-Marken? Mag sein, daß die Lage in der Souveränität Sarna als angespannt gilt, aber Action sieht man hier kaum.

Seit Sarna seine Agrarwelt Kaifeng vor kurzem an Haus Hiritsu verloren hatte, war die Souveränität völlig von Nahrungsimporten aus der Konföderation Capella abhängig und gezwungen, ihre gesamte Rüstungsproduktion zu Schleuderpreisen an Haus Liao zu veräußern, das sie anschließend dem Sternenbund weiterverkaufte. Die Mitglieder des Sternenbunds, dieselben Nationen, deren Regierungen zuvor die Unabhängigkeit Sarnas anerkannt hatten, hatten beide Augen zugedrückt, solange Sun-Tzu Liao die Waffenlieferungen für die Offensive gegen Clan Nebelparder aufrechterhalten hatte, und ignorierten die Lage der Souveränität selbst jetzt noch.

Die ›Vereinbarung‹ sah auch die Stationierung einer capellanischen Einheit als Beobachter vor, um sicherzustellen, daß die Sarner ihren Teil der Abmachung einhielten. In den letzten sechs Monaten hatte Haus Hiritsu diese Ehre beansprucht, hauptsächlich als Lohn für seine Verdienste in der Herbeiführung dieser Lage. Aber für Aris und den größten Teil der Hausmitglieder war dies nicht mehr als ein alltäglicher Garnisonsdienst, den sie gezwungenermaßen über sich ergehen ließen, bis der Staat sie wieder beanspruchte. Alle Haus-Krieger wünschten sich, einen aktiven Anteil am Wiedererstarken der Konföderation zu spielen. Selbst Li Wynn, der Aris anvertraut hatte, daß der Xin-Sheng-Aufruf des Kanzlers zu einer ›frischen Anstrengung Capellas‹ ihn veranlaßt hatte, sich um die Aufnahme in Haus Hiritsu zu bewerben. »Wenn das Haus das nächste Mal gerufen wird«, hatte er gemeint, »will ich dabei sein.«

Aris konnte diese Haltung nachfühlen, und in Erinnerung an Li Wynns Hilfe auf Kaifeng hatte er die Bitte des jungen Mannes unterstützt. *Wenn es zum Kampf kommt, wird er sich gut schlagen. Aber wie lange wird das noch dauern?*

Aris hätte nicht ahnen können, wie bald schon er eine Antwort auf diese Frage erhalten sollte.

* * *

Krieger-Anwärter Li Wynn fühlte die Bedeutung der Zeremonie als beinahe körperliche Belastung. Die Zeit der Besinnung, bevor der Haus-Meister ihn nach vorne rief, war schwerer zu ertragen als alle Zeit auf den Straßen Kaifengs, auf der Flucht vor den Behörden oder, unter der capellanischen Besatzung, vor BattleMechs.

Aber zum ersten Mal in seinen einundzwanzig Lebensjahren hatte Li tatsächlich das Gefühl, irgendwo hinzugehören. Und das war es mehr als alles andere, was ihm Kraft gab.

»Der Anwärter darf nähertreten«, rief Haus-Meister Non mit völlig neutraler Stimme.

Li Wynn erhob sich in einer fließenden Bewegung. Das zu einem langen Zopf geflochtene schwarze Haar strich ihm über Nacken und Schulterblätter. Er bemerkte, wie Ty Wu Non den Blick auf den oberen Rand des Amphitheaters gerichtet hatte, um auszudrücken, daß Li Wynn seiner Aufmerksamkeit nicht würdig war und es wahrscheinlich auch nie sein würde. Aris hatte ihm erklärt, daß neue Schüler vom Haus-Meister traditionell mit zwölf Jahren aufgenommen wurden, nicht erst mit einundzwanzig. Aber das Hausoberhaupt *konnte* eine Ausnahme machen. Und auch wenn Non sich schließlich dazu durchgerungen hatte, das für Li zu tun, durfte der Anwärter nicht damit rechnen, in absehbarer Zeit tatsächlich von ihm anerkannt zu werden.

Unter den Augen seiner zukünftigen Kameraden stieg Li Wynn auf die Bühne und näherte sich Aris Sung. Sein Sponsor zog einen einfachen Gim-Dolch unter dem Umhang hervor und streckte ihn Li mit der Schneide voraus entgegen. »Für Verdienste am Hause Hiritsu und an der Ausdehnung der capellanischen Nation«, erklärte Aris, mehr für die Zuschauer als für Li, »auf die Planeten Kaifeng, Randar und Sarna erhält der Anwärter die capellanischen Bürgerrechte.«

Das war eine beachtliche Ehre. Und Li Wynn war sich dessen bewußt. Selbst gebürtige Capellaner waren gezwungen, sich auf irgendeine Weise am Staate verdient zu machen, um die Bürgerrechte zu erwerben. Für Ausländer lag die Meßlatte noch höher. Li erinnerte sich noch gut daran, welche Diskussionen Aris hatte durchstehen müssen, nur damit der junge Mann die Erlaubnis erhielt, Haus Hiritsu als Diener und gelegentlicher Informant zu begleiten.

Aris blickte in Li Wynns dunkle Augen. »Wie wirst du der capellanischen Nation in Zukunft dienen?«

»Auf jede mir mögliche Weise«, antwortete Li voller Überzeugung. »Als produktives Mitglied der Gesellschaft und, so hoffe ich, als ein Verteidiger des Reiches. Dies schwöre ich.«

Aris nickte und schenkte Li ein schmales Lächeln. Li legte die Hand auf die Gimschneide, so daß der Dolch die Haut aufritzte und Blut austrat. Aris steckte den Dolch zurück. »Infanteriekommandant, ich schlage dir den Bürger Li Wynn zur Beurteilung vor.« Damit benannte er Li zum erstenmal als Bürger und potentiellen Haus-Krieger.

Geduckt, um nicht in Ty Wu Nons Blickfeld einzudringen, trat Li hinüber vor den Kommandeur des Haus-Infanteriebataillons. Der große, athletisch gebaute Krieger starrte auf den kleineren Li Wynn herab. Jessup hatte nicht viel für ihn übrig, das wußte der Anwärter, aber Haus-Meister Non hatte seiner Aufnahme bereits zugestimmt. *Und der Wille des Haus-Meisters ist der Wille des Hauses.* »In einem Kriegerhaus zu dienen bedeutet, sowohl dem Staat als auch der Person des Kanzlers zu dienen«, stellte Jessup fest. »Was verpflichtest du diesem Dienst?«

Die Frage war anders formuliert, als er erwartet hatte, und Li war klar, daß Aris diese Änderung arrangiert hatte. Sie entsprach ohne Zweifel noch der Tradition, aber der Anwärter stockte, bevor er antwortete, gezwungen, seine vorbereitete Erwiderung zu überarbeiten. Li Wynn zögerte nur eine Sekunde und zog plötzlich Kraft aus der Ruhe der natürlichen Umgebung des Amphitheaters. »Ich verpflichte ihr alles, was ich jetzt bin und alles, was ich noch werden kann«, antwortete er dann in Abänderung eines Haus-Hiritsu-Leitsatzes. »Meine Ehre, meine Kraft, mein Leben.«

Der Infanteriekommandant entrollte Lis Aufnahmeurkunde, die in chinesischen Ideogrammen die Verpflichtungen Haus Hiritsus aufführte. Li schmierte auf einer freien Stelle am unteren Rand sein Blut über das Pergament. Kein sauberer Abdruck, sondern ein breiter, glänzend roter Streifen. Er stellte fest, daß sein Blut weder die Verpflichtungen verunreinigte noch über den Rand des Pergaments tropfte, und hoffte, das als Vorzeichen für einen langen und ehrbaren Dienst verstehen zu können.

»Haus-Meister Non«, sprach Jessup sein Hausoberhaupt an. »Ich habe hier einen potentiellen Krieger, der Führung benötigt.«

Li drehte sich halb zum Haus-Meister und konnte die Gesichter aller drei Männer sehen. An der Spannung in der Haut um die Augen Ty Wu Nons und dem Lächeln, das um dessen Mundwinkel spielte, erkannte er, daß eine Überraschung bevorstand. Der Haus-Meister richtete den Blick auf Aris. »Kompanieführer Aris Sung, indem du diesen Krieger vorgeschlagen hast, hast du die Verantwortung für ihn übernommen. Ich mache dich hiermit zu seinem Sifu, damit du ihm als Mentor helfen kannst, solange Infanteriekommandant Jessup keine Einwände hat, und befreie dich zu diesem Zweck von deinen sonstigen Verpflichtungen.«

»Es wäre eine Freude, Aris Sung wieder unter meinem Befehl zu wissen«, reagierte Jessup augenblicklich. So schnell, daß für Li kein Zweifel daran möglich war, daß er vorbereitet gewesen war.

Aris schien mehrere Sekunden lang wie betäubt, und Li erkannte die Unsicherheit in seinen Augen. Die Stellung eines Haus-Sifus war ehrenvoll, weil sie mit der Aufgabe verbunden war, jüngere Krieger in die Traditionen und Künste des Hauses einzuführen. Aber zur

Infanterie zurückversetzt zu werden und den Befehl über seine BattleMechkompanie zu verlieren, erschien wie eine Degradierung. Dann erkannte Sung, daß der Haus-Meister auf eine Antwort wartete und nickte. »Euer Vertrauen ehrt mich, Haus-Meister.«

Li nickte Aris zu, als der Blick seines Sponsors auf ihn fiel, und hoffte, daß dieser seine Entscheidung nicht bereute. *Ich werde Ihr Vertrauen nicht enttäuschen*, dachte er, und versuchte, ihm diesen Gedanken zu übermitteln.

Aris ließ sich keine Antwort anmerken.

* * *

Aris Sung und Infanteriekommandant Jessup warteten neben Haus-Meister Non, während die Haus-Infanterie das Amphitheater verließ. Infanterist Li Wynn folgte den anderen Truppen und verschwand mit einem letzten Blick auf seinen neuen Mentor als letzter über den Rand der Anlage.

Aris wartete geduldig. Er hoffte auf eine Erklärung Ty Wu Nons, erwartete sie sogar, würde sie aber nicht fordern. In den hausinternen Beziehungen Hiritsus spielten die Lehren des K'ung-Fu-Tzu eine zentrale Rolle, und unter diesen vor allem die Gebote der Höflichkeit. Ty Wu Non würde das Thema selbst anschneiden oder darauf verzichten und die Angelegenheit damit für erledigt erklären. Eine leichte Sommerbrise trug Aris den Duft frischer Kiefern zu, und er versuchte, den Augenblick zu genießen, während er auf die Eröffnung seines Hausoberhaupts wartete. Fast wäre es ihm gelungen. Aris hatte gelernt, die Natur um ihrer selbst willen zu genießen, aber es gelang ihr nicht, ihn ganz vom scheinbaren Verlust seiner Kompanie abzulenken.

»Du mußt wütend sein, aber du erweckst den Eindruck von Ruhe. Du verbirgst deine Gefühle gut, Aris Sung.«

Ty Wu Nons Stimme klang spekulativ, aber Aris bezweifelte, daß der Haus-Meister eine Bestätigung erwartete. »Es kann auch bedeuten, daß ich nicht wütend bin, Haus-Meister.« Aris sah sich hilfesuchend zu Jessup um, stieß aber nur auf Schweigen. »Ich bin sicher, daß Eure Beweggründe mir einleuchten werden.«

Der Haus-Meister lachte: ein seltenes Ereignis. »Gut gemacht, Aris. Du forderst mich auf, meine Gründe darzulegen, ohne so impertinent zu werden, mich gezielt danach zu fragen.« Aber seine Belustigung hielt nicht lange an. »Du wirst zurück zur Infanterie versetzt, weil ich dich dort benötige. Unsere neuen Befehle sind eingetroffen.«

Bei dieser Eröffnung horchten Aris und Jessup gleichermaßen auf. Kanzler Liaos jüngste Vorstöße in die Umstrittenen Territorien und die verschärften Kämpfe in der kernwärtigen Region der Chaos-Marken hatten bei den meisten Haus-Kriegern Hiritsus die Hoffnung auf einen Kampfauftrag geweckt. Ihr Erfolg bei der Befreiung Kaifengs war sicherlich ein Argument für eine derartige Aufgabe. Aris runzelte die Stirn. Warum zog Meister Non ihn aus seiner Kompanie ab, wenn das Haus in den Kampf zog?

»Wir wurden nicht in die Umstrittenen Territorien versetzt«, ahnte Ty die Frage voraus. »Wir werden als Ehrengarde Kanzler Liaos dienen. Er plant eine ›Goodwill‹-Tour entlang der Konföderationsseite unserer Grenze zum St. Ives-Pakt. Isis Marik wird ihn begleiten.« Er machte eine Pause, wohl, um sich Einzelheiten ins Gedächtnis zu rufen. »Auf Necromo und Capricorn III stellen wir die Hauptgarde und werden von der planetaren Miliz unterstützt. Aber auf Relevow und in den darauffolgenden Systemen können wir uns zusätzlich auf McCarron's Armored Cavalry stützen.«

Der Kanzler! Die Implikationen ließen Aris schwindlig werden. Keine Chance auf einen Kampf, nicht, wenn

Sun-Tzu es für sicher genug hielt, selbst in Begleitung seiner Verlobten mitzufliegen. Aber die Ehre, die er Haus Hiritsu damit erwies, war kaum zu fassen. »Und nach der Tour...?«

Ty Wu Non war gnädig genug, auf die unbestimmte Frage einzugehen. »Wir sind als Begleitung Kanzler Liaos zur Detroit-Konferenz eingeplant. Aber *danach* verspricht er uns Kampfeinsätze, so viele wir wollen.«

Es war der Mangel an Kampfeinsätzen, der schon einmal zu Unruhe unter den Kriegern Hiritsus geführt hatte, und die Kaifeng-Operation wäre beinahe daran gescheitert. *Es ist, als besäße man einen Liao-Hengst und weigerte sich, ihn rennen zu lassen.* Aris zitterte vor Erwartung, genau wie es seiner Kompanie ergehen mußte. Dann fiel ihm wieder ein, daß er die Kompanie nicht mehr befehligte, und der Hintergrund für Haus-Meister Nons Entscheidung traf ihn mit der Wucht eines Fausthiebs. »Ich werde Teil der Ehrengarde sein?« fragte er vorsichtig.

Ty Wu Non sah zu Jessup hoch, der ein dünnes Lächeln aufsetzte und seine Zustimmung zum unausgesprochenen Vorschlag des Haus-Meisters ausdrückte. Offenbar hatte Jessup zwar einige Einzelheiten schon vorher erfahren, aber nicht alle. Der ältere Infanterist musterte Aris von oben bis unten, dann fixierte er den jüngeren Krieger mit bedeutungsvollem Blick.

»Du wirst die Ehrengarde *leiten*«, erklärte er Aris.

2

Ausbildungslager der Heimatmiliz, Hazlet
Nashuar, St. Ives-Pakt

8. August 3060

Wenn man nicht tatsächlich im Kampf stehen konnte, war die Simulatorkapsel das nächstbeste Erlebnis, entschied Kadett Maurice Fitzgerald, und genoß den Realismus, mit dem er nach einem Kopftreffer hart in die Gurte geschleudert wurde. Das Ausbildungslager für die Heimatmiliz in Hazlet war das beste auf ganz Nashuar, und Fitzgerald freute sich auf jede Simulatorstunde seiner Klasse. Als zusätzlichen Bonus konnte er hier seine eher durchschnittlichen Studienleistungen ausgleichen und sich einen der ersten Plätze für eine MechKriegerposition sichern.

Der feindliche *Sprinter*, der ihm den Treffer versetzt hatte, versuchte, sich aus dem Kampf zu lösen. Sein hagerer, humanoider Rumpf rannte aus dem Bildbereich des Hauptsichtschirms. Der Clan-OmniMech verfügte über eine beachtliche Geschwindigkeit, aber geringe Panzerung, daher versuchte der *Sprinter* dem größeren *Totschläger* mit Stippangriffen beizukommen.

»Bù zhè ci«, murmelte er. *Diesmal nicht.* Er verfolgte den Omni mit einer Torsodrehung nach links und bearbeitete die Steuerpedale für eine enge Seitwende. Als Vorhut seiner Lanze dachte er nicht daran, einen Clan-ScoutMech entkommen zu lassen, um ihre Position melden zu können. Auch nicht in einer Simulation.

Als die Zielklammer des Fadenkreuzes den *Sprinter* wiederfand und im soliden Goldton der sicheren Erfassung aufleuchtete, löste Fitzgerald beide schwere Extremreichweitenlaser des *Totschläger* aus. Aus den Mündungen der in wuchtigen Geschützläufen endenden Mecharme schossen rubinrote Lanzen aus gebündelter

Lichtenergie hinter dem flüchtenden Feindmech her. Ein Energiestoß bohrte sich mittig durch den Rücken des *Sprinter* und in die Reaktorabschirmung. Der andere schnitt durch Panzerung und darunter gelegenes Endostahlskelett und amputierte das rechte Bein in Kniehöhe.

Der Energiebedarf der Laser trieb den Ausstoß des Fusionsreaktors, der Fitz' BattleMech antrieb, sprunghaft in die Höhe, und noch während der *Sprinter* zu Boden ging, schlug eine Hitzewelle durch die Kanzel des 45-Tonnen-*Totschläger*. Fitzgerald wurde schummrig vor Augen, und er rang nach Atem. In der Enge des Neurohelms hallte ihm sein eigenes Keuchen in den Ohren. Nur die Kühlweste konnte die Belastung wenigstens etwas lindern. Die Wärmetauscher des Reaktors taten ihr Bestes, die Abwärme abzuleiten, aber die Anzeige der Wärmeskala stand dennoch deutlich im gelben Warnbereich.

Und ich habe keine Zeit, abzukühlen, erkannte er, als die Sichtprojektion eine neue Gefahr zeichnete, die sich schräg von links vorne näherte. Die Sichtprojektion komprimierte die Rundumsicht der Sensoren in einem 120°-Winkel in der oberen Hälfte des Sichtschirms, und Fitz war den anderen Kadetten der Nashuar-Heimatmiliz in ihrer Interpretation ein Stück voraus. Er erkannte bereits auf der Sichtprojektion einen mittelschweren Clan-OmniMech, noch bevor er mit einem Blick auf den Hilfsmonitor das Profil des 50-Tonnen-*Schwarzfalke* abrief.

Der *Totschläger* wankte heftig, als der anrückende *Schwarzfalke* ihn aus mittlerer Distanz unter Beschuß nahm und mit seiner mittelschweren Autokanone mehrere Treffer erzielte. Vor seinem inneren Auge sah Fitz die Panzerbruchstücke vom Rumpf seines Mechs stürzen und sich von wertvollem Schutz in nutzlose Metalltrümmer verwandeln. Er stieß beide Füße auf die Pedale und löste die Sprungdüsen aus. Auf superheißen Plasmastrahlen stieg der *Totschläger* aus der Schußlinie des Clanners, und der junge MechKrieger neigte seine Maschine in Richtung des neuen Gegners.

Er kam hart auf, weil ihm die Übung im Luftkampf fehlte, und sein einzelner Laserschuß ging vorbei. Zum Glück koppelte der Neurohelm seinen Gleichgewichtssinn an den riesigen Kreiselstabilisator, der den *Totschläger* aufrecht hielt, und er konnte die Maschine mit nicht mehr als einer minimalen Korrektur der Kontrollen auf den Beinen halten. In der Zwischenzeit war der *Schwarzfalke* über ein Stück freies Gelände nähergeprescht, und während Fitz unter einem neuen Hitzeschwall durch den verfehlten Laserschuß aufkeuchte, löste der Clanner seinerseits die Sprungdüsen aus und hüpfte über den *Totschläger* hinweg.

Ein Froschhüpfer! Zu spät warf Fitz den Mech in eine Kehrtwendung. Seine Muskeln schmerzten unter der Anstrengung, die Steuerknüppel herumzureißen. Der *Schwarzfalke* schleuderte alles, was er an Offensivkapazität besaß, auf die dünne Rückenpanzerung des *Totschläger*. Der schwere Impulslaser und die Autokanone fraßen sich durch die Metallkeramik über Torso und linker Flanke und entblößten das Innenleben des Kampfkolosses für die leichteren Waffen. In einer Ironie des Schicksals traf ausgerechnet das eigentlich nicht für den Kampf gegen einen anderen Mech, sondern zur Verteidigung gegen Infanterie gedachte Maschinengewehr das Munitionslager der Kurzstreckenlafette. Die Munitionsexplosion riß den *Totschläger* von innen heraus auseinander.

Das Cockpit schüttelte sich wild in den simulierten Todeszuckungen des *Totschläger*, und die Sicherheitsgurte gruben sich in Fitzgeralds Brustkorb. Er konnte von Glück sagen, daß ihm das Neuralfeedback durch den Neurohelm erspart blieb, das eine Munitionsexplosion in der Realität begleitet hätte. Die Sichtschirme wurden erst grau, dann schwarz. Nur auf einem Hilfsmonitor war eine einfache Botschaft zu lesen.

Sofort zur Simulationsnachbesprechung melden.

»Ma de dan!« fluchte Fitz und schlug sich mit der Faust aufs Bein. Er löste die Sicherheitsgurte und Sensorpflaster, schob den Neurohelm in die Halterung über dem Hauptschirm und kletterte, immer noch leise schimpfend, aus dem Simulator.

* * *

Fitz betrat das leere Besprechungszimmer in T-Shirt, Shorts und Kampfstiefeln, der wegen des in einer Mechkanzel normalen Hitzestaus üblichen Einsatzkleidung für MechKrieger. Er griff sich den erstbesten Metallklappstuhl und setzte sich, wobei er den Stuhl nach hinten an die Wand des kleinen Raums kippte. Nach der Hitze des Simulators war der kühle Luftzug der Klimaanlage eine Wohltat, aber er wußte nur zu gut, daß seine schweißnasse Kleidung schon bald eiskalt an der Haut kleben würde. Er schluckte mühsam. Sein Mund war noch immer staubtrocken von der Hitze. Einerseits genoß er trotz der Niederlage seine Erschöpfung, aber zugleich machte sich seine praktischere Seite Sorgen darüber, welche Auswirkung die heutige Vorstellung auf seine Noten haben konnte.

»Duschen hätten Sie wenigstens können«, begrüßte ihn Commander Nevarr, als er den Raum betrat.

Der hochgewachsene und muskulöse, dabei aber nicht wuchtig wirkende Offizier erschien mit seinem ungezähmten weißblonden Haar und den verwaschenblauen Augen wie ein nordischer Sagenheld. Er sprach leise und mit einem Anflug von Heiserkeit, konnte aber – wenn nötig – durchaus laut werden und neigte zu kurzen, einfachen Sätzen, wie in Vorbereitung auf den Kampfeinsatz, in dem jede Mitteilung kurz und prägnant zu sein hatte. Er entsprach ganz und gar nicht dem durchschnittlichen Rekruten der Paktstreitkräfte, der mehr zu Fitzgeralds schlankem Körperbau neigte, möglicherweise, aber nicht unbedingt, mit der asiatischen Note capellanischer Abstammung. Nevarr befehligte die Nashuars Heimatmilizbataillon angegliederte Mechkompanie und leitete das Ausbildungsprogramm der Miliz persönlich. Irgendwie schaffte er es, auf eine Uniform verzichten zu können und mit einem einfach geschnittenen schwarzen Anzug durchzukommen, der Fitz an längst verflossene Zeiten erinnerte.

»Die Mitteilung lautete ›sofort‹, Commander«, antwortete Fitz und setzte sich gerade.

Nevarr grunzte unartikuliert und griff sich ebenfalls einen Stuhl. Er setzte sich hin und neigte sich nach vorne, als läge eine schwere Last auf seinen Schultern. »Was sollte das da drinnen?« In seiner Stimme lag zweifellos Entrüstung.

»Ich habe den Feind gestellt, Sir.« Maurice war klar, daß er mit dieser Antwort nicht durchkommen würde, aber aus seiner Sicht wären alle anderen Möglichkeiten noch schlimmer gewesen.

»Sah mir mehr nach Selbstmord aus.« Nevarr lehnte sich zurück und verschränkte die in schwarzen Handschuhen steckenden Hände hinter dem Kopf. »Ich habe erwartet, daß Sie den *Sprinter* angreifen, obwohl der Sie länger beschäftigt gehalten hat als vorgesehen. Er war Ihrem *Totschläger* nicht gewachsen. Und seine Kundschafterfähigkeiten stellten eine Gefahr für die Einheit dar. Aber der *Schwarzfalke*...« Er stockte und schüttelte den Kopf. »Das ist ein klassischer ArtillerieMech der Clans. Er entfernt sich nie weit von seinen Sternkameraden. Wenn Sie einem begegnen, können Sie in allernächster Zeit mit noch mehr Gesellschaft rechnen. Noch eine Minute länger, und zwei *Katamarane* wären in

Ihrem Rücken aufgetaucht.« Nevarr runzelte die Stirn. »Sie waren die Vorhut einer Lanze. Sie hätten sich zurückziehen müssen.«

Fitzgerald ärgerte sich über die Art, wie Nevarr ihm von oben herab erklärte, was er hätte tun sollen, obwohl ihm klar war, daß es nicht persönlich gemeint war. Der Commander behandelte alle Kadetten so. »Ich war der Ansicht, den *Schwarzfalke* stellen und mich dann zurückziehen zu können. Ich habe nur einen Fehler begangen, als ich in seinen Sprungradius gekommen bin. Wären die beiden *Katamarane* aufgetaucht, hätte ich den Rückzug angetreten. Clanner benutzen kein konzentriertes Feuer.«

Nevarr kam wieder vor. »Das sind die alten Regeln. Inzwischen haben eine ganze Reihe von Clans eine liberalere Haltung. Diese beiden waren programmiert, das Feuer sofort zu eröffnen.« Er fixierte Fitz mit eisblauen Augen. »Sie haben die falsche Entscheidung getroffen.«

Fitz fühlte, wie sich unwillkürlich seine Fäuste ballten, hielt die Arme aber unten. Gleichzeitig spannten sich seine Nackenmuskeln, und ein Hitzegefühl stieg seine Kragenpartie hoch. Nevarr wußte, wie man einen Kadetten treffen konnte, ohne je laut zu werden oder zu fluchen. Schlimmer noch war allerdings, daß Maurice genau wußte, wie recht Nevarr hatte.

Als Fitzgerald stumm blieb, nickte Nevarr einmal kurz und sprach dann weiter. »Sie sind nicht gerade das, was ich einen Teamspieler nennen würde, Fitzgerald. Sie gehen ohne Hoffnung auf Unterstützung Risiken ein. Da draußen bringen Sie sich mit so einer Haltung um. Und schlimmer noch, Sie bringen Ihre Kameraden um. Was wollen Sie eigentlich beweisen? Und erzählen Sie mir nicht, Sie hätten nichts zu beweisen. Das weiß ich besser. Ich sehe es an der Art, wie Sie Ihren Mech steuern.«

Fitz' Muskeln schmerzten, und der Durst brachte

einen metallischen Geschmack in seine Kehle. Jetzt bedauerte er es, vor der Nachbesprechung nicht geduscht zu haben. Er atmete langsam aus, verdrängte die Unbequemlichkeiten und ordnete seine Gedanken. »Ich versuche nur zu beweisen, daß ich gut genug bin«, antwortete er schließlich. »Sie testen acht von uns aus dem Panzerkorps der Heimatmiliz, mit dem Ziel, zwei offene MechKrieger-Stellen zu besetzen. Ich will dabei sein.« Er stockte einen kurzen Augenblick, dann brach es aus ihm heraus. »Hören Sie, Commander, eines Tages will ich bei den St.-Ives-Lanciers dienen, oder sogar den Chevau Legers. Ich bin gut genug dafür, das *weiß* ich. Oder wenigstens kann ich es werden. Aber ich habe keinen Abschluß von der Militärakademie, und deshalb besteht meine einzige Chance darin, mich im Mechdienst der Heimatmiliz auszuzeichnen. Von da aus könnte ich eine direkte Versetzung in den Ausbildungskader der Akademie beantragen.« Fitz seufzte. »Ich will nicht zurück in die rollenden Bunker.«

Nevarr starrte Fitzgerald lange und streng an, fast ohne zu blinzeln, bis es dem Kadetten unbehaglich wurde. »Ich habe mir Ihre Akte angesehen. Es stimmt, Ihr Talent reicht für die Aufnahme in den Ausbildungskader von St. Ives aus. Aber solange Sie sich als ein derartiger Einzelgänger produzieren, würden Sie mit Sicherheit Klassenletzter werden. Wenn Sie nicht gleich zurück zur Nashuar-Heimatmiliz geschickt würden, und zwar auf Dauer.«

Fitz fühlte, wie die Hitzewelle sein ganzes Gesicht erfaßte. Nevarr hatte seinen Schwachpunkt gefunden und den Schutzpanzer des Kadetten zerschmettert. Aus dem Ausbildungskader geworfen zu werden, wenn er es überhaupt so weit schaffte, wäre noch schlimmer, als nie aufgenommen zu werden. Das würde seine Karrierepläne im verwaltungstechnischen Äquivalent eines Schwarzen Lochs verschwinden lassen, und er würde von Glück sagen können, wenn es ihm gelang, überhaupt noch einen Mech steuern zu dürfen. *Vielleicht sollte ich etwas kooperativer sein, wenn der Commander bereit ist, ein Auge zuzudrücken.* »In Ordnung. Was erwarten Sie von mir?«

»Versuchen Sie, im Team zu arbeiten«, erwiderte Nevarr sofort und schenkte ihm ein schmales, aber aufmunterndes Lächeln. »Gehen Sie eine Weile auf Nummer Sicher. Finden Sie erst heraus, wie gut Sie in der Einheit sein können, und *vielleicht* können Sie dann auch herausfinden, wie gut Sie allein sind.«

Fitzgerald nickte erschöpft. »Okay, ich versuche es auf Ihre Art.«

»Gut.« Nevarr nickte knapp, dann fixierte er Fitz mit einem eisigen Blick. »Und damit das klar ist: Sie werden es entweder erst auf meine Art herausfinden oder gar nicht.«

3

Landungsschiff *Perle der Wahren Weisheit*,
Raumhafen Castle Sands, Relevow
Kommunalität Capella, Konföderation Capella

8. August 3060

Isis Marik fand Sun-Tzu in der kleinen Sporthalle des Landungsschiffs der *Lung Wang*-Klasse, wo er sich nach seinem täglichen Training mit ein paar Tai-Chi-Übungen entspannte. Der Raum roch nach Turnmatten mit Neolederbezug und ehrlichem Schweiß, eine angenehme, maskuline Mischung. Sie wartete in der Luke, um die Konzentration ihres Verlobten nicht zu stören, und zupfte die braune Nehrujacke mit dem grünen Saum gerade, die sie für ein typisch capellanisches paramilitärisches Aussehen angelegt hatte. Ihr kastanienbraunes Haar ergoß sich über ihre Schultern, endlich befreit von den Bändern, die es während des Raumflugs zusammengehalten hatten.

Die Landung auf Relevow, der dritten Station auf Sun-Tzus Rundreise entlang der Paktgrenze, brachte sie wieder in vollen Kontakt mit dem Rest der Inneren Sphäre. Isis hatte den Morgen mit eigenen Angelegenheiten verbracht und Dutzende von HPG-Nachrichten beantwortet, die sie hier endlich eingeholt hatten. Darunter war nur eine kurze Mitteilung ihres Vaters, des Generalhauptmanns der Liga Freier Welten, gewesen. Außerdem eine kurze Notiz von Omi Kurita, die der neuen Familie ihres Vaters alles Gute wünschte. *Es fällt mir schwer, Sherryl oder Janos als meine Familie zu betrachten, nachdem ich insgesamt vielleicht zwei Monate in ihrer Gesellschaft verbracht habe.* Sie fühlte keine Enttäuschung darüber, das paßte nicht zu ihr, wohl aber einen Hauch unvermeidbaren Bedauerns.

»Ja, meine Liebe?« sprach Sun-Tzu sie an, als er sich

vom letzten Strecken aufrichtete und den Schweiß aus den dunklen Haaren schüttelte. Er nahm sich das Handtuch, das er an einen Pfosten gehängt hatte, und trocknete sich das Gesicht, während er mit warmem Lächeln auf ihre Antwort wartete.

Andere mochten in Sun-Tzu einen wiedergeborenen Maximilian Liao fürchten, aber Isis hatte bei ihrem Verlobten eine Charakterstärke und Klarheit der Gedanken gefunden, die sie zu respektieren und sogar zu lieben gelernt hatte, auch wenn die wenigsten Menschen diese Eigenschaften an ihm sahen. *Weil er den wenigsten Menschen* erlaubt, *sie zu sehen,* dachte sie. Im Gegensatz zu den meisten Fürsten der Inneren Sphäre hatte Sun-Tzu keine Kriegererziehung genossen. Statt dessen erkannte Isis in ihm einen Meister der Täuschung und Manipulation – Überlebenskünste, die er sich in früher Jugend angeeignet hatte, als er im Wahnsinn des Hofes seiner Mutter auf Sian aufgewachsen war.

»Blakes Wort hat ein Bündel von Nachrichten abgeliefert«, teilte sie ihm mit und bemühte sich, die Traurigkeit aus ihrer Stimme zu verbannen, die sie jedesmal überkam, wenn sie an seine Kindheit dachte. »Mein Vater läßt uns wissen, daß die Lungenentzündung des kleinen Janos abzuklingen scheint. Er ist außer Gefahr.«

Nur die Tatsache, daß seine Augen ein wenig schmaler wurden, verriet die Maske, die Sun-Tzu aufgesetzt hatte. »Tatsache«, meinte er mit sorgsam kontrollierter Stimme. »Dann solltest du eine Antwort von uns beiden an Thomas aufsetzen, in der du unsere Freude für ihn und seine Gefährtin ausdrückst.«

»Sherryl«, verbesserte Isis. »Seine Frau.« Sie wußte durchaus, daß Sun-Tzu diese Erinnerung nicht benötigte. Thomas Mariks Heirat mit Sherryl Halas und die Ausrufung ihres gemeinsamen Sohnes zum Thronfolger vor Isis hätte die letzten Hindernisse für die Eheschließung zwischen Isis und Sun-Tzu beseitigen müssen.

Daß ihr Vater nach achtjähriger Verlobungszeit die Heirat immer noch hinauszögerte, war für sie beide eine konstante Quelle der Enttäuschung. »Ich werde sofort eine Antwort abschicken«, versprach sie.

Als sie keine Anstalten machte zu gehen, legte Sun-Tzu das Handtuch um den Nacken und sah sie mit neutraler Miene an. »Noch etwas?«

Daß die Intensität seiner Gefühle ständigen Schwankungen unterlag, überraschte Isis weder, noch traf es sie, besonders in jüngster Zeit nicht. Ihrer Meinung nach hatte Sun-Tzu sich als erster neuer Erster Lord des Sternenbunds bewundernswürdig geschlagen, in seinen Pflichten dem Sternenbund gegenüber nie nachgelassen und zugleich äußerst hart daran gearbeitet, seine Nation auf eine ebenbürtige Position den anderen Großen Häusern gegenüber zu heben. Diese Reise durch die Systeme entlang der Grenze zum St. Ives-Pakt war im Hinblick auf die letztere Anstrengung von Bedeutung, und von ihrem Erfolg hingen zahlreiche zukünftige Entscheidungen ab. Sie lächelte, in der Hoffnung, ihm helfen zu können. »Ich dachte mir, du möchtest vielleicht über deine Rede heute nachmittag sprechen.«

Sun-Tzu erwiderte ihr Lächeln, aber sie bemerkte, daß es seine Augen nicht erreichte. Eine kalte, leere Maske. »Was hast du von unserem Empfang auf Necromo und im Capricornsystem gehalten?« fragte er ohne jeden Versuch, den Themawechsel zu ummänteln.

Isis war sich nicht sicher, ob das eine Prüfung oder eine Frage nach ihrem Rat war, zog es aber vor, das letztere anzunehmen. »Die Bevölkerung schien wirklich begeistert, besonders auf Necromo, wo der Erfolg deiner Wirtschaftsreformen unübersehbar ist. Capricorn III genießt noch keinen solchen Aufschwung, aber die hohen Fördermittel vom Ares lassen den Lebensstandard bereits steigen.« Isis zog die Augenbrauen zusammen, als sie auf einen weniger wichtigen Punkt zu sprechen kam. »Auf Capricorn III ist es allerdings zu einem stärkeren Aufwallen nationaler Gefühle gekommen, wenn man danach geht, daß alle neuen Modetrends asiatisch geprägt sind und das Capellanische Heer reichlich neue Rekruten findet.«

Diesmal lächelten auch seine Augen. »Du hast mit Zahn gesprochen.«

»Und mit Sasha.« Sie runzelte die Stirn. »Obwohl sie beide nur über Allgemeinplätze mit mir reden.« Sun-Tzu wischte ihre Irritation darüber, über manche Angelegenheiten im Dunkeln gehalten zu werden, beiseite, und sie ließ ihre Verärgerung abklingen. »Wenn du Beweise für den Erfolg deiner Xin-Sheng-Anstrengungen wolltest, würde ich die als gegeben ansehen.«

Sun-Tzus Blick schien durch sie hindurchzugehen. »Ja, aber wie groß ist dieser Erfolg?« Das war offensichtlich eine rhetorische Frage. »Es gibt noch so viel mehr zu erreichen.«

Innerlich erschauderte Isis. Sun-Tzu war zu einer tödlichen Geduld fähig, aber in allem, was die Konföderation betraf, konnte er zugleich erstaunlich skrupellos sein. »Du hast schon so viel erreicht«, versuchte sie vorsichtig, in das Gespräch über dieses kritische Thema einzusteigen. »Selbst das jüngste Aufwallen des capellanischen Nationalgefühls in der alten Tikonov-Region bestätigt das.« Er starrte sie hart an, und sie sprach hastig weiter. »Nein, niemand hat irgend etwas gesagt, aber es gehört nicht viel dazu, deine Hand dahinter zu entdecken. Mich überrascht nur, daß kein anderer Mitgliedsstaat des Sternenbunds protestiert hat.«

»Es gibt nur zwei, die das wagen würden«, stellte Sun-Tzu nüchtern fest. »Yvonne hat alle Hände voll damit zu tun, auf Berichte über Unruhen im gesamten Vereinigten Commonwealth zu reagieren. Tikonov geht in der Menge unter. Und Katrina…« Er zögerte, offenbar unsicher, wieviel er ihr offenbaren wollte. »Sie wird nicht öffentlich protestieren, solange ich keines der alten Davion-Systeme bedrohe.«

Ein während der Sternenbund-Konferenz auf Tharkad ausgemachter Handel? Es fiel Isis schwer, in Katrina Steiner-Davion mehr als eine Figur der Gesellschaft zu sehen, aber Sun-Tzu sah das erkennbar anders, und in diesen Fragen irrte er sich nur selten. Sie streckte die Hand aus und berührte seinen noch schweißnassen Arm. »Sieh dich vor, Liebster…«

Sun-Tzu zuckte vor ihrer Berührung zurück und schnitt ihre gutgemeinte Warnung ab. Isis sah die plötzliche Kälte in seinem Blick und fühlte, wie seine Muskeln sich spannten. Sie ließ die Hand sinken. Er musterte sie mehrere Sekunden lang, dann schenkte er ihr ebenso plötzlich ein strahlendes Lächeln, das sie fast, aber nicht völlig, überzeugte, sich seine Kälte nur eingebildet zu haben. *Er wünschte sich oder erwartete meine Unterstützung,* suchte Isis in Gedanken eine Erklärung für seine momentane Verärgerung, *und statt dessen habe ich zur Vorsicht gemahnt.*

»Geh und bereite unsere Nachricht an deinen Vater vor«, forderte Sun-Tzu sie auf, so als hätte es jenen peinsamen Augenblick nie gegeben. »Ich muß mich frisch machen und auf die Ansprache vorbereiten. Wenn mein Volk bereit ist, mir zu folgen, wie du es andeutest, wird es Zeit für mich, es weiter auf das Ziel zuzuführen, das mir vorschwebt.« Er trat an ihr vorbei auf den Gang, dann drehte er sich um und lächelte sie noch einmal liebevoll an. Er streckte die Hand aus und strich ihr leicht mit dem Zeigefinger über die Wange. »Mit deiner Hilfe, meine Liebste, werde ich die Konföderation wieder erstarken lassen.«

* * *

Aris Sung stand am Fuß der Stufen zur Bühne. Das schwarze Seidencape seiner Ausgehuniform blähte sich, als der Wind auffrischte. Die feuchte Brise trug den Geschmack von Salz vom nur wenige Kilometer entfernten Meer heran. Unter dem Cape vor dem Blick geschützt lag seine rechte Hand auf einer Nakajima-Laserpistole. Mit verkniffenen braunen Augen ließ er den Blick über die Zuschauerränge schweifen, die hohen Fenster und Dächer der Gebäude rings um den Paradeplatz von Castle Sands, und die Medieninseln, auf denen sich die Reporter mit ihren Holokameras und Aufzeichnungsgeräten drängten.

Applaus hallte über das Gelände, als Sun-Tzu Liao das Ende seiner Lobeshymne auf die planetare Garnison – in diesem Fall ein Regiment von McCarron's Armored Cavalry – erreichte. Der Klang erinnerte Aris an das Geräusch von Regen auf Stahlbeton, und trotz des wolkenlosen Himmels konnte er die Ahnung nicht abschütteln, daß ein Unwetter dräute. Er holte die linke Hand unter dem Umhang hervor. Sie hielt ein kleines Mikrophon, dessen Leitung durch den Ärmel und unter der Jacke zu einem Sender an seinem Gürtel verlief. Er brachte das Gerät an den Mund und flüsterte: »Alle Posten, Meldung.«

Aus seinem Ohrhörer, von dem aus ebenfalls ein dünner schwarzer Draht unter seiner Kleidung verschwand, flüsterten blecherne Stimmen, als die Posten Eins bis Neun alles ruhig meldeten. Danach rief er die Außenteams ab, die in Sicherheitsfahrzeugen unterwegs waren, in BattleMechs entlang des Kordons patrouillierten oder die Ereignisse an wichtigen Punkten wie den Hospitälern und dem Raumhafen überwachten. Auch die Kontaktleute aller Außenteams meldeten, daß alles ruhig war. »Hauptbühne, alles ruhig«, gab Aris seinerseits durch und ließ die Hand wieder sinken.

Aris führte seine Pflichten mit vorbildlicher Gewissenhaftigkeit aus, obwohl er sich keinen sichereren Ort hätte vorstellen können. Relevow war eine vorbildlich sichere Welt, ohne aufrührerische Traditionen oder auch nur erwähnenswerte Minderheiten. Der Paradeplatz lag unter der direkten Kontrolle von McCarron's Armored Cavalry, einer Quasi-Söldnereinheit, die der Konföderation Capella seit über fünfzig Jahren treue Dienste leistete und seit einiger Zeit wie eine reguläre Einheit behandelt wurde. Die fünf Regimenter dienten als Garnisonen in fünf an den St. Ives-Pakt grenzenden Systemen, eine Position von großer Verantwortung, die von dem hohen Ansehen zeugte, das die Armored Cavalry beim Kanzler genoß. Alle Medienberichterstatter und sonstigen Zuhörer der Ansprache waren gründlich überprüft worden. Aris und seine Leute hatten die Akten persönlich durchgesehen und die Aufzeichnungsgeräte untersucht. Und auf der Bühne hielten vier Mitglieder der Todeskommandos Wacht. Die großen, muskulösen Soldaten, die aus solidem Marmor gehauen schienen, standen wie in schwarze Uniformen gehüllte Standbilder auf der Empore, zwei hinter Sun-Tzu Liao, zwei hinter Isis Marik.

Alles schien bestens. Es waren keine Überraschungen zu erwarten. Sun-Tzu allerdings, der der Menge lächelnd zunickte, als der Beifall endlich verklang, schien andere Pläne zu haben.

»Ich habe auch die Garnisonstruppen der beiden Planeten gelobt, die wir besucht haben, bevor wir hierherkamen«, erklärte er, und Aris horchte auf. »Der Unterschied dabei war, daß ich dort capellanische *Bürger* für ihre hervorragende Dienstauffassung lobte. Und die Bürgerrechte sind nichts selbstverständliches. Jede neue Generation hier in der Konföderation muß sie sich erst verdienen, so wie es ihre Eltern getan haben. Die Garnisonstruppen beweisen auch weiterhin, daß sie ihre Bürgerrechte verdient haben, indem sie sich in den fortwährenden Dienst an den lebenswichtigen Interessen unserer Nation stellen.« Sun-Tzu deutete hinüber zu

Oberst Marcus Baxter, dem kommandierenden Offizier aller fünf Regimenter, der links neben Isis Marik stand. »Steht McCarron's Armored Cavalry ihnen darin irgendwie nach?«

Sun-Tzu machte eine Pause, damit die Implikationen seiner Frage klar wurden und die Erwartung der Zuhörerschaft anstieg. Aris Sung merkte, daß er den Atem anhielt, auch wenn er dabei weiter pflichtbewußt die Menge beobachtete, während er auf die nächsten Worte des Kanzlers wartete.

»Nur wenige Söldnertruppen haben sich so um die Konföderation verdient gemacht«, fuhr Sun-Tzu schließlich nach dramatischer Pause fort. »Ich würde sogar sagen, es gibt kaum Söldner, weder in dieser Nation noch in irgendeiner anderen, die zu solchen Diensten auch nur fähig sind. Aber die Tatsache bleibt bestehen, daß die Cavalry...« Er wandte sich wieder zu Baxter um. »...Ihre Cavalry ebendieses bewiesen hat. Sie und Ihre Leute haben eine größere Loyalität bewiesen als manche reguläre Einheit in der Geschichte der Konföderation Capella. In unserer dunkelsten Stunde, im Vierten Nachfolgekrieg, haben Sie treu an der Seite der Konföderation gestanden, als andere Regimenter, ganze Welten, sogar eine ganze Kommunalität desertierten.«

Donnernder Applaus, der alles übertraf, was Sun-Tzu bisher an Beifall für seine Ansprache erhalten hatte, übertönte einen Augenblick alles andere. Aris fühlte eine Woge von Nationalstolz in sich aufwallen, und sogar ein gewisses Gefühl der Gerechtigkeit in den Worten des Kanzlers. In einem Satz hatte Sun-Tzu Einheiten wie die Northwind Highlanders beschimpft, die im Vierten Nachfolgekrieg ihren Posten aufgegeben hatten, und ebenso die Planeten, die danach nicht einmal symbolischen Widerstand gegen die Davion-Aggression geleistet hatten und sich in den Umstrittenen Territorien selbst jetzt noch teilweise einer Wiederaufnahme in die Konföderation widersetzten. Und natürlich Candace Liao und ihren St. Ives-Pakt, mit deren ultimativem Hochverrat, die Konföderation aufzugeben und zu den Davions und ihrem verdammten Vereinigten Commonwealth überzulaufen. Aris erkannte, daß er Augenzeuge einer Ansprache war, deren Folgen auf Welten der gesamten Inneren Sphäre spürbar sein würden und die sicherlich in die capellanischen Geschichtsbücher eingehen würde. *Besonders, wenn Sun-Tzu Liao diesen Gedankengang weiterverfolgt.*

Sun-Tzu dämpfte mit einer beruhigenden Geste den Applaus, während Aris hastig alle Posten abfragte. »Meine Mutter«, erklärte der Kanzler langsam, sicher in dem Bewußtsein, daß sein Publikum ihm an den Lippen hing, »hat McCarron's Armored Cavalry im Hinblick auf bevorzugte Behandlung durch die Beschaffungsabteilung und Soldzahlungen zur regulären Einheit ernannt. Ich will weitergehen und den Kriegern der Cavalry und ihren Familien im Namen der Konföderation Capella die vollen Bürgerrechte verleihen. Das steht in meiner Macht, aber ich habe mich entschlossen, diese Ehre Ihrem neuen Lord zuzugestehen.«

Aris blinzelte überrascht. Bis zu diesem Augenblick hatte er geglaubt, Sun-Tzus Absichten zu kennen. Eine seltsame Stille senkte sich über den Paradeplatz, als das Publikum auf Sun-Tzus nächste Worte wartete, die zum dramatischen Höhepunkt dieser Rede zu werden versprachen.

Der Kanzler enttäuschte die Erwartungen der Menge nicht, als er im selben ruhigen, geschäftsmäßigen Ton fortfuhr. »Vor dieser Ansprache habe ich Colonel Marcus Baxter in privatem Gespräch den Barduc-Titel eines Reichslords angeboten. Und er hat angenommen. Als neues, geschätztes Mitglied des Schwertadels und nach Abschluß der entsprechenden Investitionszeremonien auf Sian wird er eine Domäne von nicht unter zwei Sonnensystemen erhalten, die er im Namen Liaos regieren und die McCarron's Armored Cavalry von nun an und für alle Zeit ihre Heimat nennen wird. Es wird *seine* Ehre sein, all jenen von Ihnen, die den Wunsch danach verspüren, die capellanischen Bürgerrechte zu verleihen, und natürlich wird die Cavalry auch unter seiner Führung im Rahmen des Xin Sheng aufmarschieren, um zurückzuerlangen, was einst unser war.« Der Kanzler winkte Marcus nach vorne. »Ich präsentiere Ihnen Lord Marcus Baxter.«

Aris verkniff sich den Applaus, nach dem es ihn drängte. Nicht für Oberst, nein, Lord Baxter, auch wenn der Mann für seinen Aufstieg in den Schwertadel der Konföderation sicherlich Applaus verdiente, sondern für Sun-Tzu Liao, der in einer einzigen Rede die Loyalität der wichtigsten capellanischen Militäreinheit noch ausgebaut hatte, was seinerseits die Grenze zu St. Ives befestigte *und* geeignet war, den capellanischen Nationalstolz zu fördern. Und natürlich für die Xin Sheng, die eine Stärkung dieser Nation versprach, wenn die Konföderation Capella sich zurückholte, was sie verloren hatte.

Aris bedauerte alle Welten, die sich weigerten, die historische Bestimmung der Konföderation anzuerkennen. Sein einziger Wunsch war, ruhmreich im Cockpit eines BattleMechs in die Schlacht zu ziehen, wenn das Signal erklang.

4

Palastanlage, Tian-tan, St.Ives
Herzogtum St. Ives, St. Ives-Pakt

10. August 3060

Cassandra Allard-Liao sah ihre Mutter mit gestrecktem Finger auf den Knopf der Fernbedienung hämmern, der den riesigen Trideowandschirm abschaltete. Augenblicklich verblaßte das Bild ihres Vetters Sun-Tzu, der im enthusiastischen Applaus der Menge auf Relevow badete, zu einem Schwarzweißbild, und verschwand dann ganz. Der Applaus und Jubel schien noch einen Augenblick länger durch Candace Liaos Privatsalon zu klingen, bevor er der gewöhnlichen Stille der Palastanlage Platz machte. Cassandra mußte ihrem Vetter zugestehen, daß er einen Auftritt hinzulegen verstand. Nur seine Sicherheitsleute hatten versucht, sich von den mitreißenden nationalen Gefühlen der Rede unbeeindruckt zu zeigen. Aber an der Art, wie sie sich in ihrer Paradehaltung unwillkürlich zu recken schienen, hatte Cassandra ihre positive Reaktion trotzdem erkannt. Die Holokameras hatten beinahe das Krachen der beanspruchten Wirbel eingefangen.

»Beeindruckend«, meinte sie.

Candace Liao blickte mit einem Stirnrunzeln auf den leeren Schirm, von dem noch Sekunden zuvor Sun-Tzus Gesicht herabgelächelt hatte, und schien sich zu wünschen, es so leicht nehmen zu können. Sie warf ihrer Tochter einen schrägen Blick zu. »Das bedeutet Ärger.«

Cassandra erwiderte das Stirnrunzeln ihrer Mutter, und einen Augenblick lang schienen die beiden Frauen dasselbe Gesicht zu haben, wenn auch im einen Fall etwas älter. Obwohl sie bereits Mitte Siebzig war, besaß Candace Liao noch dieselbe zeitlose asiatische Schönheit, die sie ihren beiden Töchtern vererbt hatte. Noch hellten nur vereinzelte graue Strähnen ihre glänzenden schwarzen Haare auf. Ihre Haut glänzte gesund, nur in den Winkeln der Mandelaugen waren einige winzige Fältchen zu erkennen. Cassandra konnte nur hoffen, einmal selbst so gut altern zu können.

»Ich verstehe nicht, weshalb, Mutter. Ich habe schon mehrere Reden dieser Art gehört, die der Paktbevölkerung bestätigen, daß wir im Vierten Nachfolgekrieg die richtige Wahl getroffen haben, als wir aus der Konföderation ausschieden. Inwiefern liegen die Dinge diesmal anders?«

Die Präsidentin drehte sich in ihrem hohen Stuhl um und nahm eine bequemere Sitzhaltung ein, um ihrer Tochter zu antworten. Ihre Miene hellte sich auf, als sie das Abbild ihrer eigenen Jugend betrachtete, aber die Sorge blieb erkennbar. »Jemandem, der nicht das Leben am Hof von Sian unter meinem Vater miterlebt hat, läßt sich das schwer vermitteln. Symbolik war damals wichtig, sowohl für unser chinesisches Erbe als auch, weil uns häufig nur symbolische Siege möglich waren. In all ihrem Wahn hat meine Schwester Romano gelernt, wahre Siege mit Symbolik zu verschmelzen. Ich *weiß*, daß Sun-Tzu dieses Talent ebenfalls besitzt. Für ihn gibt es keine hohlen Gesten oder leeren Drohungen.«

Mit einem kurzen Blick auf den dunklen Bildschirm, als erwarte sie halb, ihren Vetter wieder aus seinen Tiefen blicken zu sehen, ließ Cassandra sich die Worte ihrer Mutter durch den Kopf gehen, bevor sie antwortete. Sie atmete tief durch und sog den leichten Duft des Weihrauchs ein, den Candace gelegentlich abbrannte. »Du glaubst, daß er den St. Ives-Pakt bedroht? Wie könnte er das?«

»Ich denke, er versucht uns zu provozieren. Wie das genau vonstatten gehen soll, kann ich nicht sagen. Aber eines versteht mein Neffe sehr gut: Der St. Ives-Pakt ist ein Kartenhaus, gebaut auf Treibsand.« Die Herzogin legte die Fingerspitzen aufeinander. Mit nachdenklich verkniffenen Augen wirkte sie plötzlich ganz wie eine Liao. »Der Anspruch der Konföderation auf den St. Ives-Pakt ist real. Und unsere Bevölkerungen verbindet eine zu lange gemeinsame Geschichte, eine zu tiefe gemeinsame Kultur. Es wäre schwer, einer Assimilation zu widerstehen.«

Cassandra schüttelte den Kopf und weigerte sich, das einzugestehen. »Wir würden kämpfen«, erklärte sie überzeugt.

Lächelnd betrachtete Candace ihre Tochter mit ihren trotz des Alters noch adlerscharfen Augen. »Justins Feuer lodert in deinem Geist«, stellte sie mit einem Hinweis auf ihren verstorbenen Gatten fest. »Dasselbe Feuer lodert in deinem Bruder Kai, wenn auch gemildert durch vorsichtige Einsicht.«

War das ein Rüffel? Cassandra war selbst eine gute MechKriegerin und darauf bedacht, ihr Können unter Beweis zu stellen. Aber falls ihre Mutter ihr sagen wollte, daß sie ihrem Bruder in dieser Hinsicht nicht das Wasser reichen konnte, war das unnötig. Das wußte Cassandra nur zu gut. Kai gehörte zu den besten MechKriegern, die man in der Inneren Sphäre je gesehen hatte. *Aber das heißt nicht, daß ich nicht auch meinen Teil leisten kann.*

Candace faltete die Hände im Schoß und kehrte zum eigentlichen Thema des Gesprächs zurück. »Ja, wir würden kämpfen.« Die Stimme der Herzogin wurde hart. »Und wir werden kämpfen. Aber in einer militärischen Auseinandersetzung fiele es uns sehr schwer, die Konföderationstruppen ohne Unterstützung lange aufzuhalten. Das weißt du so gut wie ich. Wir sind gezwungen, uns bei unserer Verteidigung auf das Vereinigte Commonwealth zu stützen.«

»Aber auf dessen Schutz können wir nicht zählen«, stellte Cassandra fest. »Nicht, solange die Bedrohung durch die Clans weiterbesteht. Nicht, solange Katherine das Reich bereits zweigeteilt hat und wahrscheinlich nur auf eine Gelegenheit wartet, Yvonne Ärger zu machen.« Sie verstummte, um nachzudenken, und war ihrer Mutter dankbar, daß sie ihr die Zeit ließ, die Angelegenheit selbst durchzudenken. »Also müssen wir einen Kampf vermeiden«, erklärte sie schließlich, als sei die Lösung sehr einfach. Sie war sich sicher, daß ihre Mutter diese Antwort hören wollte, obwohl sie persönlich den Pakt für stark genug hielt, sich ohne fremde Hilfe zu verteidigen.

Wieder nickte Candace. »Irgendwie ist Sun-Tzu auf uns aufmerksam geworden. Er sucht nach einem Anlaß, und den dürfen wir ihm nicht liefern. Irgendwann wird ein anderes Projekt sein Interesse beanspruchen, eines, das unmittelbareren Gewinn verspricht.« Candace machte eine kurze Pause und sog die parfümierte Luft des Salons tief in ihre Lungen. »Bei der Durchsicht unserer Grenzbefestigungen bin ich auf ein potentielles Problem gestoßen. Auf Indicass steht eine große Söldnereinheit, zwei Regimenter, die diese Möglichkeit nutzen könnte, Sun-Tzu anzugreifen. Ihr fanatischer Haß auf den Kanzler ist zu gut bekannt, als daß er nichts davon wissen könnte, und in seiner Rede auf Relevow hat er die Loyalität der meisten Söldner in Frage gestellt.«

»Dasselbe hat er über den durchschnittlichen Paktbürger gesagt«, stellte Cassandra fest. »Aber es stimmt, mit seiner Hervorhebung von McCarron's Cavalry scheint er es darauf anzulegen, andere Söldnertruppen zu beleidigen.«

Candace lächelte zustimmend. »Ich habe eines der beiden Söldnerregimenter zurück nach St. Loris beordert, das mit der geringeren Selbstkontrolle.«

Cassandra führte eine hastige Kopfrechnung aus, sah eine Gelegenheit und versuchte sie auszunutzen, bevor die Überlegungen ihrer Mutter in eine andere Richtung abschwenkten. »Ich könnte ein Bataillon der 2. St.-Ives-Lanciers mobilisieren und in drei bis vier Wochen auf Indicass sein. Wenn ich Kittery mit der dortigen K-F-Ladestation als Wegstation benutzen kann. Das dürfte lange vor Sun-Tzus Eintreffen auf Hustaing oder Purvo sein«, meinte sie und bezog sich damit auf die beiden Systeme der Konföderation, die Indicass am nächsten lagen. »Ich könnte das Garnisonsregiment verstärken und an die Kandarre nehmen.«

Candace stockte und gab dann mit einem zögernden Nicken ihre Einwilligung zu dem Vorschlag. »Justins Feuer. Na schön, flieg mit deinen Leuten hin und überwache die Lage. In der Zwischenzeit werde ich die Garnisonseinheiten auf den anderen Grenzwelten anweisen, Manöver abzuhalten. Das sollte ihnen gestatten, ihre Muskeln ausreichend spielen zu lassen, um sich von Sun-Tzus Treiben nicht bedroht zu fühlen. Außerdem werde ich alle Regimentskommandeure anschreiben und noch einmal meine Überzeugung zum Ausdruck bringen, daß keine unmittelbare Gefahr besteht.« Candace Liao ließ einen Hauch von Stahl in ihre Stimme fließen. »Wir *werden* den Frieden erhalten.«

In diesem Augenblick bewunderte Cassandra die Stärke ihrer Mutter und fühlte keinerlei Zweifel, daß sie recht hatte. Sollte Sun-Tzu ruhig kommen, wenn er den Mut besaß. Der St. Ives-Pakt konnte sich wehren.

* * *

Föhrental, Denbar
Herzogtum Vestallas, St. Ives-Pakt

An die Rückwand der Freizeithalle der Weißstrombasis Denbars gelehnt, ein Glas Eiswasser in der Hand, aus dem sie gelegentlich einen Schluck nahm und ansonsten versuchte, in der rauchgeschwängerten Luft einen Hustenanfall zu unterdrücken, unterhielt sich Majorin Trisha Smithson zwischen den Ausbrüchen der übrigen Einheit leise mit ihrem Stellvertreter. Das zweite Bataillon der Blackwind-Lanciers sah Sun-Tzu Liaos Relevow-Ansprache jetzt bereits zum vierten Mal und kannte sie inzwischen so gut, daß die verärgerten Zwischenrufe und Beschimpfungen schon aufklangen, noch bevor der Kanzler aussprach, was sie auslöste.

»Was halten Sie davon?« fragte Warner und deutete auf die MechKrieger, die dem riesigen Holovidwandschirm Flüche und obszöne Gesten zuwarfen.

Trisha betrachtete den Mob, in den sich ihre Einheit innerhalb weniger Stunden verwandelt hatte. In Anbetracht der ausgeprägt Sun-Tzu-feindlichen Ansichten, die sie in den sechs Jahren als Bataillonsführerin in ihren Leuten gefördert hatte, wäre jede andere Reaktion enttäuschend gewesen. Obwohl sie ihr Verhalten noch reichlich zahm fand. *Aber es muß genügen.*

Sie warf Sun-Tzu Liaos Bild auf dem Holoschirm einen haßerfüllten Blick zu, allein schon der Form halber, als er zunächst Marcus Baxter zum Lord der Konföderation erklärte und sich dann, nachdem der Applaus abgeklungen war, in weiteren Beleidigungen des St. Ives-Pakts erging. »Sie scheinen bereit, einen Aufstand anzuzetteln«, stellte sie mit gesenkter Stimme fest und verbarg ihre Freude unter einer Note der Besorgnis. »Aber das können wir nicht zulassen.« *Noch nicht.* »Oberst Perrin könnte mir den Befehl entziehen, wenn es dazu kommt.«

Kapitän Warner Doles nickte nur, aber in dieser simplen Geste konnte Trisha sein Verständnis erkennen. Trotz einiger privater Standpauken, die der Kommandeur der Blackwind-Lanciers ihr und einmal auch Doles gehalten hatte, war ihre Akte sauber. Gelegentlich schien es fast, als versuche Perrin zu vergessen, daß sein

2. Bataillon oder auch nur der Planet Denbar überhaupt existierten. Er verbrachte seine Zeit auf Milos oder Texlos mit dem 1. oder 3. Wenn einer der Krieger des 2., meistens Trisha, sich etwas zuschulden kommen ließ, zog er es vor, die Sache intern zu regeln und keine Meldung zu machen.

Auf dem Bildschirm setzte das dreidimensionale Abbild Sun-Tzu Liaos in dessen grünroten Seidenroben sein verbales Bombardement fort. »McCarron's Armored Cavalry wird immer zu den hervorragendsten capellanischen Einheiten zählen. Wir können uns darauf verlassen, daß sie die Nation gegen alle Feinde verteidigt, äußere *wie* innere. Mit Ihrer Hilfe wird uns wieder gehören, was einst unser war.«

Ein inneres Ziel. Stück für Stück engte die Rede des Kanzlers ihre Auswahl ein. »Kommentar?« forderte Trisha Smithson Warner auf, als ihre Krieger Sun-Tzu Ablehnung und Zweifel über seine Abstammung entgegenschleuderten.

Warner holte seine Pfeife hervor, ein langstieliges Stück mit einem Kopf aus gebranntem Ton. Sehr traditionell zwar, aber auch ein nicht allzu geschickter Versuch, sich Zeit zum Nachdenken zu verschaffen. Als er Trishas mißbilligende Miene bemerkte, nickte er entschuldigend und schob die Pfeife zurück in seine Jakkentasche. Der muskulös gebaute Offizier fuhr sich mit den Fingern durch das hellbraune Haar, dann verschränkte er die breiten Arme vor der Brust und lehnte sich mit dem Rücken an die Wand. »Liao könnte die Umstrittenen Territorien meinen«, stellte er schließlich fest.

»Aber das glaubst du nicht ernsthaft?« *Oder wenn doch, muß ich deine Meinung ändern.*

Er schüttelte den Kopf. »Nein. Dafür waren zu viele seiner Kommentare zu eindeutig. Die Tatsache, daß er die Gründung des Pakts kürzlich als Militärputsch von

Einheiten bezeichnet hat, die zu feige waren, sich der Davion-Bedrohung zu stellen, zeigt, welche Meinung er von uns hat. Und machen wir uns nichts vor. Wenn er den Pakt erobern will, kann er das tun. Nur der wiedergegründete Sternenbund hindert ihn daran. Der Sternenbund und sein Zögern, die VerCom-Einheiten anzugreifen, deren Stationierung im Paktgebiet Präsidentin Liao gestattet hat.«

Trisha nickte. Die Überlegungen ihres Stellvertreters entsprachen dem, was ihr selbst durch den Kopf ging. *Der Kanzler sucht ganz offenbar nur nach einer Entschuldigung. Er wird angreifen, so oder so.* Sie nahm einen Schluck Eiswasser, um das Brennen in ihrer vom Qualm gereizten Kehle zu lindern. »Sonnyboy und seine irre Mutter vor ihm haben ihren Anspruch auf den Pakt nie formell fallen lassen. Aber hat er die Qiu, ihn sich zu holen?«

Auf diese Obszönität hin hatte Warner nur ein Schulterzucken anzubieten. Für einen Mann seines Körperbaus schien er bemerkenswert sanft. Nach einer Weile fügte er hinzu: »Die Präsidentin scheint nicht der Ansicht zu sein. Von St. Ives ist jedenfalls nichts zu hören.«

Trisha wählte ihre nächsten Worte vorsichtig, um ihren Stellvertreter nicht vor den Kopf zu stoßen. »Herzogin Liao ist in politischen Kreisen erfolgreich genug, aber sie sitzt sicher auf St. Ives, während Denbar und die anderen Grenzwelten damit rechnen dürfen, hart rangenommen zu werden.« Sie nickte zum Schirm. »Er droht uns mit McCarron's Cav, und wir sitzen hier tatenlos herum wie ein fettes Rebhuhn in den Quillarfeldern, das nur darauf wartet, vom Jäger abgeschossen zu werden.«

»Was sollten wir sonst tun?« fragte Warner und sah sie mit einer Mischung aus Interesse und Besorgnis an.

Trisha beugte sich zu ihm hinüber, damit niemand mithören konnte. Außerdem ermahnte sie sich in Gedanken, ihre Wortwahl professionell und legitim zu halten. »Die Kompanieführer zusammenrufen und ein paar Planungssitzungen abhalten. Ich möchte eine Palette von Abwehr-, Evakuierungs- und Angriffsplänen bereit haben, je nachdem, was Sunnyboy vorhaben könnte, bereit zur sofortigen Umsetzung.« Sie bemerkte den spekulativen Ausdruck, der über Warners Gesicht huschte und Zustimmung Platz machte, und sie nickte. »'58 hat er die Souveränität Sarna überraschen können. Diesmal werden wir es ihm nicht so einfach machen.«

5

Hsienpark, Yushui, Gei-Fu
Kommunalität Capella, Konföderation Capella

23. August 3060

Aus dem düster verhangenen Himmel über Yushui fiel Nieselregen, und in der Ferne erklang ein Donnergrollen. *Ein dramatischer Hintergrund für die Rede des Kanzlers,* dachte Aris. Trotz des unfreundlichen Wetters hatte sich eine Menschenmenge im Park am Ufer des durch die Stadt verlaufenden Flusses versammelt, bewaffnet mit Regenschirmen und Ölzeug, um das Wüten der Elemente abzuhalten. Die Hauptsiedlungsgebiete Gei-Fus gehörten zu den regenreichsten Regionen der Konföderation, und von etwas Niederschlag ließen sich diese Menschen nicht beeindrucken.

Die Ansprache des Kanzlers verlief weitgehend so wie schon auf Relevow, und Aris Sung konnte sich mehr auf die Sicherheit der Umgebung konzentrieren. Er wischte das Regenwasser ab, das ihm von den an der Kopfhaut klebenden Haaren aufs Kinn tropfte und den Hals hinablief. Ein Regencape über der Uniform half ihm, halbwegs trocken zu bleiben, aber er weigerte sich, die Kapuze hochzuklappen. Seine Ohren zu bedecken und sein seitliches Sichtfeld zu blockieren, hätte ihn beim Schutz des Kanzlers behindert, und Gei-Fu war keine Welt, die Aris ihrer Sicherheit wegen liebte.

Haus Hiritsu war 3051 schon einmal nach Gei-Fu beordert worden, um eine Rebellion niederzuschlagen, als der Planet versucht hatte, sich aus der Konföderation zu lösen und dem benachbarten St. Ives-Pakt anzuschließen. Früher oder später rechnete Aris mit einer Erwähnung dieser Ereignisse in Sun-Tzus Rede. Damals war ein BattleMech heimlich unter der Oberfläche des Nunya ins Stadtgebiet eingedrungen und in Höhe dieses Parks wie ein vernichtungswütiges Seemonster aus dem Fluß gestiegen. Nur Aris' schnelle Reaktion hatte das Leben Haus-Meisterin Virginia Yorks und damit die Lage auf Gei-Fu gerettet. Im Vertrauen hatte Infanteriekommandant Jessup Aris wissen lassen, daß es vor allem dieser Zwischenfall war, der ihn und Ty Wu Non veranlaßt hatte, Aris die Leitung der Ehrengarde anzuvertrauen.

Aris konnte das Gefühl nicht unterdrücken, daß sich die Geschichte auf irgendeine Weise wiederholen würde.

Auf Relevow hatte er ähnliche Ahnungen gehabt, wenn auch von erheblich weniger bedrohlicher Art. Hier auf Gei-Fu war die Vorahnung deutlich stärker, obwohl ein Regiment von McCarron's Armored Cavalry die Sicherheitstruppen Haus Hiritsus verstärkte. Ein Gewitter braute sich zusammen. Kein Unwetter aus Regen und Blitzen, sondern eines aus Menschen und Maschinen. Aris wußte es. Er konnte es fühlen... so wie manche Menschen wetterfühlig waren. Er zog seine Gewißheit aus der Hitze seiner Haut, der Anspannung seiner Muskeln und dem Zucken in den Fingern, die sich nach den Kontrollen des *Spuk* sehnten. Aber ob es genau hier und jetzt ausbrechen würde, konnte er nicht sagen. *Vielleicht plagt mich auch nur die Erinnerung.*

Der im Stadtgebiet durch ein Stahlbetonbett fließende Nunya schlug gegen die Oberkante des Damms. Diesmal hatte Aris mehrere Kilometer flußauf- und -abwärts Sensoren in die Fluten senken lassen, und eine Mechlanze seiner Kompanie bewachte zusammen mit einem kleinen Infanteriekontingent den Bisn'z-Damm ein Stück flußaufwärts, nur für den Fall, daß jemand auf die glorreiche Idee kam, Yushui zu überschwemmen. Nichts blieb dem Zufall überlassen.

Aris schüttelte den Kopf, um das Wasser aus dem kurzgeschorenen schwarzen Haar zu schleudern, und musterte die Menge, während er die Posten abrief. Das

Gras war an manchen Stellen zu Schlamm zertrampelt, was es schwierig machte, sich auf den Füßen zu halten. Er bemerkte Li Wynn, der in Zivilkluft mit einer Kamera durch den Park wanderte, wie ein einheimischer Photograph, der versuchte, ein paar Aufnahmen vom historischen Besuch des Kanzlers zu ergattern. Es steckte kein Film in der Kamera, aber deren Teleobjektiv eignete sich hervorragend zur Beobachtung.

»Und in den letzten neun Jahren«, donnerte Sun-Tzus Stimme durch das hochmoderne Lautsprechersystem über die Menge, »war auf Gei-Fu nicht eine aufrührerische Stimme zu hören, was mich glauben macht, daß seine Menschen die Verbrechen des früheren Refrektors und seine zum Scheitern verurteilte Rebellion wahrhaft bereuen. Tatsächlich gehört Gei-Fu zu den Welten mit den höchsten prozentualen Rekrutierungsziffern des Capellanischen Heers, ein wahrhaft bemerkenswerter Beitrag zur Xin Sheng.«

Wahrscheinlich wollen sie nur dem Regen entkommen. Aris wischte sich das Wasser von der Stirn und empfing die letzten Meldungen der Außenposten. Alles schien ruhig. Der Kanzler war äußerst gnädig, dachte er.

»Es ist schade, daß nicht noch mehr frühere Rebellenwelten Ihrem Beispiel gefolgt sind«, sprach der Kanzler weiter und machte eine Pause, damit seine Zuhörer selbst ihre Schlüsse ziehen konnten, wen er damit meinte. »Furchtbar, daß sie den Ruf ihres capellanischen Erbes weiter ignorieren oder daß ungerechte Regierungen weiterhin das natürliche Verlangen ihrer Bevölkerungen unterdrücken, zu ihren Brüdern und Schwestern zu stoßen. Niemals gab es dafür eine bessere Zeit als heute, in der Wiedergeburt der Konföderation.«

Autsch. Aris verzog mit einer Mischung aus Amüsiertheit und Mitgefühl das Gesicht, als Sun-Tzus Bemerkungen tiefe, blutige Wunden in die Souveränität des St. Ives-Pakts, der winzigen Allianzen in den Chaos-

Marken und der angeblich unabhängigen Systeme dort und in den Umstrittenen Territorien schlugen. Und sogar noch weiter, wenn die Nachrichten von Unruhen auf den alten Welten der Kommunalität Tikonov der Wahrheit entsprachen. Kanzler Liao hatte das Talent eines MechKriegers, mit einem Minimum an Waffeneinsatz maximalen Schaden anzurichten, selbst wenn sein Schlachtfeld politischer Natur war.

Während er auf das Abklingen des Beifalls wartete, lehnte Sun-Tzu sich vom Mikrophon weg und unterhielt sich leise mit Isis Marik, dann mit Lord Marcus Baxter, die ihn auf der Bühne flankierten. Isis drückte ihm einen schnellen Kuß auf die Wange, möglicherweise als Dank für einen privaten Kommentar oder auch nur zur Schau, und Lord Baxter nickte.

Sun-Tzu kehrte ans Mikro zurück. »Auch diese Welten werden die behagliche Umarmung der Konföderation wieder erleben«, setzte er die Ansprache fort. »Das ist ein Versprechen. Dasselbe Versprechen, das ich schon auf Relevow gemacht habe und das ich auf meiner weiteren Rundreise auf Overton, Harloc und Hustaing machen werde.«

Aris war einen Augenblick lang verwirrt, als der Kanzler Purvo, die Station nach Hustaing, in seiner Aufzählung ausließ, aber dann kümmerte er sich nicht weiter darum, weil er frischen Nationalstolz in sich aufwallen fühlte und spürte, wie die Emotionen über ihm zusammenschlugen und drohten, ihn auf einer Woge der Ideale wegzuspülen, die sich in Sun-Tzus Xin-Sheng-Bewegung manifestierten. Xin Sheng - Wiedergeburt, genau das bot der Kanzler seinen Zuhörern an.

»Unsere Zeit ist gekommen«, erklärte Liao und näherte sich erkennbar dem Ende der Ansprache. »Eine Zeit, in der alle capellanischen Bürger wieder stolz sein können auf ihre Nation und ihr Erbe. Mit Welten wie Gei-Fu und Militäreinheiten wie McCarron's Armored

Cavalry wird die Konföderation zu vergangener Größe zurückfinden.«

Diesmal unterstrich ein Donnergrollen den Applaus mit einer rollenden Baßnote, die Aris an das Wummern der Geschütze auf dem Schlachtfeld erinnerte. Er sah besorgt hinüber zu den tosenden Fluten des Nunya und erwartete schon fast, einen feindlichen Mech auftauchen zu sehen, dann ordnete er einen neuen Check aller Posten an, obwohl er gerade erst einen abgeschlossen hatte. Ja, es braute sich tatsächlich ein Gewitter zusammen. Aber ein glorreiches Unwetter, in dem Aris sich neue Systeme für die Konföderation zurückgewinnen sah.

Er konnte nur noch nicht sicher sagen, wann oder wo es ausbrechen würde.

* * *

Der Form halber machte Li Wynn ein paar Scheinbilder des Kanzlers und der yushuischen Menge. Der Verschluß knackte, und der automatische Filmtransport surrte. Es spielte keine Rolle, daß kein Film in der Kamera war. Jeder, der ihm auch nur die geringste Aufmerksamkeit schenkte, konnte die Kamerageräusche hören und würde zufrieden sein.

Er bewegte sich vorsichtig über den schlammigen Boden. Der Morast besaß einen säuerlichen Gestank, der unter dem Trampeln der Menge noch zunahm. Er hörte Aris' Aufforderung, einen Statusbericht durchzugeben, schon den zweiten in wenigen Minuten, wartete aber, bis Postenleitung Drei den Befehl an ihn weitergab. Li drückte das kleine Mikro, das er in der linken Handfläche hielt. »Menge Sieben, ruhig«, meldete er. Dann machte er ein paar vorgetäuschte Schnappschüsse, während er die Menschenmenge noch intensiver beobachtete.

Irgendwas hat Aris nervös gemacht.

Li konnte nichts entdecken. Und obwohl er Aris' Instinkten vertraute, fragte er sich einen winzigen Moment lang, ob sein Sponsor und Sifu sich nicht vielleicht irrten. Von seinem Blickpunkt aus lief die Ansprache ohne die geringsten Probleme ab. Li spürte den Sog der Xin Sheng auf seine Emotionen. Wichtiger noch, die Menge stand ganz hinter Sun-Tzu Liao, erst recht, nachdem er sie als positives Beispiel herausstellte, obwohl er leicht das Gegenteil hätte tun können. Li Wynn wußte, welchen Eifer man in einem Menschen wecken konnte, wenn man ihn aus seiner bisherigen Situation heraushob.

Auf Kaifeng war er ein Straßenjunge gewesen, bevor Haus Hiritsu gekommen war, und das war noch eine gnädige Umschreibung. Strauchdieb wäre der Wirklichkeit nähergekommen. Er erinnerte sich an die Nacht, in der er in der feuchten, stinkenden Kanalisation gekauert hatte, während in den Straßen über ihm BattleMechs kämpften, und darauf gehofft hatte, daß eines dieser metallenen Monster die Wand eines Juwelierladens oder noch besser einer Bank eintrat, bevor es zu anderen Gefechten weiterzog. Aris Sung hatte sich mit ihm angefreundet und ihm die Gelegenheit gegeben, Teil von etwas größerem zu werden. *Dazuzugehören.* Li Wynn konnte sich nicht erinnern, jemals irgendwo dazugehört zu haben. Das war der Zauber, der ihn hinter Haus Hiritsu hergezogen hatte, nach Randar und dann nach Sarna, wo er Tag für Tag bewiesen hatte, die Aufnahme wert zu sein, bis Haus-Meister Ty Wu Non schließlich zugestimmt hatte, ihm eine Chance zu geben. Und jetzt hatte Li Führung: Pflichten, als capellanischer Bürger und Mitglied eines Kriegerhauses.

Und mehr?

Li Wynn schulterte sich höflich durch einen kleinen Pulk von Zuhörern, die Kamera mit kalten Fingern umklammert, während er Sun-Tzu Liao lauschte. Er konnte den Enthusiasmus nicht unterdrücken, der in ihm aufwallte. Und er versuchte es auch gar nicht. Obwohl er nicht in der Konföderation geboren worden war, war er nichtsdestoweniger ein Capellaner. Und während es die Pflicht war, die ihn in den Dienst der Konföderation gezogen hatte, versprachen seine steigenden Gefühle der Selbstachtung und des Stolzes ihm eine Zukunft, in der er möglicherweise etwas noch mitreißenderes zu spüren vermochte als nur das Gefühl dazuzugehören. Etwas, das er noch nicht definieren konnte, das sich dem Zugriff entzog, ihn aber gelegentlich mit einer leichten Berührung lockte – wie das Streicheln eines Schmetterlingsflügels auf seiner Wange.

Fast sein ganzes Leben hatte Li Wynn kämpfen müssen, um in einer Welt ohne Richtung, ohne Sinn zu überleben, und zum größten Teil mit Erfolg. Jetzt, da er eine Richtung gefunden hatte, wollte er sehen, wie weit und schnell er laufen konnte.

Und die ganze Zeit fühlte er den Blick des Kanzlers auf sich ruhen, der ihn weitertrieb – immer weiter.

6

Ausbildungslager der Heimatmiliz, Hazlet, Nashuar
Herzogtum St. Ives, St. Ives-Pakt

28. August 3060

Leuchtspurmunition fraß sich durch die Dunkelheit, winzige Lichtblitze, die über dem simulierten Gelände aufleuchteten, und an denen das Auge den Weg zurück zum orangeroten Mündungsfeuer der Autokanonenmündungen verfolgte. Es herrschte brütende Hitze im Innern des Simulators, die enge Kabine wurde durch das ständige Abfeuern der Waffen gnadenlos aufgeheizt. Kadett Maurice Fitzgerald versuchte, den in seinen Augen brennenden Schweiß durch Blinzeln zu vertreiben und zog das Fadenkreuz über die ferne, undeutliche Silhouette eines feindlichen *JägerMech,* dessen tonnenförmiger Rumpf und unverwechselbare Arme aus Autokanonenläufen eine Identifikation leichtmachten. Er wagte einen einzelnen Laserschuß, sobald das goldene Leuchten des Fadenkreuzes die erste teilweise Zielerfassung signalisierte. Die rubinrote Energielanze ging vorbei, als der *JägerMech* nach hinten aus der Feuerlinie trat.

Das Szenario war vertraut. Fitzgerald war sich ziemlich sicher, daß es sich um eine abgewandelte Version einer Übung handelte, mit der die Ausbildungslanze sich erst drei Wochen zuvor auseinandergesetzt hatte. Nur daß die Kadetten der Nashuar-Heimatmiliz diesmal statt gegen ClanMechs gegen Kampfkolosse antraten, die in der Konföderation Capella eingesetzt wurden. Alle feindlichen Maschinen trugen das berüchtigte Konföderationswappen des Katana in behandschuhtem Griff, ein Beweis für die zunehmenden Spannungen an der Grenze des Pakts. Der *JägerMech* und eine Maschine des neuen *Schlange*-Typs verteidigten einen mit Arrow-IV-Lenkraketen bestückten feindlichen *Katapult,* während ein leichterer *Rabe*-ScoutMech versuchte, sich an der Ostflanke anzuschleichen, um einen der Pakt-Mechs mit einem Ortungslaser für die Raketen zu kennzeichnen. Der *Rabe* war der Joker in diesem Spiel. Wenn es gelang, ihn festzusetzen, hatten die Pakt-Kadetten eine Chance.

Das verlangt einiges Vertrauen in unsere leichte Mechpilotin.

Fitz feuerte einen weiteren Laserschuß auf den fernen *JägerMech* ab, und wieder schoß er vorbei. Er wollte brüllen vor Enttäuschung, aber er hielt sich zurück, weil er wußte, daß ein Mikrophon im Innern der Simulatorkapsel diesen Ausbruch für Nevarrs Beurteilung festgehalten hätte. Ein Distanzgefecht in der Dunkelheit schien alles andere als einfach. Es zwang die MechKrieger, sich stärker auf ihre Sensoren zu stützen, und die Piloten liefen Gefahr, wichtige Hinweise in der Bewegung des Gegners oder den Besonderheiten des Geländes zu übersehen, die entscheidend sein konnten. Fitz wußte außerdem, daß er zuviel Aufmerksamkeit auf die Taktikanzeige der Sichtprojektion richtete. Aber er vertraute seiner persönlichen Analyse des Kampfverlaufs mehr als dem Durchblick seiner drei Lanzenkameraden, deshalb bemühte er sich, alle Aspekte des Gefechts im Auge zu behalten.

Fitzgeralds größtes Problem war allerdings, daß Nevarr ihm diesmal eine unterstützende Aufgabe zugewiesen hatte und er sich hinten halten mußte, um die Lanze gegen den *Rabe* zu verteidigen, falls es dem gelang, an ihrem eigenen leichten Mech vorbeizukommen, ebenso wie gegen gegnerische Versuche einer Flankenbewegung. *Ich hänge fest.* Der simulierte Pilot des *JägerMech* war ein Könner. Er hielt sich in optimaler Entfernung seiner leichten Autokanone und setzte dem *Totschläger* damit zu, der Schwierigkeiten hatte, zurückzuschlagen.

Ein leichtes Zittern ging durch die Kanzel, als neue 30mm-Granaten sich in die Panzerung des Mechs fraßen. Ein Blick auf die Schadensanzeige meldete den Verlust von etwa einer weiteren Vierteltonne Panzerschutz, diesmal vom linken Arm und Unterschenkel. Er kämpfte gegen den Drang an, auf die feindliche Maschine zuzupreschen. *Wenn ich aus der Formation ausbreche, muß ich damit rechnen, daß Nevarr mich zurück ins Panzerkorps schickt. Keine Chance.* Mit zusammengebissenen Zähnen und weißen Fingerknöcheln zwang Fitz sich, den *Totschläger* rückwärts zu bewegen und suchte in einem spärlichen Hain aus Kiefern und Hickory Deckung. Der nächste kaum gezielte Laserschuß fuhr in die Bäume, und wieder kam der *JägerMech* ungeschoren davon.

»Miliz Eins von Miliz Vier. Der *Rabe* ist frei.« Die Stimme Kadettin Rastechts, der *Jenner*-Pilotin der Lanze, drang durch den eingebauten Lautsprecher des Neurohelms flüsternd an Fitz' Ohr, und trotz des Rauschens der Übertragung war ihre Stimme hörbar erregt. Der *Rabe* war ihr entkommen und bedrohte jetzt die Flanke der Einheit. Eine einzige der Lenkraketen des *Katapult* konnte das Aus für ein Mitglied der Lanze bedeuten, wenn es vom Ortungslaser des leichten Mechs ins Ziel gesteuert wurde. »Ich nehme die Verfolgung auf«, gab sie durch.

Fitz senkte das Kinn, um sein Helmmikro zu aktivieren. »Miliz Drei, verlasse Formation für Abfangmanöver«, gab er durch und drehte den *Totschläger* in einer engen Kehre nach Osten. *Wenn ich den* Rabe *ausschalte, rette ich die Übung und verbuche ein paar Punkte.*

Seine Gedanken an einen privaten Sieg waren nicht von langer Dauer, denn die provisorische Lanzenführerin Danielle Singh beorderte ihn zurück. »Abgelehnt, Miliz Drei. Position halten.« Ihre Stimme klang entschieden und selbstsicher. »Wir haben die *Schlange* fast eingekesselt. Halt uns den *Jäger* vom Hals. Miliz Vier, hol dir den *Rabe*!«

Auf der Sichtprojektion näherte sich der *Rabe* schnell von Osten, in einiger Distanz verfolgt von dem minimal schnelleren *Jenner*. Es sah nach einem engen Wettrennen aus, und der *Totschläger* stand mitten im Weg. Wenn Restecht verlor, würde Fitz es als erster merken. »Bitte um Freigabe, den *JägerMech* zu stellen.« Wenn er in eine bessere Entfernung für seine Laser kommen konnte, hatte er wenigstens Hoffnung, einen Feind-Mech abzuschießen.

»Abgelehnt, Miliz Drei. Bleib zwischen uns und dem *Rabe*.«

Nán-rén fù-kuan! Ein Menschenopfer! Fitzgerald knirschte mit den Zähnen, als neue Leuchtspurmunition auf seine Position zuschoß und kleinkalibrige AK-Granaten sich in die Mechpanzerung gruben. Er schaltete den Hauptsichtschirm von Magnetischer Anomaliedetektion auf Infrarot um, aber das war kaum besser als Normaloptik. *JägerMechs* liefen einfach nicht heiß, weil sie sich statt auf schwere, hitzeintensive Energiewaffen auf ihre Autokanonen verließen. Mit einem Fluch auf den Wärmehaushalt seiner Maschine löste er beide schweren Lichtwerfer des *Totschläger* aus. Einer der Laser erzielte einen Glückstreffer und schoß zwischen zwei hohen Kiefern in den rechten Torso des capellanischen Mechs. Alarmsirenen heulten auf und warnten vor einer automatischen Reaktorstillegung wegen Überhitzung, und Fitz schlug mit der flachen Hand auf den Vetoschalter, während er unter einer Welle glutheißer Luft nach Atem schnappte. Trotzdem, es tat gut, endlich wenigstens einen Treffer gelandet zu haben.

Auch wenn er damit nicht annähernd genug Schaden angerichtet hatte, um den schweren BattleMech in die Knie zu zwingen. Der *JägerMech* zog sich einfach wieder aus seiner Reichweite zurück, während er Fitzgeralds Position kontinuierlich weiter mit panzerbrechenden 30mm-Granaten bombardierte. Beinahe wäre Fitz in diesem Augenblick aus der Lanzenformation ausgebrochen, angespornt von seinem langersehnten Erfolg. Es kostete ihn seine ganze Beherrschung, die Position zu halten.

»*Rabe* ausgeschaltet.«

Rastechts Stimme triumphierte auf der Kommfrequenz nur Sekundenbruchteile bevor das Symbol des feindlichen ScoutMechs von der Sichtprojektion des *Totschläger* verschwand. Der Schluß ihrer Meldung vermischte sich mit dem Beginn der Durchsage Danielles, die von ruhiger Stärke geprägt war. »*Schlange* ausgeschaltet.« Und dann, bevor Fitz darum bitten konnte: »Miliz Drei und Vier freigegeben für Angriff auf *Jäger-Mech*.«

Zeit wird's. Fitzgerald beschleunigte und warf seinen *Totschläger* in einen Sturmlauf auf die Position seines Gegners zu. Der Sieg seiner Lanze war praktisch garantiert. Jetzt wurde es Zeit, sich sein Stück vom Kuchen zu holen.

* * *

Niemand schien Fitz' Schweigen zu bemerken, als die vier Kadetten gemeinsam aus der Nachbesprechung zur Messe gingen. Die drei anderen waren bester Laune, weil sie die Übung ohne Verluste gewonnen hatten. Jetzt stand der zweiten Ausbildungslanze dieselbe Mission bevor, und sie hatten eine schwere Vorgabe geliefert. Danielle Singh fühlte sich besonders gut, und sie hatte auch allen Grund dazu. Sie hatte bei diesem Sieg nicht nur den Befehl gehabt, sondern auch die entscheidenden Treffer gegen die *Schlange* und den *Katapult* erzielt. Freya Restecht hatte den *Rabe*-Abschuß verbucht, und Cameron Lee, das vierte Mitglied ihrer Lanze, konnte zumindest eine Beteiligung an beiden Abschüssen Danielles beanspruchen.

Fitz war leer ausgegangen.

Der *JägerMech* hatte sich einer direkten Konfrontation immer wieder entzogen, und mit dem Ausfall des *Katapult* hatte er den Rückzug angetreten und war entkommen. *Die Freigabe kam zu spät*, sagte er sich immer wieder. *Eine Minute eher, und ich hätte ihn gehabt.*

Cameron zog die Tür der Kantine auf und hielt sie für die anderen offen. Der Geruch von Essen und Reinigungsmitteln schlug ihnen entgegen. Fitzgerald bemerkte es kaum, als Cameron ihm auf die Schulter klopfte, als er durch die Tür trat. In dem Augenblick, als die vier MechKriegerkadetten den Raum betraten, sank der Geräuschpegel spürbar. Ihre Kameraden im Panzerkorps der Heimatmiliz sahen herüber, teilweise neidisch, teilweise desinteressiert. Schnell kamen die Gespräche wieder in Gang, und die vier holten sich ihre Mahlzeiten und setzten sich zusammen an einen freien Tisch.

»Ich dachte wirklich, ich wäre erledigt«, meinte Danielle nach den ersten Bissen. »*Katapulte* besitzen normalerweise keinen eigenen ZES-Laser. Nevarr hat mich tatsächlich in die Falle gelockt. Und dann schoß er vorbei! Ich meine, okay, ich weiß auch, daß so was passieren kann, aber wenn du die Raketenwarnung hörst und weißt, du hast es mit einer Arrow IV zu tun, dann stählst du dich schon innerlich für den Treffer.«

Fitzgerald nahm sich etwas Reis und Huhn Teriyaki und benutzte das Essen als Entschuldigung, sich nicht am Gespräch zu beteiligen. Freya erzählte davon, wie sie hinter dem *Rabe* hergejagt war, und Cameron war beeindruckt von der Zähigkeit der *Schlange*. »Wenn Fitz uns den *Jäger* nicht vom Hals gehalten hätte, hätten wir die niemals so schnell zur Strecke gebracht.« Danielle stimmte ihm zu, und Fitzgerald nahm das Lob mit einem lächelnden Nicken entgegen, aber innerlich ärgerte er sich immer noch darüber, daß ihm der *Jäger-Mech* entkommen war.

Abschüsse waren nicht alles. Letztlich hatten sie sogar kaum eine Bedeutung. Die Bewertung basierte auf einer ganzen Reihe von Variablen, und in Lanzengefechten wurden die Punkte für Feindabschüsse relativ gleichmäßig verteilt. Aber niemand konnte voraussagen, was Nevarr tat. Der Commander fügte den Endergebnissen immer seine eigenen Modifikatoren hinzu, und am Ende des Lehrgangs würde er schlicht und einfach zwei der acht Kadetten auswählen. Nevarr hatte keinen Zweifel daran gelassen, daß auch hohe Punktzahlen keine Garantie waren, ausgewählt zu werden. Andererseits blieb aber klar, daß sie hilfreich waren. Und ein gutes Abschußverhältnis mußte einen Wert haben.

Danach wurden MechKrieger schließlich bewertet, oder?

7

Landungsschiff *Perle der Wahren Weisheit*,
Aht'raplar-Raumhafen, Harloc
Kommunalität Sian, Konföderation Capella

11. September 3060

Ein leises Erzittern war das einzige Anzeichen, daß die *Perle der Wahren Weisheit* auf Harloc angekommen war. Der horizontale Landeanflug des aerodynamischen Landungsschiffs beanspruchte mehr Platz auf dem Raumhafen, machte die Landung aber sanfter. Und auch wenn die zweieinhalbtausend Tonnen Raumschiff nicht gerade für federleichte Landungen prädestiniert waren, ließ das Können seines Piloten diese doch erreichbar scheinen. Ein mit anderen Belangen beschäftigter Passagier hätte das Aufsetzen möglicherweise gar nicht bemerkt, bis die Bremsmanöver einsetzten.

Sun-Tzu Liao allerdings bemerkte es. Hinter dem Glas-und-Metall-Schreibtisch seines privaten Bordbüros hatte er darauf gewartet und das Können des Piloten des Landungsschiffs der *Lung-Wang*-Klasse bewertet, so wie er ständig testete, bewertete und die Loyalität und die Fähigkeiten aller abschätzte, mit denen er in Berührung kam. Es war ein Überlebensinstinkt, den er sich in einundzwanzig Jahren des Lebens im Palast des Himmels angeeignet hatte, bevor er selbst Kanzler geworden war. Er fühlte das leichte Hüpfen und bemerkte die Wellen auf der Oberfläche des leichten Pflaumenweins auf der Sicherheitsglasplatte des Schreibtischs.

Alles in allem gar keine schlechte Leistung. Sun-Tzu hob in Anerkennung des Piloten das Glas, nippte aber nur kurz daran. Genug, um den süßen Nektar zu kosten, aber nicht genug, in ihm das Verlangen nach dem nächsten Drink aufkommen zu lassen. Alles in Maßen.

Alles zu seiner Zeit. Eine Übung in Geduld, wie so viele der kleinen Rituale, die seinen Tag ausfüllten.

Geduld.

Etwas, wovon Lord Marcus Baxter mehr gebrauchen könnte, dachte Sun-Tzu, als er durch halb geschlossene Augen das Unbehagen seines Gastes bemerkte. Der ältere Mann saß auf einem vor dem Schreibtisch am Deck befestigten Stuhl. Das weiche Sitzkissen schien bequem genug, Stunden darauf auszuharren, aber die Rückenlehne aus geripptem Hartholz zwang den Sitzenden, sich vorzulehnen und der Person auf der anderen Seite des Schreibtischs aufmerksam zuzuhören. Der neue Lordoberst saß vorgebeugt auf seinem Platz, spielte mit den Kampagnenbändern an seiner Ausgehuniform und zupfte gelegentlich am Saum seiner Jacke. Das dunkle Haar mit den stahlgrauen Strähnen, die zerklüfteten Gesichtszüge und die an einen Paradeplatz erinnernde Formalität in beinahe allem, was er tat, kennzeichneten ihn als einen Mann, der keineswegs zu rastlosem Zappeln neigte.

Der Kanzler ging nicht davon aus, daß Baxters Ungeduld auf Nervosität oder Unbequemlichkeit beruhte. Baxter war ein Janshi, ein Krieger. Und wie ein Jagdhund zerrte er an der Leine, fieberte der Schlacht entgegen, in der das Können im Cockpit eines BattleMechs über Ausgang und Lob entschied, nicht politische Manöver. Aber die Anwesenheit eines Cavalry-Regiments auf Harloc erforderte die Anwesenheit des neuernannten capellanischen Lords. »Warten hat noch niemandem geschadet«, murmelte Sun-Tzu. Es war einer seiner Lieblingsgrundsätze.

Baxter sah auf. »Habt Ihr etwas gesagt, Kanzler Liao?«

Sun-Tzu lächelte dünn. »Wenn der zuschlagende Falke das Genick seiner Beute bricht, gelingt ihm das, weil er den richtigen Zeitpunkt gewählt hat.«

Baxters antwortendes Lächeln war eine Mischung aus

Amusement und Verwirrung. »Ihr habt euch doch nicht etwa angewöhnt, Jerome Blake zu zitieren, Kanzler Liao?«

Jetzt runzelte der Kanzler die Stirn, wenn auch nur leicht. »Weisheit findet sich noch in anderen Quellen, selbst wenn Blakes Wort etwas anderes predigt«, erwiderte er, ein wenig unsicher, ob Baxter versucht hatte, witzig zu sein. »Ich muß Ihnen eine Ausgabe der Kunst des Krieges zukommen lassen.«

»Ah, ja.« Baxter nickte. »Greife den Feind mit der Flinkheit an, mit der ein Falke seine Beute schlägt. Er bricht ihr mit Sicherheit das Genick, weil er auf den richtigen Augenblick wartet, bevor er zuschlägt.« Der Lordoberst breitete entschuldigend die Arme aus. »Ich benutze eine Übersetzung.«

»Gleichgültig nach welcher Version, ich habe zur Geduld geraten«, stellte Sun-Tzu beruhigt fest. Er wartete auf Baxters verstehendes Nicken, dann deutete er auf die kleine Bar des Büros, die für den Raumflug verschlossen war. »Nehmen Sie sich eine Erfrischung, Lord Baxter. Jetzt, da wir gelandet sind, muß ich mich erst um eine Kleinigkeit kümmern.«

Der Kanzler drückte auf eine Ecke des Schreibtischs. Unter dem Glas wurde eine Sensortastatur sichtbar, und er tippte ein paar einfache Befehle ein, die ein Aufnahmeprogramm starteten. Ein gedämpftes rotes Licht erschien am oberen Rand des Schreibtischs und zeigte an, daß die ebenfalls unter dem Glas versteckte Holokamera aktiviert war.

»An Archon Katrina Steiner-Davion von der Lyranischen Allianz vom Ersten Lord Sun-Tzu Liao«, begann er in formellem Ton und machte eine kurze Pause, um seinem Titel das volle Gewicht zu verleihen. Dann wurde seine Stimme freundlicher. »Ich grüße Sie und Ihre Nation.« Nach ihrer Unterredung auf Tharkad zwei Jahre zuvor konnte er Katrina gegenüber zumindest einige der Affektiertheiten ablegen, die er bei anderen vortäuschte. Aber natürlich auch nicht alle. »Es hat mich sehr beunruhigt«, log er, »als ich Ihre Botschaft vom 10. September erhielt, in der Sie Ihre deutlichen Ansichten über die Ereignisse zum Ausdruck bringen, die sich auf dem Gebiet der alten Freien Republik Tikonov abspielen.« Er verzichtete bewußt darauf, von der alten Kommunalität Tikonov zu sprechen, die Hanse Davion der Konföderation im 4. Nachfolgekrieg abgenommen hatte. »Solche Beschwerden hätte ich von Ihrer Schwester Yvonne erwartet, die meines Wissens nach noch auf dem Thron New Avalons sitzt, auch wenn ich Ihre...« Er machte eine Pause. Sein Mund wirkte hart, aber seine Augen lächelten. »...Interessen verstehe.«

Jetzt machte Sun-Tzu eine längere Pause, um Katrina Gelegenheit zu geben, sich nach ihrer – dessen war er sich sicher – wütenden Reaktion auf seine Erinnerung daran zu beruhigen, daß sie noch nicht das gesamte Vereinigte Commonwealth regierte. Er nahm sein Glas und gestattete sich einen weiteren kleinen Schluck des fruchtigen Weins, bevor er es zurückstellte und gelassen die weiten Ärmel seiner Seidenrobe zurechtzupfte.

Dann sprach er weiter. »Lassen Sie mich offiziell versichern, daß diese Bewegung Freies Tikonov, die in letzter Zeit auf den Nachrichtennetzen von sich reden macht, in keinster Weise Teil einer koordinierten Anstrengung meiner Konföderation darstellt, die alte Kommunalität Tikonov zurückzugewinnen. Obwohl dieses Gebiet innerhalb der Grenzen meines Reiches von vor 3025 liegt, sind meine Interessen anderenorts besser aufgehoben. Sie brauchen nicht damit zu rechnen, daß in absehbarer Zukunft capellanische Einheiten dort landen. Wenn Sie also den Rat des derzeitigen Ersten Lords des Sternenbundes suchen, würde ich Ihnen empfehlen, den Berichten über die Bewegung Freies Tikonov nicht mehr Glauben zu schenken als den Berichten über politische Unruhen, die in jüngster Zeit von einer Vielzahl Welten des Vereinigten Commonwealth eingehen.«

Und das, Katrina, ist meine Antwort auf deinen kaum verhüllten Befehl, Tikonov in Ruhe zu lassen. Ja, ich werde das Gebiet weiter destabilisieren, aber diese Unsicherheit können wir beide zu unserem Nutzen verwenden. Sun-Tzu war sicher, daß sie es dabei bewenden lassen würden, solange er aktuell keine offenen Anstalten machte, die Tikonov-Systeme zu beanspruchen. Und der Hinweis auf ihre kleine Unterredung auf Tharkad, in der Katrina effektiv ihren Anspruch auf die Systeme auf der capellanischen Seite der Grenzen von 3025 aufgegeben hatte, sollte als zusätzliche Erinnerung an ihre Übereinkunft dienen.

Aber Sun-Tzu wußte auch, daß er sie mit jeder subtilen Botschaft in der schmeichelnden Sprache des Politikers daran erinnern mußte, daß er sehr wohl unangenehm werden konnte, wenn er den widerwilligen Respekt nicht verlieren wollte, den er ihr auf Tharkad abgerungen hatte. »Aber nun muß ich mich anderen Angelegenheiten zuwenden, die meine unmittelbare Aufmerksamkeit erfordern, Archon, und verabschiede mich. Ich weiß, Sie werden die Zwischenfälle in Tikonov zu Ihrem Vorteil zu nutzen wissen. Schließlich war es Ihr nobler Vater, der verkündet hat«, Sun-Tzu lächelte ein wenig, als er aus dem Gedächtnis zitierte: »Das Vereinigte Commonwealth fühlt sich verpflichtet, politische Freiheit und das Recht jedes Einzelnen zu unterstützen, sein Schicksal selbst zu bestimmen.«

Damit wischte Sun-Tzu mit dem Glas über den Abschaltsensor. Selbst wenn sie nicht gleich mit irgend etwas nach dem Schirm warf, würde Katrina Steiner-Davion ihm nicht mehr zuhören, nachdem er Hanse Davions Worte gegen sie benutzt hatte. Erst recht wenn sie, schlimmer noch, erkannte, daß er als Erster Lord derlei Aussprüche veröffentlichen und Hanses Zitat zu einem pro-capellanischen Slogan verdrehen konnte. Was im übrigen gar keine schlechte Idee war.

Lordoberst Baxter, der schweigend zugehört hatte, nickte anerkennend. Er mochte das Schlachtfeld der Politik vorziehen, aber es schien, daß er durchaus in der Lage war, ein gutes Spiel auf der anderen Seite des Grabens anzuerkennen. »Das dürfte reichen, sie nachdenklich zu machen.« Er nahm einen guten Schluck Timbiqui Dunkel. »Solange wir dadurch vor ihr Ruhe haben…«

Sun-Tzu gestattete sich einen gesunden Zug der süßen dunklen Flüssigkeit in seinem eigenen Glas, dann stellte er es beiseite und nahm sich vor, es nicht mehr anzurühren, bis er Baxter verabschiedet hatte. Er ließ sich in die Polster seines Sessels sinken, verschränkte die Hände auf dem Bauch und sah zur Decke. »Über ihre Einmischung habe ich mir nie Sorgen gemacht«, gab er zu. »Tikonov ist ein langfristiges Spiel, und ich habe nur meine Position verbessert. Katrina wird früh genug reagieren. Und solange sie Yvonne das Leben schwer macht, kann das unserer Sache nur nützen.«

Beide Männer schwiegen. Sun-Tzu zwang sich zur Ruhe und hoffte dadurch, voreilige oder unvernünftige Urteile abzuwenden, die seinen großen Plan scheitern lassen konnten. *Alles verläuft nach Plan, aber der Preis muß noch bezahlt werden.* Dann wurde Baxter wieder unruhig. Der Kanzler seufzte und sah zu seinem Gast hinüber. »Haben Sie zu Ihren letzten Befehlen etwas anzumerken?« fragte er.

Baxter schüttelte den Kopf. »Nein, Kanzler Liao. Mein Nachtreiter-Regiment wird sich an den Garnisonsdienst auf Kaifeng gewöhnen, und solange die Leute ein paar Vorstöße in Bataillonsstärke ins Gebiet der Umstrittenen Territorien machen können, werden sie es zufrieden sein. Ich plane, sie auf Wei anzusetzen, Eure Erlaubnis vorausgesetzt, versteht sich.«

»Nur zu«, nickte Sun-Tzu knapp. »Die Umstrittenen

Territorien binden zu viel Kraft, die wir bald in den Chaos-Marken und anderswo benötigen werden.« Er pausierte und musterte den neuesten Adligen seines Reiches. »Wir gehen unsicheren Zeiten entgegen, Lordoberst, und ich muß sicher sein, daß Sie Ihre Leute unter Kontrolle haben. Sie müssen sie zurückhalten, bis wir ihre Energie gegen das richtige Ziel einsetzen können.«

Baxter stellte sein Bier ab und fletschte die Zähne. »Keine Angst, mein Kanzler. Die Nachtreiter werden Euch Wei liefern, und der Rest wird sich von selbst vorbereiten. Und wenn wir zuschlagen, werden wir unserer Beute das Genick brechen.«

* * *

Raumhafen Xin Singapur, Indicass
Herzogtum St. Loris, St. Ives-Pakt

Die Landung auf Indicass war Routine, aber die Fahrt über das weite Landefeld des Raumhafens von Xin Singapur fand Cassandra interessant. Rubinskys Leichte Reiter, ihrer Mutter zufolge das weniger unsichere Regiment von Chorsachows Kosaken, hatten den alten Kontrollturm und die dazugehörigen Verwaltungsgebäude als Stützpunkt requiriert. Mit ihrer Lage am äußersten Südrand des Landefelds, während die neuen Gebäude auf der Westseite lagen, blieben die Söldner in direktem Kontakt mit dem planetaren Verteidigungsnetz und in der Nähe ihrer Landungsschiffe, zwei strategische Gesichtspunkte, deren Beachtung Cassandra beindruckte. Außerdem hatte Colonel Rubinsky eine kleine Begrüßungszeremonie organisiert, um die Fahrt aufregender zu machen.

An der Rampe des *Overlord*, der ihr Bataillon vom Sprungschiff auf den Planeten gebracht hatte, war sie von Rubinskys erster Eskorte erwartet worden. Es war ein brandneuer *Kosak*, in einem matten Rostrot lackiert, mit dem Einheitsabzeichen der Söldnereinheit, einem russischen Kosaken hoch zu Roß, der einen brennenden Säbel schwenkend aus einem goldenen Vollkreis hervorpreschte, auf dem rechten Torso. Der *Kosak* war ein neuer leichter Mechtyp, der erst seit diesem Jahr von den Bändern der Ceres-Metall-Fabriken auf Warlock lief. Als Auszeichnung für die Integrität von Chorsachows Kosaken und ihrem Einsatz für die Freiheit des St. Ives-Pakts hatte ihre Mutter das neue Modell *Kosak* getauft und Rubinskys Leichten Reitern eine Lanze zukommen lassen. Cassandra war überzeugt davon, daß die Leichten Reiter diese Gelegenheit dazu benutzten, dem Pakt für diese erstaunliche Auszeichnung zu danken.

Der *Kosak* begleitete ihre kugelsichere Avanti-Luxuslimousine fünfhundert Meter weit, bevor er mit Paradeplatzpräzision abschwenkte, als ein alter, aber immer noch kampfbereiter *Feuerfalke* die Eskorte für den nächsten halben Klick übernahm. Mit der zweiten Übergabe fand sie sich in der Gesellschaft eines neuen *Clint*, komplett mit 3U-Ausstattung, bei der die alte Autokanone und die mittelschweren Laser von einer Partikelprojektorkanone und Impulslasern ersetzt wurden.

Der BattleMech lief voraus, als sie sich dem Hauptgebäude näherten, und nahm neben dem Eingang des Verwaltungsgebäudes Aufstellung. Zwei MechKrieger in Kosakenuniform öffneten den Wagenschlag und begleiteten Cassandra ins Innere des Bauwerks. Das Schauspiel vermittelte Cassandra ein Gefühl völliger Sicherheit, zugleich aber auch eine leichte Ahnung, nicht mehr ganz Teil des einunddreißigsten Jahrhunderts zu sein.

Colonel Marko Rubinsky empfing sie an der Tür seiner Kommandozentrale, der ehemaligen Crewlounge für Landungsschiffsbesatzungen.

»Majorin Allard-Liao«, begrüßte er sie förmlich mit steifer Verbeugung, die Hände im Rücken verschränkt. Der Colonel hatte stahlgraues Haar und einen kurzen, sauber gestutzten Bart. Seine blauen Augen blickten scharf und aufmerksam, und sein Körperbau wirkte für einen Mann von Ende Fünfzig bemerkenswert athletisch.

»Colonel«, erwiderte sie. »Ein interessantes Schauspiel.«

»Alte Kosakensitte.« Rubinsky lächelte dünn. Sein slawischer Akzent war schwer, aber herzlich. »Besucher wurden grundsätzlich von einer Stafette von Geleitreitern ins Lager gebracht.«

Der Söldneroffizier bat sie herein. Im Innern der Zentrale herrschte eine entspannte Atmosphäre. Die taktischen Konsolen und Computerschirme waren dunkel. An einer Seite standen mehrere Sofas und Sessel um einen breiten, niedrigen Tisch, an dem zwei andere Männer saßen. »Mein Stellvertreter«, stellte Rubinsky den älteren der beiden, einen Mann mit glänzend schwarzem Haar und Mandelaugen vor. »Lieutenant Colonel Raymond Li Tran.«

Er wartete, bis beide sich erhoben hatten und Tran Cassandra die Hand reichte, bevor er dem Jüngeren zunickte, der Rubinskys verwitterte, aber angenehme Züge teilte. »Mein Sohn Tamas, ein Captain in der 2. Kompanie.« Tamas verbeugte sich, einen Arm auf dem Rücken, den anderen vor dem Bauch.

Cassandra lächelte, dann nahm sie lachend Platz. »Tut mir leid, aber Sie überraschen mich. Eigentlich hatte ich erwartet…« Sie verstummte. Plötzlich fühlte sie sich fehl am Platz. Sie hatte erwartet, augenblicklich das Kommando über eine kritische Lage übernehmen zu müssen. Statt dessen erlebte sie einen charmanten Empfang durch diesen höflichen Offizier und dessen Begleiter.

»Was vorzufinden?« fragte Rubinsky, die linke Augenbraue ironisch hochgezogen. »Einen tollwütigen Mob, wild darauf, einen Aufruhr vom Zaum zu brechen?« Die drei Männer setzten sich, und Tamas schüttete eine klare Flüssigkeit in vier Schnapsgläser. Dünne, frostige Dunstfäden stiegen aus den Gläsern auf.

»Ich befürchte, ja«, gab Cassandra zu und gewann ihre Fassung wieder. Gleichgültig, wie freundlich sie aufgenommen wurde, sie war hier, um das Kommando zu übernehmen. »Die Spannungen entlang der Grenze haben zugenommen, und ich soll bis auf weiteres mein Bataillon mit Ihrem Regiment koordinieren.«

»Wodka?« fragte Tamas und schob ihr eines der Schnapsgläser zu.

Cassandra nahm es. »Bitte.« Sie wartete, bis die drei Männer ihr zugeprostet hatten, dann kippte sie den Schnaps. Der Wodka war eiskalt und ließ ihre Kehle gefrieren, bevor er sich den Weg in ihren Magen brannte. »Wie...«, setzte sie an, und mußte Atem schöpfen, bevor sie es noch einmal versuchen konnte. »Wie sieht es mit Indicass' Verteidigung aus?«

Colonel Rubinsky nickte Li Tran zu, und dieser ergriff das Wort. »Herzogin Liao hat unser 1. Regiment nach St. Loris verlegt, aber die Leichten Reiter sind noch hier, zusammen mit zwei Panzerbataillonen der Heimatmiliz und der Miliz-Infanterie. Mehr als genug, um diese Welt zu sichern. Selbst«, fügte er nach ein paar Sekunden hinzu, »bei ständiger Bewachung für Ceres-Metall.«

Die Ceres-Metall-Fabrik auf Indicass stellte mehrere Panzerfahrzeugbaureihen her. Ein wichtiger Zulieferer für die Paktstreitkräfte, und es konnte kein Zweifel daran bestehen, daß man dort lautstark Schutz forderte. »Sonst nichts?« fragte sie.

Tamas schüttete eine neue Runde ein. »Wir wurden vor zwei Tagen informiert, daß das 3. Bataillon der 1. St. Ives Chevau Legers unterwegs ist.« Sein Akzent klang weicher als der seines Vaters und sehr angenehm. »Indicass war einige Zeit sein Garnisonsstützpunkt, bevor es für den SBVS-Angriff auf die Nebelparder abkommandiert wurde.« Er stockte, dann fügte er leise hinzu: »Soweit ich das feststellen kann, sind die Legers die einzige St.-Ives-Einheit, die bis jetzt zurückgekehrt ist.«

Cassandra schenkte Tamas für dessen Taktgefühl ein Lächeln und nickte. »Ich bin sicher, den 1. St.-Ives-Lanciers unter dem Befehl meines Bruders geht es gut«, und sie hatte tatsächlich keinen Zweifel daran, daß dem so war. »Die Clans haben schon lange ihr Bestes getan, Kai zu erledigen, und er kommt immer durch.« *Auch wenn er sich jetzt zum erstenmal in die Höhle des Löwen wagt.* Das Nicken der Söldner zeigte ihr, daß sich ein Hauch von Besorgnis in ihre Stimme geschlichen hatte. Sie setzte ein Lächeln auf und bekräftigte mit sichererem Ton: »Er kommt immer durch.«

Colonel Rubinsky hob sein Glas, die blauen Augen hart, das Kinn entschlossen vorgereckt. »Auf die Hoffnung, daß das für die ganze Familie gilt.« Er kippte seinen Wodka mit geübter Drehung des Handgelenks. »Majorin Allard-Liao, die Leichten Reiter stehen zu Ihrer Verfügung.«

Cassandra stimmte in den Trinkspruch ein, dann machte sie sich an eine detailliertere Untersuchung der verfügbaren Mittel der Leichten Reiter. Hier war kein Platz für Zeremonien oder politische Spiegelfechtereien. Kein Nachschlagen im Kleingedruckten der Söldnerkontrakte. Mit einem einfachen Trinkspruch unter Kriegern war der Befehl an sie übergegangen. Obwohl sie wie jeder reguläre Militär ihre Bedenken hatte, was Söldner betraf, mußte Cassandra eingestehen, daß ihr die Art gefiel, wie Rubinskys Leichte Reiter ihre Angelegenheiten regelten.

8

Landungsschiff *Dainwu*, am Zenithsprungpunkt des Harloc-Systems
Kommunalität Sian, Konföderation Capella

18. September 3060

In der Freiheit der Schwerelosigkeit schwebte Aris Sung durch einen der langen Querkorridore, die durch den Offiziersbereich des *Overlord*-Klasse-Landungsschiffs *Dainwu* verliefen, Haus-Meister Ty Wu Nons Flaggschiff. Die *Dainwu* bot genug Platz, um das gesamte Mechbataillon des Kriegerhauses zu transportieren, beherbergte zur Zeit aber nur die BefehlsKompanie. Der Rest war in den beiden Schiffen der *Union*-Klasse untergebracht, die ebenfalls am Mittelstück des Sprungschiffs *Tao-te* angedockt waren. Aris' Kompanie, die unter dem Befehl Raven Clearwaters stand, während er seine Sicherheitsaufgaben erledigte, war an Bord der *Lao-tzu* einquartiert.

Aris trieb zur Tür von Haus-Meister Nons Kabine und packte einen der zahlreichen in Vertiefungen der rechten Schottwand eingelassenen Handgriffe, um sich abzubremsen. In diesem Augenblick erklang den Hauptkorridor herab eine Sirene, drei harte, unangenehme Signaltöne, die vor dem bevorstehenden Sprung ins System des Planeten Hustaing warnten. Aris stoppte kurz und starrte die Sirene an, als beanspruche das Gerät irgendeine Verantwortung für dieses beindrukkende Ereignis.

Trotz der erkennbaren Stärke eines Landungsschiffes – dicke Panzerung, schwere Geschütze und die Fähigkeit, BattleMechs quer durch ein Sonnensystem zu transportieren –, war es doch auf die schlanken, beinahe fragil wirkenden Sprungschiffe angewiesen, die nur selten ins Innere eines Sonnensystems vorstießen, deren

Kearny-Fuchida-Triebwerke aber ein Loch in das Raumzeitgefüge reißen und sie in Nullzeit über Entfernungen von bis zu dreißig Lichtjahren versetzen konnten. Durch das Entfalten von Solarsegeln oder, sofern die Möglichkeit dazu gegeben war, die schnellere Mikrowellenübertragung von einer Ladestation, konnten Sprungschiffe ihren Antrieb in drei bis acht Tagen für den nächsten Sprung aufladen. Die *Tao-te*, der Name bedeutete Weg der Macht, gehörte zu den neueren Schiffsmodellen und war mit Lithium-Fusionsbatterien ausgerüstet, die ihr erlaubten, zweimal zu springen, ohne den Antrieb zwischendurch aufzuladen. Das war eine Leistung, die Aris Sung immer noch den Atem nahm.

Er klopfte auf die neben dem Luk in die Stahlwand eingelassene Teakholzplatte. Aus dem Innern der Kabine drang ein leises »Herein«. Das Luk öffnete sich mit einem Zischen, und Aris schwebte hinein.

»Kompaniechef Aris Sung meldet sich beim Haus-Meister.« Er nahm – so gut das in der Schwerelosigkeit möglich war – Haltung an, indem er eine Hand im Rükken behielt, mit der er sich an einem Handgriff neben dem Luk festhielt.

Ty Wu Non sah von seiner Arbeit auf. Den Daten nach zu urteilen, die über den Schirm seines Compblocks liefen, handelte es sich um Leistungsberichte. »Bitte setz dich, Aris Sung.« Er wartete, bis Aris sich in einem der beiden freien Sessel angeschnallt hatte.

»Deine Aufgaben werden geändert«, stellte Meister Non trocken und ohne die üblichen Höflichkeiten fest.

Mit einem überraschten Blinzeln nickte Aris. »Wie der Haus-Meister es wünscht, selbstverständlich«, antwortete er und verbarg seine Enttäuschung. Haus-Meister Non hätte seine Pflichten niemals *erweitert*, während Aris eine so wichtige Mission wie die Bewachung Kanzler Liaos verfolgte. Also hatte er diese Aufgabe verloren. Er tröstete sich mit der Ehre, die es für ihn bedeutete, die Leibwache des Kanzlers in sechs Systemen befehligt zu haben. »Soll ich einen Nachfolger für meine Sicherheitsaufgaben vorschlagen?« fragte er in sorgsam neutralem Ton.

Der Haus-Meister schüttelte den Kopf, und ohne den hemmenden Zug der Schwerkraft peitschte sein dunkles Haar hin und her. »Du bist von deinen Sicherheitsaufgaben nicht entbunden. Nur dein Auftrag hat sich geändert. Du wirst von nun an unmittelbar für die Sicherheit von Isis Marik verantwortlich sein. Kanzler Liao ist nicht länger deine Sorge.«

»Darf ich fragen, warum mein Auftrag geändert wurde?« Aris wählte seine Worte mit Bedacht. Die Anordnungen des Haus-Meisters zu hinterfragen war riskant und nur unter Einhaltung striktester Bedingungen gestattet. »Wenn ich in meiner bisherigen Tätigkeit versagt habe, sollte ich die Umstände erfahren, damit ich die Situation korrigieren kann.«

Ty Wu Non hielt Aris mehrere Sekunden mit strengem Blick fixiert, ohne Zweifel als Warnung. Aber als er antwortete, verriet sein Tonfall Besorgnis darüber, wie Aris die Mitteilung aufnehmen könnte. »Es ist zu keinem Versagen gekommen, Aris Sung. Kanzler Liao benötigt deine Dienste nicht länger und hat dich daher mit der Sicherheit seiner Verlobten betraut.«

Aris fühlte eine Mischung aus Erleichterung und Stolz über Ty Wu Nons indirektes Lob. Die Möglichkeit, Sun-Tzu Liao enttäuscht zu haben, hatte ihm schwer auf dem Magen gelegen. Wieder gellten drei warnende Sirenentöne durch das Schiff. Diesmal zeigten sie die Initiierung des Sprungvorgangs an und schnitten Sungs nächste Bemerkung ab. Obwohl sie durch die Stahlluke und Schottwand gedämpft wurde, war die Sirene nicht zu überhören.

Aris spannte sich an und versuchte, sich auf den Sprung vorzubereiten, obwohl er sehr wohl wußte, daß es dazu in Wirklichkeit keine Möglichkeit gab. Im einen Augenblick schien alles ganz normal, im nächsten machte es den Eindruck, als würde die ganze Kabine in einer vierten Dimension verzerrt. Der bloße Anblick schmerzte, und Aris versuchte, die Augen zuzukneifen. In diesem eingefrorenen Moment der Zeit konnte er fast spüren, wie die Synapsen feuerten, wie die bioelektrische Energie des Befehls sich durch sein zentrales Nervensystem bewegte wie eine winzige Flamme, die langsam eine Lunte entlangkroch und schließlich in eine Muskelreaktion mündete. Dann war der Augenblick endlich vorüber, und alles kehrte in den Normalzustand zurück.

Aris blinzelte.

Er schüttelte sich, als wäre ihm kalt, während er die Nachwirkungen des Hyperraumsprungs abschüttelte. »Ich werde die Sicherheitsprozeduren sofort anpassen, Haus-Meister.«

»Nein, das wirst du nicht.« Plötzlich verhärtete sich Ty Wu Nons Stimme. »Keinerlei Änderung. Du wirst dieselben Codes und Prozeduren verwenden wie bei der Bewachung des Kanzlers. Und du wirst niemanden davon in Kenntnis setzen, daß sich dein Auftrag geändert hat.«

Das ergibt keinen Sinn. Ganz offenbar ging hier mehr vor, als der Haus-Meister ihm mitteilte. An Nons Stimme erkannte Sung, daß keine weiteren Fragen gestattet waren. *Aber damit ich meine Aufgabe erfüllen kann, muß ich gewisse Dinge wissen.* »Wir koordinieren unsere Arbeit wie üblich mit McCarron's Armored Cavalry?«

Der Haus-Meister entspannte sich sichtlich, als hätte er Angst gehabt, Aris könnte die üblichen Verhaltensregeln des Hauses ignorieren. Als er antwortete, tat er dies mit gezwungener Gelassenheit. »Du wirst sie mit der Hustaing-Miliz koordinieren. Die Nachtreiter wurden verlegt.«

Aris suchte verzweifelt nach etwas, woran er sich festhalten konnte. Haus-Meister Non mußte wissen, daß eine radikale Änderung vorgegebener Pläne eine mögliche Sicherheitslücke darstellte. Sein Team würde an Hand falscher Informationen arbeiten, und jetzt auch noch ohne seine Hauptreservetruppen. Er ahnte, daß geheime Pläne dafür verantwortlich waren, besaß aber zu wenig Informationen, um den Hintergrund zu durchschauen. Plötzlich erschien die Ehrengarde erheblich weniger ruhmreich als noch kurz zuvor. *Was kann jetzt noch passieren?*

Wie als Antwort auf seine gedachte Frage meldete sich der Kommempfänger auf Ty Wu Nons Schreibtisch, und die Stimme des Landungsschiffskapitäns erklang. »Haus-Meister Non, die *Himmelswanderer* ist nach uns angekommen und hat sofort ihr Landungsschiff abgekoppelt.«

Ty Wu Non drückte den Mikrophonknopf, um zu antworten. »Und inwiefern ist das ein Problem, Kapitän Wan?«

»Herr, Sie ist sofort weitergesprungen. Die *Himmelswanderer* hat die *Perle der Wahren Weisheit* zurückgelassen.«

Ty nickte. »Danke, Kapitän. Sie werden bitte eine sofortige Kommunikationsblockade Hustaing gegenüber initiieren. Kein Nachrichtenverkehr ohne meine ausdrückliche Erlaubnis, und selbst dann nur unter meiner Aufsicht.«

Aris drängten sich Fragen auf. Die *Himmelswanderer* war das Sprungschiff des Kanzlers, und die *Perle der Wahren Weisheit* sein persönliches Landungsschiff. Alles ging zu schnell, mit einer Plötzlichkeit, die ihm kaum eine Chance ließ, einen effektiven Schutz zu organisieren. Er sah seinen Haus-Meister an und hoffte auf eine Erklärung, fand aber nur eine Maske sorgsam aufrechterhaltener Neutralität.

»Du darfst wegtreten, Aris Sung.«

Aris verließ die Kabine und fühlte sich noch immer völlig im Dunkeln.

* * *

Föhrental, Denbar
Herzogtum Vestallas, St. Ives-Pakt

Im riesigen Mechhangar der Weißstrombasis brummte es vor Aktivität, als Majorin Trisha Smithson in Begleitung ihres Stellvertreters Warner Doles ihren Rundgang machte. Hinter den gewaltigen, offenen Hangartoren herrschte tiefschwarze Nacht, aber im Innern der Halle strahlten grelle Flutlichtscheinwerfer. Die Mixtur aus Schmiere, Schweiß und heißem Metall stieg in ihre Nase, und nur der Hörschutz senkte den Lärm auf ein erträgliches Maß.

Ringsum waren Techs an der Arbeit, zum Teil aus Stützpunkten der Denbar-Heimatmiliz in anderen Städten rund um Föhrental abkommandiert. Sie überprüften BattleMechs und die Fahrzeuge der Panzerkompanie der Blackwind-Lanciers und führten, wo es nötig war, letzte Wartungsarbeiten aus. Gelegentlich zuckten weißblaue Lichtblitze hinter den Schutzblenden vor, wo sie Panzerplatten festschweißten. Zivile Arbeiter schoben Handwagen oder steuerten Gabelstapler und holten Nachschub aus Lagercontainern, hauptsächlich Proviant und Munition. MechKrieger überwachten die Arbeiten an ihren Maschinen oder drängten sich in kleinen Grüppchen, um den letzten Tratsch auszutauschen oder Vorhersagen über den bevorstehenden Kampf zu machen.

Es ist ein chaotisches, wildes Theaterstück, und ich bin seine Autorin, dachte Trisha Smithson. Sie beugte sich zu ihrem Stellvertreter hinüber. »Die Leute glauben ganz offenbar, daß wir vor dem Aufbruch stehen.«

Warner Doles schüttelte ernüchtert den Kopf. »Ich kann nicht herausbekommen, wer hinter diesen Gerüchten steckt. Es muß einer der Kompanieführer sein, aber keiner gibt es zu. Soweit ich es feststellen kann, fing es damit an, daß ein paar MechKrieger Techs aus deren Aufenthaltsraum gezerrt haben, um ihre Maschinen kampfklar zu machen. Und mit den Informationen von Hustaing.«

»Was ist mit diesen Informationen? Sind sie zuverlässig?« Trisha trat beiseite, um einem Gabelstapler mit Raketenmagazinen Platz zu machen. »Sun-Tzu ist ungeschützt?« Sie behielt ihren Stellvertreter scharf im Auge.

»Er reist in Begleitung eines Kriegerhauses«, erinnerte Warner sie. »Das würde ich nicht als ungeschützt bezeichnen. Aber es stimmt, das auf Hustaing stationierte Regiment von McCarron's Armored Cavalry scheint nach Kaifeng verlegt worden zu sein. Damit wird Sun-Tzu nur von dem Kriegerhaus und der Hustaing-Miliz beschützt, die keine BattleMech-Truppen besitzt.«

Trisha fuhr mit den Fingern durch ihr kastanienbraunes Haar und schürzte die Lippen, während sie sich an die Ansprache erinnerte, die Kanzler Liao auf Gei-Fu gehalten hatte. *Hustaing – er hat erwähnt, daß Hustaing das Ende seiner Tour werden konnte.* Sie hatte keinen Zweifel daran, daß es sich um ein Zeichen handelte. *Aber ist Kapitän Doles bereit, in die Richtung zu marschieren, die ich vorgebe?* »Die planetare Miliz wird in Einheiten von Kompaniestärke über die ganze Welt verteilt sein«, brüllte sie etwas lauter, um den Hubwagen zu übertönen, mit dem ganz in der Nähe mehrere Techs zur Schulter eines *Orion* hochfuhren. »Aber ein Kriegerhaus darf man nicht zu leicht nehmen.«

Sie blieben vor dem Kokon stehen, der Trishas *Victor* beherbergte. Zwei AsTechs arbeiteten an der überschweren Maschine und luden schwere Nickeleisenkugeln in das Magazin des Gaussgeschützes. Beide verstummten einen Augenblick lang in stillem Respekt vor der beeindruckenden Wucht des Kampfkolosses, dann ergriff Warner das Wort. »Nachdem Sie mich gebeten haben, Angriffspläne zu erstellen, habe ich mich mit ein paar der kleinen Söldnereinheiten auf dem Planeten unterhalten. Wir *könnten* noch auf zwei zusätzliche Battle-Mechkompanien zurückgreifen. Damit wären wir in der Überzahl.«

Gut. Gut. »Sie sind sicher schon auf dem Hinflug. Könnten wir es schaffen?« Trisha wußte, daß es möglich war, weil sie sich mehrere Tage vorher schon mit einem Sprungschiffnavigator darüber unterhalten hatte. Aber wieder mußte sie daran denken, Warner involviert zu halten. *Er ist ein unsicherer Kandidat. Was ich vorbereite, widerspricht seiner Loyalität dem Pakt gegenüber, aber gleichzeitig ist er ein Offizier der alten capellanischen Schule, der seinem Vorgesetzten folgt, wohin immer der führt, egal, wie hoch der Preis ist.*

»Sie brauchen sieben Tage, bis sie auf der Oberfläche sind«, erklärte Doles. »Wenn wir mit hohem Schub zum Sprungschiff fliegen, müßten wir nach meinen Berechnungen in drei Tagen andocken können. Zwei Navigatoren haben unabhängig voneinander die Sprungkoordinaten für einen Piratenpunkt auf der Rückseite von Hustaings Mond berechnet.« Er zögerte den Bruchteil einer Sekunde, dann aber nickte er zuversichtlich. »Ja, wir könnten es schaffen.«

Genau wie sie es gedacht hatte. Sprungschiffe traten in der Regel an den Zenith- oder Nadirsprungpunkten weit außerhalb der Ekliptik eines Systems in den Normalraum ein, um die Schwerkraftsenke zu vermeiden, in deren Einflußbereich ihr interstellarer Antrieb nicht einwandfrei funktionierte. Piratenpunkte waren Stellen im Innern eines Systems, an denen die verschiedenen Schwerkraftfelder einander neutralisierten und so eine größere Annäherung gestatteten. Wenn überhaupt, dann war es nur so möglich.

Trisha wanderte mehrere lange Minuten schweigend weiter durch die Halle, vorbei an ihrem *Victor*, bis sie zu Warner Doles *Grashüpfer* kamen. Es war ein Wagnis, das wußte sie, und auf dem Spiel standen ihre Karriere in den Paktstreitkräften und die Jahre der Vorbereitung, die sie hierhergebracht hatten. Aber solange Oberst Perrin sie im 2. Bataillon der Blackwind-Lanciers festhielt, hatte sie ohnehin keine Aussicht auf eine weitere Karriere. *Also werfen wir ein letztes Mal die Würfel, um freizukommen.*

Trisha drehte sich zu ihrem Stellvertreter um, der ihren Blick mit gleicher Entschlossenheit erwiderte. *Nicht, daß es je deine Entscheidung gewesen wäre,* dachte sie. *Oder meine.* »Einschiffen«, befahl sie.

9

Qingliu, Hustaing
Kommunalität Sian, Konföderation Capella

26. September 3060

Aris Sung kämpfte mit den Kontrollen, um seinen *Spuk* im Gleichgewicht zu halten, während ein Hagel von 12cm-Autokanonengranaten sich durch die Panzerung über dessen linkem Bein fraß und es bis auf das Endostahlskelett freilegte. Der Taktikcomputer des *Spuk* zeichnete die neue Bedrohung auf die Sichtprojektion, einen *Quasimodo*, der sich hinter einer Überführung auf Qinglius Hauptstraße versteckt hatte und jetzt die Grasböschung heruntergekommen war, um Aris' Mech auf dem Pflaster Gesellschaft zu leisten. Beinahe reflexartig löste Sung eine Salve des schweren Impulslasers am rechten Arm seiner Maschine aus. Die rubinroten Energieblitze hämmerten in den Torso des *Quasimodo*, konnten die Panzerung aber nicht durchschlagen. Dann rannte er aus der Reichweite der Hauptwaffe seines Gegners.

Ich kann es mir nicht leisten, mit diesem Zweikampf Zeit zu verlieren. Jetzt nicht.

Auf dem Raumhafen Qinglius, weit außerhalb der Stadt, hatte Aris ungläubig und mit Schock auf die Meldung reagiert, daß ein Bataillon der Blackwind-Lanciers mit Söldnerunterstützung gewagt hatte, eine capellanische Welt anzugreifen. Der Schock hielt ganze zehn Sekunden an, bevor er von eisiger Sorge um das Wohlergehen Isis Mariks verdrängt wurde. Nachdem er sie sicher ins Kongreßzentrum der Stadt gebracht hatte, wo sie von Todeskommando-Leibwachen und einem ansehnlichen Kontingent Hiritsu-Infanterie beschützt wurde, war er zum Landefeld zurückgekehrt, um die Mechpatrouillen mit den Panzereinheiten der Hustaing-

Miliz zu koordinieren. Aber abgesehen von einer Kompanie Kriegerhaus-Mechs, die in den Außenbezirken der Stadt Streife ging, waren die Sicherheitsvorkehrungen nicht auf einen Frontalangriff durch Paktstreitkräfte ausgelegt.

Mehrere Kilometer und wer weiß wie viele Feindeinheiten von seinem Schützling entfernt hatte Aris seinen Kraftwagen gegen den *Spuk* eingetauscht. Der von einem großen Extraleicht-Fusionsreaktor angetriebene 55-t-Mech war schneller als die meisten Bodenfahrzeuge und konnte zudem einem Feindbeschuß standhalten. Es war eine beeindruckende Konstruktion mit glatt segmentierten Bauteilen, die dem Kampfkoloß ein stromlinienförmiges Äußeres verliehen, und die geschützturmähnliche Taille gestattete ihm eine hervorragende Torsodrehung. Die Hiritsu-Techs hatten der Panzerung den blauen Stahlton eines Gewehrlaufs verliehen, was den tödlichen Eindruck noch verstärkte. Als der *Spuk* mit über hundertfünfzehn Stundenkilometern die Autobahn hinabgedonnert kam, waren die wenigen Wagen, die sich noch auf der Straße befanden, beim Anblick des heranrasenden Mechs im Rückspiegel im Graben gelandet.

Aris öffnete einen Kanal zum Rest seiner hastig auf dem Raumhafen zusammengestellten Lanze, der ihm jetzt in nur etwas langsameren Mechs in einem Kilometer Abstand folgte. »Feindlicher *Quasimodo* einen Klick voraus.« Um diesen Feindmech konnten sich seine Leute kümmern. Er mußte weiter in die Stadt.

Sobald er den Straßenbelag erreicht hatte, nahm der *Quasimodo* Geschwindigkeit auf und versuchte rennend, den *Spuk* noch ein paar Sekunden in Schußweite seines tödlichen Geschützes zu halten. Aris rammte die Füße auf die Pedale des Kampfkolosses, löste die Sprungdüsen aus und schleuderte den Mech senkrecht nach oben, noch bevor er sich seines Handelns bewußt wurde. Der in Jahren des Mechkampfes angeeignete taktische Instinkt Aris Sungs hatte den Fehler des feindlichen MechKriegers erkannt, dessen Vorpreschen seinen *Quasimodo* in Sprungreichweite des Capellaners brachte. Aris kippte den Mech nach hinten und vollführte eine langsame Rolle, die den *Spuk* in den Rücken seines Gegners brachte. Als er über ihn hinwegflog, sah er das Abzeichen der Blackwind-Lanciers auf der Schulter des Paktmechs, eine blaue Axtklinge mit silbernem Schräglinksbalken und zwei ebenfalls silbernen vierzackigen Sternen auf einem gelben Vollkreis. Dann war er vorbei und kam keine zehn Meter hinter seinem Feind auf.

Sein schwerer Laser feuerte eine Stakkatosalve von Lichtimpulsen, die den Schutzpanzer über dem breiten Rücken der Feindmaschine zerschmolzen und dessen Innenleben für die mittelschweren Laser im linken Mecharm freilegten. Rubinrotes Feuer bohrte sich in die Aggregate des *Quasimodo*. Die Lichtbahnen verfehlten die Autokanonenmunition, deren Detonation die fünfzig Tonnen schwere Kampfmaschine augenblicklich in einen Schrotthaufen verwandelt hätte – doch das Gyroskop wurde komplett zerstört. Der Feindmech setzte seine Vorwärtsbewegung fort und schlidderte unbeholfen über das Straßenpflaster, bis er als regloser Metallhaufen an der Böschung zum Stehen kam. *Es ist nicht zu erkennen, ob der Pilot verletzt ist oder nicht.* Der Gedanke überraschte Aris. *Diese Leute sind der Feind!*

Die Innentemperatur des Cockpits stieg unter der überschüssigen Abwärme des Fusionsreaktors schnell an, aber abgesehen vom salzigen Schweißgeschmack auf den Lippen nahm Aris es kaum zur Kenntnis. Er öffnete den Kanal zu seiner Lanze. »Korrektur«, stellte er in geschäftsmäßigem Ton fest, während er die Geschwindigkeit wieder erhöhte. »Ein *Quasimodo* ausgeschaltet. Bewege mich weiter in Richtung Capella Eins.« Er stockte einen Augenblick, dann gab er einem leichten

Stich seines Gewissens nach. »Einer soll aussteigen und nach dem abgeschossenen Piloten sehen.«

»Warten Sie nicht auf uns«, antwortete Raven Clearwater. Die Funkwellen raubten ihrer Stimme jede Weichheit. »Und verschwenden Sie Ihre Zeit nicht mit den Besuchern. Wir räumen hinter Ihnen auf.«

Aris rannte weiter.

An der Stadtgrenze Qinglius tauschte er hastig ein paar Schüsse mit einem *Cataphract* im Blau und Gelb der Lanciers aus. Er opferte einen Teil der Panzerung über dem rechten Arm, bevor er auswich, konnte im Gegenzug aber einen soliden Kopftreffer bei dem schweren Mech erzielen, der seinen Gegner sicher veranlaßte, über seine Sterblichkeit nachzudenken. Sekunden später fand sich Aris in der Klemme zwischen zwei *Stadtkolossen*. Die unerträglich langsamen, aber für einen leichten Mech annehmbar bewaffneten und gepanzerten Gegner mit dem Aussehen wandelnder Mülleimer hielten ihn in einem Kreuzfeuer mit Bündelmunition geladener Autokanonen gefangen, das Panzerung quer über Rumpf und Glieder seines BattleMechs abscheuerte. Eine glückliche Kombination von Lasertreffern beschädigte die Autokanone des einen, und angesichts ihrer jäh halbierten Feuerkraft zogen die *Stadtkolosse* sich zurück.

Und mit jeder dieser Begegnungen wuchs in Aris ein ihn innerlich aushöhlendes Gefühl der Sinnlosigkeit. Zum Teil lag es daran, gegen Maschinen kämpfen zu müssen, deren Bauart unverwechselbar capellanisch war, lackiert in Farben, die früher in der ganzen Konföderation bekannt gewesen waren. Hinzu kam die Vorstellung, daß das Gesicht im Neurohelm des anderen Piloten die asiatischen Züge gemeinsamer capellanischer Abstammung tragen mochte. Aber vor allem war es das Gefühl, Isis Marik enttäuscht zu haben – und damit seinen Kanzler. Er schob die Zweifel beiseite. Er war Mitglied eines capellanischen Kriegerhauses und hatte geschworen, immer für den Sieg zu kämpfen. Ungeachtet der feindlichen Übermacht oder der Lage, in der er sich befand.

Noch zwei Straßen. Eine Kälte, die nichts mit dem durch die Kühlweste gepumpten Kühlmittel zu tun hatte, brachte Aris zum Frösteln, als er über den Gebäuden eine dünne Rauchfahne aufsteigen sah. Nur die Abwesenheit feindlicher Einheiten in seiner Umgebung spornte ihn an, Isis Marik doch noch zu finden und zu versuchen, sie zu retten. Dann kam eine Funkmeldung herein. Das laute Knistern machte ihm klar, daß er es entweder mit feindlichen Störversuchen oder einer Langstreckensendung zu tun hatte.

»An alle Einheiten, hier spricht Haus-Meister Non. Zum Raumhafen zurückziehen. Ich wiederhole, zurückziehen und am Raumhafen eine Verteidigungslinie aufbauen. Der ranghöchste Offizier vor Ort übernimmt den Befehl, bis er abgelöst wird. Milizeinheiten werden hiermit Haus Hiritsu unterstellt und verlassen Qinglui. Die Stadt ist verloren.«

Als die anderen Einheiten den Befehl bestätigten, biß Aris in stummer Meuterei die Zähne zusammen und marschierte weiter die Straße hinauf. Es war keine direkte Befehlsverweigerung. Die taktische Gefechtsdoktrin des Hauses legte ihm nahe, entlang einer anderen Strecke umzukehren, also würde er sich um diesen Häuserblock herumbewegen und auf der anderen Seite Kurs auf den Raumhafen nehmen. Und wenn er dabei zufälligerweise auf die Sicherheitstruppen stieß, die Capella Eins bewachten…

Seine Muskeln spannten sich unwillkürlich, und der *Spuk* wäre unter dem kurzen Verlust der Kontrolle fast gestolpert. Das Kongreßzentrum lag in Schutt und Asche, aber es waren keine feindlichen Mechs mehr in der Nähe. Die Mauern waren eingerissen, die Straße übersät mit Leichen. Er stellte fest, daß einige der Toten die Uniform Haus Hiritsus trugen. Er sah sogar jemanden, der wohl bei den Todeskommandos gedient hatte, ein von Mechgeschützen zerfetzter Leichnam in einfarbig schwarzer Uniform. Als sie Aris' *Spuk* sahen, traten einige überlebende Hiritsu-Krieger aus der Deckung naher Häuser. In Aris stieg die Hoffnung auf, Isis unter ihnen zu finden, aber ein paar Handzeichen vom Anführer der Infanteristen ließen diese Illusion wieder schwinden.

»Aris Sung, bestätige den Rückzugsbefehl!«

Aris öffnete einen Funkkanal. Seine Zunge schien geschwollen und unbeholfen in seinem Mund zu liegen, und er hatte Schwierigkeiten, sich zu artikulieren. »Kompanieführer Sung bestätigt«, meldete er zögernd. »Begleite überlebende Infanterie zurück zum Raumhafen. Capella Eins wird vermißt und befindet sich vermutlich in Gefangenschaft. Ich wiederhole...«

»Verstanden«, unterbrach Ty Wu Non. »Sie haben Erlaubnis, den Überlebenden Geleit zurück zu den Verteidigungsstellungen zu geben.« Eine Pause. »Komm nach Hause, Aris.«

Heute ist auf Hustaing kein Ruhm zu verdienen. Aris schlug sich mit der Faust auf das Bein und starrte die Straße hinab, in die Tiefen Qingluis. Er fragte sich, was aus Isis Marik geworden war.

* * *

Nur sechs Querstraßen weiter und einige Kreuzungen tiefer im Innern der Stadt half Infanterist Li Wynn Isis aus dem Fond der zertrümmerten Limousine, nachdem sie durch die Wand in die Eingangshalle eines Hotels gepflügt war. Daß die Todeskommandos es trotz der sie jagenden feindlichen Mechs und Panzerfahrzeuge bis hierher geschafft hatten, war kaum zu fassen. Auf Isis' rechter Wange entwickelte sich ein blauer Fleck, und im kastanienbraunen Haar glitzerten Glassplitter, aber sonst wirkte sie gesund und unverletzt.

Sie ist wunderschön.

»Die Männer ... vorne ...«

Li schüttelte den Kopf. Er hatte schon nach den Todeskommandos gesehen. »Der Motor liegt praktisch auf den Vordersitzen.« Er wischte das Glas von den Schultern ihrer grauen, in paramilitärischem Stil geschnittenen Kleidung und nahm sie am Ellbogen. »Wir müssen hier weg.«

Isis sah sich unsicher zum eingedrückten Vorderteil des Wagens um, als Li sie durch einen Kreis schockierter Hotelgäste auf einen Seiteneingang zuzog. »Und wer sind Sie?« fragte sie, nachdem sie einen Teil ihrer Haltung zurückgewonnen hatte.

»Hiritsu-Infanterie.« Li sah an sich herab und verstand, warum sie gefragt hatte. Er trug ein weißes Hemd und weite Hosen, und um seinen Hals hing immer noch die leere Kamera, mit der er Photograph gespielt hatte. Er warf den Apparat weg und führte sie hinaus auf die Straße. »Mir war klar, daß Ihr nicht weit kommen würdet. Der Wagen hat ja geradezu geschrien: VIP-Transport. Also bin ich Ihnen zu Fuß gefolgt.« Er sah sich hastig um. Zwanzig Meter die Straße hinunter stand ein weißer Lieferwagen mit laufendem Motor vor dem Lieferanteneingang des Hotels. »Das entspricht schon eher unserem Bedarf.«

»Ein Bäckerwagen?« fragte Isis mit Blick auf die Werbung für frisches Brot auf der Wagenseite.

»Klar. Wer schießt schon auf einen Bäckerwagen?« Li riß die Tür auf. »Außerdem läuft der Motor schon.« Er winkte Isis ins Fahrerhaus. »Nach hinten, Herzogin«, befahl er, sah sich nach feindlichen Mechs um und rutschte auf den Fahrersitz. Isis kletterte nach hinten, lehnte sich dann aber halb zurück ins Fahrerhaus. Li legte den Gang ein und zog den Wagen auf die Fahrbahn. Um die nächste Ecke kamen sie zurück auf die Vorderseite des Hotels und nahmen Kurs auf den Südbezirk.

Und geradewegs in einen feindlichen *Kreuzritter*, der eine MG-Salve quer über den Fahrtweg des Lieferwagens feuerte. Mehrere Kugeln prallten vom Asphalt ab und schlugen in die Windschutzscheibe ein, als Li mit einer Notbremsung anhielt.

»Sie haben behauptet, die würden nicht auf uns feuern!« schrie Isis und verschwand vollständig im hinteren Bereich.

»Ich bin auch nicht unfehlbar«, bellte Li zurück und vergaß für einen Augenblick völlig, mit wem er sprach. Er steckte in einem Rennen gegen die Zeit, ganz abgesehen von riesigen Vernichtungsmaschinen. Mit Kritik konnte er sich später auseinandersetzen. Er legte den Rückwärtsgang ein und riß das Steuer herum, dann trat er das Gaspedal durch. Der Lieferwagen flog und hüpfte rückwärts über den Bordstein, dann krachte er durch die breiten Glastüren zur Hotelhalle. Hinter sich hörte er Isis kreischen. Er schaute sich um und sah Brotlaibe aus den Regalen purzeln und sie halb begraben. »Graben Sie sich drin ein«, befahl er, in der Hoffnung, daß das Brot als eine Art Polster diente.

Im Innern der Eingangshalle und außer Sicht des BattleMechs drehte Li das Steuer wieder gerade und schaltete zurück in den Vorwärtsgang. Eine Hand auf der Hupe, jagte er durch die Halle und einen großen Salon. Der Bäckerwagen rammte erst mit der einen Seite die leere Limousine, dann mit der anderen einen Konzertflügel, zertrümmerte Sofas und Sessel und ließ einige Hotelgäste, die gerade aus dem Aufzug stiegen, verzweifelt aus dem Weg hechten. Vor die Wahl zwischen der Hotelbar oder einer echten Mauer gestellt, entschied er sich für die Bar. Zertrümmerte Stühle und

Tische flogen beiseite, und soweit Li es sehen konnte, wurde niemand verletzt, auch wenn ihn das im Augenblick nicht sonderlich interessierte.

»Festhalten!« schrie er, als eine neue Glaswand näherkam.

Das Glas barst mit lautem Krachen und regnete auf den weißen Bäckerwagen herab, als er zurück auf die Straße schoß, durch die Hausecke vor dem BattleMech geschützt. Aber diese Sicherheit würde nicht lange halten, also hüpfte er einfach über den nächsten Bordstein und donnerte in das gegenüberliegende Gebäude, ein Kaufhaus.

»Wo sind wir?« rief Isis.

Li wurde langsamer, kurvte um die größeren Verkaufsstände und versuchte, den Leuten Gelegenheit zum Ausweichen zu geben. »In Damenunterwäsche, wenn ich das richtig sehe.« Immer noch mit laut gellender Hupe gab er Vollgas, raste durch die gegenüberliegende Schaufensterfront und kam zurück auf die Straße.

»Okay, machen wir, daß wir hier wegkommen«, meinte er mehr zu sich selbst, lenkte den Wagen auf die menschenleere Straße und holte aus dem Motor heraus, was er konnte, während er Kurs auf den südlichen Teil Qinglius nahm. Er hatte es geschafft. Er hatte dem Feind Isis Marik unter der Nase weggeschnappt. Beinahe mußte er grinsen. *So häufig bekomme ich nicht die Chance, eine wunderschöne Prinzessin aus den Krallen von Dämonen zu retten. Mit ein wenig Glück oder einem Hiritsu-BattleMech als Eskorte könnten wir es schaffen.*

Ihr Glück reichte ganze vier Querstraßen weit, dann raste er knapp vor einem *Stadtkoloß* über eine Kreuzung, der aus einer Seitenstraße kam und ihnen jede Rückzugsmöglichkeit abschnitt. Voraus trat ihnen ein *Jäger-Mech* in den Weg und feuerte mehrere kurze Autokanonensalven links und rechts am Lieferwagen vorbei. Eine der Explosionen riß den Seitenspiegel ab.

»Ich habe das Gefühl, wir sollten anhalten!« schrie Li über die Schulter. Dann suchte er beide Straßenseiten nach einer Hausfront ab, durch die er entkommen konnte. Unglücklicherweise befanden sie sich inzwischen in einem Viertel mit kleinen Ladengeschäften, deren gemauerte Fassaden ein zu hartes Hindernis darstellten. Als die Detonationen der Granaten immer näher kamen, trat er auf die Bremse und brachte den Lieferwagen zwanzig Meter vor dem über ihnen aufragenden *JägerMech* zum Stehen. Er hechtete nach hinten.

Isis grub sich unter einem Berg von Brot und Plastikverpackungen vor. Der Duft von frischem Brot erfüllte den Wagen. »Und was nun?«

Verzweifelt sah Li sich um. Er fand die Schirmkappe des vorherigen Fahrers, mit dem Logo des Bäckereibetriebs. Sie hing von einem Haken hinter der Tür. Er griff sie sich und drehte sich um, dann erinnerte er sich plötzlich daran, wer Isis war, und bei dem Gedanken daran, was er ihr vorschlagen wollte, wurde ihm mulmig. Beinahe hätte er seinem Schamgefühl erlaubt, ihn aufzuhalten, aber dafür war keine Zeit. *Die Dämonen kommen näher.* Er warf ihr die Kappe zu und knöpfte sein Hemd auf.

»Ich hoffe, Ihr seid nicht schüchtern«, murmelte er, und als sie keine Anstalten machte, sich zu bewegen, fügte er beinahe förmlich hinzu: »Bitte zieht Euch aus, Herzogin Marik.«

* * *

Sergeant Erik Richards zog sein *Hetzer*-Sturmgeschütz in den Schatten des *JägerMech* vor und richtete die schwere Autokanone auf den Lieferwagen. War es vorstellbar, daß er den Kanzler der Konföderation Capella im Visier hatte? Ein Schuß, und all die Beleidigungen und Drohungen der letzten Tage würden Vergangenheit sein. Aber sein gesunder Menschenverstand hielt ihn auf. Das war nur eines von mehreren möglichen Fluchtfahrzeugen, und außerdem wollte Majorin Smithson den Kanzler lebend.

Er warf ein paar Schalter auf der Konsole der Funkanlage um und schaltete das Mikro auf die Außenlautsprecher des Fahrzeugs. »Sie da, in dem Lieferwagen: Kommen Sie mit erhobenen Händen heraus. Bei jedem weiteren Fluchtversuch eröffnen wir das Feuer.«

Die Fahrerseite öffnete sich, und zwei erhobene Hände wurden sichtbar, denen langsam eine Frau in einem weißen Hemd und einer Schirmkappe folgte. Sie trat hinaus auf die Straße, machte aber keine Anstalten weiterzugehen.

»Entfernen Sie sich von dem Fahrzeug«, befahl der Sergeant über Lautsprecher.

Die Außenmikrophone fingen ihre gestammelte Antwort auf: »Er... er bedroht mich mit einer Waffe.«

Richards schaltete hastig auf den regulären Funkkanal um. »Das könnte eine ernsthafte Möglichkeit sein«, sagte er. »Ich sehe es mir an.« Er packte ein Gewehr und sein Kommset. Dann öffnete er die Dachluke des Wagens und zog sich ins Freie.

»Ganz ruhig, Miss«, meinte er, während er sich vorsichtig dem Lieferwagen näherte. Dabei sprach er laut genug, um auch in dessen Innerem verstanden zu werden. »Wenn er irgendwas versucht, hat der schöne große *JägerMech* hinter mir den Wagen in maximal drei Sekunden in seine Einzelteile zerlegt.« Jetzt, da er sie aus der Nähe sah, konnte er erkennen, daß sie schlimm aussah. Ihre Haare waren notdürftig unter die Schirmkappe mit dem Bäckereilogo gestopft, und auf ihrer rechten Wange blühte ein großer blauer Fleck. »Entfernen Sie sich von dem Wagen und kommen Sie zu mir.«

Sie tat wie geheißen, erst zögernd, dann mit wachsender Entschlossenheit. Auf den letzten Schritten stürzte sie geradezu auf Richards zu, warf die Arme um seinen Hals und schluchzte an seiner Schulter. »Danke, o danke!«

Richards war sich ihrer guten Figur und des Parfüms, dessen Duft sie umwehte, sehr bewußt, und er gestattete sich eine Sekunde, ihre Dankbarkeit auszukosten. »Gehen Sie jetzt einfach weiter«, erklärte er dann. »An dem *JägerMech* vorbei, und gehen Sie hinter seinem Bein in Deckung.« Er gab schnell einen Lagebericht an den Mechpiloten durch, um ihn auf dem laufenden zu halten. *Das ist ein Vorzug, den du nicht hast, da oben in deinem Schwitzkasten.*

Er richtete das Gewehr auf den Lieferwagen, als sie ihn freigab und hastig hinter dem riesigen Kampfkoloß verschwand, um aus der Schußlinie zu kommen. »In Ordnung. Entweder Sie kommen freiwillig raus, oder der *JägerMech* kann den Wagen Stück für Stück auseinandernehmen. Was ist Ihnen lieber?«

»Ich komme raus«, erwiderte eine Stimme aus dem Wageninnern.

Richards verspürte ein kurzes Hochgefühl, als er die asiatischen Züge und den militärischen Schnitt der Kleidung sah. Aber es wurde schnell deutlich, daß es sich nicht um Sun-Tzu Liao oder auch nur einen regulären Offizier handelte. Die Montur war keine echte Uniform und paßte ihm nicht einmal richtig. Er kam sehr langsam mit hinter dem Kopf verschränkten Händen aus dem Wagen – und grinste.

»Name und Dienstgrad?« bellte Richards den Mann an und hielt die Augen für irgendein Anzeichen von Aggression offen. Der Blick seines Gefangenen zuckte über Richards Schulter hinweg und kehrte zu ihm zurück. Sein Grinsen wurde breiter. »Und was ist daran so komisch?«

»Infanterist Li Wynn, Haus Hiritsu«, erklärte der

Mann ruhig. »Und mir ist nur aufgefallen, daß Sie so gar nichts von einem Dämonen haben.«

* * *

Sprungschiff *Himmelswanderer*, im Sian-System Kommunalität Sian, Konföderation Capella

Der Soldat der Todeskommandos hatte im Büro des Kanzlers an Bord der *Himmelswanderer* Haltung angenommen und las die letzte Agenturmeldung von Associated Stellar Press vor.

»In einem unprovozierten Überraschungsangriff haben heute Truppen des St.-Ives-Militärs die capellanische Welt Hustaing angegriffen. Der Kanzler der Konföderation Capella und Erste Lord des Sternenbunds Sun-Tzu Liao hält sich Berichten zufolge im Rahmen seiner jüngsten Rundreise entlang der Paktgrenze auf dem Planeten auf. Er wird begleitet von seiner Verlobten Isis Marik. Herzogin Marik wurde von einem Reporter dieser Agentur auf der Oberfläche gesichtet, bevor Blakes Wort einer Kommunikationssperre zustimmte, die von Repräsentanten der Konföderation auf Sian aus Sicherheitsgründen beantragt wurde. Die genaue Zusammensetzung der Angreiferstreitmacht ist bisher nicht bekannt, umfaßt aber auf jeden Fall Elemente der Blackwind-Lanciers. Eine offizielle Stellungnahme Herzogin Candace Liaos oder eines ihrer Repräsentanten auf St. Ives liegt derzeit nicht vor.«

Sun-Tzu Liao saß mit verschränkten Händen hinter seinem Schreibtisch und lächelte geheimnisvoll. »Danke. Jetzt überprüfe bitte meine Raumfähre.«

Er wartete, bis der Krieger den Raum verlassen hatte, dann sprach er in das leere Büro. »Mit deiner Hilfe, meine Liebste, werde ich die Konföderation wieder erstarken lassen. Wie ich es versprochen habe.«

PANDÄMONIUM

Der Krieg beruht auf Täuschung. Bewege dich, wenn es dir zum Vorteil gereicht, und verändere die Lage durch die Verteilung und Konzentration der Kräfte.

– Sun Tzu, *Die Kunst des Krieges*

10

Palastanlage, Tian-tan, St. Ives
Herzogtum St. Ives, St. Ives-Pakt

6. Oktober 3060

Für Candace Liao besaß die Galerie der Palastanlage von St. Ives eine besondere subtile, und doch greifbare Atmosphäre. Ein Besuch hier vermittelte ihr immer ein starkes Gefühl von Geschichte und Vermächtnis, und auch von Verantwortung. Der Saal roch nach den Polituren, mit denen der Teakholzboden gepflegt wurde, vermischt mit dem wundervoll alten Duft von Leinwand und Ölfarben. Ein musealer Duft. Skulpturen, Schnitzereien, Gemälde. An den Wänden und auf den Stellflächen war auf geschmackvolle Weise chinesische Kunst aus über dreitausend Jahren ausgebreitet. Manches davon war unbezahlbar, wie die Tigerskulptur der Shang-Dynastie aus Jade, die Elias Jung Liao, der Gründer der Liao-Dynastie, von Terra mitgenommen hatte, als er zu den Sternen aufbrach. Andere Teile galten als relativ wertlos, jüngere Ausstellungsstücke, die Candaces Kurator als Beispiel kontemporärer capellanischer Arbeiten erstanden hatte.

Im Gegensatz zu ihrem Bruder Tormano, von dem sie sich längst entfremdet hatte, bedeutete Candace der Geldwert dieser Sammlung nichts. Sie finanzierte sie aus Respekt vor ihrem Erbe, und sie stellte sicher, daß ständig Teile an öffentliche Museen und Wanderausstellungen ausgeliehen wurden, damit auch ihr Volk diese Kunstobjekte kennenlernen und sich an ihnen erfreuen konnte. Sie strich leicht mit den Fingerspitzen über die kühle, glatte Jade der Shangskulptur und staunte über deren jahrtausendealte Schönheit und innere Kraft. *Ihre Ausdauer.*

Sich leise nähernde Schritte unterbrachen ihre Meditation. Candace wandte sich zur Seniorobersten Caroline Seng um, ihrer höchstrangigen Offizierin. »Ein wunderschönes Stück«, stellte Seng fest. Obwohl sie leise sprach, hallten ihre Worte in der Stille der Galerie durch den Saal. »Hat es einen Namen?«

Caroline Seng hatte ihr capellanisches Erbe erst spät entdeckt, aber ihre ranghöchste Oberste verstand das konfuzianische Konzept der Höflichkeit gut genug, um das Gespräch mit einem neutralen Thema zu beginnen. Diese Höflichkeit brachte ein Lächeln auf Candaces Lippen, doch ihr scharfer Blick erkannte am steifen Gang Oberst Sengs und der Spannung der Haut um ihre schmalen Augen die Enttäuschung der Offizierin. *Sie hat schlechte Neuigkeiten.* »Wenn es einmal einen Namen hatte, ist der längst in Vergessenheit geraten«, stellte die Herzogin fest. »Elias taufte es Zì-lái-yu, laufende Jade, als er es 2181 auf Terra fand.«

Die andere Frau nickte und schien sich im fast durchscheinend hellgrünen Stein der Skulptur zu verlieren. »Blakes Wort hat bestätigt, daß es die HPG-Sperre auf Hustaing akzeptiert hat«, stellte sie nach einem Augenblick des Schweigens fest. »Der Antrag dazu stammte von Talon Zahn.« Ihre rehbraunen Augen hoben sich zu denen ihrer Präsidentin. »Zahn hat mir zukommen lassen, daß die einzige Botschaft, deren Zustellung er den Blakisten gestatten würde, der Befehl an die Lanciers zur bedingungslosen Kapitulation vor den capellanischen Einheiten auf dem Planeten ist. Und«, fügte sie mit einem schweren Schlucken hinzu, »auch das erst nach einer öffentlichen Entschuldigung von Eurer Seite vor den Bürgern der Konföderation.«

Candace spazierte durch den Ausstellungssaal. Oberst Seng begleitete sie im Gleichschritt. Ihre Schritte hallten hohl von den Wänden wider. »Mein Neffe wußte, was er tat, als er ihn zu seinem Chefstrategen machte«, gestand Candace schließlich mit widerwilliger Bewunderung ein. »Durch die HPG-Sperre besteht keine Möglichkeit, die wilden Spekulationen der Skandalvids durch Tatsachenberichte zu entkräften, und außerdem können wir den Blackwind-Lanciers keine Befehle erteilen, außer denen, die er von uns hören will. *Und* er kennt sich aus im politischen Geschäft.«

»Der Pakt ist in einer prekären Lage«, pflichtete Seng ihr bei. »Die Bedingungen verlangen von uns, öffentlich zuzugeben, daß wir unsere eigenen Truppen nicht unter Kontrolle haben, und der Konföderation zuzugestehen, daß sie die Lanciers festhalten kann, so lange sie will. Jede andere Vorgehensweise könnte als Unterstützung für diesen Überfall betrachtet werden.«

»Beide Alternativen sind inakzeptabel«, erklärte Candace kopfschüttelnd. »Dieses Bataillon ist nie als völlig zuverlässig eingestuft gewesen, aber ich habe auch keine Warnung gehört, daß es meutern könnte. Haben Sie sich mit dem kommandierenden Offizier der Blackwind-Lanciers in Verbindung gesetzt?«

Seng nickte. »Oberst Perrin. Er hat zugegeben, daß Majorin Smithson ein Problemfall mit einem fanatischen Haß auf Euren Neffen ist, und daß er versucht hat, die Situation ohne Rückgriff auf formale Maßnahmen unter Kontrolle zu halten.« Sie räusperte sich. »Er hat seinen sofortigen Rücktritt angeboten.«

Candace ließ es sich durch den Kopf gehen, verwarf den Vorschlag dann aber als Verschwendung. »Abgelehnt. Perrin ist im Augenblick zu wertvoll für uns, als daß wir uns leisten könnten, ihn zu verlieren. Wenn die Lage sich aufheizt, werden wir ihn brauchen.«

»Ihr plant doch sicher nicht, Majorin Smithsons Vorgehen zu unterstützen?« Der Schock in Oberst Sengs Stimme war unüberhörbar. »Zahn schlachtet jetzt schon die Demonstrationen auf Denbar in allen Medien aus, bei denen die Bevölkerung die Lanciers feiert, *ihre* Lanciers, wie sie auf den Transparenten genannt werden. Wenn Ihr Euch jetzt noch offiziell…«

Candace unterbrach Seng mit einer beruhigenden Geste und bemühte sich, die Besorgnis ihrer Militärberaterin zu dämpfen. »Nicht offiziell«, beschwichtigte sie. »Nicht direkt.« Sie sammelte ihre Gedanken. »Die militärischen Kräfte der Konföderation sind derzeit recht zerfasert. Sie sind mit der Rückeroberung der Umstrittenen Territorien und dem Vorstoß in die eigentlichen Chaos-Marken beschäftigt. Aber ich bin sicher, daß Zahn mindestens eine schwere Einheit nach Hustaing verlegt, um in die Gefechte einzugreifen und seinen Kanzler zu retten. Wahrscheinlich ein Regiment von McCarron's Armored Cavalry. Wenn die Lanciers dieses Kriegerhaus besiegen oder wenigstens vor Eintreffen der Entsatzeinheiten Sun-Tzu gefangennehmen können, stehen wir vor Tatsachen, und ich kann diesen politischen Coup dazu benutzen, den Schaden für den Pakt zu reduzieren. Also warten wir und zögern unsere Entscheidung bis zum letztmöglichen Augenblick hinaus. In der Zwischenzeit beten wir, daß die Lanciers es schaffen, sich aus der Grube zu befreien, die sie sich mit ihrer eigenen Dummheit selbst gegraben haben.«

Seng versteifte sich, als ahnte sie die Alternative. »Und wenn nicht?«

»Dann opfern wir das Bataillon für das Wohl des Paktes«, erklärte Candace mit fester Stimme. »Ich werde Majorin Smithsons Handeln öffentlich verurteilen und sie der Gnade der Konföderation überlassen. Die anderen werden wir *vielleicht* zurückholen können, aber das Bataillon selbst werden wir auflösen müssen. Oberst Perrins Karriere wird zu Ende sein, und es kann sogar nötig werden, das ganze Regiment aufzulösen, bevor die anderen Bataillone rebellieren.«

»Ein hoher Preis«, bemerkte Seng mit einem müden Nicken. »Aber ein notwendiger.«

Candace fühlte die Last des St. Ives-Paktes auf ihren Schultern, aber diese Last trug sie jetzt schon seit über dreißig Jahren, und sie hatte sich daran gewöhnt. Sie nahm Kurs auf den Ausgang der Galerie. Sie fand keinen Frieden mehr in deren Kunstwerken und brauchte Beschäftigung. »Ich will die Akten sämtlicher Grenzeinheiten«, forderte sie. »Regulär, Söldner und Heimatmiliz. Ich will *sicher* sein, daß niemand die Lage noch verschlimmert. Dann bringen wir sie alle in Bereitschaft, für den Fall, daß Zahn einen Vergeltungsschlag plant. Der Pakt wird an dieser Lage Schaden nehmen, das läßt sich nicht mehr verhindern«, stellte sie fest und beschleunigte ihren Schritt. »Aber ich will verdammt sein, wenn wir es ihnen leicht machen.«

* * *

Hazlet, Nashuar
Herzogtum St. Ives, St. Ives-Pakt

Alle acht MechKrieger-Kadetten der Nashuar-Heimatmiliz hatten sich in der Wohnunterkunft auf der Basis versammelt, die sich Danielle Singh mit Freya Restecht teilte. Die meisten drängten sich um den Trividbetrachter, den Danielle besorgt und aufgebaut hatte, verfolgten die Nachrichten und hofften auf Informationen über die Kämpfe auf Hustaing. Danielle und Trahn Choya, ein Mitglied der anderen Ausbildungslanze, saßen am Eßtisch und verglichen ihre Notizen. Der Limonadevorrat im Kühlschrank wurde ständig aufgefüllt, und das ganze Zimmer roch nach Pizza.

Maurice Fitzgerald hatte sich einen Platz ein Stück abseits der Gruppe gesucht und saß mit ausgestreckten Beinen an der Wand. *Die Nachrichten anzusehen ist Zeitverschwendung, und Tips oder Einsichten über das Führen eines Mechs mit meinen Konkurrenten zu teilen, erscheint mir ziemlich widersinnig.* Er schloß die Augen und ließ seine Leistungen in den vergangenen Wochen Revue passieren, suchte nach Fehlern und neuen Möglichkeiten, sich von den anderen abzuheben.

Durch die Gespräche und ständige Bewegung der anderen abgelenkt, bemerkte er nicht, daß sich jemand näherte, bis er das schleifende Kratzen an der Wand hörte, mit dem dieser sich neben ihn setzte.

»He, schläfst du?«

Er öffnete die Augen. Danielle saß neben ihm und schaute hinüber zum Trivid. Ihre asiatische Abstammung kam in ihren Zügen deutlich zur Geltung, weit stärker als bei ihm. Er studierte ihre Augen. ›Fenster zur Seele‹ hatte seine Mutter sie genannt. Sie waren von einem seltenen, leuchtenden Blau, mit helleren, blaugrünen Punkten, die in ihrem Innern schwebten. *Lebendig,* das war das richtige Wort dafür.

Danielle hatte mittellanges, dunkles Haar, aber in der Manier der MechKrieger kleine Punkte an den Schläfen, und war im Nacken kahlgeschoren, um den Kontakt mit den Neurorezeptoren des Helms zu verbessern. Fitz hatte seine Zweifel, ob das irgend etwas brachte, aber er wußte, welche Kraft in der Autosuggestion steckte, und an Danielles Leistungen im Simulator war nichts auszusetzen.

Sie sah herüber, bemerkte, daß er die Augen geöffnet hatte, und drehte sich wieder zum Bildschirm um. »Kein Interesse an den Kämpfen auf Hustaing?«

Er zuckte die Schultern, dann zupfte er an der Manschette seines Seidenoberhemds. »Ich würde mir lieber die Ergebnisse der letzten Solaris-Kämpfe ansehen. Wenigstens könnte ich mir da halbwegs sicher sein, einen ehrlichen Bericht zu sehen.«

»Ja, die HPG-Sperre läßt die Gerüchteküche überkochen«, stimmte Danielle zu. »Aber ich bezweifle sehr, daß irgend jemand den Skandalvids diesmal die Geschichte von geheimen, unabhängigen Quellen für ihre Berichte glaubt. Um das HPG-Netz kommt man nicht herum. Das weiß jeder.« Sie zuckte die Achseln, doch ihr Blick blieb wachsam. Erst jetzt bemerkte Fitzgerald, daß sie gar nicht den Trividschirm beobachtete, sondern die anderen Kadetten. »Verfolgst du die Spiele auf Solaris, Maurice?«

Fitzgerald blinzelte überrascht, als sie seinen Vornamen benutzte. Eigentlich mochte er das nicht, aber aus ihrem Mund klang es angenehm, sogar freundschaftlich. Er beantwortete ihre Frage mit einem Kopfnicken und beobachtete sie weiter dabei, wie sie die anderen beobachtete. *Ich studiere nur meine Konkurrenz.* Er versuchte, es sich immer wieder einzureden. »Ich habe hundert C-Noten auf Garrett gesetzt.«

»Das ist ein beachtlicher Einsatz.« Danielle schürzte die Lippen und dachte nach. »Keine Wette auf Cenotaph?« fragte sie nach einer Weile. Es war der BattleMechstall Kai Allard-Liaos, der während seiner Abwesenheit von einem alten Freund der Familie geleitet wurde.

Fitz schüttelte den Kopf. »Jamie Ferrero scheint gut zu sein, aber dieser Clanner-Renegat ist auf dem Weg ganz nach oben, und Ferrero ist für ihn nur eine Sprosse auf der Leiter.« Er stockte, fühlte sich plötzlich unbehaglich, aber dann sprach er es aus: »Ich ziehe es vor, auf der Siegerseite zu stehen.«

Danielle drehte sich zu ihm um, die Gesichtszüge sorgfältig unter Kontrolle, um keine Gefühle zu zeigen. »Das ist reichlich kalt«, stellte sie leise fest. »Selbst für dich.«

In ihrem starren Blick gefangen, rutschte Fitzgerald unbehaglich umher. Er fühlte seine Wangen warm werden. »Kann sein«, gab er zu. »Aber es ist realistisch.« Er nickte in Richtung der anderen Kadetten, die sich um den Vidbetrachter drängten. »Genau wie die da. Jeder einzelne von ihnen wäre bereit darauf zu wetten, daß die Lanciers es schaffen. Es ist ihnen egal, wie die Chancen stehen oder wer im Recht ist. Und seien wir mal ehrlich, die Lanciers sind es nicht.«

Irgend etwas zuckte durch Danielles Blick, war aber gleich wieder verschwunden, und Fitz war sich nicht sicher, was er gesehen hatte. Enttäuschung, oder möglicherweise sogar einen undefinierbaren Schmerz.

»Und, wie schätzt du uns ein, Fitz?« fragte sie. »Den Ausbildungskader? Durch Subcommander Pherrs Versetzung zu den 2. St. Ives-Lanciers sind jetzt *drei* Plätze freigeworden statt nur zweien. Wer von uns wird es schaffen?«

Fitzgerald gefiel die Veränderung in Danielles Stimme nicht, ebensowenig wie die plötzliche Spannung um ihre Augen. Er versuchte, es zu ignorieren, aber das schaffte er nicht. *Sie ist die Konkurrenz, aber sie ist nicht mein Feind. Das hat Nevarr unter anderem versucht, mir beizubringen. Aber habe ich ihm wirklich zugehört?* »Du schaffst es«, stellte er mit einem Hauch von Neid fest. »Ich würde sagen, du bist so weit voraus, daß dir niemand mehr gefährlich werden kann.«

Danielle blinzelte heftig, von seiner offenen Einschätzung überrascht. Als sie wieder das Wort ergriff, war ihre Stimme weicher. »Und wer als nächster?« fragte sie und zog die Knie an die Brust.

»Es wird eng zwischen Choya, Freya und – hoffentlich – mir. Nevarr ist schwer einzuschätzen, aber ich habe nicht das Gefühl, daß er mich schon aufgegeben hat. Noch treibt er mich an. Die anderen…« Er stockte, weil er Danielle nicht wieder wehtun wollte, aber dann fand er es unmöglich, es nicht auszusprechen. Leiser fuhr er fort: »Die anderen sind meiner Meinung nach bereits aus dem Rennen. Vielleicht Cameron noch, aber er hat nicht annähernd so viele Abschüsse.«

»Abschüsse sind nicht alles«, meinte sie, und sprach seine Gedanken von ein paar Wochen zuvor aus. »Cameron ist so ziemlich die beste Rückendeckung, die sich eine MechKriegerin in ihrer Lanze wünschen kann. Er ist...« Sie suchte nach dem passenden Wort. »...Er ist solide. Und genau dasselbe gilt für dich, Maurice. Deswegen bin ich herübergekommen, um dir das zu sagen. Nevarr hat dich die letzten Wochen über in eine unterstützende Rolle gezwungen, und du hast dich gut gehalten. Ohne dich hätte ich meine Erfolgsrate nicht erreicht.« Sie senkte den Blick. »Ich bin herübergekommen, um mich zu bedanken und dir Glück zu wünschen.« Sie entrollte sich und stand auf, dann ging sie zurück zum Tisch, zu einer neuen Diskussion mit Choya.

Fitzgeralds Blicke folgten ihr, dann sah er sich in plötzlicher Verlegenheit um. Danielle hatte ihm Stoff zum Nachdenken gegeben. In mehrerlei Hinsicht, aber vor allem, was seine Position betraf. Vielleicht standen seine Chancen besser als er glaubte, und möglicherweise konnte er sie noch verbessern, indem er sich darauf konzentrierte, in der Position gute Arbeit zu leisten, die Nevarr ihm zudachte. Selbst wenn er nur Unterstützung lieferte.

Möglicherweise.

11

Palast des Himmels, Zi-jin Cheng (Verbotene Stadt), Sian
Kommunalität Sian, Konföderation Capella

15. Oktober 3060

Auf der Empore erhob sich der riesige, handgeschnitzte hölzerne Thron des Himmels, Sitz der Konföderation Capella, und auf dem Thron saß Sun-Tzu Liao und lehnte sich behaglich zurück. Er trug eine Han-Jacke aus schwarzer Seide, deren jadegrüne Stickerei zu seinen Augen paßte. Die breitschultrigen seidenen Amtsroben des Kanzlers glänzten durch Abwesenheit. Sun-Tzu verletzte die überlieferte Tradition nur mit bewußter Absicht, und hier und jetzt war sein Verzicht darauf, im Thronsaal eine Amtsrobe zu tragen, eine ständige Erinnerung an alle Anwesenden, daß seine Gegenwart auf Sian ein sorgsam gehütetes Geheimnis war.

Er war sich ganz sicher, daß niemand derjenige sein wollte, der dieses Geheimnis vorzeitig lüftete.

Sein Blick wanderte von einem seiner Berater zum nächsten und ruhte auf keinem länger als ein paar Sekunden. Anwesend waren Talon Zahn, nach Sun-Tzus angeblichem Verschwinden auf Hustaing gezwungen, volle Ausgehuniform zu tragen, da er als Regent auftreten mußte, Ion Rush, Oberhaupt Haus Imarras, und Maskirovka-Direktorin Sascha Wanli. Dieselben drei Personen, die schon sieben Monate zuvor da gewesen waren, als er die Umsetzung seines Plans in Gang gesetzt hatte. Nur eine weitere Person war diesmal mit dabei, seine Schwester Kali, die schweigend im Schatten einer alten chinesischen Rüstung aus der Zeit der Nán-Bei-Cháo-Dynastien stand.

Das einzige Stück Dunkelheit im ganzen Saal, und natürlich muß sie genau da stehen.

Kalis Anwesenheit störte Sun-Tzu auf mehr als eine Art. Er betrachtete sie als unwiederbringlich verloren, von dem Wahnsinn, der ihrer beider Mutter gezeichnet hatte, in hohem Maße befallen und inzwischen soweit, daß sie sich ihm offen ergab. Sie war Mitglied im Thugee-Kult der Assassinen und wurde von dessen Mitgliedern angebetet. Sie hielt sich jetzt schon selbst für die Wiedergeburt der Todesgöttin, deren Namen sie trug. Das machte sie zu einem der unberechenbarsten Faktoren in Sun-Tzus Reich. Aber so verzerrt ihre Sicht der Wirklichkeit auch sein mochte, die besten Psychoanalytiker der Maskirovka verbürgten sich für ihre absolute Hingabe an die Konföderation und Sun-Tzu persönlich. Und da Kali eine der insgesamt nur sechs Personen war, die von seiner Rückkehr in den Palast wußten, konnte er es sich nicht leisten, sie wegzuschicken. Sie befand sich offensichtlich wieder einmal in den Fängen ihres privaten Wahns, und er war bereit, ihre Anwesenheit zu dulden, wenn er sich dadurch ihre Mitarbeit sichern konnte.

Und was Mitarbeit betraf… »Warum hört man nichts von meiner Tante?« sprach er die wichtigste Frage aus, die ihn beschäftigte. Er brauchte eine Konfrontation mit Candace, und das war einfacher gesagt als getan, wenn sie sich nicht rührte. Ungebeten stieg ihm ein alter Rat in den Kopf. *Wenn deine Aktion von der Reaktion des Gegners abhängt, vergiß nicht, den Gegner zu informieren.* Er verdrängte den unerwünschten Zweifel. Früher oder später würde er seine Tante zu einer Reaktion zwingen, aber Sun-Tzu hätte ›früher‹ vorgezogen.

Zahn nickte Sascha Wanli zu und gab die Frage des Kanzlers damit an sie weiter. »Candace spielt auf Zeit«, stellte Wanli fest, voller Selbstsicherheit, die ihr im März so gefehlt hatte. Sie hatte über ein halbes Jahr Zeit gehabt, das Vertrauen des Kanzlers zurückzugewinnen, und offensichtlich war sie der Ansicht, damit Erfolg gehabt zu haben. »Es ist nichts durchgesickert, und sie glaubt, daß Ihr auf Hustaing festsitzt. Sie hofft darauf, daß es den Lanciers gelingt, Euch gefangenzunehmen und ihr dadurch ein Unterpfand für Verhandlungen zu liefern. Wir könnten erheblich weniger Konzessionen vom Pakt fordern, wenn sie dann eingriffe und Euch sicher zurück nach Sian leitete.« Sie strich eine Falte auf dem Ärmel ihres schwarzen Kleids glatt. »Ihre einzige andere Alternative angesichts der Bedingungen Oberst Zahns ist die vollständige Kapitulation.«

Kapitulieren wird sie nicht. Candace würde eher die Vernichtung der Blackwind-Lanciers akzeptieren als – aus ihrer Sicht – überzogene Forderungen der Konföderation. Er hatte erwartet, daß Candace einen Ausweg finden würde, aber nicht mit stillschweigender Duldung gerechnet. Das schien beinahe zu verschlagen. *Zu sehr Liao?* Er sah eine Möglichkeit, daraus einen Vorteil zu ziehen. Sun-Tzu legte die Fingerspitzen aufeinander und richtete den Blick auf den Haus-Meister Imarras. »Stimmt das, Ion? Es ist nichts durchgesickert?«

»Die Fakten deuten darauf hin, mein Kanzler.« Der Hüne verschränkte die Arme im Rücken. Möglicherweise als Unterstützung für Talon Zahn hatte Rush die Ausgehuniform Haus Imarras angelegt. Sie war zwar einfacher gehalten als die des Capellanischen Heers, aber trotzdem fiel Talon Zahn dadurch neben ihm nicht allzusehr auf. »Die HPG-Sperre auf Hustaing hält auf jeden Fall, und die Sicherheitsvorkehrungen hier im Palast sind so perfekt, wie nur ich sie machen kann.« Er warf Kali einen kurzen Blick zu, sagte aber nichts.

Ja, Kali. Das sprichwörtliche Haar in jeder Suppe. Sun-Tzu hielt seine Züge bewußt nichtssagend. »Was ist mit Hustaing? Hat Blakes Wort uns irgend etwas von Wert übermittelt?«

Rush nickte. »Die Blackwind-Lanciers kontrollieren faktisch Hustaings Hauptstadt Qinliu, aber nur, weil

Haus Hiritsu seine Landungsschiffe so aufgestellt hat, daß sie die Angreifer im Stadtgebiet einkesseln. Natürlich haben wir den Skandalreportern auf Euren Wunsch den Eindruck vermittelt, daß die Lanciers ihre Eroberungen in Qinliu heftig gegen Versuche verteidigen, die Stadt zurückzugewinnen.« Der Haus-Meister lächelte kalt. »Seit die Lanciers wissen, daß ihr Sprungschiff sie im Stich gelassen hat, werden die Kämpfe immer verzweifelter. Sie versuchen, in das nahe Gebirge auszubrechen, aber bei jedem Vorstoß kann Haus Hiritsu einen weiteren Teil ihrer Streitmacht zerschlagen und den Rest zurücktreiben. Meiner Schätzung nach können sie sich bestenfalls noch einen Monat halten.«

Noch ein Monat verzweifelter Gefechte. Das sind gute Nachrichten. Sun-Tzu hatte sich Sorgen gemacht. Es war seine Idee gewesen, den Transporter der Lanciers von einem Kriegsschiff zurück in den Pakt treiben zu lassen, aber das hätte sich als Fehler erweisen können, wenn die Bodentruppen danach den Mut verloren hätten. Er fühlte ein kurzes Bedauern für die Soldaten und Zivilisten der Konföderation, die in den ausgedehnten Kämpfen ums Leben kommen würden, aber daran ließ sich nichts ändern. Das Ziel seines Plans, Sun-Tzus Vision einer wiedererstarkten Konföderation, machte dieses Opfer notwendig.

Talon Zahn erregte mit einem leisen Hüsteln die Aufmerksamkeit seines Herrschers. »Wir haben auch Nachricht von Eurer Verlobten, Weisheit des Firmaments.« An Zahns formell steifem Vortrag erkannte Sun-Tzu, daß die Nachricht wertlos war. »Ihre Todeskommando-Leibwächter und etwa ein Dutzend Infanteristen sind gefallen, aber Isis Marik wurde von einem Infanteristen gerettet und ist für den Augenblick in Sicherheit.«

Isis ist heutzutage kaum ein Dutzend capellanische Leben wert. Nicht, solange Thomas Marik einen neuen Erben hat und unsere Heirat hinauszögert. Sun-Tzu verzog das Gesicht. *Na schön, es kann nicht immer alles nach Plan gehen.* »Es kann nicht mehr lange dauern, bis sich die Leute wundern, warum wir kein Regiment über Hustaing abwerfen. Oberst Zahn, wie sieht es mit unserer Truppenaufstellung aus?«

»Viele unserer neuesten Einheiten operieren immer noch unter der Tarnung planetarer Milizen. Jetzt habe ich aufgrund des Überfalls und der jüngsten Alarmbereitschaft aller Paktstreitkräfte alle regulären Militäreineinheiten auf unserer Seite der Grenze zum Vereinigten Commonwealth und in den *Kern*systemen der Konföderation in volle Alarmbereitschaft versetzt. Damit sind sie in Vorbereitung einer Invasion unabkömmlich. Die lautstarke Zustimmung für die Blackwind-Lanciers auf Denbar und ein paar anderen Welten hat sich dabei als durchaus hilfreich erwiesen. In Verbindung mit unseren Anstrengungen in den Umstrittenen Territorien und Chaos-Marken stehen derzeit nur wenige Einheiten zur Verfügung, die wir verlegen könnten, ohne eine Lücke in unserer Verteidigung zu öffnen.« Zahn machte eine Pause. »Ich habe eine weitere Einheit ins Magistrat geschickt. Garnisonsunterstützung für Naomi Centrella, während ihre Mutter die Detroit-Konferenz besucht. Aber diese Truppen waren schon vorher zu weit entfernt stationiert, um für Hustaing in Frage zu kommen.«

Sun-Tzu stand auf und wanderte langsam am Rand der Empore entlang. Er war nicht nervös, doch er fühlte, wie sich die subtilen und dabei doch beeindruckenden Kräfte unter seiner Kontrolle verlagerten, und plötzlich hatte er das Bedürfnis, sich zu bewegen. Der langsame Weg um den Thron war ein Kompromiß. Er lieferte ihm eine Möglichkeit, seine körperliche Energie abzubauen, ohne sich abzulenken. Er blieb an einer Kohlenpfanne stehen und warf eine Prise Sandelholz in die Glut. Der leicht parfümierte Rauch wirkte beruhigend.

»Ich werde mich mit Thomas Marik in Verbindung

setzen«, entschied er laut. »Er sollte als erster erfahren, daß ich nicht nach Hustaing gereist bin, und ich kann ihm erklären, daß seine Tochter die Reise an meiner Stelle fortgesetzt hat. Das liefert mir eine Entschuldigung, eine seiner Grenzeinheiten, vermutlich die 2. Oriente-Husaren, für die SBVS zu rekrutieren. Sie werden unsere Verteidigung unterstützen, damit ich aufbrechen kann, um meine Verlobte zu retten. Thomas braucht nicht zu wissen, daß Isis bereits in Sicherheit ist; nicht, daß ich den Eindruck hätte, es würde ihn wirklich interessieren.« Sun-Tzu unterbrach sich und dachte nach. »Katrina, Theodore Kurita und Yvonne werden wir ebenfalls ansprechen. In dieser Reihenfolge, und alle innerhalb der nächsten zwei Wochen, mit einer ähnlichen Bitte, Einheiten für die SBVS abzustellen. Das setzt Truppen hierher in Marsch.«

Zahn lächelte dünn, aber seine dunklen Augen blieben ohne Regung. »Gleichzeitig macht es uns eine Bewegung schwerer Truppenverbände derzeit noch schwieriger.« Er nickte. »Ein nützlicher Pfeil, der zwei Fliegen mit einer Klappe schlägt.«

Drei Fliegen, korrigierte Sun-Tzu seinen obersten Militär in Gedanken. Aber noch war es nicht an der Zeit, den Rest seiner Pläne zu enthüllen, also nickte er nur.

»Katrina Steiner-Davion wird wahrscheinlich eine Gegenleistung verlangen«, merkte Sascha an. »Im gesamten Commonwealth wird der Ausbruch von Unruhen gemeldet, und nach den Zwischenfällen auf Tikonov hat sie sogar angeboten, Yvonne die Dienste Eures Onkels Tormano zu überlassen, um den Aufruhr zu schlichten.« Das Grinsen auf dem Gesicht der alten Geheimdienstlerin kam nicht einmal in die Nähe ihrer Augen. »In einem höchst bedauerlichen Zwischenfall spazierten vor kurzem mehrere VerCom-Soldaten in ein Viertel der Tikonover Hauptstadt, in dem Vorbereitungen für das Totenfest angelaufen waren. Es kam zu einem Aufstand. Am nächsten Morgen fand man die Soldaten gekreuzigt.«

Ein feines Ende, dachte Sun-Tzu. Das entsprach ganz und gar dem, was er für diesen Sektor im Sinn gehabt hatte. Aber die Mitteilung, daß Katrina seinen Onkel Tormano freistellen könnte, damit er sich um die Bewegung Freies Tikonov kümmerte, machte ihm Sorgen. »Mein Onkel war früher Oberhaupt von Freies Capella. Wenn er diese Position wieder übernimmt, könnte er unserer Arbeit schaden.« Er wälzte verschiedene Möglichkeiten hin und her, aber letztlich war Tikonov ein langfristiges Ziel, das einen Rückschlag verkraften konnte. »Ich werde Katrina ein Angebot machen, bevor sie eine eigene Forderung stellt, und ihr gestatten, sich auszusuchen, welche Einheit Yvonnes ich für den Sternenbund einfordere. Ein Austausch unbedeutender Zugeständnisse. Vielleicht reicht das, sie vorerst bei Laune zu halten.«

»Ihr wollt Candace gestatten, durch Theodore oder Yvonne von Eurer Anwesenheit auf Sian zu erfahren?« Die Frage kam von Ion Rush. »Das gibt ihr die Möglichkeit, eine Antwort zu formulieren.«

Sun-Tzu nickte. Daran hatte er auch schon gedacht. »Theodore kann ich vertrauen, daß er meine Anwesenheit hier für sich behält, wenn ich ihm erkläre, daß alles andere Isis gefährden könnte. Aber es wäre sicher ein Fehler zu glauben, Yvonne könnte meiner Tante gegenüber den Mund halten. Am Tag nachdem ich meine Botschaft an Yvonne schicke, werde ich eine Rede halten und den Pakt beschuldigen, den Frieden des Sternenbunds gebrochen zu haben und meine Verlobte in Gefahr zu bringen. Damit komme ich einer möglichen Antwort zuvor *und* schwäche in Verbindung mit Candaces langem Schweigen ihre Glaubwürdigkeit.« Dann fixierte er mit frostigem Blick seinen Haus-Meister. *Und da wir gerade davon sprechen, jemandes Glaubwürdigkeit zu schwächen.* »Aber da Sie es zur Sprache bringen, Ion, können Sie meiner Tante die Nachricht vielleicht am selben Tag zukommen lassen, an dem ich Yvonnes Mitteilung aufnehme.«

Ion Rush zuckte mit keiner Wimper, nachdem er zwei Jahre zuvor mit Sun-Tzu über seine alten Verbindungen zu Candace Liao reinen Tisch gemacht hatte. Aber Sun-Tzu bemerkte, daß Rush die kurzen, mißtrauischen Blicke Sascha Wanlis und Talon Zahns entgingen. Er studierte mehrere Sekunden lang eines der Wandgemälde, damit der Verdacht Gelegenheit bekam, Wurzeln zu schlagen. *Ihr seid alle fähige Helfer, und ich hege derzeit keinen Zweifel an eurer Loyalität, aber es ist besser für mich, wenn ihr euch nicht zu gut versteht. Schon mehr als ein Fürst der Inneren Sphäre ist Opfer einer Verschwörung geworden, aber Verschwörungen sind nur möglich, wo absolutes Vertrauen herrscht.* Als er den Blick wieder von der Wand löste, waren diese Sorgen vorerst gestillt. Kali machte Anstalten, den Saal zu verlassen.

Sascha beendete die unbehagliche Stille mit einer neuen Überlegung. »Mein Kanzler«, stellte sie mit einem Blick auf Rush und Zahn fest. »Es ist Euch sicher nicht entgangen, daß dieser Angriff den effektiven Nutzen eines capellanischen Maulwurfs beendet hat? Wir sollten eine Rettungsmission für den Fall vorbereiten, daß Candace Verdacht geschöpft hat.«

Sun-Tzu ging langsam zurück zum Thron des Himmels, wobei er jeden Schritt mit sorgfältiger Präzision plazierte. Dabei nickte er. »Aber nichts Offensichtliches. Ich vertraue darauf, daß unser Agent seine Rettung selbst arrangieren kann.« Er hob den Kopf und sah den interessierten Ausdruck auf den Mienen der beiden Militärs, verzichtete aber auf eine nähere Erklärung.

Talon Zahn zuckte nur die Schultern und kehrte zum vorherigen Thema zurück. »Allen Meldungen nach erleidet Qinliu schwere Gefechtsschäden. Soll ich den

Einsatz von Bautrupps und humanitäre Hilfe vorbereiten?«

Das war eine Überlegung wert. Jeder Tag, der bei der Entsendung von Hilfe verlorenging, konnte das Leben capellanischer Bürger kosten, andererseits würde das die moralische Schuld des St. Ives-Paktes noch erhöhen. Eine schwer abzuwägende Entscheidung. »Nein«, entschied Sun-Tzu schließlich. »Warten Sie, bis die Lanciers dem Zusammenbruch näher sind und arrangieren Sie die Entsendung dann für drei Wochen...« *Nein, das ist mein eigenes Volk.* »Zwei Wochen nach dem Tag der Befreiung.«

Sun-Tzu fixierte alle drei mit festem Blick, als er sich wieder auf den Thron des Himmels sinken ließ und mit einer schnellen Bewegung der Linken seine Seidenjacke glattstrich. »Behalten Sie die Lage im Auge. Ich verlange absolute Geheimhaltung und fehlerfreie Ausführung. Viele unseres Volkes... *meines* Volkes... werden für die Xin Sheng leiden müssen. Ihr Opfer soll nicht umsonst gewesen sein.« Mit einem Kopfnicken entließ er seine Berater.

Sun-Tzu blieb allein zurück, mit keiner anderen Gesellschaft als seinen Gedanken, und er genoß die Stille, während er über die verschiedenen Handlungsfäden nachsann, die in seinem Plan für die Wiedergeburt der Konföderation zusammenliefen. Die meisten Fäden waren noch ineinander verschlungen, aber er sortierte sie geduldig und überprüfte jeden von ihnen auf versteckte Fehler. Er vertraute darauf, daß sich das Muster von selbst herauskristallisieren würde.

12

Qingliu, Hustaing
Kommunalität Sian, Konföderation Capella

26. Oktober 3060

Autokanonenfeuer fraß sich in den rechten Arm des *Grashüpfer,* während um den BattleMech Laserimpulse die Luft zum Kochen brachten. Obwohl die Wärmeanzeige schon in den roten Gefahrenbereich kletterte, löste Kapitän Walter Doles die Sprungdüsen aus und ließ den Mech auf lodernden Plasmafackeln in die Höhe steigen. Der Sprung zur Seite würde ihn tief in die Deckung eines dichten Erlenwäldchens tragen, ihm aber bei dem Versuch, zurück in die Sicherheit Qinglius zu gelangen, wenig helfen. *Nicht, daß ich erwartete, es diesmal zurück zu schaffen.* In einer gegenseitigen, unausgesprochenen Übereinkunft hatten er in seinem *Grashüpfer* und Majorin Smithson in ihrem *Victor* sich zu einer Nachhut gegen die vordersten Elemente Haus Hiritsus formiert und dem Rest des Bataillons damit wertvolle Sekunden erkauft, um zurück in den Schutz der Stadt zu gelangen.

Auf dem Scheitelpunkt des Sprungs krachte eine weitere Autokanonensalve in das linke Bein des schweren Mechs. Die Granaten aus abgereichertem Uran brachen durch die letzten Panzerreste und zerschlugen die darunterliegende interne Struktur. Der Mech schüttelte sich wild, und die Zerstörung einer der Leviathan-Sprungdüsen nahm ihm die Balance. Er stürzte praktisch unkontrollierbar ab. Schlanke Baumstämme mit grauer Rinde krachten und zerbarsten, als der siebzig Tonnen schwere Kampfkoloß hart zwischen den Erlen aufprallte, das linke Bein durch einen beschädigten Aktivator nach außen gebogen. Er stolperte, schaffte es aber dennoch, sich aufzurichten, nur um von einem Bombardement von rubinroten Laserpfeilen in Brustpartie und linke Flanke getroffen zu werden. Schmelzende Panzerung strömte am Rumpf hinab und hinterließ stumpfgraue Streifen auf der linken Seite und am Bein des *Grashüpfer*. Ein Teil der verflüssigten Metallkeramik verbrannte den Waldboden und entfachte vereinzelte Schwelbrände in feuchten Laubhaufen.

Der Lancier-Kapitän kämpfte mit den Kontrollen, die jetzt nicht nur als Folge des Hitzestaus, sondern noch zusätzlich durch den beschädigten Beinaktivator schwerfällig reagierten. Schweiß rann ihm über die nackten Arme und Beine und brannte in den Augenwinkeln. Die gepolsterten Schultern der Kühlweste halfen ihm, das schwere Gewicht des Neurohelms zu tragen, aber nach mehreren Stunden auf der Pilotenliege war sein Nacken steif und verspannt. Die Müdigkeit beeinträchtigte seine Reaktionsfähigkeit, und er war sich dessen bewußt.

Aber ich will verdammt sein, wenn ich mich nicht so teuer verkaufe, wie ich kann.

Doles steckte den neuen Schaden weg und drehte den Torso des Mechs nach links, um das Feuer zu erwidern. Die Sichtprojektion war übersät mit Feinden, doch er bemühte sich, das Fadenkreuz über den schnellen Hiritsu-*Spuk* zu ziehen, der gerade eine weitere halbe Tonne seiner Panzerung in Schlacke verwandelt hatte. Doles feuerte alle Energiewaffen seiner Maschine ab, um wenigstens mit einer einen Treffer zu erzielen. Sein schwerer Laser feuerte in den Boden knapp vor den Füßen des *Spuk*, aber einer der mittelschweren Lichtwerfer erwischte den Feindmech am rechten Bein. Der Treffer kostete seinen Gegner zwar nur etwas frische, stahlblaue Panzerung, aber wenigstens ein paar Sekunden lang befriedigte Warner ein Gefühl der Vergeltung.

Dann sprang die Temperaturanzeige noch weiter in den roten Bereich, und Wogen von Hitze brandeten durch das Cockpit, nahmen ihm den Atem und schlugen mit glühenden Schmiedehämmern auf seine Lungen ein. Eine schrille Alarmsirene warnte vor einer automatischen Reaktorstillegung. Nach Luft ringend, mit vor Trockenheit rohem, brennendem Hals knallte Doles die Hand auf den Vetoschalter und suchte auf der Sichtprojektion nach einem neuen Ziel.

Davon hatte er reichlich zur Auswahl. Die einzige gute Nachricht, die er der Taktikanzeige entnehmen konnte, war die Tatsache, daß die grünen Kreissymbole der übrigen Blackwind-Lancier-BattleMechs endlich die Außenbezirke Qinglius erreicht hatten. Abgesehen von den MechKriegern Jolles und Birkmeyer. Noch zwei Gefallene bei einem weiteren erfolglosen Versuch, die relative Sicherheit der Berge zu erreichen.

Diese ganze Mission hatte sich als Mißerfolg herausgestellt. Doles erinnerte sich an Majorin Smithsons eiskalte Wut, als der gefangene Infanterist im Verhör stolz Isis Mariks Flucht bestätigt hatte, bevor er jede weitere Kooperation verweigerte. Es war bereits ein harter Schlag gewesen, als ihr Sprungschiff sie im Stich gelassen hatte, aber solange die Lanciers geglaubt hatten, Sun-Tzu sei noch hier, war ihnen auch eine letzte Hoffnung auf den Sieg geblieben. Aber dann gestern die Rede, die Blakes Wort durch die Sperre gelassen hatte: ein schockierender Beweis, daß Sun-Tzu Liao von Beginn an gar nicht auf Hustaing gewesen war. Die ganze Mission, die auf einer Kombination aus Smithsons Zorn und seinem fehlgeleiteten Pflichtgefühl basiert hatte, war ein einziges Debakel. Ihnen blieb nichts als die Rückkehr in den Pakt und bestenfalls die Entlassung aus dem Militärdienst.

Nur gab es keinen Weg zurück in den Pakt. Ein einsamer Funkspruch von Haus Hiritsu hatte deutlich gemacht, daß das Kriegerhaus lediglich eine bedingungslose Kapitulation zu akzeptieren bereit war. Majorin Smithson wollte die Überreste der Lanciers und ihrer

Söldnerunterstützung in die Berge zurückziehen, wo sie sich besser verstecken konnten, bis Pakt-Präsidentin Candace Liao ihre Rückkehr aushandelte oder möglicherweise Entsatztruppen schickte. Aber nach vier gescheiterten Versuchen hatte Doles ernste Zweifel daran, daß es ihnen je gelingen würde, Qingliu zu verlassen.

Eine Gausskugel schlug in Höhe des Handgelenks in den rechten Mecharm, zerschmetterte den mittelschweren Laser und riß die modellierte Metallhand des *Grashüpfer* komplett ab. Zwei Hiritsu-BattleMechs rückten näher. Sein Computer identifizierte sie als einen überschweren *Yu Huang* und einen mittelschweren *Hurone.* Die Sichtprojektion zeigte, daß der *Spuk* mit zwei anderen Mechs Majorin Smithsons *Victor* angriff.

Der Yu Huang *verspeist mich zum Frühstück,* dachte er. Trotz eines beschädigten Beinaktivators und viel zu hoher Innentemperatur blieb Doles keine Alternative zu einem Sprung. Er löste die Sprungdüsen aus und steuerte den *Grashüpfer* in einer niedrigen Parabolflugbahn zurück in Richtung Stadtgrenze. Laserfeuer des *Yu Huang* bohrte sich in die Panzerung, schnitt breite Metallkeramikklumpen heraus und stieß in das freigelegte Innenleben der rechten Torsohälfte vor. Der riesige Metallkoloß schüttelte sich unter dem Schaden, und graugrüner Nebel sprühte aus seiner Flanke, als ein weiterer Wärmetauscher auseinanderflog.

Ärgerlich rammte Doles die Faust gegen die Hilfskonsole. Schmerzen schossen seinen rechten Arm hoch. Er *mußte* warten, bis die Betriebstemperatur gesunken war, bevor er irgendeine Waffe einsetzte, und mit jedem Einsatz der Sprungdüsen rückte dieser Augenblick in weitere Ferne. Er warf einen Blick auf die Schadensanzeige. Noch ein interner Treffer in die rechte Flanke, und er lief Gefahr, daß die Munition der Raketenlafette explodierte. *Und ohne zellulares Munitionslager würde mich das zerreißen.* Mit einem Fluch auf Konstrukteure, die bei der Modernisierung der Baureihe auf den Einbau ihrer Ansicht nach unnötiger CASE-Technik verzichtet hatten, stieß Dole den Daumen auf den Munitionsabwurfknopf der Kurzstreckenlafette. Spezielle Klappen im Rücken des Mechs öffneten sich, und über eine Tonne Blitz-Munition prasselte zu Boden.

Ob es der plötzliche Verlust der Munition gewesen war, der ihn das Gleichgewicht kostete, oder ob das Bein mit dem beschädigten Aktivator schuld war, ließ sich nicht sagen. Jedenfalls kam Doles zu hart auf und verlor die Gewalt über den *Grashüpfer*. Siebzig Tonnen bewegtes Metall kippten und stürzten. Die linke Schulter des BattleMechs bohrte sich in den Boden, und der Aufprall riß den letzten Rest schützender Panzerung am linken Mecharm ab. Doles wurde gnadenlos in die Gurte geschleudert. Vor seinen Augen verschwammen die Umrisse der Kabine, aber er schaffte es, den Effekt abzuschütteln. *Wenn ich das Bewußtsein verliere, bin ich erledigt.*

Ich bin doch erledigt.

Während er sich mit den Kontrollen abmühte, um wieder hochzukommen, sah Doles, daß nicht weniger als drei gegnerische Mechs viel zu schnell näherkamen, unter anderem der *Yu Huang*. Er konnte es nicht mehr rechtzeitig schaffen.

Von rechts donnerte Majorin Smithsons *Victor* in vollem Gallop heran. Ihre Gaussmunition war schon eine Woche zuvor ausgegangen, und sie benutzte den großkalibrigen Lauf, der den rechten Arm ihres BattleMechs bildete, um eine feindliche *Schlange* aus dem Weg zu schlagen. Dann ging sie dreißig Meter vor Doles in Position, allem Anschein nach bereit, es mit jedem aufzunehmen, der sich mit ihr anlegen wollte. Ihr *Victor* wurde in einem Feuersturm aus Laser- und Autokanonenfeuer gebadet, der eigentlich für den *Grashüpfer* bestimmt gewesen war. Er wankte, blieb aber aufrecht und antwortete mit seinen beiden mittelschweren Lasern. Eine klägliche Erwiderung – aber alles, was Smithson noch aufzubieten hatte.

Doles' Funkgerät erwachte knisternd zum Leben, gerade als er die Maschine wieder auf den Beinen hatte. »Zurück in die Stadt, Kapitän. Sie haben den Befehl.«

Er hätte widersprechen können. Mindestens hätte Doles den Befehl verweigern und sich neben der Majorin dem Gegner stellen können. Möglicherweise hätten sie dann beide eine Chance gehabt, es zurück zu schaffen. Aber sie gab ihm keine Gelegenheit dazu. Statt auf den feindlichen Angriff zu warten, stürmte der *Victor* auf die Hiritsu-Maschinen los, aus beiden Lichtwerfern feuernd und das leere Gaussgeschütz wie eine Keule schwenkend. In dem Zustand, in dem ihr Mech sich befand, hatte Smithson nicht den Hauch einer Chance, diese Konfrontation zu überleben. Genausowenig wie er, wenn er hier blieb. Damit wäre die Einheit führerlos geworden.

Er löste die Sprungdüsen aus. Und noch einmal. Mit jedem Sprung entfernte er sich weiter von dem Gefecht um den wild feuernden *Victor*. Doles sah die *Schlange* mit eingedrücktem Cockpit wegkippen, und ein Tritt von Smithsons überschwerem Mech warf den *Spuk* nach hinten – aber es waren einfach zu viele. Sie fielen über den *Victor* her wie eine Wolfsmeute über einen verwundeten Bären. Dann griff der *Yu Huang* in den Kampf ein, und alles war vorbei. In einem Bombardement smaragdgrüner Laserbündel aus den Geschützen des *Yu Huang* fand der *Victor* sein Ende, sank auf die Knie und kippte schließlich mit ausgestreckten Gliedmaßen zu Boden.

So werden wir früher oder später alle enden. Stück für Stück zerfetzt, bis vom ganzen Bataillon nichts mehr übrig ist. Doles humpelte schwerfällig in die Stadt, wo mehrere Lancier-Mechs bereitstanden, um ihm Deckungsfeuer zu geben, wenn es nötig wurde. Aber das brauchten sie nicht. Haus Hiritsu schien mit seinem Sieg zufrieden und würde heute keine weiteren Opfer fordern. *Zwei Wochen, Herzogin. Wenn Ihr uns retten wollt, habt Ihr bestenfalls noch zwei Wochen Zeit, dann gibt es uns nicht mehr.*

* * *

»Wir halten durch! Und nein, ich werde mich nicht setzen!«

Aris Sung stand mit schußbereiter Nakajima-Laserpistole neben Ty Wu Nons Schreibtisch, während der Haus-Meister die kommandierende Offizierin der Blackwind-Lanciers ›verhörte‹. Die aus dem Feld in ein Verwaltungsgebäude des Raumhafens – das derzeit als Operationsbasis Haus Hiritsus fungierte – gebrachte Ivesianerin versprühte Gift und Galle, seit Aris das Zimmer betreten hatte. Sie wanderte wie ein gefangenes Raubtier durch den Raum und wechselte zwischen Vorhersagen eines Lancier-Siegs und Drohungen einer Vergeltung aus dem Pakt. Anfänglich hatte Sung versucht, sie als Repräsentantin des St. Ives-Pakts zu hassen, aber nicht einmal ihre konföderationsfeindlichen Tiraden schafften es, in ihm Haßgefühle zu wecken. Wenn er die offensichtlichen Merkmale einer capellanischen Abstammung sah, verspürte er vor allem Mitleid.

Haus-Meister Non wurde weder ärgerlich, noch zeigte er irgendeine sonstige Reaktion auf die Drohungen der Majorin. Er saß ruhig hinter seinem Schreibtisch und verließ sich darauf, daß Aris und Seniorkompanieführer Jason James mit der Gefangenen fertig wurden, falls sie gewalttätig werden sollte. »Wollen Sie sich nicht ergeben?« fragte Meister Non mit grenzenloser Geduld.

»Zur Hölle!« spie Smithson. »Mich bedingungslos ergeben und Sonnyboy einen Freibrief ausstellen, meine Leute abzuurteilen und exekutieren zu lassen? Kommt nicht in Frage. Wir haben noch Vorräte für einen guten Monat. Reichlich Zeit für den Pakt, uns hier rauszuhauen.«

Aris ließ sich nichts anmerken. *Das ist eine interessante Information. Wenn Smithson zu Verstand käme, würde sie merken, daß sie uns in ihrer Wut nur in die Arme spielt.*

»Es wird keine Entsatztruppen geben«, stellte Meister Non deutlich klar. »Wenn Sie darauf bestehen, Ihre Einheit im Stich zu lassen, so wie der Pakt Sie hier im Stich gelassen hat, zwingen Sie mein Haus, Ihr Blackwind-Lancier-Bataillon zu vernichten. Ist es das, was Sie wollen?«

Smithson schnaubte verächtlich. »Unsere Mechs sind vielleicht zerbeult, aber es steckt noch reichlich Kampf in ihnen. Ich habe heute drei abgeschossene Hiritsu-Mechs gezählt, einen toten Piloten und vielleicht fünf ausgebrannte Milizfahrzeuge. Was haben Sie dafür bekommen? Meinen *Victor* und zwei leichte Mechs.« Sie lachte. »Kaum ein Ausgleich.«

Nons Miene verwandelte sich in eine kalte, gefühllose Maske, und Aris erkannte, daß Smithson zu weit gegangen war. »Sie haben recht«, stellte der Haus-Meister kalt fest. »Infanterist Chess!«

Die Tür des Büros öffnete sich, und ein Mitglied der Haus-Infanterie schaute herein. »Ja, Haus-Meister?«

»Infanterist, Aris Sung übernimmt die Verantwortung für meine Sicherheit. Du bekommst einen neuen Auftrag.« Er warf Smithson einen kurzen Blick zu, dann sah er wieder zu dem Soldaten. »Nimm einen Wagen und fahre hinüber zur *Dainwu*«, befahl er. »Erschieße zwei Gefangene des Blackwind-Lancier-Bataillons, die dort untergebracht sind. Achte darauf, daß du Lanciers tötest, keine Söldner. Komm dann wieder hierher.«

Auf Majorin Smithsons Gesicht machte die Verachtung Entsetzen Platz, gefolgt von Unglauben. »Das können Sie nicht machen!«

»Du hast deine Befehle, Infanterist.« Haus-Meister Nons eisiger Blick richtete sich wieder auf die Majorin, als die Tür sich geschlossen hatte. »Wer sollte mich daran hindern, Majorin? Und damit würde ich sagen, daß die Rechnung des heutigen Tages ausgeglichen ist.«

Einen Augenblick lang war selbst Aris auf den Bluff des Haus-Meisters hereingefallen. Aber dann hatte er sich erinnert, daß alle Gefangenen an Bord des Haus-Landungsschiffs der *Kondor*-Klasse untergebracht waren, nicht auf dem Haus-Flaggschiff *Dainwu*, und Infanterist Chess war ausdrücklich zur *Dainwu* geschickt worden. *Aber das kann Majorin Smithson nicht wissen.*

Die Majorin stand für eine Weile stumm da, die Hände in stiller Wut zu Fäusten geballt, und ganz offensichtlich verhinderte nur Sungs feuerbereite Waffe, daß sie dem Haus-Meister an die Kehle ging. »Ich werde auf Ihrem Grab tanzen«, versprach sie mit vor Zorn bebender Stimme. »Ich schwöre, ich tanze auf Ihrem Grab.«

Ty Wu Non zuckte ungerührt die Schultern. »Ich bezweifle, daß Sie mehr Gelegenheit zur Bewegung als einen täglichen Hofrundgang im Gefängnis bekommen werden«, stellte er gelassen fest. »Nach der Ansprache des Ersten Lords Liao an die Konföderation und die anderen Mitgliedsstaaten des Sternenbunds haben wir erfahren, daß Ihre Handlungsweise schwer verurteilt worden ist. *Falls* Sie jemals zurück in den Pakt dürfen, sehe ich eine Kriegsgerichtsverhandlung auf Sie zukommen.«

Zum erstenmal, seit Smithson hereingeführt worden war, bemerkte Aris Anzeichen von Besorgnis in ihrem Gesicht. Ein kurzes Zucken der Augen und nervös aneinander geriebene Finger. Master Non schien es nicht gesehen zu haben, deshalb bedrängte Aris sie weiter. »Sie haben Ihre Leute hierhergeführt«, bemerkte er leise und nutzte die Sorge aus, die jeder Offizier für die Männer und Frauen unter seinem Befehl empfand. »Sie haben Ihnen vertraut. Wollen Sie zulassen, daß Sie vernichtet werden?«

Smithsons Unbehagen wurde deutlicher, als ihr Blick von Ty Wu Non zu Aris wechselte. Dann kehrte ihre Wut zurück. Sie schüttelte den Kopf. »Besser auf dem Schlachtfeld gefallen, als capellanischen Schlächtern ausgeliefert. Nichts könnte mich je veranlassen, bedingungslos zu kapitulieren, abgesehen von einem direkten Befehl Herzogin Liaos. Ich habe geschworen, dem Pakt zu dienen, und ich bin nicht befugt, die Rechte der Lanciers aufzugeben.«

Beinahe konnte Aris Smithsons Haltung nachvollziehen. Ihre Loyalität war bewundernswürdig, so fehlgeleitet ihre Grenzüberquerung auch gewesen war. Sie hatte große Ähnlichkeit mit der Grundregel der Kriegerhäuser: »Der Wille des Haus-Meisters ist der Wille des Hauses.« Aber trotzdem machte sie einen Fehler. Die Tage der Lanciers waren gezählt, ebenso wie die des Paktes.

Was auch immer Haus-Meister Non fühlte, er ließ es sich nicht anmerken. »Majorin, ich habe Sie gebeten, uns zu helfen, das Leben Ihrer Krieger und der Zivilisten zu schonen, die in den Gefechten um Qingliu in Mitleidenschaft gezogen werden. Aber wenn Sie nicht zu erweichen sind, lassen wir es eben. Wir werden die Lanciers weiter dezimieren, und ohne ihre Führung bezweifle ich, daß wir dazu lange brauchen werden. Ihr Schicksal ist allerdings vorausbestimmt, seit ich in der letzten Woche meine Befehle erhielt. Sie sind in Einzelverwahrung zu nehmen, bis die *Perle der Wahren Weisheit* sicher zurück nach Sian fliegen kann. Und ich bezweifle stark, daß Sie von dort jemals zurückkehren werden.«

13

Paradeplatz der Heimatmiliz, Hazlet, Nashuar
Herzogtum St. Ives, St. Ives-Pakt

3. November 3060

Es war Maurice Fitzgeralds fünfter Ausflug in einem echten BattleMech, und noch immer packte ihn die Erregung. Er stieg vom Gerüst auf die kleine, zurückgesetzte Plattform an der Rückseite des Mechkopfes. Er genoß den Duft von Schmiermittel und erhitztem Metall, der den kleinen Mechhangar der Heimatmiliz in Hazlet erfüllte, ebenso wie die Kühle des Metalls unter seiner ausgestreckten Hand. Die kleine, mit einem Handrad verschließbare Cockpitluke stand bereits auf. Er packte die Haltegriffe, zog die Beine an, brachte sie durch die Öffnung und schob sich in die enge Pilotenkabine, bevor er die luftdichte Luke hinter sich schloß und mit einer schnellen Drehung des Handrads sicherte.

Aus dem Stauraum unter der Pilotenliege holte er eine Kühlweste und zog sie über. Er befestigte sie an seinem hageren Körper, indem er die Riemen unter dem rechten Arm festzurrte. Dann krabbelte er auf die Liege, zog die Sicherheitsgurte nach vorne und schob sie in einen Vierpunkt-Schnellverschluß. Er zog die Kühlmittelleitung für die Weste aus dem Wandfach und ließ sie in die dafür vorgesehene Drehbuchse des Kleidungsstücks einschnappen. Als er eine Reihe von Kippschaltern umwarf und den Fusionsreaktor startete, stieg ein kraftvolles Brummen aus dem Rumpf des *Totschläger* zu ihm auf.

Du kannst es auch nicht erwarten, was? grinste Fitz. *Ja, heute ist ein ganz besonderer Tag. Das fühle ich.* Die Gewißheit war im Verlauf der letzten Woche gewachsen, als die Ausbildung beschleunigt worden war. Kein

Vorgesetzter gab zu, daß die Lage auf Hustaing der Grund war, doch auch niemand stritt es ab. Und Commander Nevarr hatte der Ausbildungslanze für heute in der Vorbesprechung zusätzliche Herausforderungen versprochen, weil der Wettbewerb um den zweiten und dritten Platz – Danielle war die erste der drei freien Stellen im MechKriegerkontingent inzwischen sicher – knapp wurde. *Einer davon gehört mir*, versprach Fitzgerald sich. Es spielte keine Rolle, daß Nevarr ihm wieder nur eine unterstützende Rolle zugedacht hatte. Er würde einen Weg finden, sich zu beweisen.

Er zog den schweren Neurohelm aus der Nische über dem Sichtschirm, setzte ihn auf und schnallte ihn fest. Die Kanten des Helms lagen auf den Schulterpolstern der Kühlweste, um sein beträchtliches Gewicht abzufangen. Von der Kinnplatte baumelten fünf Kabel, von denen er vier in Biomedsensorpflaster steckte, die er auf die Innenseite der Oberschenkel und Oberarme klebte. Das fünfte, dickere Kabel mit dem mehrpoligen Stecker schob er in die Buchse an der Steuerkonsole.

»Computer, Stimmabgleichung initiieren.«

»Überprüfung abgeschlossen«, bestätigte die emotionslose, aber irgendwie feminine Stimme des Bordcomputers. »Pilot Maurice Fitzgerald, Gegenprobe mit Schlüsselcode.«

Da Stimmuster gefälscht werden konnten, war zur Inbetriebnahme eines BattleMechs ein zusätzlicher Schlüsselcode notwendig, den nur der Mechpilot kannte. Die Simulatoren hatten diese Sicherung ebenfalls enthalten, und Fitz' Schlüsselcode war auf den *Totschläger* übertragen worden.

»Wo hen hao«, erklärte Fitz stolz. *Ich werde siegen.*

Gab es einen besseren Leitspruch, um damit ins Gefecht zu ziehen?

* * *

»Zwo. Ich wiederhole, immer noch nur zwo feindliche Mechs.« Danielles Stimme klang erregt, aber kontrolliert. »*Kampfhund* und *Sturmwind*. Augen auf, Miliz Drei. Sie treten mit modernen Maschinen an, und irgendwo da draußen verstecken sie noch zwei Joker.«

Wenn es nur zwei sind, dann gib mich für das Gefecht frei, und wir machen sie kalt. Fitzgerald senkte das Kinn, um den Funkkanal zu öffnen und seinen Gedanken laut auszusprechen, aber dann biß er die Zähne zusammen und sagte doch nur: »Verstanden, Miliz Eins.« *Die hat's leicht, Befehle zu geben. Sie hat schon die Versetzung zur Mechkompanie.*

Das war unfair, und er wußte es auch. Danielle, die dieses letzte Mal noch als ihre Lanzenführerin agierte, mußte mindestens einen Mech als Schutz gegen ein mögliches Umgehungsmanöver in Reserve halten. Und modernere Maschinen bedeuteten größere Möglichkeiten, mit denen man rechnen mußte. Aber es wurmte ihn trotzdem, daß sie Freya Restecht zuerst vorgerufen hatte und nicht ihn, auch wenn Freyas *Jenner* schneller in den Rücken des Gegners gelangen konnte.

Unmittelbar bevor der *Totschläger* unter einem Langstreckenlasertreffer in die rechte Seite erzitterte, blitzte auf der Sichtprojektion ein Warnlicht auf. Natürlich war der Schaden nicht echt. Die Waffen waren auf harmlose Energiestufen abgeschwächt beziehungsweise mit Manövermunition geladen, und die Schadenseffekte wurden durch Ortungssensoren und spezielle Programme in den Bordcomputern simuliert. Die Erschütterung, die er fühlte, war das Ergebnis einer vom Computer ausgelösten leichten Unregelmäßigkeit im Kreiselstabilisator des Kampfkolosses. Aber diese theoretische Analyse der Technologie eines simulierten Gefechtsszenarios half herzlich wenig, wenn man um das Gleichgewicht seiner Kampfmaschine kämpfte und zugleich versuchte, einen Gegner anzuvisieren.

Fitz' Herz klopfte bis zum Hals, und seine Stimme zitterte vor Aufregung, als er den Funkkanal öffnete. »Kontakt«, meldete er und schwenkte den *Totschläger* herum, während er die Ortungsdaten von der Taktikanzeige ablas. »*Feuerfalke*, Position eins-acht-fünnef relativ, fünfhundert Meter Entfernung, näherkommend.« *Und du gehörst mir!* Es handelte sich um eine ältere Konstruktion, wie die meisten Milizmechs, aber mit genug moderner Ausrüstung, um dem *Totschläger* einen angemessenen Gegner zu liefern. Dann tauchte der Mech auf dem Sichtschirm auf, und Fitz lief ein kalter Schauder über den Rücken. Der *Feuerfalke* war in einem graubraunen Tarnschema bemalt, aber statt der üblichen Streifen oder unregelmäßigen Flecken erinnerte das Muster an Gefieder.

»Nevarr!« schrie Fitz, dann faßte er sich. »Ich wiederhole, Commander Nevarr tritt in seinem *Feuerfalke* gegen uns an.« Er löste hastig eine Doppelsalve seiner schweren Laser aus, aber beide Schüsse gingen vorbei. Nevarr duckte sich in ein Wäldchen aus Erlen und Föhren. Die Innentemperatur des *Totschläger* stieg um mehrere Grade. *Das hätte ich mir schenken können*, wies er sich selbst zurecht. *Die Doppelsalven sollte ich mir aufheben, bis ich näher dran bin.* »Miliz Drei fängt ab.« Er beschleunigte und brachte den Mech auf einen Kurs, der Nevarr daran hinderte, in den Rücken der Einheit zu kommen.

»Verstanden«, antwortete Danielle. »Miliz Drei nur auf dreihundert Meter Umkreis freigegeben. Irgendwo da draußen ist noch einer, Drei. Bleib in der Nähe.«

Als ob der Feuerfalke *noch nicht genug Beweglichkeitsvorteil hätte.* Fitz bremste ab, um noch Bewegungsraum zu behalten. *Komm schon, Nevarr. Wenn ich dich abschieße, ist mir der Platz im BattleMechkorps sicher.*

Nevarr brach aus der Deckung und trieb seinen Mech auf die Höchstgeschwindigkeit von über neunzig Stundenkilometern. Fitzgerald lief auf eine Baumgruppe zu, um eine taktisch günstige Position einzunehmen, schaffte es aber nicht mehr, bevor der *Feuerfalke* schoß. Als Antwort löste er in einem Kreuzfeuer aus smaragdgrünen und rubinroten Lichtbündeln seine beiden schweren Laser aus. Der *Totschläger* erbebte heftig, als er unter Nevarrs Beschuß eine Tonne Panzerung verlor. Doch das reichte nicht aus, die Balance zu gefährden. Fitz traf nur mit einem Laser und schälte Panzerung in der Rumpfmitte der gegnerischen Maschine ab. *Kein gerechter Tausch, aber er hat einen extraleichten Reaktor zu beschützen, und das macht ihn verwundbar.*

Als hätte sein Pilot denselben Gedanken gehabt, stieg der *Feuerfalke* in den Himmel und flog davon. *Nach so einem Sprung kann er unmöglich beide Laser abfeuern!* Fitz trieb den *Totschläger* nach vorne. Damit kam er bis an die Grenze seines Bewegungsrahmens, wollte sich die Gelegenheit aber nicht nehmen lassen, diesen Vorteil auszunutzen. *Wenn ich bis auf dreihundert Meter herankomme, stehen meine Kurzstreckenraketen gegen seine mittelschweren Laser. Damit bin ich im Vorteil.*

Er schaffte aber keine dreihundert Meter Abstand und feuerte statt dessen noch einmal beide Extremreichweitenlaser ab. Die Temperatur in der Kanzel schoß hoch, als der Fusionsreaktor unter dem konstanten Energiebedarf seinen Ausstoß erhöhte. Ein Laser traf, aber Nevarr gelang ebenfalls ein Treffer. Fitz' Schadensdiagramm zeigte, daß er inzwischen fast die gesamte Panzerung auf Torsomitte und linkem Arm verloren hatte. Andererseits hatten seine Treffer sich beinahe ins Innere der rechten Rumpfseite des *Feuerfalke* durchgegraben, und das machte Nevarr für Treffer in der wuchtigen Abschirmung seines XL-Reaktors verwundbar.

Ich brauche noch fünfzig Meter. Fitzgerald wußte, daß er seinen Spielraum bis auf vierhundert Meter strecken konnte, bevor Danielle ihn zurückpfiff, und Nevarr abschießen zu können, war es wert. Die Lanze würde eine Sorge weniger haben, und Fitz einen bedeutenden Abschuß mehr. Er suchte die Sichtprojektion nach versteckten Gefahren ab, dann stieß er weiter vor.

Aber unter der hohen Abwärme reagierte der *Totschläger* bereits schwerfälliger, und Fitz gelang es nicht, so schnell aufzuschließen, wie ihm lieb gewesen wäre. Nevarr setzte wieder die Sprungdüsen ein und hielt Fitz auf Distanz, während er dessen Mech eine weitere halbe Tonne Panzerung stahl, diesmal an den Beinen.

Danielles Stimme drang aus den Helmlautsprechern, als Fitz gerade einen Laser abfeuerte. Die Entfernung nahm ihr die Emotion, aber nicht die Kraft. »Miliz Drei, du bist außerhalb des genehmigten Rahmens. Fitz!«

Die rubinrote Lichtlanze erwischte den *Feuerfalke* voll in der Torsomitte, als er gerade wieder aufstieg. Nach einem taumelnden Flug landete Nevarrs Mech auf der anderen Seite einiger mächtiger Eichen und stürzte zu Boden. »Nevarr ist am Boden. Ich erledige ihn und kehre in die Formation zurück.«

»Fitz, du kommst sofort zurück. Du bist zu weit entfernt, da hinten können wir dir keine Deckung geben.«

Dreißig Sekunden. Ich brauche nur dreißig Sekunden. Er jagte den *Totschläger* mit fast sechzig Stundenkilometern weiter. Der Hitzestau war abgebaut, und er war entschlossen, Nevarr den Garaus zu machen. Aber unmittelbar bevor er in Reichweite seiner Blitz-Raketenlafetten kam, drehte der *Feuerfalke* sich am Boden herum, und auf der Sichtprojektion erschien ein zweiter Gegner, keine dreihundert Meter entfernt, im rechten Winkel zu seinem Kurs auf Nevarr. Eine Falle!

Der *Nachtfalke*, mit fünfunddreißig Tonnen ein leichter Mech, aber trotzdem mit zwei schweren Lasern bewaffnet, feuerte fast zeitgleich mit Nevarr. Vier schillernde Strahlbahnen aus gebündelter – smaragdgrüner und türkisblauer – Lichtenergie erfaßten den *Totschläger* in einem gnadenlosen Kreuzfeuer und zerfetzten laut Computeranalyse die Panzerung über seinem Torso und am linken Mecharm. Einer von Nevarrs Lasern brach durch und traf Fitzgeralds Gyroskop. Fitz rang wild mit den Kontrollen, verlor den Kampf aber schließlich und mußte sich der Schwerkraft ergeben. Die Wirkung von fünfundvierzig Tonnen Metall, die krachend zu Boden gingen, war keine Simulation. Panzerplatten zerbarsten unter der Wucht des Aufpralls, und Fitz wurde hart in die Gurte und gegen die Pilotenliege geschleudert.

Als er wieder klar denken konnte und seine Lage analysierte, war alles vorbei.

Nevarr und der *Nachtfalke*-Pilot hatten seine am Boden liegende Maschine unter intensives simuliertes Dauerfeuer genommen. Ihm stand zwar noch Energie zur Verfügung, aber das Schadensdiagramm zeigte eine Reaktorkernschmelze durch kompletten Verlust der Abschirmung. Sein *Totschläger* war vollständig gelähmt, unfähig, sich zu bewegen oder auch nur eine Warnung an seine Lanzenkameraden abzugeben, deren besorgte Anfragen aus den Helmlautsprechern drangen. Auf der Sichtprojektion sah Fitz den *Nachtfalke* in den Rücken seiner Lanze abrücken, doch der *Feuerfalke* blieb nur dreißig Meter vor dem Ferritglas der Kanzelwände stehen.

Fitzgerald konnte Nevarr hoch über sich im Cockpit des Mechs nicht sehen, aber er fühlte, wie sein Ausbilder mit beinahe trauerndem Bedauern auf ihn herabsah. Nevarr hatte es ihm schon vorher klarzumachen versucht: Fitzgeralds größter Feind war er selbst. Heute hatte er dem jungen Kadetten ein Seil angeboten – und der hatte sich selbst das Henkerseil daraus geknüpft. *Damit das klar ist*, hatte er gesagt: *Sie werden es entweder erst auf meine Art herausfinden oder gar nicht*. Der *Feuerfalke* drehte um und ging langsam davon, bis er aus dem Sichtfeld verschwunden war.

Fitzgerald machte sich nicht die Mühe, den Rest des Gefechts auf der Sichtprojektion zu verfolgen. Er fuhr den Reaktor herunter und schaltete bis auf das Funkgerät alle Systeme ab. Dann saß er in der dunklen Kanzel und hörte zu, wie seine Lanzenkameraden einen simulierten Tod starben.

14

Palast des Himmels, Zi-jin Cheng
(Verbotene Stadt), Sian
Kommunalität Sian, Konföderation Capella

9. November 3060

Sascha Wanli war wieder einmal zur Ordnung gerufen worden.

Der Thronsaal schien eisig kalt, und Sascha war sich nicht sicher, ob dieser Eindruck von der tatsächlichen Temperatur des Saales herrührte oder von ihrer Nervosität. Sie traute es Sun-Tzu Liao ganz sicher zu, die Saaltemperatur zu senken, um ihr Unbehagen noch zu steigern. Wenigstens verbargen die Ärmel des maßgeschneiderten schwarzen Seidenanzugs die Gänsehaut auf ihren Armen. Während sie in respektvollem Abstand vor der Empore stand und darauf wartete, zur Kenntnis genommen zu werden, starrte sie auf den schmalen Streifen des blutroten Teppichläufers, das sich vom Fuß des Thrones zu dem in Bronze gefaßten Eingangsportal zog.

Falls Sascha irgendwelche Zweifel an Sun-Tzus Laune gehabt hätte, waren ihr diese augenblicklich vergangen, sobald sie den Thronsaal betrat und sah, welcher Empfang sie erwartete. Oberst Zahn und Haus-Meister Rush glänzten durch Abwesenheit, obwohl in letzterem Fall kaum zu erwarten war, daß er vor Ablauf wenigstens einer weiteren Woche das Krankenhaus verlassen konnte. Zwei Soldaten der Todeskommandos, deren Muskelunterstützung sich wie geknotete Seile unter den schwarzen Uniformen abzeichnete, flankierten die Empore links und rechts, das Gesicht zur Mitte, so daß sie sowohl Wanli wie auch den Kanzler im Blick hatten. Das war ohne Zweifel ein Ausdruck der Stimmung Sun-Tzus. Er war bereit, sie als Chefin der Maskirovka abzulösen, und die Kommandosoldaten waren eine alles andere als versteckte Erinnerung daran, daß keiner ihrer fünf Vorgänger eines natürlichen Todes gestorben war. Um genau zu sein: Zwei davon waren auf ausdrücklichen Befehl des jeweils regierenden Kanzlers hingerichtet worden.

Maskirovka-Direktoren überleben ihre Fehler nicht allzu lange, und ich habe zwei in einem Jahr begangen.

Sascha schauderte, aber sie riß sich zusammen und ließ sich ihre Angst nicht anmerken. *Überlege dir jetzt jeden Schritt, Sascha. So lange ich noch atme, besteht weiter Hoffnung. Hätte er sich bereits endgültig entschlossen, mich zu ersetzen, wäre jetzt schon jemand dabei, meine Leiche wegzuschaffen.* Sie war dreiundsechzig Jahre alt. Davon hatte sie dreißig Jahre in der Maskirovka zugebracht, sieben als deren Direktorin. Sie war noch nicht bereit, dieses Leben aufzugeben. Tatsächlich überraschte sie die Intensität ihres Überlebenswillens. Sie hatte gedacht, mit all dem schon vor Jahren abgeschlossen zu haben.

»Ion Rush wurde nicht grundlos zum Großmeister aller Kriegerhäuser ernannt«, stellte Sun-Tzu fest. Seine Stimme war kaum mehr als ein kaltes Flüstern. »Er ist ein Elitekrieger, ein erfahrener Kommandeur und von hohem Wert für die Konföderation.« Eine lange Pause. »Diese Explosion hätte ihn fast das Leben gekostet.«

Sascha hob langsam die Augen und ließ ihren Blick vom roten Teppich zum Saum der dunkelgrünen Seidenrobe Sun-Tzus klettern, und von dort langsam hoch zur eisigen Miene des Kanzlers. Auf beiden Seiten der Robe prangte in Brusthöhe das in goldenem Faden gestickte Katana-Wappen der Konföderation Capella. Die Augen des Kanzlers entsprachen jadegrünen Schlitzen und erinnerten an die eines Tigers, der seine Beute beobachtete.

»Ja, Weisheit des Himmels«, bestätigte sie leise. »Zum Glück deuten alle Berichte darauf hin, daß er sich erholen wird.« *Allerdings wird er sich danach nicht mehr annähernd so bewegen können wie vorher. Dafür waren die Verwundungen zu schwer.* Aber Sascha hatte kein Bedürfnis, das zur Sprache zu bringen. »Ich versichere Euch, daß er Euch in Kürze wieder zur Seite stehen wird.«

Mit einem beiläufigen Wink entließ Sun-Tzu die beiden Wachen und wartete, bis sie den Saal verlassen hatten, bevor er weitersprach. »Sie haben mir auch versichert, Sascha Wanli, daß meine Schwester Kali keine Gefahr für meine Regierung darstellt. Und trotzdem ist es ihr Ihrem eigenen Bericht nach irgendwie gelungen, eine Bombe durch die Sicherheitsvorkehrungen Haus Imarras zu schmuggeln und mir beinahe einen wertvollen Berater zu nehmen.« Er spießte sie mit einem grausamen Blick auf. »Und wenn ihr das gelingt, kann sie es ganz genauso *hier* im Palast tun.«

Seit dem Abzug der Todeskommandos atmete Sascha freier und dankte welcher Gottheit auch immer ihr diese Gnade gewährt hatte. Allerdings war ihr klar, daß sie erst eine Runde gewonnen hatte und noch keineswegs den ganzen Kampf. »Eine Nachlässigkeit, für die ich keine Entschuldigung habe, Kanzler Liao. Auf diesen Fall waren wir einfach nicht vorbereitet, da es nie irgendwelche Anzeichen von Feindseligkeit zwischen Kali und Ion Rush gegeben hat.«

»Und wodurch hat sich das geändert?« fragte Sun-Tzu beinahe beiläufig, als bereite er eine Falle vor.

Auf diese Frage war Sascha vorbereitet. Sie hatte gehofft, das Gespräch in diese Richtung lenken zu können. »Eure Schwester scheint Eure Anmerkung an Haus-Meister Rush, er könne Candace Liao Informationen zukommen lassen, fälschlicherweise als Beschuldigung verstanden zu haben.« Sie machte eine kurze Pause, um dem Kanzler Gelegenheit zu geben, sich das durch den Kopf gehen zu lassen. Sie mußte mit aller Vorsicht versuchen, einen Teil der Verantwortung für den Anschlag von sich abzuwälzen, ohne dabei den Eindruck zu erwecken, sie beschuldige Sun-Tzu. »Für Kali klang das nach einer direkten Anklage des Hochverrats. Sie ist überzeugt, in Eurem Interesse und dem der Konföderation gehandelt zu haben.«

Sun-Tzus Schweigen ließ Sascha hoffen, auch wenn seine Stimme kalt und undeutbar blieb, als er schließlich wieder das Wort ergriff. »Für Kali ist es leicht, die verschiedensten Dinge *versehentlich mißzuverstehen*, Sascha.« Ihr fiel auf, daß der Kanzler selbst in einem Privatgespräch den Wahnsinn seiner Schwester nicht beim Namen nannte. »Warum sollte ich mich als vor einem derartigen Mißverständnis gesichert betrachten?«

»Auf Grund der absoluten Verehrung, die Sie Eurer Mutter entgegenbrachte«, erwiderte die Maskirovka-Direktorin wie aus der Kanone geschossen und wurde dann bedächtiger. Sie verschränkte die Hände und formulierte ihre Äußerungen so sorgfältig, daß sie Sun-Tzu nicht automatisch verärgerten. »Es stimmt, daß Kali das Gefühl hat, durch Eure frühere Geburt um den Thron gebracht worden zu sein, aber Romano hat Eurer Schwester einen absoluten und alles andere überragenden Glauben an die Heiligkeit des Kanzleramtes vermittelt. Alles, was die Maskirovka über ihre Einmischung in die Kaifeng-Affäre des Jahres 3058 zu Tage gefördert hat, beweist dies. Ja, sie arbeitet daran, ihre Machtbasis zu erweitern, aber nur, um danach alles in ihrer Macht Stehende zu tun, um die Konföderation zu stärken.«

Sun-Tzu sann mehrere Minuten über ihren Vortrag nach, wobei er mit unbewegter Miene zur Decke schaute. Schließlich atmete er laut aus. »Na schön«, sagte er beiläufig, als handele es sich um ein alltägliches Gespräch. Dann, mit einem plötzlichen Themenwechsel: »Die Maskirovka war von den Anstrengungen der capellanischen Wiedergeburt bisher kaum betroffen. Ich erwarte in Zukunft eine vollständige Unterstützung der

Xin-Sheng-Bewegung. Ich werde Ihnen mehrere Direktiven zukommen lassen, die meine Gedanken in dieser Sache deutlich machen. Sie werden sie umsetzen, in Verbindung mit allen eigenständigen Verbesserungen, die Ihnen einfallen.«

Ohne den Kopf zu senken, richtete Sun-Tzu die jadegrünen Augen auf Sascha. »Ich werde kein weiteres Versagen der Maskirovka hinnehmen. Der angerichtete Schaden ist bereits groß genug.« Er wartete auf ihr stummes Kopfnicken, bevor er weitersprach. »Ion Rush hat von diesem Anschlag nicht zu erfahren. Die Maskirovka-Tarnbehauptung einer geborstenen Gasleitung sollte genügen. Mit Kali werde ich selbst sprechen, aber ich erwarte, daß sie in Zukunft besser überwacht wird.« Jetzt erst senkte er den Kopf und sah Sascha offen an. »Sind wir uns darüber einig?«

Mit anderen Worten, ich bekomme eine letzte Chance. Mehr, als ich rechtmäßig erwarten dürfte. Aber der Kanzler hatte recht. Derartige Fehler seines Geheimdienstes durften einfach nicht mehr vorkommen. Sascha würde sofort eine interne Revision der gesamten Organisation anordnen und sich möglicherweise eine Rückversicherung für den Fall zulegen, daß sie noch mehr Fehler auszubaden hatte. »Ja, mein Fürst«, erklärte sie. »Völlig einig.«

Sun-Tzu erhob sich vom Thron und stieg von der Empore. Die goldenen Wappenstickereien glitzerten im Licht. »Suche Talon Zahn«, befahl er, als er an ihr vorbeiging. »Er soll sich in meinem Privatbüro melden. Und danach bringe dein Haus in Ordnung.«

* * *

Dreißig Jahre vorher war Sun-Tzus Privatbüro der Ort gewesen, von dem aus der Untergang der Konföderation Capella gelenkt wurde. Von hier aus hatte Justin Xiang

Allard, ein Doppelagent Haus Davions, Maximilian Liaos Herrschaft untergraben und mehrere der schlimmsten Hochverratsverbrechen begangen, von denen die Konföderation je erschüttert worden war, nicht zuletzt die Verführung Candace Liaos, die er dazu gebracht hatte, das Reich ihrer Geburt für das verdammte Vereinigte Commonwealth im Stich zu lassen. Nachdem er auf den Thron des Kanzlers gestiegen war, hätte Sun-Tzu den Raum fast vernichten und aus den Mauern des Palasts des Himmels reißen lassen. Aber dann hatte er ihn statt dessen übernommen und geläutert.

Inzwischen erinnerte nichts mehr an die verräterische Vergangenheit dieses Raums, und er gehörte wieder dem capellanischen Staat. Ringsum glänzte dunkles Rosenholz, und der Duft der Politur, die diesen Glanz aufrechterhielt, vermischte sich auf angenehme Weise mit dem Sandelholzweihrauch, den Sun-Tzu besonders mochte. Kohlezeichnungen schmückten die Wände. Auf einer von ihnen war in wenigen, einfachen Strichen das Bildnis Elias Jung Liaos eingefangen, des Begründers der Dynastie. Der Schreibtisch des Kanzlers stand an der hinteren Wand, unweit einer Doppelverandatür hinaus auf den kleinen Balkon.

Sun-Tzu entzündete ein Sandelholz-Räucherstäbchen und setzte es in den Halter. Der Duft entfaltete sich in einem dünnen, durch das Büro driftenden Rauchfaden, während der Kanzler in eine Ecke des Büros trat, um mehrere Prisen Fischfutter in das leise vor sich hinblubbernde Aquarium zu werfen. *Zu schnell,* dachte er, als er zusah, wie das Futter sich im Wasser verteilte, aber in Gedanken war er bei Sascha Wanlis Audienz. *Möglicherweise geht es zu schnell.*

Er hatte die Inventur und Neuorganisation der Maskirovka erst für weit später geplant, sicher nicht für eine kritische Periode wie diese, aber Saschas Inkompetenz ließ ihm keine andere Wahl. Die Überholung der Maskirovka verlangte jemanden von ihrer Erfahrung im Feld und ihren Kenntnissen der Organisation, der die notwendigen Veränderungen durchsetzte, und bei ihrem unsicheren Karma konnte Sun-Tzu sich nicht sicher sein, wie lange Sascha noch zu halten war. Trotzdem hätte er sich gewünscht, ein paar Wochen, vielleicht sogar einen Monat länger Zeit gehabt zu haben, bevor er diese Stufe seines Programms in Angriff nehmen mußte.

Es reicht. Ist eine Entscheidung getroffen, ist es unklug, sie rückgängig zu machen, und noch dümmer, sie in Frage zu stellen.

Sun-Tzu trat zu seinem Schreibtisch und entspannte sich in dem gepolstertem Ledersessel. Er zog einen Datenwürfel mit der letzten Nachricht seiner Tante aus der Tasche und schob ihn in das Lesegerät in der Ecke des Tisches. Auf dem in die Tischoberfläche eingelassenen Bildschirm wurde die Darstellung der erweiterteten Grenzen der Konföderation vom Gesicht seiner Tante Candace verdrängt. Die flache, zweidimensionale Darstellung wirkte verzerrt – sie hatte offensichtlich eine Holonachricht geschickt –, aber für seine Zwecke genügte es.

Candace Liao verbeugte sich mit geradem Rücken und ernster Miene. »Wèn-hòu, Erster Lord Liao.« Sun-Tzu lächelte über die förmliche chinesische Grußformel, ebenso wie darüber, wie schwer es ihr fallen mußte, ihn als Ersten Lord des neuerstandenen Sternenbunds zu begrüßen. »Inzwischen hast du sicher die zahlreichen Nachrichtensendungen aus St. Ives gesehen und weißt, daß die Blackwind-Lanciers eigenmächtig gehandelt haben. Die Entscheidung, dich anzugreifen, war ein schwerer Fehler der Bataillonsführerin, und der Zeitpunkt während deiner Xin-Sheng-Rundreise ein schwerer Schlag gegen deine Anstrengungen, den capellanischen Nationalstolz zu stärken.«

Da bin ich mir nicht sicher, dachte Sun-Tzu in der kurzen Pause nach diesen Worten. *Sie haben meine Feststellungen auf geradezu bewundernswerte Weise unterstrichen. Der Pakt hat in seinem jetzigen Zustand der faktisch gegebenen Rebellion keine Möglichkeit, der Konföderation an Ehre und Würde das Wasser zu reichen, und auch auf dem Schlachtfeld seid ihr uns unterlegen.* Andererseits gefiel ihm der Gedanke auch nicht, daß seine Bürger nach capellanischem Blut schrien, selbst wenn dessen Besitzer aus dem Pakt kamen. Aber er war überzeugt, daß alle wahren Capellaner, wenn sie vor die Wahl gestellt wurden, gerne bereit waren, für die ruhmreiche Wiedergeburt ihrer Nation ihr Leben zu opfern.

»Und da Blakes Wort sich weigert«, fuhr Candace fort, und ihre Wut äußerte sich nur in einer geringfügigen Verengung ihrer Augen, »außer der Aufforderung zur bedingungslosen Kapitulation irgendeinen Befehl an die Truppen auf Hustaing weiterzuleiten, und selbst das nur mit deiner ausdrücklichen Erlaubnis, bitte ich dich hiermit um diese Genehmigung. Ich habe bereits eine entsprechende Erklärung an meine Nation veröffentlicht, in der ich die Lanciers im allgemeinen und Majorin Smithsons Vorgehen im besonderen verurteile. Soweit ich informiert bin, hast du dir das Recht vorbehalten, sie festzuhalten, und ich nehme an, daß sie den Rest ihrer Tage in der Servitorkaste verbringen wird, bei dem Versuch, ihre Schuld zumindest teilweise abzutragen. Ich maße mir nicht an, dieser Entscheidung zu widersprechen.«

Weil du damit sicher scheitern würdest. Sun-Tzu nahm Candace ihre Entschuldigungen nicht ab und bezweifelte auch stark, daß sie das erwartete. *Aber die Form muß gewahrt bleiben, nicht wahr?*

»Die restlichen Lanciers jedoch *sind* meine Verantwortung«, stellte Candace fest, und eine gewisse Härte machte sich in ihrer Stimme bemerkbar. »Nach ihrer Kapitulation – Bedingungslosigkeit hin, Bedingungslosigkeit her – werde ich im Hohen Rat für ihre Rückführung eintreten, sobald deine Amtsperiode als Erster Lord vorbei ist.« Sun-Tzu hatte nichts anderes erwartet. »Statt dessen bitte ich dich, deinen guten Willen zu beweisen, indem du die Lanciers zurück ins Paktgebiet geleitest. Ich garantiere Konzessionen, von denen nicht die geringste die Auflösung des Bataillons und die Auslöschung seiner Farben sein wird.«

Als Candaces Gesicht verblaßte, kündigte das laute Knallen der Absätze Talon Zahns auf dem Fliesenboden des Korridors Sun-Tzu das Eintreffen seines militärischen Koordinators an. *Die Lanciers sind entehrt und Majorin Smithson wird geopfert. Eiskalt, liebe Tante, aber effizient. Deine Bindungen ans Vereinigte Commonwealth haben deine Liao-Entschlußkraft nicht völlig hemmen können. Keine Sorge, Candace, ich werde deine verirrten Krieger nach Hause geleiten, aber nicht so, wie du es möchtest oder erwartest.* Sun-Tzu lächelte bei dem Gedanken daran, wie er die Worte seiner Tante gegen sie verwenden würde.

»Ihr habt mich rufen lassen, mein Kanzler?« Zahn, der jetzt, nachdem er nicht mehr vorgeben mußte, Sun-Tzu sitze auf Hustaing fest, wieder seine normale Dienstuniform trug, stand in respektvoller Haltung im Eingang des Büros.

Sun-Tzu nickte und strich sich mit der Rückseite eines langen Fingernagels langsam übers Kinn. »Lassen Sie die Kommunikationssperre aufheben. Der HPG-Kontakt zwischen St. Ives und Hustaing soll wieder ungehindert in beide Richtungen fließen.« Zahn regte sich und wartete offensichtlich auf weitere Anweisungen oder Erklärungen, aber Sun-Tzu sah ihn nur wortlos an. »Das ist alles, Oberst.«

Zahn runzelte die Stirn, ein für ihn ungewöhnlicher Gefühlsausbruch, nickte dann aber bestätigend. »Sofort, Weisheit des Himmels.«

Als der Senioroberst sich entfernte, rechnete Sun-Tzu

es ihm an, daß er es geschafft hatte, keinen Zweifel in seiner Stimme durchscheinen zu lassen. *Wann immer du glaubst, mich durchschaut zu haben, ändere ich die Regeln. Aber das braucht dich nicht zu kümmern. Es ist die Aufgabe des Herrschers, sich um die Politik zu kümmern. Deine Aufgabe besteht darin, Schlachten zu gewinnen, wo und wann ich es dir auftrage, wobei es dir überlassen bleibt, wie du das schaffst.*

Sun-Tzu lauschte Zahns leiser werdenden Schritten, dann sandte er seinem Militärführer in Gedanken eine Botschaft hinterher.

Das Wo und Wann rückt immer näher.

15

Nonjhi-Raumhafen, Qingliu, Hustaing
Kommunalität Sian, Konföderation Capella

12. November 3060

Aris führte Isis Mariks Ehrengarde auf die Rampe der *Perle der Wahren Weisheit* und eskortierte sie hinab auf den Stahlbeton des Landefelds. Unterwegs hob er die linke Hand an den Mund und drückte mit dem Daumen auf den Sprechknopf des Mikrophons.

»Capella Eins unterwegs«, gab er in einer schnellen, knappen Meldung durch. Eine eisige Brise trieb graue Wolken über den Himmel und zerrte am Umhang der Ausgehuniform, während Aris in Gedanken sämtliche Klarmeldungen der Sicherheitsposten abhakte. Es ging ihm immer noch gegen den Strich, dieselben Codes und Verfahren benutzen zu müssen, obwohl allgemein bekannt war, daß Sun-Tzu sicher auf Sian war. Aber der Haus-Meister hatte seinen dementsprechenden Befehl noch nicht zurückgenommen.

Nicht, daß Hustaing noch als Feindgebiet gegolten hätte.

Haus-Meister Ty Wu Non erwartete sie am Fuß der Rampe. Er trug ebenfalls das offizielle Grün und Schwarz Haus Hiritsus. Neben ihm stand Kapitän Warner Doles, stellvertretender Kommandeur des 2. Bataillons der Blackwind-Lanciers. Unrasiert und zerzaust machte Doles neben Haus-Meister Nons geschniegeltem Erscheinungsbild keine gute Figur, obwohl er diesen an Größe und Gewicht deutlich übertraf.

Aber wie sollte er anders aussehen, nach sechs Wochen Kampf, in denen er nichts erreicht hat außer Schande und der Feindseligkeit seines eigenen Volkes?

Die Ehrengarde teilte sich auf, schritt um Haus-Meister Non und dessen Schützling herum und formierte sich zu einem Kordon um die kleine Gruppe. Nur Aris Sung löste sich aus den Reihen und ging innerhalb des Kreises zur Linken von Isis Marik in Stellung. Seine rechte Hand blieb in der Nähe der Nakajima. Kapitän Doles trug keine Handschellen und wirkte stark genug, um Schwierigkeiten zu machen, falls er sich entschloß, an der Verlobten des Kanzlers Vergeltung zu üben.

Isis zuckte mit keiner Wimper, als sie zu dem Hünen aufsah und ihn mit kühler Neutralität musterte. »Als ranghöchster Kriegsgefangener wurden Sie beauftragt, sich um die Belange Ihrer Leute zu kümmern. Sie können bestätigen, daß sie gut behandelt wurden?« Aris fand, daß sie eine unglaubliche Haltung zeigte, wenn man bedachte, wie nahe sie dem Tod oder der Gefangennahme durch die Blackwind-Lanciers gekommen war.

»Gut genug«, gab Doles zu. »Fünf meiner Krieger werden derzeit im Krankenrevier des *Kondor* behandelt, aber sie dürften sich erholen. Wahrscheinlich sollte ich mich für ihre ausgezeichnete medizinische Versorgung bedanken.«

Fünf Schwerverwundete, neun Leichtverwundete und sechs Tote. Aris hatte den Abschlußbericht gelesen. Hinzu kam ein toter Krieger Haus Hiritsus und ein anderer, der trotz ausgezeichneter Prothesentechnik nie wieder einen Mech steuern würde. Er hielt den St. Ives-Pakt noch immer für einen Staat ohne Existenzberechtigung. Aber für eine Auseinandersetzung, die effektiv nichts bewirkt hatte, jedenfalls nicht, soweit Aris das beurteilen konnte, hatte dieser Überfall einen hohen capellanischen Blutzoll gefordert.

Aris war auch dabei gewesen, als die Gefangenen auf das *Kondor*-Klasse-Landungsschiff der Infanterie verladen wurden. Eine besiegte Einheit. Selbst die unverletzten Lanciers erwartete nur die formelle Auflösung ihrer einst stolzen Einheit. Auf Proklamation Candace Liaos hin würden die Blackwind-Lanciers in Zukunft nur noch aus den beiden übrigen Bataillonen bestehen. Und soweit das zu erkennen war, kam der einzige Widerspruch von den Bewohnern Denbars. *Ohne Zweifel plant Candace Liao öffentliche Geständnisse der Lanciers, die auch diesen Rest an Widerstand zum Verstummen bringen dürften.*

Isis akzeptierte Kapitän Doles' eher widerwillige Dankbarkeit mit einem Nicken. »Dann ist diese Angelegenheit abgeschlossen, sofern Sie keine besonderen Einwände haben«, stellte sie mit formeller Gnädigkeit, zugleich aber auch mit einer Kälte fest, die deutlich machte, daß es darauf nur eine Antwort geben konnte, nämlich Nein.

Warner Doles trat vor, und Aris packte ihn auf der Stelle an der Schulter, um ihn in respektvollem Abstand zu halten, während die Rechte auf den Griff der Laserpistole fiel. Der Kapitän blieb stehen, sagte aber: »Ich habe zwei Einwände, Herzogin Marik, wenn Ihr die Anmaßung gestattet.«

Aris faßte Doles am Oberarm und war bereit, den Gefangenen abzuführen. Unglücklicherweise hatte Isis ihm mit ihren Worten aber selbst die Gelegenheit geboten, seine Belange vorzutragen, und sie nickte knapp. Der Lancier-Offizier räusperte sich. »Ich habe unsere Kommandeurin, Majorin Smithson, weder unter den Verwundeten oder anderen Gefangenen noch auf den Verlustlisten gefunden. Ebensowenig habe ich etwas von der Einschiffung unserer BattleMechs gesehen. Werden sie an Bord eines anderen Landungsschiffs nach Denbar befördert?« Er deutete mit dem Kopf in Richtung der *Dainwu*, deren Eiform deutlich erkennbar war, obwohl sie am anderen Ende des Landefelds stand. »Vielleicht mit dem *Overlord*?«

Isis überlegte einen Augenblick. Nur eine kleine senkrechte Falte zwischen ihren Augen kündete vom Wettstreit der Argumente in ihren Gedanken. Dann gab sie nach. »Majorin Smithson befindet sich an Bord der *Perle der Wahren Weisheit*«, informierte sie den Lancier. »Sie wird nach Sian gebracht, wo der Erste Lord Liao über sie zu Gericht sitzen wird.« Sie machte eine Pause, damit ihr Gegenüber die Mitteilung verarbeiten konnte.

Warner Doles nahm die Eröffnung gelassen genug auf, auch wenn Aris durch den Griff um den Arm des Mannes spürte, welche Anspannung Isis Mariks Mitteilung in ihm verursachte. Der Mann hatte immer noch Loyalitätsgefühle seiner Kommandeurin gegenüber, obwohl sie versagt hatte. Lobenswert, wenn auch fehl am Platz.

»Was die BattleMechs und sonstige Ausrüstung der Blackwind-Lanciers betrifft«, fuhr Isis fort, »wurden diese zur Kriegsbeute erklärt. Einschließlich der Landungsschiffe. Nur die Söldnereinheiten, die Sie überredet haben, Ihnen hierher zu folgen, dürfen ihre Ausrüstung behalten, da sie formell den Anweisungen legitimer Repräsentanten des Paktes gefolgt sind, nämlich denen der Lanciers und Majorin Smithsons.«

Entehrt *und* entrechtet! Beinahe hätte Aris den Offizier losgelassen, so erschütterte selbst ihn diese Eröffnung. Keinen MechKrieger konnte die Vorstellung kalt lassen, seinen Kampfkoloß zu verlieren. Das war Kanzler Liaos Methode, aus der Situation noch einen Profit zu schlagen, und das auf recht effektive Weise: indem er Ausrüstung im Wert von Millionen C-Noten beschlagnahmte. Und ohne Zweifel standen weitere Reparationen durch den Pakt bevor.

Doles sah das allerdings etwas anders. »Einige dieser Mechs sind Privatbesitz«, erklärte er in einer Mischung aus Wut und Ungläubigkeit. »Die meisten haben nie außerhalb der Blackwind-Lanciers Dienst getan.« Seine Ungläubigkeit schwand rapide. »Das können Sie nicht machen!«

Ty Wu Non trat zwischen Warner Doles und Isis. »Achten Sie auf Ihre Worte, wenn Sie mit der Herzogin sprechen«, wies er den Gefangenen zurecht und unternahm keinen Versuch, die Verachtung in seiner Miene zu verbergen, auch wenn er seine Stimme Isis zuliebe unter Kontrolle hielt. »Ihre bedingungslose Kapitulation gibt Kanzler Liao mit Sicherheit jedes Recht dazu. Sie sollten sich glücklich schätzen, daß er Ihnen die Gelegenheit gibt, mit Ihrem Leben in den Pakt zurückzukehren. Soviel das noch wert ist.«

»Die Lancier-BattleMechs werden zum Aufbau einer neuen Konföderations-Einheit benutzt werden«, stellte Isis fest, und um ihre Mundwinkel spielte die Andeutung eines Schmunzelns. »In derselben Tradition, aus der aus einer planetaren Milizeinheit die Harloc-Plünderer entstanden, wird Kanzler Liao diesen Zwischenfall zur Gründung der Hustaing-Rabauken nutzen.«

Aris erkannte an Isis' Tonfall und Auftreten ihre Zustimmung für das Handeln ihres Verlobten. *Es ist auch ein brillanter Schachzug. Eine Niederlage des Paktes führt zur Stärkung der Konföderationsarmee.* In Aris stieg gelinder Stolz auf seinen Kanzler auf. Das sollte genügen, das Leiden auf Hustaing auszugleichen.

* * *

Li Wynn war stolz, in der Ehrengarde mitmarschieren zu dürfen.

Die Gefangenschaft bei den Blackwind-Lanciers war nicht angenehm gewesen. Er hatte sie in einer fensterlosen, durchgehend beleuchteten Zelle verbracht und alle acht Stunden die gleiche Mahlzeit vorgesetzt bekommen. Es war keine ausgesprochen unmenschliche Behandlung gewesen, aber in der langweiligen Umgebung der Zelle, ohne Nacht oder Tag und ohne Nachricht vom Verlauf der Kämpfe, hatte Li sich ständig um sein

Haus Gedanken gemacht. Er hatte sein Schicksal in dem Wissen ertragen, daß er seine Pflicht übererfüllt und einen Augenblick sogar Isis Marik, der Verlobten des Kanzlers, persönlich gedient hatte.

Und jetzt diene ich ihr wieder, in der ehrenvollsten Position innerhalb der Infanterie Haus Hiritsus.

Haus-Meister Ty Wu Non war auf der Medostation erschienen, während Li nach seiner Befreiung durch die bedingungslose Kapitulation der Blackwind-Lanciers untersucht worden war. Er hatte natürlich nur mit dem Arzt gesprochen, aber trotzdem war sein Besuch die erste offizielle Anerkennung Lis als Mitglied des Hauses seit seiner Adoption. Auch Infanteriekommandant Jessup hatte kein Wort gesagt, aber stillschweigend den Dienstplan umgestellt und Li in die Ehrengarde versetzt.

Tatsächlich hatten überhaupt nur zwei Personen sein Handeln direkt angesprochen. Aris Sung hatte ihn in seiner Eigenschaft als Lis Sifu kritisiert. »Der Bäckereiwagen war ein Fehler«, hatte er erklärt. »Ihr hättet zu Fuß weitergehen sollen. Das hätte es leichter gemacht, sich von einem Haus ins nächste zu bewegen, und ihr hättet weniger Zeit auf der Straße verbringen müssen.« Aber so kritisch Aris' Tonfall auch gewesen war, Li hatte die Spur eines Lächelns in seinen Augen bemerkt – eines Lächelns, das Aris sicher auch hätte verbergen können – und wußte, daß sein Mentor sich insgeheim freute.

Die andere Person war Isis Marik selbst. An seinem ersten Diensttag in der Ehrengarde hatte sie sich zu ihm umgedreht. Es war zu keiner Unterhaltung gekommen – kein Hiritsu-Infanterist hätte es gewagt, sich im Dienst auf ein Gespräch einzulassen –, aber sie hatte sich leise bedankt.

Ihr ›Danke‹ und Aris' stummes Lob machten die Unannehmlichkeiten, die er hatte ertragen müssen, mehr als wett. Hinzu kam der neue Respekt, den er sich bei seinen Kameraden erworben hatte. Die anderen Infanteristen behandelten Li Wynn inzwischen so, als sei er schon seit Jahren Teil der Einheit, nicht erst seit ein paar Monaten. *Li gehörte dazu.*

Jetzt beobachtete Li, wie Haus-Meister Non und Isis Marik den Offizier jenes kleinen Bastardstaats zurechtwiesen, der es gewagt hatte, Hustaing anzugreifen. Das war Lis persönliche Einschätzung des St. Ives-Paktes: ein kranker Bastardköter von einem Staat, der eingeschläfert gehörte. Dann waren die letzten Worte gewechselt, und Aris führte die Ehrengarde, die Isis Marik eskortierte, zurück ins Innere der *Perle der Wahren Weisheit*, während Haus-Meister Non bei dem Lancier-Kapitän blieb, um ihn den Wachen zu übergeben, die den Gefangenen zurück auf den *Kondor* brächten.

Infanterist Li Wynn ärgerte sich darüber, daß solche Feinde der capellanischen Nation und der Grundsätze der Xin Sheng überhaupt weiterleben durften. *Die Form muß eingehalten werden, aber sie können sich nicht ewig verstecken. Eines Tages wird die gerechte Strafe des Kanzlers sie einholen.*

Li konnte nur hoffen, daß er es erleben würde und Gelegenheit bekam, daran teilzunehmen.

16

Distrikt Xin Singapur,Indicass
Herzogtum St. Loris, St. Ives-Pakt

1. Dezember 3060

Sicher eingeschnürt im Kokon der Gurte auf der Pilotenliege ihres General-Motors-*Cestus*, versteckt in einem dichten Hain von Zedern und Fichten mehrere Kilometer außerhalb Xin Singapurs, überprüfte Cassandra Allard-Liao zum fünften Mal den Waffenstatus. Das Gaussgeschütz im Torso war ebenso einsatzbereit wie die gepaarten schweren und mittelschweren Laser in den beiden Mecharmen. Der Strom der Kühlflüssigkeit durch ihre Weste kitzelte auf der Haut, aber das würde nicht lange anhalten, wenn das Feuerwerk einmal losgegangen war. *Reichlich früh für chinesische Neujahrsfeiern, aber wenn's sein muß…*

Ihr Funkgerät erwachte knatternd zum Leben. »Es geht los!«

Cassandra starrte durch das Kanzeldach des *Cestus* in den frühen Morgenhimmel und sah die drei leuchtenden Sterne sich trennen, die sich bis dahin in perfekter Formation bewegt hatten. Einer stürzte weiterhin schnell auf die Position herab, an der ihr Bataillon der 2. St.-Ives-Lanciers zusammen mit Tamas' Kompanie der Leichten Reiter wartete. Die beiden anderen drehten jäh nach Süden und Norden ab, und die grellen Plasmaschweife der Triebwerksflammen machten die Kursänderung überdeutlich.

Ein Kippschalter auf der Funkkonsole öffnete eine abhörsichere Kabelverbindung, die sie mit allen Kompanieführern verband, Tamas Rubinsky eingeschlossen. »Sieht aus, als hätte Ihr Vater recht gehabt, Captain Rubinsky. Die flankierenden Landungsschiffe verschwinden nach Norden und Süden.«

Tamas' slawisch akzentuierte Antwort drang aus den Lautsprechern. »Natürlich, Majorin Liao. Wir hatten zwei Jahre Zeit, uns zu überlegen, wie eine Invasionsstreitmacht vorgehen würde, um Indicass' Hauptstadt einzunehmen. Ein Drittel der Truppen wird in der Nähe von Xin Singapur abgesetzt, ein Drittel bei Ceres-Metall und der Rest hier, auf halbem Weg zwischen den beiden anderen, in der Lage, nach Bedarf jedes der beiden anderen Kontingente zu verstärken oder den Raumhafen anzugreifen.«

»Na, das Chevau-Legers-Bataillon kann Ceres-Metall verteidigen.« Cassandra beugte und streckte mehrmals die Finger und legte sie dann um die Kontrollknüppel des *Cestus*. »Sieht aus, als würden wir den ersten Feindkontakt bekommen.« Was ihr gerade recht war. Das waren *Overlords*, also bestenfalls ein Bataillon. Mit Tamas' Kompanie als Unterstützung und dem Überraschungselement auf ihrer Seite würden die St.-Ives-Lanciers keine Probleme haben.

»Majorin Liao, Colonel Rubinsky, hier Reiterzentrale«, flüsterte eine unbekannte Stimme mit schwerem Akzent in ihren Ohren. »Wir haben erste Funksendungen der anfliegenden Kräfte empfangen. Sie befehlen den Leichten Reitern, in die Kasernen zurückzukehren.«

Cassandra schaltete auf Normalverbindung um, aber der Colonel kam ihr zuvor. »Auf wessen Autorität?« fragte er. Colonel Rubinsky stand mit dem größten Teil seiner Leichten Reiter knapp östlich Xin Singapurs, in bester Position, um die anfliegenden Invasoren zu dezimieren.

»Des Ersten Lords Sun-Tzu Liao.« Pause. »Sie erklären, Friedenstruppen für Indicass zu sein.«

»*Friedens*truppen«, stellte Cassandra in den Raum, die in der Deckung einer Funksperre und ohne Ankündigung von Seiten meiner Mutter anrücken? Wohl kaum.« Die Triebwerksflammen über Cassandras Stellung wurden heller, als der *Overlord* die abschließende Bremsphase einleitete. *Netter Versuch, Vetter, aber du hast uns den letzten Streich gespielt.*

»Wir bleiben bei unserer Planung, Colonel Rubinsky, und greifen an, sobald sie die Deckung der *Overlords* verlassen. Ihre Jägerstaffeln sollen sich bereithalten, die Landungsschiffe zu beschäftigen.«

»Noch keine Antwort von St. Ives?« Die Frage kam von Tamas und bezog sich auf die Botschaft, die Cassandra ihrer Mutter nach der Entdeckung der anfliegenden Schiffe geschickt hatte. Er schien sich über die Möglichkeiten einer HPG-Verbindung nicht so recht im klaren zu sein. Obwohl er ihr als Adjutant zugeteilt war, wollte sie ihn nicht vor seinem Vater und dem Rest der Leichten Reiter korrigieren.

Colonel Rubinsky hatte in dieser Hinsicht allerdings keine Bedenken. »Selbst im besten Fall bräuchte ComStar noch acht Stunden, bevor wir mit einer Antwort von St. Ives rechnen können.« Der Colonel knurrte tief und kehlig. Entweder hatte er vergessen, den Kanal zu schließen, oder es kümmerte ihn nicht, wer seinen Ärger bemerkte. »Zentrale, besorgen Sie mir den Namen der anfliegenden Einheit. Und antworten Sie, daß ich ohne entsprechende Anordnung Herzogin Liaos verpflichtet bin, mich ihrer Landung zu widersetzen.«

Beinahe hätte Cassandra eingegriffen und den Befehl widerrufen. Welchem Zweck sollte es dienen, die Angreifer zu warnen? Aber die Leichten Reiter waren zu effizient. Bis sie Rubinsky zurückgepfiffen hätte, wäre der Funkspruch bereits unterwegs gewesen. *Sie wollen eine Identifikation?* dachte sie und beobachtete, wie der *Overlord* in der Mitte eines flachen Talkessels aufsetzte. Sie erhöhte die Vergrößerung des Sichtschirms und schaltete die Lichtverstärkung ein, um die Dunkelheit des frühen Morgens zu durchdringen. *Ich besorge Ihnen eine Identifikation.*

Das große, eiförmige Landungsschiff war kaum zur

Ruhe gekommen, als sich schon die Tore des Mechhangars öffneten und Laderampen ausgefahren wurden. Die ersten Mechs, die das Schiff verließen, waren, wie nicht anders zu erwarten, leichte Scouts. Noch bevor Cassandra die Kamera auf die Hoheitsmarkierungen des Schiffes richten konnte, wußte sie, daß etwas nicht stimmte. Ein *Ostscout*, alles andere als eine traditionelle capellanische Maschine, und ein *Merkurius*, außerhalb der ComGuards und BlakeGuards nahezu unbekannt. Dann zwei *Hammer*-Mechs zur Unterstützung. Die Lanze formierte sich und marschierte auf die Hügel zu und damit in Cassandras Richtung, gerade als diese das Adlerwappen auf dem Rumpf des *Overlord* erkannte.

Thomas Mariks Liga Freier Welten! Und die um die Mechbeine der zweiten ausgeschifften Lanze tanzenden dunklen Schatten, die ihre Passivsensoren kaum erkennen konnten, mußten die neuen leichten *Achileus*-Kröten der Liga sein. Erinnerungen an die gemeinsame Marik-Liao-Offensive von 3057 wanderten durch Cassandras Geist, in der Sun-Tzu und Thomas die Mark Sarna zerschlagen und einige Systeme zurückerobert hatten, die ihre Reiche drei Jahrzehnte zuvor an Steiner und Davion verloren hatten. Sie schluckte schwer, konnte vor Wut kaum atmen. *Aber nicht hier, Thomas. Es ist mir egal, ob Sun-Tzu anschafft. Zahlen wirst du diesmal.*

»BefehlsLanze«, flüsterte sie, als habe sie Angst, die Freiweltler könnten sie hören. »Wir holen uns die erste Scoutstreife. Lanze Zwo-drei, die zweite. Tamas, such dir eine aus. Als erstes auf die Beagle-Träger konzentrieren.« Sie zog ein dunkles Fadenkreuz über den Rumpf des *Merkurius*, der sich ihrem Versteck näherte, und hielt einen Finger über dem Knopf in der Schwebe, der ihre Aktivsensoren aktivierte. »Wenn wir ihre Kundschafter daran hindern können herauszufinden, wie viele Mechs wir genau hier haben, können wir möglicherweise noch mehr Maschinen anlocken. Jetzt!«

Ihr Finger zuckte nach unten, und alle Hilfsmonitore leuchteten mit Sensordaten auf. Die Sichtprojektion zeigte drei ausgeschiffte Feindlanzen, von denen sich zwei in Schußweite der Pakteinheiten befanden. Als ihr Fadenkreuz stetig golden aufleuchtete, warf sie einen kurzen Blick auf einen der Hilfsschirme, gerade lange genug, um das Sternenbundwappen auf der Schulter des *Merkurius* zu sehen.

Du kannst dich nicht hinter deinem Amt verstecken, Vetter. Sie drückte beide Hauptfeuerknöpfe durch und löste alle vier Laser und das Gaussgeschütz aus. Bis auf einen mittelschweren Laser trafen alle fünf Waffen. Die Laser schnitten durch die Mechpanzerung in das darunterliegende Skelett. Dann krachte die Nickeleisenkugel der Gausswaffe in das rechte Bein des *Merkurius* und riß es knapp über dem Kniegelenk ab.

Einer von Cassandras Lanzenkameraden tat das Seine zum Unbehagen des Liga-Piloten bei, als seine Autokanone die letzten Reste der Torsopanzerung zertrümmerte und den Kreiselstabilisator des leichten Mechs zerstörte. Ihre beiden übrigen Krieger erledigten mit PPK- und Raketenkreuzfeuer den *Ostscout*. Die beiden *Hämmer* schlugen zurück, waren der schweren BefehlsLanze aber kläglich unterlegen. Cassandras *Cestus* steckte zwei Streifschüsse von mittelschweren Lichtwerfern ein, die der schwere Mech unbeeindruckt abschüttelte.

Dann eröffnete Tamas' Kompanie das Feuer. Die schillernden Laserstrahlen in den Farben von Edelsteinen und die künstlichen Blitzschläge der Partikelprojektorkanonen liefen in einem wilden Kreuzfeuer ineinander, in das sich noch zusätzlich Raketensalven hinabsenkten, um beim Zerschmettern der Panzerung und Zerfetzen der Myomermuskulatur zu helfen. Beide *Hämmer* stürzten zu Boden. *Ja!* dachte Cassandra. *Eine Scoutlanze weniger, und nicht ein eigener Verlust. Kai selbst hätte es kaum besser machen können.* Cassandra sah sich die Sichtprojektion und Hilfsbildschirme an, um zu sehen, wie das Gefecht auf der anderen Seite des Landungsschiffs verlief.

Die zweite Marik-Scoutlanze hatte sich etwas besser geschlagen und nur einen zweiten *Merkurius* und einen *Spuk* verloren. Aber sie hatte natürlich auch Unterstützung durch die Kröten bekommen, die kostbares Geschützfeuer abzogen. Cassandra fühlte mit Lanze Drei. Keinem MechKrieger gefiel es, wenn diese gepanzerten Infanteristen an seiner Maschine hochkletterten und mit ihren mechanischen Krallen die Panzerung attackierten. »Lanze Zwo-zwo, die Kröten übernehmen. Helfen Sie Lanze Drei, die Scouteinheit zu erledigen.«

»Befehl widerrufen!« Colonel Rubinskys Stimme drang laut und deutlich über die allgemeine Frequenz. »Alle Einheiten Feuer einstellen. Majorin Allard-Liao, ziehen Sie sich zurück. Das sind die 2. Oriente-Husaren.«

Cassandra öffnete die Privatverbindung zu Rubinsky und versuchte nicht, ihre Verärgerung zu verbergen. »In Ordnung, es sind Freiweltler. Und?« Sie schaltete lange genug auf ihre Befehlsfrequenz um, um einen Befehl zu bellen. »Lanze Zwo-zwo, Angriff.« Der *Overlord* der Husaren, der über reichlich Geschütze zum Schutz vor Angreifern verfügte, eröffnete das Feuer auf alle Einheiten, die er finden konnte. Geschütztürme, die keine Feindeinheiten in ihrem Schußfeld fanden, brannten Baumgruppen nieder, hinter denen sich Gegner versteckt halten konnten. »Colonel Rubinsky, wo bleiben die Jäger? Der *Overlord* da draußen wird wütend auf uns.«

»Breskins Staffeln sind auf meinen Befehl hin am Boden geblieben.«

Rubinsky wollte noch mehr sagen, aber Cassandra schnitt ihm mit einer Vorrangsendung an ihre Lanciers das Wort ab. »Wir bekommen keine Luftunterstützung«, informierte sie ihre Truppen mit einem Zähneknirschen. »Alle Einheiten außer Reichweite der Landungsschiffsgeschütze zurückziehen.«

Die BattleMech verließen lanzenweise ihre Deckung und zogen sich springend oder laufend in Sicherheit zurück. Diejenigen, die sich in Reichweite feindlicher Kampfkolosse befanden, tauschten noch eine hastige Serie von Geschützsalven aus, aber ohne große Wirkung. Cassandra tröstete sich mit ihrem Eröffnungserfolg. *Wir haben den Feind geschwächt, ohne einen einzigen eigenen Mech zu verlieren, und dabei nicht einmal genug Abwärme aufgebaut, um mich zum Schwitzen zu bringen. So einen Sieg hätte ich gerne öfter.*

Sie drehte den *Cestus* in einer engen Kehre um und suchte das Schußfeld nach einem Marik-Mech ab, dessen Pilot dumm genug war, sich blicken zu lassen. »Lanciers, auf Stippangriff mit sofortigem Rückzug vorbereiten. Wir rücken nur für ein paar Sekunden in Reichweite des Landungsschiffs vor. Gerade lange genug, um ihnen noch eine blutige Nase zu besorgen.«

»Majorin.« Das war wieder Colonel Rubinsky, diesmal über die allgemeine Frequenz. »Diese Truppen tragen die Farben des Sternenbunds. Sie dürfen sie nicht angreifen.«

Cassandras Knöchel standen fahlweiß hervor, so fest umklammerte sie die Steuerknüppel. »Ein Täuschungsmanöver. Oder Amtsmißbrauch.« *Ich weiß, was ich tue!* »Lanciers, Leichte Reiter: Vorwärts!«

Alle St.-Ives-Lanciers ignorierten Rubinskys wiederholten Befehl, stehenzubleiben. Sie stürmten in Höchstgeschwindigkeit vor und mußten nur vereinzelte Treffer des Landungsschiffs einstecken, das im Gegensatz zu Cassandras Bataillon nicht seine volle Feuerkraft einsetzen konnte. Das Feuer der Pakt-Mechs schlug mit geballter Kraft in die wenigen Liga-Mechs ein, die sich noch außerhalb des Landungsschiffs aufhielten, und schaltete zwei weitere aus. Danach zogen sich alle Lancier-Maschinen wieder aus der Geschützreichweite des *Overlord* zurück. Cassandra bemerkte, daß Tamas' Kompanie sich nicht bewegt hatte.

»Tamas«, brüllte sie, und die Untätigkeit des jungen Rubinsky schien ihr ein schlimmerer Verrat zu sein als die Einmischung des Colonels. »Sie unterstehen meinem Befehl und haben meine Anweisungen zu befolgen. Ist das klar?«

Tamas antwortete ihr über die Privatverbindung. »Tut mir leid, Majorin Liao.« Er klang frustriert und entschuldigend. »Der Colonel hat mir verboten, Ihre Anweisungen zu befolgen.«

Sie schaltete auf den abhörsicheren Kanal zu Rubinsky um und hatte Mühe, ihre Wut im Zaum zu halten. Den Söldneroberst anzuschreien, konnte nicht helfen. »Colonel Rubinsky, Sie werden Tamas wieder meinem Befehl unterstellen und Sie *werden* Ihre Einheiten zur Verteidigung von Indicass einsetzen. Ist das klar?«

»Völlig klar.« Rubinskys Stimme klang kalt wie Stahl. »Ich werde diesen Befehl nicht ausführen, Majorin.«

Wie war das möglich? »Muß ich Sie daran erinnern, daß Sie ein *Söldner*-Colonel unter Kontrakt mit meiner Familie sind? Mein Pakt-Rang ist ohne Bedeutung. Ich *bin* autorisiert, Ihnen Anweisungen zu geben.«

»Das bestreite ich auch gar nicht.« Die Stimme des Colonels kam gepreßt und formell. »Aber nach den Söldnerregeln von Outreach, die Teil des Vertrages sind, den Ihre Mutter unterschrieben hat, *sowie* nach Ihrem eigenen Paktcode Militärischer Verantwortung beanspruche ich mein Vorrecht, die Durchführung eines offensichtlich unberechtigten und *idiotischen* Befehls zu verweigern. Majorin Liao, ich entziehe Ihnen hiermit den Befehl.«

17

Palastanlage, Tian-tan, St. Ives
Herzogtum St. Ives, St. Ives-Pakt

9. Dezember 3060

Indicass, Brighton, Vestallas. Alle besetzt.

Candace Liao saß in einem bequemen, hohen Ledersessel im Zentrum der Strategischen Zentrale der Palastanlage, die Hände gelassen im Schoß gefaltet. Die in den vergangenen drei Jahren außer zur Beobachtung des Sternenbund-Angriffs auf die Besatzungszone Clan Nebelparders kaum benutzte Zentrale war von hektischer Betriebsamkeit erfüllt. Junioroffiziere saßen an den Kontrollkonsolen, während ihre Seniorkollegen herumstanden und die strategischen Implikationen der jüngsten Ereignisse und mögliche zukünftige Entwicklungen debattierten. Der größte der drei Wandbildschirme – kein Holoschirm, ein einfaches zweidimensionales Videobild – zeigte eine Karte des St. Ives-Pakts. Die drei besetzten Grenzsysteme wechselten in einem steten Blinkrhythmus die Farbe zwischen Pakt-Elfenbein und warnendem Gelb als Hinweis auf ihren ungewissen Status. Candace studierte die Karte mit stechendem Blick, als könnten ihre grauen Augen irgendeinen versteckten Hinweis darauf entdecken, wie sich die Lage retten ließ.

Senioroberst Seng stand zusammen mit Lieutenant General Simone Devon hinter der Präsidentin. Devon, eine zierliche, beinahe zerbrechliche Offizierin von heller Hautfarbe war die VCS-Verbindungsoffizierin. Die beiden Frauen standen derzeit gemeinsam an der Spitze der militärischen Befehlsstruktur des St. Ives-Paktes. Seng befehligte die Paktstreitkräfte, Devon die Candace Liao überstellten Einheiten der Vereinigten Commonwealthstreitkräfte.

»Abgesehen von dem Scharmützel auf Indicass«, stellte Caroline Seng fest, »konnten wir militärische Zwischenfälle vermeiden. Aber wir können nicht davon ausgehen, daß es dabei bleibt. Die Lage ist äußerst instabil.«

Candace nickte und sah über die Schulter. »Bitte zeigen Sie die Besatzungstruppen an«, meinte sie ruhig.

Caroline Seng gab die Anweisung an einen Subcommander an einer nahen Konsole weiter, aber Lieutenant General Devon konnte die Informationen schneller aus dem Gedächtnis herunterbeten. »Die 2. Oriente-Husaren, auch bekannt als ›Das Verrückte Zweite‹, sind auf Indicass gelandet. Aus dem Draconis-Kombinat hat Sun-Tzu zwei Bataillone des 2. Dieron-Regiments ausgeliehen, komplett mit vollem Jagdgeschwader und Infanterieunterstützung. Sie stehen auf Vestallas. Brighton wird von der Raman-MDM gehalten, einer Mark-Draconis-Miliz des Vereinigten Commonwealth.« Noch während Devon ihre Liste aufzählte, erschien der entsprechende Text auf einem der großen Hilfsbildschirme und bestätigte ihre Angaben.

»Diese Einheiten geben sich immer noch als Sternenbund-*Friedenstruppen* aus?« fragte Candace. »Es wurde kein direkter Anspruch von Seiten der Konföderation erhoben?«

»Keiner«, beruhigte Seng sie. »Und Sian streitet alle derartigen Anschuldigungen weiter ab. Unsere besten Analytiker haben Sun-Tzus formelle Erklärung auf der Suche nach Widersprüchen oder Halbwahrheiten auseinandergenommen, nach allem, was wir verwenden könnten, um seine Absichten vorherzusagen oder Hintergedanken zu beweisen.« Die Oberste machte ihrer Bestürzung in einem Keuchen Luft. »Unglücklicherweise ohne Erfolg. Nicht, daß ich ihm oder Zahns Entschuldigung glauben würde, daß wir die Erklärung durch ein bedauerliches Versehen erst verspätet erhalten haben.«

Candace erinnerte sich an die Erklärung, auf die Caroline Seng sich bezog. Sie war an alle Mitgliedsstaaten des Sternenbunds außer dem St. Ives-Pakt gegangen, obwohl Candaces Name auf der Verteilerliste gestanden hatte. In dieser Erklärung hatte Sun-Tzu seine Absicht ausgeführt, Sternenbund-Friedenstruppen entlang der Paktgrenze zu stationieren, bis er als Erster Lord sicher sein konnte, daß keine weiteren Feindseligkeiten zu erwarten waren. Er hatte auch ihre Bitte an ihn zitiert – fast hätte sie es ›fehlzitiert‹ genannt –, die Lanciers zurück nach Denbar zu bringen, und dabei den Eindruck erweckt, sie hätte ihn in den Pakt eingeladen.

Die Blackwind-Lanciers sind tatsächlich nach Denbar zurückgebracht worden, abzüglich über fünfhundert Millionen Credits an Ausrüstung, wenn man ihr Landungsschiff mitrechnet, aber das ›Geleit‹, das ich erwähnt habe, ist auf drei anderen Welten gelandet. »Gekonnt«, erklärte sie mit einer Mischung aus Wut und widerwilligem Respekt. »Auch wenn ich es hasse, das zugeben zu müssen. Er hat meine Anstrengungen, gegen die Besatzung vorzugehen, effektiv untergraben, und zwar Wochen bevor sie stattfanden.«

Lieutenant General Devons Gesicht rötete sich und zeugte von größerer Wut und einem geringeren Maß an Bewunderung. »Ihr Neffe hat eine bemerkenswerte Leistung bei seinem Bemühen an den Tag gelegt, den Pakt als Aggressor und seine Nation als Opfer darzustellen. Das wird er melken, solange es noch einen Tropfen hergibt, und damit leider seine wahren Absichten verschleiern können.«

Candace nickte zustimmend und fühlte, wie der Streß der letzten zwei Monate die Muskeln in ihrem Nacken und Rücken verspannt hatte. Die Krise hatte zu einer Unterbrechung in ihren regelmäßigen Tai-Chi-Übungen geführt, für die sie jetzt bezahlte.

»Muster«, flüsterte sie. »Es muß ein Muster geben.«

Sun-Tzu weiß genau, was er will, und wenn ich ihn aufhalten will, muß ich es auch wissen. Indicass, Vestallas und Brighton. »Warum gerade diese drei Systeme?«

»Indicass hat Ceres-Metall«, schlug Seng vor. »Aber Vestallas und Brighton besitzen keine besondere strategische Bedeutung. Außerdem hat er Denbar ignoriert, die Garnisonswelt des 2. Bataillons der Blackwind-Lanciers und Zentrum der lautstärksten Unterstützung für die Lanciers während ihres Überfalls und des Protests gegen seine jetztige Aktion.« Sie schüttelte den Kopf. »Es ergibt keinen Sinn.«

»Was mein Neffe tut, ergibt immer einen Sinn«, stellte Candace überzeugt fest. »Wer das vergißt, steuert auf eine Katastrophe zu.«

Steuert auf eine Katastrophe zu. Candace setzte sich auf. *Das bringt mich auf einen Gedanken.* »Rufen sie die Einheitsaufstellung der Paktstreitkräfte für diese drei Welten auf.« Der Befehl wurde an den Subcommander an der Kontrollkonsole weitergegeben und hastig ausgeführt. Indicass wurde von Rubinskys Leichtem-Reiter-Regiment der Kosaken und zwei regulären Bataillonen gehalten. Das war klar. Dann erschienen die Namen der übrigen Garnisonseinheiten, und Candace sah das Muster, nach dem sie gesucht hatte. »Das ist es«, stellte sie leise fest. »Jedenfalls ein Teil davon. Die Garnisonen aller drei Welten bestehen aus potentiellen Unruhestiftern.«

Lieutenant General Devon runzelte die Stirn. »Okay, die Kosaken sind bekannt für ihren Haß auf Sun-Tzu Liao, obwohl Rubinskys Leichte Reiter in dieser Hinsicht eindeutig das gemäßigtere Regiment ist. Aber ich war mir bis jetzt nicht bewußt, daß Alieshas Berittene Füsiliere oder Raymonds Armierte Infanterie von zweifelhafter Loyalität sind.«

»Nicht zweifelhaft«, antwortete Caroline Seng, auf deren Zügen ein Erkennen dämmerte. »Aber unberechenbar. Beide Einheiten haben eine Vorgeschichte von unerlaubten Angriffen und nicht gerade feinfühligen Taktiken.« Seng lehnte sich vor. Ihre Stimme war von wachsender Erregung durchzogen. »Und sehen Sie sich an, welche Einheiten als Besatzungstruppen eingesetzt sind: Das Verrückte Zweite aus der Liga Freier Welten, eine genauso unberechenbare Einheit. Und das 2. Dieron-Regiment, berüchtigt für seine fragwürdige Loyalität und brutalen Methoden.«

»Und die Raman-MDM?« fragte Devon. »Die paßt nicht in Ihre Theorie. Unerfahrene VerCom-Truppen sind absolut zuverlässig. Sie haben weder traditionelle Rivalitäten noch eine draufgängerische Vorgeschichte.«

Candace stand auf. Sie fühlte das Bedürfnis, sich zu bewegen, als mehr und mehr Puzzlestücke an ihren Platz fielen. »Eine Einheit aus der Mark Draconis«, erklärte sie, »die bereits für den Angriff auf die Nebelparder eine Großzahl von Truppen abgeben mußte und in deren Grenzen in der letzten Zeit die größten Schwierigkeiten für Yvonne entstanden sind. Ich ahne Katherines Hand hinter dieser Wahl.« Sie fixierte ihre VCS-Verbindungsoffizierin. »Nach dieser zusätzlichen Reduktion ihrer Verteidigungsfähigkeit wird die Mark mit Sicherheit noch lauter protestieren.«

Simone Devon wurde nachdenklich, als Candace weitersprach. »Und sie teilen sich den Planeten mit der Armierten Infanterie, der einzigen capellanischen Einheit, auf die Hanse Davion ein Kopfgeld ausgesetzt hatte.« *Es paßt alles zusammen. Er kommt, daran besteht kein Zweifel.*

Seng sprach es aus. »Er versucht, weitere Zwischenfälle zu provozieren.«

»Und Cassandra hat sie ihm geliefert«, stellte Candace kopfschüttelnd fest. »Sie hätte es besser wissen müssen, aber ich hatte gehofft, das mit Thomas Marik klären zu können. Die Chance wird Sun-Tzu mir allerdings sicher nicht geben. Wir können den Göttern danken, daß Colonel Rubinsky vernünftig genug war, die Lage richtig einzuschätzen. Es hätte noch weit schlimmer kommen können.« *Ich muß Cassandra da rausholen. Sie ist überfordert.* »Beordern Sie die 2. St.-Ives-Lanciers zurück nach St. Loris. Sie kann beim Rest der Kosaken bleiben und über ihre Aktion nachdenken.«

Lieutenant General Devon fuhr sich mit den Fingern durch das blonde Haar. Ihre Miene zeigte sich nachdenklich. »Sie erwarten, daß Ihr Neffe den Indicass-Zwischenfall zum Anlaß nehmen wird, weitere Besatzungstruppen zu stationieren? Dem Pakt vielleicht noch härtere Konzessionen abzutrotzen?«

Candace schürzte die Lippen. Sie versuchte, sich an Sun-Tzus Stelle zu versetzen und wog den Vorteil gegen die Risiken ab. »Es geht sehr viel tiefer«, meinte sie schließlich. »Ich bin sicher, daß er schon vor dem Ärger auf Indicass weitere Besatzungstruppen in Marsch gesetzt hat. Und erst die allerletzten Einheiten werden aus der Konföderation stammen, nur werden sie sich keineswegs als die letzten Truppen erweisen, die auf unseren Welten landen. Es ist ein selbstreplizierendes Muster. Er wird einen Weg finden, unsere Truppen zu reizen und neue Zwischenfälle heraufzubeschwören, die den Einsatz weiterer Kräfte ermöglichen.«

Oberst Seng zog die Stirne kraus und betrachtete die Karte, als müsse jeden Augenblick eine capellanische Invasionsflotte angezeigt werden. »Er hat Denbar vorerst unbesetzt gelassen, damit dessen Einwohner sich weiter beschweren, aufspielen und die Lage generell anheizen können.« Sie nickte. »Ihr zeichnet ein trostloses Bild, Herzogin, aber ich befürchte, Ihr habt ihn durchschaut. Und ich glaube kaum, daß wir die Besatzungstruppen zurückwerfen können, jedenfalls nicht mit militärischen Mitteln.«

»So ist es. Es gibt überhaupt nicht viel, was wir tun

könnten.« Candaces Stimme wurde hart, als sie ihre höchstrangigen Offizierinnen mit festem Blick fixierte. »Aber wir können einiges *verhindern*. Unsere Einheiten müssen strikte Order zu gewaltlosem Widerstand erhalten, was auch immer die Besatzungstruppen versuchen. Sie dürfen sich verteidigen, aber nur, wenn sie unter Beschuß liegen. In der Zwischenzeit werde ich sehen, was ich politisch erreichen kann. Vielleicht ist es noch nicht zu spät, ihn aufzuhalten.« Sie drehte sich wieder zur Karte um. »Wenn Sun-Tzu so weitermacht, wird er sich im Hohen Rat des Sternenbunds selbst die Kehle durchschneiden. Früher oder später wird er die Unterstützung der anderen verlieren. Solange Yvonne, Theodore, Magnusson und ich ein Machtblock im Rat bleiben, können wir ihn aufhalten.«

Sie sah sich zu ihrer VCS-Verbindungsoffizierin und ihrer Seniorobersten um. »Aber machen Sie sich keine Illusionen. Los werden wir ihn nicht mehr.«

* * *

Sian
Kommunalität Sian, Konföderation Capella

So spät im langen Herbst Sians war in den Freilandgärten des Palastes des Himmels kaum noch Grün zu finden. Die Bäume reckten nackte Äste in den grauen Himmel, und die Blumen schliefen unter der Erde. Talon Zahn, neuernannter Sang-Jiang-jun, spazierte neben Sun-Tzu Liao über den breitgepflasterten Gartenweg. Zwölf Schritte hinter ihnen folgten zwei Mitglieder der Todeskommandos. Nur die Büsche und vereinzelte immergrüne Sträucher erinnerten an das Leben, das im Frühling neu erstehen würde. *Frühling, die Wiedergeburt des Lebens. Xin Sheng.*

Beinahe verlegen hob Zahn die Hand zum Kragen

und berührte die Rangabzeichen seines neuen Generalsstatus. Seit Jasmine Liao im Jahre 2455 per Dekret verfügt hatte, daß kein capellanischer Offizier einen Rang höher als Oberst tragen durfte, hatte es so etwas nicht gegeben.

Der Kanzler sah zu ihm herüber, und in seinen Augen spielte Belustigung. »Wie steht es um das Capellanische Heer?«

Zahn ließ die Hand wieder an die Seite fallen und senkte den Blick auf die Pflastersteine. Obwohl er sich in seiner Stellung sicher fühlte, überbrachte er Sun-Tzu nur ungern schlechte Nachrichten. Auch wenn er selbst sich nichts hatte zuschulden kommen lassen, behielt er doch immer das Gefühl, seinen Herrn und Meister im Stich gelassen zu haben.

Er atmete tief durch. Die Luft war feucht und klamm, mit einem kaum wahrnehmbaren Kieferndurft. Es roch nach weiterem Regen. »Alles in allem ist das Capellanische Heer bei guter Moral«, stellte er fest. »Die Umstellung der Rangordnung im Rahmen der Xin Sheng ist sehr gut aufgenommen worden, und die Nachrichten von Hustaing demonstrieren durch den Sieg Haus Hiritsus unsere neugewonnene Stärke.«

»Und die Hustaing-Rabauken?« Sun-Tzu trat gegen einen Kiesel am Rand des Pfades.

»Sind in Bataillonsstärke ausgehoben und erhalten die bestmögliche Ausbildung, die Haus Hiritsu so kurzfristig organisieren konnte.« *Und der kurz bevorstehende Kampfeinsatz wird ein übriges tun, ihnen irgendwelche Flausen auszutreiben.*

»Aber?« fragte der Kanzler tonlos.

Zahn nickte, und seine Schultern sackten andeutungsweise ab. »Aber. Unsere Anstrengungen in den Umstrittenen Territorien bleiben hinter den anfänglichen Erwartungen zurück. Wir machen Fortschritte, jedoch nur langsam. Welten wie Wei und Aldebaran machen mehr

Schwierigkeiten als sie wert sind, auch wenn ich erwarte, daß sich die Lage auf Wei ändern wird, wenn in zwei Wochen ein Bataillon von McCarron's Armored Cavalry eintrifft.« Ein weiterer tiefer Atemzug, gefolgt von einem lauten Ausatmen. Zahn beobachtete die Dampfwolke, die sein Atem in der kalten Luft erzeugte. »Und in den Chaos-Marken sind wir vor die Wand gelaufen.«

Sun-Tzu fixierte seinen Strategischen Direktor mit hartem Jadeblick. »Wie konnte das geschehen?«

»Ich weiß es nicht«, gestand Zahn ein. »Noch nicht. Die Systeme dort sind zu gut bewaffnet und organisiert, als daß es sich um das Ergebnis eigener Anstrengungen handeln könnte. Aber die Agenten der Maskirovka haben noch nicht feststellen können, welches der Großen Häuser dafür die Verantwortung trägt.« *Und jetzt zum eigentlichen Problem.* »Ich habe Eure letzte Anweisung gelesen, mein Kanzler. Ihr wünscht, im Rahmen der SBVS-Friedenstruppen auch capellanische Einheiten einzusetzen?«

»Sie haben mir versprochen, daß die Truppen zur Verfügung stehen.«

»Und das tun sie auch«, versicherte Zahn. »Solltet Ihr den Befehl geben, könnte ich schon morgen eine großangelegte Invasion des St. Ives-Paktes starten. Oder der Chaos-Marken. Oder sogar der alten Kommunalität Tikonov.« *Und eine davon steht sicher ins Haus, auch wenn Ihr mir nicht verraten wollt, welche.* »Aber das würde die Reserven erfordern, die Ihr mir zurückzuhalten befohlen habt.«

Sun-Tzu wurde langsamer, dachte nach. »Dann geht es um Zeit, nicht um Truppen, so lange wir mit den bereits eingeteilten Kräften agieren können. Ihre Schätzungen...«

»Basierten auf der Verfügbarkeit weiterer Unterstützung aus der Peripherie«, unterbrach Zahn mit sehr leiser Stimme. Aber als Ausdruck der Wichtigkeit des Themas, nicht als Zeichen mangelnden Respekts. *Es ist meine Pflicht dem Kanzler und der Konföderation gegenüber, sicherzustellen, daß unsere militärische Lage deutlich ist.* »Ich habe die Meldungen von der Detroitkonferenz verfolgt, mein Kanzler. Jeffrey Calderon wird Emma Centrella nicht in eine Allianz mit der Konföderation Capella begleiten. Ich muß daraus schließen, daß wir das Tauruskonkordat verloren haben und uns an mindestens einer Front zurückziehen müssen. Vorerst. Oder wir riskieren unnötig hohe Verluste.«

Sun-Tzu blieb stehen. Er richtete seine Aufmerksamkeit statt auf Zahn auf einen niedrigen, breiten Busch, der in Gestalt eines springenden Tigers gestutzt war. »Die Detroitkonferenz ist noch nicht vorbei«, stellte er fest. »Wir kämpfen an allen Fronten weiter.«

Talon Zahn nickte. »Wie Ihr befehlt, mein Kanzler.« *Ein Glücksspiel. Aber nachdem ich meine Besorgnis deutlich gemacht habe, ist es meine Pflicht, den Willen des Kanzlers umzusetzen.*

Sun-Tzu nickte, als hätte er Zahns Gedanken gelesen. »Es wird funktionieren, Jiang-jun Zahn.« Er setzte sich wieder in Bewegung und ließ seine Stimme bewußt neutral klingen. »Warten wir ab und sehen, was uns das neue Jahr bringt.«

18

Heimatmilizbasis, Hazlet, Nashuar
Herzogtum St. Ives, St. Ives-Pakt

19. Dezember 3060

Wieder in seinem ursprünglichen Rang und an den Kontrollen eines leichten Schwebepanzers vom Typ *J. Edgar*, führte Lance Sergeant Maurice Fitzgerald seine KundschafterLanze aus dem Fahrzeughangar der Hazletbasis. Der *J. Edgar* war ein älteres Modell, und trotz aller Wartungsanstrengungen stank er nach dem schalen Schweiß, den seine Fahrer in fünfzig Jahren in den fleckigen Polstern des Sitzes hinterlassen hatten. Aber er war gut gepanzert und konnte selbst einem BattleMech standhalten... jedenfalls für ein paar Minuten. Das war ein Grund, aus dem Fitz sich für ihn entschieden hatte.

Links und rechts hinter ihm verließen zwei *Harasser* den Hangar, und ein neuer *Tausendfuß*-Scoutwagen bildete das Schlußlicht der Standardrautenformation. Als der Scoutwagen die Hangarschwelle hinter sich gelassen hatte, öffnete Fitz einen Funkkanal. »SchleicherScout ausgerückt«, gab er an seinen Kompanieführer durch.

»SchleicherScout freigegeben für unabhängige Operation. Gute Jagd.«

Fitzgerald gab Gas und beschleunigte den Schwebepanzer auf dem leicht eingeschneiten Gelände auf über einhundert Stundenkilometer. Das Winterzwielicht war für seinen Geschmack viel zu freundlich. Am klaren, dunkler werdenden Himmel wurden die ersten leuchtenden Sterne sichtbar. Und irgendwo dort draußen hielt sich die Besatzungseinheit aus der Lyranischen Allianz auf, die sie suchen und beobachten sollten.

Und ihr *ausweichen*, falls es zu einem Versuch kam, Sun-Tzu Liaos Befehl, in den Kasernen zu bleiben, durchzusetzen. Alle sechs Grenzwelten standen jetzt unter dem ›Schutz‹ des Sternenbunds. Es galt Militärrecht, und die Garnisonseinheiten waren angewiesen, die Waffen niederzulegen. *Um die Möglichkeit weiterer Feindseligkeiten zu reduzieren, und damit die Region sich allmählich wieder stabilisiere.* So stand es jedenfalls in der offiziellen Verlautbarung.

Fitz und der Rest der Heimatmiliz hielt davon ebensoviel wie offensichtlich auch Präsidentin Candace Liao, nämlich überhaupt nichts. Alle Pakteinheiten hatten direkten Befehl zum gewaltlosen Widerstand, eine Taktik, die bislang zu einer Pattsituation geführt hatte.

Fitz steuerte den Panzer durch das weit offene Tor im hohen Drahtzaun der Heimatmilizbasis und ging auf Nordnordostkurs. Am vorderen Rand seiner Sichtprojektion tauchten neue Einheitsmarkierungen auf, blaue Kreise mit Mechkodierungen. Es war die Mechkompanie der Miliz bei einer Übung.

Seine Finger schmerzten, so krampfhaft umklammerte Fitzgerald die Steuerung, als er gegen den Drang ankämpfte, nach Osten abzubiegen und die Mechs zu umgehen. Keiner der Mechpiloten wußte, wohin er sich hatte versetzen lassen. Nachdem er, wenn auch nur als Kadett, selbst Mitglied der MechKriegerkompanie gewesen war, wußte er, daß seine kleine Kundschaftereinheit für die Piloten hoch oben in diesen Cockpits keine Beachtung wert war.

Die bis zu zehn Meter hohen BattleMechs zeichneten sich wuchtig und annähernd humanoid am Horizont ab. An der Spitze war der *Feuerfalke* zu erkennen, Nevarrs Mech. Fitzgerald war sich nicht sicher, wer in der regulären Kompanie welche Maschine steuerte, aber er hatte gehört, daß Danielle den *Totschläger* übernommen hatte, in dem er trainiert hatte, und daß Choya und überraschenderweise Cameron mit ihr die Aufnahme geschafft hatten.

Er biß sich auf die Unterlippe, so fest, daß er Blut schmeckte. *Es war mein eigener Fehler*, erinnerte er sich. *Nevarr hat mich gewarnt, und Danielle hat versucht, mir zu helfen, aber ich wollte ja nicht auf sie hören. Nevarr hat mir nur die Gelegenheit gegeben, mich selbst aus dem Rennen zu werfen. In einem echten Kampf wäre ich verantwortlich für den Verlust von vier BattleMechs und möglicherweise auch für den Tod meiner Freunde gewesen. Ich war noch nicht soweit.*

Auch deswegen hatte er bei der Versetzung zurück ins Panzerkorps diese Kundschaftereinheit gewählt. Er war qualifiziert genug für schwere Panzer, aber nach der einsamen Freiheit eines BattleMechs schauderte es ihm bei dem Gedanken, als Teil einer regulären Panzerbesatzung in engem Kontakt mit zwei anderen arbeiten zu müssen. Und indem er die leichteren Fahrzeuge wählte, zwang er sich selbst in eine unterstützende Rolle ähnlich der, in der er versagt hatte. *Ich muß lernen, mich auf andere zu verlassen und selbst verläßlich zu werden.* Fitz hoffte, daß Nevarr seine Wahl befürwortete.

Als hätte sein früherer Kommandeur und Ausbilder diese Gedanken gelesen, wurde der *Feuerfalke* langsamer und hielt an. Die Mechformation kam neben dem Fahrtweg der Panzerlanze zum Stehen. Fitz zitterte. Er versuchte sich einzureden, daß Nevarr wartete, bis die Fahrzeuge das Gebiet verließen, um Formationswechsel oder dergleichen trainieren zu können, aber die Art, wie der *Feuerfalke* sich langsam drehte, um den Weg der Panzerfahrzeuge zu verfolgen, erweckte ihm Unbehagen. Dann warnten die Sensoren ihn für den Bruchteil einer Sekunde vor einer Zielerfassung durch den *Feuerfalke*.

Er weiß es! Fitz' Hände bebten an den Kontrollen, und der *J. Edgar* wich minimal von seinem Kurs ab. Er hatte Nevarr seit seinem letzten Versagen nicht gesehen und sich große Mühe gegeben, dem Mechkommandeur auszuweichen. Aber er hatte keinen Zweifel mehr daran, daß Nevarr sich die Zeit genommen hatte, herauszufinden, was aus seinem ehemaligen Kadetten geworden war. Obwohl ihn der prüfende Blick seines früheren Kommandeurs nervös machte, fühlte Fitzgerald sich zugleich ein wenig stolz, daß Nevarr ihn gegrüßt hatte.

»SchleicherScout«, gab er über den privaten Kanal der Einheit durch. »Geschütztürme nach rechts. Auf mein Zeichen, drei Sekunden die Markierungslichter abschalten. Jetzt!« Fitz warf den Schalter um, der alle Außenlichter des Schwebepanzers ausschaltete. Infrarotsensoren und Lichtverstärker reichten völlig, um sicher auf Kurs zu bleiben. »Und an.« Die Lichter flammten wieder auf und beendeten die Panzerkorpsversion eines Paradevorbeimarschs.

»Gute Jagd«, flüsterte eine feste Stimme über die allgemeine Frequenz in Fitz' Ohr.

»Freies Schußfeld«, erwiderte er. Dann schaltete er zurück auf den Privatkanal seiner Lanze. »In Ordnung, rauf auf Höchstgeschwindigkeit, sehen wir zu, daß wir Land gewinnen. Ich will diese Lyraner in spätestens zwei Stunden gefunden haben.«

Und als die BattleMechs sich wieder zum Horizont entfernten, fühlte Fitzgerald, wie Nevarrs Blick ihm folgte.

* * *

Seeuferkreis, Denbar
Herzogtum Vestallas, St. Ives-Pakt

Zhong-shao Ni Tehn Dho hatte schon von unerfahrenen Einheiten gehört, aber diese Vorstellung war nachgerade erbärmlich. Der Bataillonsführer schüttelte den Kopf.

Er saß im Cockpit des überschweren *Victor*-BattleMechs, der ursprünglich Majorin Smithson von den Blackwind-Lanciers gehört hatte, und starrte auf die wachsende Konfusion auf dem Speditionshof, die der Sichtschirm wiedergab. Ein halbes Dutzend seiner Hustaing-Rabauken in leichteren Mechs versuchte, ein Dutzend Lastzüge einzupferchen. Und versagte kläglich. Dho traute seinen Augen kaum, als er einen Laster nach dem anderen mit dringend benötigtem Proviant von der Laderampe wegfahren sah.

Er hatte gehofft, mit dieser Spaziergangsmission den Zusammenhalt der Einheit stärken und unterentwikkelte Pilotenfähigkeiten ausbauen zu können, aber bis jetzt hatte sie nichts als Chaos hervorgebracht. Nur der *Jenner*, an dessen Kontrollen einer der wenigen Krieger mit einer gewissen Mecherfahrung saß, behielt annähernd die Übersicht. Da watschelte ein *Stadtkoloß* schwerfällig hinter einem Lastzug her und hatte offensichtlich Probleme dabei, ohne die Balancehilfe der Arme das Gleichgewicht zu halten. Dort überholte eine *Cicada* einen flüchtenden Laster, bremste zu heftig ab, krachte fast in den Anhänger und sah schließlich hilflos zu, wie der Lastzug eines der Tore erreichte. Das Aufheulen der Drucklufthupe des Lasters war ein unmißverständlicher Ausdruck der Verachtung.

Wir zwingen das Capellanische Heer noch, eine ganz neue Beurteilungsstufe unterhalb von ›unerfahren‹ einzuführen, dachte Dho. *›Gerade abgenabelt‹ dürfte es treffen.*

Nur acht pensionierte MechKrieger, die noch zu irgendeinem echten Einsatz fähig waren, hatte die Bevölkerung Hustaings aufbieten können, um die Hustaing-Rabauken aufzubauen. Dho war einer von ihnen gewesen, neunundfünfzig Jahre alt und seit zehn Jahren außer Dienst, aber im Rahmen der Xin Sheng gerne bereit, den Befehl über die neue Einheit anzunehmen. Als ehemaliger Major der Capella-Reserve war er mit demselben Rang reaktiviert worden, auch wenn seine Rangbezeichnung nach der Neuorganisation der Rangordnung den Namen Zhong-shao trug.

Um die restlichen Positionen der Einheit zu besetzen, waren alle Milizionäre Hustaings rekrutiert worden, die auch nur eine andeutungsweise Eignung erkennen ließen, und schließlich sogar noch vier Studenten, die sich durch besonderen Eifer und beeindruckende Wertungen in der einzigen Spielhalle der Hauptstadt ausgezeichnet hatten, die eine vereinfachte Version der Mechsimulatorkapseln anbot. Interessanterweise machten die vier Spielhallenranger, so der inoffizielle Name ihrer Lanze, bessere Fortschritte bei der Beherrschung ihrer Mechs, auch wenn die ehemaligen Milizionäre natürlicherweise über mehr taktisches Können und höhere Fähigkeiten bei der Zusammenarbeit auf dem Schlachtfeld aufwiesen.

Zeit und Ausbildung, mehr brauchten sie eigentlich nicht. Dho kratzte sich am Hals, wo sein dünner grauer Bart auf der Haut juckte. Mit Hilfe Haus Hiritsus hatte jeder Krieger fünf Wochen intensive Ausbildung erhalten. Noch zwei weitere Monate, und sie hätten es vielleicht schaffen können, als unerfahren durchzugehen. Er hatte sich noch nicht einmal entschieden, wer sein Stellvertreter werden sollte, aber Kanzler Liao hatte in seiner unendlichen Weisheit verfügt, daß die Einheit einsatzbereit war, und sie als capellanischen Beitrag zu den Sternenbund-Friedenstruppen in Marsch gesetzt. Eine ehrenhafte Aufgabe.

Dho hatte gehofft, die Einheit würde Zeit bekommen, sich zu finden, bevor sie vor eine echte Herausforderung gestellt wurde, damit sie das Vertrauen des Kanzlers nicht enttäuschte. Aber kaum waren sie gelandet, waren sie schon mit einer im Ansatz gefährlichen Situation konfrontiert worden. Die Garnison Denbars, Panzereinheiten der Heimatmiliz und ein paar verbliebene Söldnereinheiten, hatte sich geweigert, die Waffen niederzulegen. Das vom Kanzler persönlich in seiner Eigenschaft als Erster Lord ausgerufene Kriegsrecht wurde von der planetaren Bevölkerung weitgehend ignoriert. Den Friedenstruppen wurde die Versorgung verwehrt, und die verbliebenen Pakttruppen blieben in striktem Alarmzustand, wenn sie auch auf jede Gewaltanwendung verzichteten. Die Lage war äußerst angespannt.

Und vom früheren 2. Bataillon der Blackwind-Lanciers war keine Spur zu entdecken. In Dhos Augen bedeutete das drohende Probleme.

»Jetzt reicht's«, drang eine Stimme aus Dhos Funkgerät und lenkte seine Aufmerksamkeit wieder auf die Slapstickkomödie, die sich unter ihm auf dem Frachtgelände abspielte. Dho kannte seine Leute noch nicht gut genug, um sie an der Stimme zu erkennen, aber das schien Sang-wei Evans im *Jenner* zu sein, einer seiner Lanzenführer. »Wir haben uns jetzt lange genug zum Narren gemacht. Hugh, wenn du ohnehin gleich umfällst, leg deinen *Stadtkoloß* vor die hintere Einfahrt der Laderampe. Lo Chang, du machst dasselbe an der Vorderseite. Drei Laster haben wir noch auf dem Gelände, und damit können wir *die* wenigstens daran hindern, auch noch zu entkommen.«

Holzhammermethode, und möglicherweise unter der Würde der meisten MechKrieger, aber effektiv. Zhong-shao Dhos Puls beschleunigte sich. Darauf hatte er gehofft. Ein koordiniertes Vorgehen, wenn auch etwas unorthodox.

»Shen Kei, spring mit der *Wespe* aus dem Hof und reiß ein paar Bäume aus, um sie über die Zugangsstraße zu legen. Dann arbeite dich um das Gelände herum, bis sämtliche Zugangswege blockiert sind. Einmal eingeschlossen werden die Trucker früher oder später aufgeben. Oder ihnen geht der Sprit aus. So oder so ist es mir recht.« Eine Pause folgte, dann: »Zhong-shao Dho, hier Sang-wei Evans. Mit Ihrer Erlaubnis, Herr, können wir unsere Transporter rufen.«

»Gute Arbeit, Sao-shao Evans«, antwortete Dho, und

beförderte seinen Untergebenen vom Commander zum Kapitän, ohne dabei dessen Sold zu erhöhen oder Autoritätsrahmen zu erweitern. *Wenn wir die Einheit vergrößern, wird er auf der Stelle Kompanieführer.* »Ich kehre zur Operationsbasis zurück. Ich verlasse mich darauf, daß Sie diesen Auftrag allein zu Ende führen können.« Mit Hilfe der Pedale und des Steuerknüppels drehte Ni Tehn Do den *Victor* um und marschierte in Richtung des Highway davon, der zurück zum Raumhafen führte.

Gut, inspirierend war diese Leistung nicht gerade gewesen, nicht einmal hübsch, aber die Arbeit war getan, und das ließ in Dho wenigstens eine leise Hoffnung für die Zukunft seiner Einheit aufkommen. Jetzt ging es nur noch darum, seinen Leuten ein Gefühl der Zusammengehörigkeit und für reguläre capellanische Würde und Gefechtsfeldtraditionen zu vermitteln. *Wir sind zu hastig ausgehoben worden, und wenn die Lage ernst wird, werden wir dafür einen schweren Preis bezahlen, aber mit etwas Zeit kann ich diesen Haufen in ein echtes Kampfbataillon zusammenschweißen.* Er warf einen Blick auf den Hilfsmonitor, der zeigte, wie sich hinter ihm BattleMechs als Barrikaden aufbauten. *Wenn wir sonst nichts schaffen, werden wir die Hustaing-Rabauken zumindest dafür bekanntmachen, ihr Bestes zu versuchen.*

Zhong-shao Dho seufzte. *Der Wille des Kanzlers geschehe.*

PUNKT OHNE WIEDERKEHR

Erst wäge die Lage ab, dann mach deinen Zug.

– Sun Tzu, *Die Kunst des Krieges*

Jede Aktion, jede Anstrengung hat ihren Preis. Ob wirtschaftlich, politisch oder sozial – irgendwie muß er gezahlt werden. Und der richtige Zeitpunkt, um diese Konsequenzen zu bedenken, liegt vor dem Beginn der Aktion, wenn es möglich ist, die Kosten innerhalb des geeigneten Referenzrahmens abzuwägen. Denn irgendwann erreicht man einen Punkt, von dem es kein Zurück mehr gibt.

– Sun-Tzu Liao, Tagebucheintrag vom 22. November 3058, Tharkad

19

Palast des Himmels, Zi-jin Cheng (Verbotene Stadt), Sian Kommunalität Sian, Konföderation Capella

5. Januar 3061

So spät abends lag der größte Teil des Palasts schweigend im Dunkeln. Sun-Tzu saß an seinem Schreibtisch und betrachtete auf dem Bildschirm in der Tischplatte erneut Candace Liaos jüngste Eingabe an die Mitgliedsstaaten des Sternenbunds. Isis Marik, inzwischen von Hustaing zurückgekehrt, aber noch nicht wieder in ihre Zi-jin-Cheng-Residenz eingezogen, stand hinter ihm, die Hände locker auf seinen Schultern. Beide trugen bequeme seidene Morgenmäntel über ihrer Nachtwäsche. Ihrer war entlang den Ärmeln mit Halbmonden und Sternen bestickt, seiner trug auf dem Rücken den chinesischen Tierkreis.

Sun-Tzu, dessen Gefühle zwischen dem Wunsch nach Privatsphäre und der Freude über Isis' Gesellschaft hin und her schwankten, hob die Rechte und legte sie auf die Hand seiner Verlobten. Er entschied, daß er sich wieder daran würde gewöhnen müssen, sie um sich zu haben, und richtete seine Aufmerksamkeit erneut ganz auf das Bild seiner Tante Candace. Er hatte gehofft, eine alte Frau zu sehen, der man die Belastung der letzten Monate ansah. Verzweifelt zuckende Blicke oder vielleicht ergeben hängende Schultern. *Zumindest hätte in ihrer Stimme entweder Resignation oder Wut mitschwingen sollen. Sie liefert mir absolut nichts, was ich benutzen könnte.*

Candace saß in einem aus prächtig gemasertem Holz geschnitzten und wunderbar kirschrot gefärbten Thronsessel mit hoher Rückenlehne. Ihr Kleid in elegantem Elfenbeinton deutete nur leicht die Schultern und Ärmel an, deren Saum einen Teil des Handrückens bedeckte.

Es wies auf asiatische Stilgebung hin, ohne ihre chinesische Abstammung überzubetonen. In ihrer geraden Haltung, die Hände zurückhaltend im Schoß gefaltet, der Blick ruhig und selbstbewußt, war sie ein Exempel asiatischer Herrscherwürde.

Sun-Tzu starrte wütend auf den Schirm.

»Und so sehe ich mich gezwungen, geehrte Mitlordräte«, erklärte seine Tante, »eine formelle Abstimmung zu beantragen, mit dem Ziel, die derzeitige Aktion des Ersten Lords zu widerrufen.« Candace hob abwehrend die Hände. »Nicht, daß ich andeuten möchte, er habe unangebracht gehandelt oder die Grenzen seiner Amtsbefugnisse überschritten. Ich gestehe ein, daß es zu Fehlhandlungen gekommen ist, die eine Reaktion erforderlich machten, doch ich möchte annehmen, daß der Erste Lord Liao keine derart harten Maßnahmen für notwendig erachtet hätte, wären die Freie Republik Rasalhaag oder das Vereinigte Commonwealth in einer Lage gewesen, die ihnen Anlaß bot, sich bedroht zu fühlen.«

Isis massierte seine Schultern und löste die plötzliche Verspannung, die Sun-Tzu spürte. *Wundervoll gemacht,* zollte er in Gedanken Beifall. *Mehrere Fliegen mit einer Klappe.* Walprins Magnusson, dessen winziger Reststaat zwischen dem Draconis-Kombinat und der Lyranischen Allianz lag, würde sich sorgen, einen Präzendenzfall zu schaffen, auf den sich Theodore oder Katrina berufen könnten, falls sie Sun-Tzus Nachfolger wurden. Yvonne hätte sich Sorgen machen können, daß Sun-Tzu seine Besatzungstruppen auf VerCom-Welten stationieren konnte – abgesehen von der wenig bekannten Tatsache, daß ihre Sorgen vorbei waren oder, von einem anderen Blickwinkel aus betrachtet, gerade erst begannen. *Und meine Tante deutet sehr wohl an, daß ich meine Position ausnutze, indem sie Zweifel sät, wie ich mich vom erheblich kleineren St. Ives-Pakt bedroht fühlen könnte.*

Statt ihre Hände wieder zurück in den Schoß zu senken, legte Candace die Fingerspitzen aneinander. »Aber aller guten Absichten ungeachtet ist es wohl einsichtig, wie die Anwesenheit von Besatzungstruppen, die versuchen, das Kriegsrecht und die Entwaffnung meiner Grenztruppen durchzusetzen, die Spannungen nur noch verschärfen können. Natürlich kann ich nicht gestatten, daß meine Grenzbefestigungen neutralisiert werden, ebensowenig wie dies irgendein anderer Bundesstaat zulassen würde. Ich bin zuversichtlich, daß es uns gelingen wird, eine diplomatische Lösung für die furchtbare Tragödie zu finden, die sich auf Hustaing ereignet hat, sobald eine Entspannung der Situation möglich ist. Herzogin Candace Liao, Präsidentin des St. Ives-Paktes, stimmt dafür, das Besatzungsedikt des Ersten Lords zu widerrufen.« Mit einem letzten gnädigen Kopfnicken endete die Botschaft.

Sun-Tzu konnte kaum einen Ansatzpunkt für Kritik entdecken. *Ihr einziger Fehler bestand darin, die Hände nicht zurück in den Schoß zu legen. Das hat sie berechnend wirken lassen... wie eine Liao.* Er bezweifelte jedoch, daß dieser winzige Ausrutscher sie auch nur eine Stimme kosten würde. »Was meinst du?«, fragte er Isis über die Schulter und fügte noch hinzu: »Liebste.«

Isis trat um den Sessel herum und lehnte sich gegen den Rosenholzschreibtisch, um Sun-Tzu ins Gesicht sehen zu können. Sie sah ihn einen Moment lang mit geschürzten Lippen und traurigen braunen Augen an, bevor sie antwortete. »Candace hat weder dich noch deine Konföderation angegriffen.« Sie sprach langsam und überlegte sich offensichtlich jedes Wort. »Darauf hattest du allerdings gehofft. Sie bot keine Ausflüchte für die Fehler des Pakts an und hat sogar angedeutet, daß dir für die Tragödie auf Hustaing weitere Entschädigungen zustehen. Aber du *hast* bereits mit der Beute dieses Kampfes eine neue Einheit ausgehoben *und* Kuan

Yin Allard-Liao hat eine spontane Hilfsaktion begonnen, die den Bürgern Qinglius dringend benötigte Unterstützung gebracht hat.«

Ja, vier Tage vor der Ankunft meiner Hilfsaktion, und das hat mich um einen Popularitätsschub gebracht. Sun-Tzu bemühte sich, sich die Verärgerung nicht anmerken zu lassen. Kuan Yin war eine Figur von geringer Bedeutung und daher keine wirkliche Bedrohung. »Und was ist mit Candaces Antrag, meinen Erlaß zu widerrufen?« Zumindest Isis' politisches Können und ihre gelassene Art, die ihr gestattete, Dinge zu bemerken, die er übersah, hatte Sun-Tzu schätzen gelernt. *Außerdem hat sie kürzlich von ihrem Vater gehört.*

»Sie kann auf die Unterstützung ihrer üblichen Verbündeten zählen«, stellte Isis sofort und mit sicherer Stimme fest. Dann wurde sie nachdenklich. »Mein Vater wird gegen sie stimmen, auf Grund des Zwischenfalls auf Indicass, bei dem Cassandra auf die 2. Oriente-Husare gefeuert hat. Er wird Candace dafür später ein paar kleinere Konzessionen abzwingen, möglicherweise sogar ein paar zusätzliche für die Gefahr, in die sie mich auf Hustaing gebracht hat.« Sie verzichtete zu erwähnen, daß Thomas Marik Candace noch nicht einmal öffentlich wegen Hustaing gerügt hatte, obwohl Sun-Tzu klar war, wie sehr sie das kränken mußte.

»Katrina«, begann Isis und verzog leicht das Gesicht, als läge ihr ein unangenehmer Geschmack auf der Zunge. »Katrina ist die unbekannte Größe. Sie könnte aus einer ganzen Reihe von Gründen für dich stimmen. Aber sie könnte ebensogut gegen dich stimmen, aus keinem anderen Beweggrund als dem Ärger, den du ihr in der ehemaligen Freien Republik Tikonov bereitest.«

Das heißt ›in der ehemaligen Kommunalität Tikonov‹, dachte Sun-Tzu mit einem Hauch von Verbitterung gegen Isis, ließ sich aber nichts anmerken und nickte nur beifällig über ihre Einschätzung. »Und was würdest du mir raten?« fragte er mit sorgsam neutraler Stimme, um sie nicht davon abzuhalten, genau das zu sagen, was sie wirklich dachte.

Isis zögerte keine Sekunde. »Du solltest die Besatzungstruppen zurückrufen, ohne auf das Abstimmungsergebnis zu warten. Oder laß sie zumindest den Versuch aufgeben, das Kriegsrecht durchzusetzen. Ergreife jetzt die Initiative, Liebster, und du kannst Candace Konzessionen abringen, die den Fehler einer einzelnen Einheit, die Hustaing überfallen hat, mehr als wettmachen.«

Vielleicht hatte sie in seiner Miene etwas gelesen, jedenfalls fuhr Isis mit beschwichtigender Stimme fort. »Ich weiß, daß in dir der Wunsch brennt, den St. Ives-Pakt zurück in die Konföderation zu holen, Sun-Tzu. Deine Xin-Sheng-Anstrengungen haben zu einer erstaunlichen Woge capellanischen Nationalgefühls geführt. Aber die Fakten sprechen ihre eigene Sprache. Deine Kräfte sind weit verstreut. Sie erobern umstrittene Systeme an der kernwärtigen Grenze zurück und versuchen, weiter in die Chaos-Marken vorzustoßen. Dazu kommen jetzt noch die Schwierigkeiten mit der Detroitkonferenz...«

»Ja«, stimmte Sun-Tzu hastig zu, als ihre Stimme unsicher verklang. »Eine Tragödie.« In der vergangenen Woche war die Nachricht eingetroffen, daß Sherman Maltin, Präsident von Detroit, während des Weihnachtsempfangs der Konferenz einen Putsch durchgeführt hatte. Emma Centrella und Jeffrey Calderon, die Herrscher der beiden großen Peripheriestaaten, die das zwischen ihren Nationen liegende Gebiet gemeinsam besiedelten, waren zu Geiseln gemacht worden, und Maltin verlangte vor ihrer Freilassung die Anerkennung der Neuen Kolonien als unabhängige Nation. »Ich kann es mir kaum leisten, mehr Truppen in das Gebiet umzuleiten, aber das schulde ich unseren canopischen Verbündeten. Und ohne den Hustaing-Zwischenfall wäre ich selbst zur Detroitkonferenz geflogen und jetzt möglicherweise ebenfalls eine Geisel.«

»Irgendwie«, stellte Isis in einem Anflug knochentrockenen Humors fest, »kann ich nicht glauben, daß du so ein Pech gehabt hättest.«

So etwas nennt man eine Schatzexpedition, Liebste. Volle Punktzahl für den Versuch. Sun-Tzu sah sie mit bewußt ausdrucksloser Miene an und ignorierte ihre Bemerkung. Statt dessen kehrte er zum vorherigen Thema zurück. »Also kann ich deiner Einschätzung nach nicht darauf hoffen, irgendeines der Grenzsysteme zu übernehmen, und sollte daher versuchen, die Meinung in den anderen Staaten zu beeinflußen?«

Er bemerkte ein leichtes Zögern, als sei sie sich nicht sicher, ob sie ihre Meinung aussprechen sollte. Dann preschte Isis vor. »Du könntest eine Welt einnehmen, Denbar, *und* genug Unterstützung bei den Lordräten finden, um das System zu behalten.«

»Aber darüber hinaus empfiehlst du keinerlei Maßnahmen?«

Isis nickte. »Du bist der Erste Lord. Wenn du eine weitere Verschärfung der Lage provozierst, könnte man dir das als Amtsmißbrauch auslegen, und früher oder später werden die anderen dagegen vorgehen. Wie könnte das deiner Konföderation nutzen?« Sie sah ihn liebevoll an. »Du hast deine Nation immer an erster Stelle gesehen. Du wirst die richtige Entscheidung treffen.« Sie stieß sich vom Schreibtisch ab und ging zur Tür, dann sah sie sich um. »Kommst du?«

Sun-Tzu winkte sie weiter. »In ein paar Minuten, Liebste. Ich will nur noch einige Kleinigkeiten erledigen. Geh schon voraus.«

Isis blieb in der Tür kurz stehen und schenkte ihm ihr strahlendstes Lächeln, voller Verheißung und Ermutigung. »Schreite weise, Liebster, und die Geschichte wird dich gnädig behandeln.« Dann ging sie, und er hörte das Flüstern ihrer Pantoffeln auf den Korridorfliesen.

Es heißt ›Wähle deine Schritte in Weisheit‹, korrigierte Sun-Tzu sie stumm. *Wenn du schon Lao-Tzu zitierst, dann bitte korrekt.* Er wartete, bis das Geräusch ihrer Schritte verklungen war, um sicher zu sein, daß sie nichts hörte, dann schob er eine andere Botschaft in den Betrachter.

Katrina Steiner-Davion starrte ihm auf dem Bildschirm entgegen. Sie trug ein prächtiges weißes Kleid, und ihre goldblonden Haare waren zu einem dicken Zopf geflochten, der wie eine Schlange über der linken Schulter lag. Ihre blauen Augen blickten eisig scharf.

»Ich grüße Sie, Sun-Tzu Liao. Als unser *ehrenwerter* Erster Lord«, stellte sie mit überdeutlichem Sarkasmus fest, »sollte ich Sie wohl als erstes Mitglied des Hohen Rats des Sternenbundes informieren. Und das persönlich, auch wenn später in dieser Woche mein Botschafter mit näheren Einzelheiten bei Ihnen vorsprechen wird. Auf Yvonnes direkte Bitte hin habe ich den Thron von New Avalon bestiegen, um mich des Vermächtnisses ziviler Unruhen anzunehmen, das mein Bruder Victor ihr hinterlassen hat.«

Obwohl er wußte, was folgte, da er die Botschaft schon vorher abgehört hatte, konnte Sun-Tzu sich ein zufriedenes Lächeln nicht verkneifen. *Ach, Victor. Wieder einmal hast du dich auf den falschen Gegner gestürzt. Was für ein Empfang wird dich bei deiner Rückkehr erwarten… falls du zurückkehrst.*

»Obwohl die Anstrengungen der Wiedervereinigung des Vereinigten Commonwealth mit der Lyranischen Allianz einen Großteil meiner Zeit beansprucht«, fuhr Katrina fort, »habe ich mir Gedanken über Herzogin Liaos jüngsten Ratsantrag bezüglich eines Widerrufs Ihrer jüngsten Aktion gemacht.« Sie legte die falsche Freundlichkeit ab und wurde geschäftsmäßig. »Ich erwarte, daß Thomas Marik Sie unterstützt, allein schon wegen des Ärgers, den Cassandra seiner Einheit auf Indicass gemacht hat. Möglicherweise spielt auch die Gefahr eine kleine Rolle, der Isis auf Hustaing ausgesetzt war.« Sie setzte ein falsches Lächeln auf. »Wie bedauerlich, daß sie eine derart unangenehme Erfahrung machen mußte«, meinte sie mit leichter Stimme und kehrte wieder zum Thema zurück. »Theodore und Magnusson werden St. Ives unterstützen, aus Gründen, die Sie gewiß schon selbst analysiert haben. Candace benötigt eine Zweidrittelmehrheit, um Ihre Entscheidung zu widerrufen, und durch meine Thronbesteigung auf New Avalon schrumpft der Hohe Rat auf sechs stimmberechtigte Mitglieder. Was bedeutet, daß ich immer noch die entscheidende Stimme habe. Was für ein Glücksfall.«

Kommt jetzt die Rache für die Schwierigkeiten in Tikonov? Sun-Tzu las diesen Unterton ohne Schwierigkeiten aus der momentanen Lage, aber er gestand Katrina zu, daß sie mit keinem Wort darauf einging. Wie es schien, war sie vorerst damit zufriedengestellt, sich den zweiten Thron gesichert zu haben.

»Wie ich bereits bei früherer Gelegenheit festgestellt habe, halte ich es nicht für angebracht, mich in eine Situation einzumischen, bei der es sich meiner Ansicht nach um eine interne capellanische Angelegenheit handelt. Daher werde ich voraussichtlich gegen Herzogin Liaos Antrag stimmen.« Ihre Stimme wurde noch schärfer. »Das ist der zweite Gefallen, den ich Ihnen erweise. Lassen Sie mich Ihnen deshalb folgendes erklären, bevor Sie dem Irrglauben verfallen, meine Großzügigkeit kenne keine Grenzen: Die Mitgliedsstaaten des Sternenbunds kommen in diesem Jahr wieder zusammen, um einen neuen Ersten Lord zu wählen. Ich sähe es gerne, wenn sich eine Tradition entwickelte, derzufolge der Amtsinhaber seinen Nachfolger vorschlägt. Und ich bin sicher, ich kann mich in dieser Hinsicht auf Sie verlassen.«

Das Bild verblaßte. Sun-Tzu lehnte sich in seinem Sessel zurück und strich sich mit einem Finger der rechten Hand übers Kinn, während er mit der Linken auf der Armlehne trommelte. *Ihre Analyse der Situation ist ebenso makellos wie die Isis'. Sie möchte, daß ich sie im Gegenzug für ihre Unterstützung jetzt als Erste Lady vorschlage? Kein Problem. Was kümmert es mich, wer mein Amt als nächster übernimmt? Ich* bin *Erster Lord, und so lange ich dieses Amt innehabe, werde ich jedes Quentchen Macht, das es mir verleiht, dazu verwenden, der Konföderation neue Kraft einzuhauchen und sie wieder komplett zu machen.*

Er sah zur Tür, in der Isis kurz zuvor noch gestanden hatte. *Die Geschichte wird mich gnädig behandeln? Die Sieger schreiben die Geschichtsbücher, liebe Isis, und wenn meine Konföderation Capella dieser Sieger sein soll, muß ich sie grundsätzlich über meine eigenen Interessen stellen. Die Lage wird sich verschärfen, weil meine Kräfte neue Zwischenfälle provozieren. Und wenn bloße Provokation nicht ausreicht, um Zwischenfälle hervorzurufen, gibt es direktere Methoden. Bevor ich fertig bin, wird noch reichlich capellanisches Blut fließen. Das läßt sich nicht vermeiden, so sehr ich das auch möchte. Aber in Wahrheit sind wir alle entbehrlich, du, ich, alle, wenn es um das Endziel geht. Xin Sheng.*

20

Weißstrom-Aufmarschgelände, Föhrental, Denbar
Herzogtum Vestallas, St. Ives-Pakt

17. Januar 3061

Sie erhalten hiermit die Erlaubnis, alle zum Erhalt der Integrität Ihrer Einheit und dem Wohl ihrer Krieger notwendig erscheinenden Selbstschutzmaßnahmen zu ergreifen.

So lauteten die jüngsten Anweisungen von Sian. Also marschierte Zhong-shao Ni Tehn Dho jetzt in seinem *Victor* an der Spitze seiner BefehlsLanze und einer ArtillerieLanze der Hustaing-Rabauken durch das Haupttor der größten militärischen Sammelstation Denbars, um diese Anweisungen in letzter Konsequenz durchzuführen. *Solange wir zulassen, daß Föhrentals Heimatmilizbasis als Sammelpunkt für den Widerstand gegen die Konföderation dient, können wir weder unseren Schutz garantieren noch den Willen des Kanzlers durchsetzen.*

Die schweren Schritte seines überschweren Mechs und der übrigen Kampfkolosse erschütterten den hohen Drahtzaun und ließen die Fenster des Postenhäuschens scheppern. Im Innern der kleinen Kabine nahm ein Posten den Telephonhörer auf, um die Söldnereinheiten und die Heimatmiliz zu alarmieren, die Föhrentals Garnison bildeten. Dho ignorierte ihn. Ihm ging es um die Mechhangars.

Selbstschutzmaßnahmen, dachte er wieder und ging die Anweisung in Gedanken noch einmal durch. *Das läßt sich sehr freizügig auslegen.* Und nach den letzten drei Wochen war Dho genau dazu geneigt. Drei Krieger zwischen Raumhafenverwaltung und Landungsschiff überrascht und von Hafenarbeitern zusammengeschlagen. Ein anderer von einem Zufallstreffer mit einem Gewehr über weite Distanz verwundet, wahrscheinlich von einem radikalen Zivilisten, aber das ließ sich nicht mit

Sicherheit feststellen. Und dann gestern, als Sao-shao Evans' Lanze versucht hatte, ein *Hetzer*-Sturmgeschütz ohne Waffengewalt anzuhalten, um das Fahrzeug zu beschlagnahmen. Der Kanonier hatte die 120mm-Autokanone des Militärfahrzeugs auf Evans' *Jenner* gerichtet und das Gyroskop des Mechs zerblasen. Der Heimatmilizionär hatte später erklärt, daß ein physischer Kontakt zwischen einem Mech und dem Fahrzeug in seinen Augen einen Angriff darstellte.

Wenn ihr es so haben wollt, soll es mir recht sein. Dho öffnete eine Kommverbindung. »ArtillerieLanze, hierbleiben und alle Einheiten am Verlassen des Geländes hindern. BefehlsLanze, wir gehen weiter zu den Mech- und Fahrzeughangars.« *Kanzler und Erster Lord Liao hat für Denbar das Kriegsrecht ausgerufen und die Entwaffnung der planetaren Einheiten befohlen. Und genau diese Entwaffnung werden wir jetzt durchführen.*

An fünf verschiedenen Punkten des weitläufigen Aufmarschgeländes bewegten sich je zwei Lanzen der Hustaing-Rabauken und die einzelne BeobachterLanze Haus Hiritsus auf dasselbe Ziel zu. Sie hatten Auftrag, alle Heimatmiliz- oder Söldnereinheiten in Paktdiensten zu stellen und ihre Entwaffnung zu erzwingen.

Zwei Ziele schoben sich auf seine Taktikanzeige und schossen schräg zum Marschweg der BefehlsLanze über den Bildschirm. Der Computer identifizierte sie als *Pegasus*-Scoutschweber. »Laßt sie laufen«, befahl Dho hastig, bevor seine Lanze sich vom Kurs abbringen lassen konnte. »Sie sind zu schnell für uns. Überlaßt sie jemandem anders.«

Die *Pegasus*-Schweber schienen damit nicht einverstanden und bogen in den Rücken der BefehlsLanze ab, kamen immer näher, als wollten sie die dünne Rückenpanzerung eines der Kampfkolosse testen. *Sie versuchen, uns zu reizen.* Aber als sie damit keinen Erfolg hatten, jagten sie davon, um sich andere Opfer zu suchen. Dho lockerte seinen Griff um die Steuerknüppel des *Victor*. *Sie wollten uns ablenken, aus dem Gleichgewicht bringen.* Eine vernünftige Taktik, besonders angesichts des immer noch chaotischen Zustands der Hustaing-Rabauken. Schnell gab er über Funk eine entsprechende Warnung an das ganze Bataillon durch.

»Arcaderanger haben BefehlsLanze in Sicht«, rief eine fröhliche Stimme über Funk.

Auf der Sichtprojektion sah Ni Tehn Dho die Lanze aus vier BattleMechs ein Stück voraus und links von seiner Position, Richtung 295°, knapp hinter einem der großen Mechhangars, um eine Fahrzeug-Wartungshalle gruppiert. Als er näherkam, sah er auf dem Sichtschirm, wie drei der Maschinen um das Wartungsdepot kreisten, während ein *Verteidiger* vor den Hallentoren in die Hocke gegangen war. Er schaltete einen der Hilfsbildschirme auf maximale Vergrößerung. Soweit er es erkennen konnte, benutzte der Lanzenführer kleine Feuerstöße des mittelschweren Impulslasers dazu, die riesigen Hallentore zu verschweißen.

»Es sieht nicht hübsch aus, aber es funktioniert«, meinte eine neue Stimme, als ein *Spuk* und ein *Hurone* hinter dem Wartungsdepot in Sicht kamen.

Die Hiritsu-Beobachter – und sie haben ihre Position verlassen. Dreiundzwanzig Jahre Befehlserfahrung drängten Ni Tehn Dho, die beiden an die Kandarre zu nehmen und zurück in die ihnen zugewiesene Kontrollzone zu schicken, aber sein gesunder Menschenverstand hielt ihn zurück. Die Kriegerhäuser waren nicht Teil des regulären Capellanischen Heers und damit nicht seinem Befehl unterstellt, selbst wenn er theoretisch einen höheren Rang als die beiden Beobachter bekleidete. Und was er bis jetzt von Haus Hiritsu gesehen hatte, war durchaus geeignet, ihn davon zu überzeugen, daß Aris Sung und sein Lanzenkamerad gute Gründe dafür haben mußten, ihre Zone zu verlassen.

»Wir erledigen unseren Auftrag«, erwiderte Dho über die allgemeine Frequenz der Hustaing-Rabauken, damit seine Leute von seinem Vertrauen in sie erfuhren, auch wenn er von ihrem Können nicht allzu beeindruckt war. »Darauf kommt es an.«

Der *Spuk* baute sich breitbeinig auf, ein Arm gesenkt, der andere an den Arcaderangern vorbei zum Mechhangar ausgestreckt. Durch die stahlblaue Farbe der Panzerung erinnerte er Dho mehr an einen riesigen Ritter als an einen Kampfkoloß. »Darauf kommt es tatsächlich an, Zhong-shao. Aber um einen Auftrag zu erledigen, muß man auch das richtige Ziel wählen. Ihre erfinderische Lanze mag ein paar Panzerfahrzeuge eingeschlossen haben, doch gleichzeitig hat sie mindestens zwei BattleMechs dort im Hangar gestattet, die Reaktoren hochzufahren.«

Dho wirbelte herum. Die Hangartore glitten langsam auf, und im dunklen Innenraum des Gebäudes orteten die Thermosensoren den Wärmeausstoß zweier Fusionsreaktoren. »BefehlsLanze, das Tor blockieren«, befahl er und wußte doch, daß es dafür schon zu spät war.

* * *

Obwohl die Situation für Aris Sung beinahe etwas Belustigendes hatte, brauchte es nicht viel Phantasie, um ihr Gefahrenpotential zu erkennen, und er bereitete sich auf einen Kampf vor. Die Hände fest an den Steuerknüppeln, alle Wärmetauscher aktiv und mit feuerbereiten Waffen, hielt er das Fadenkreuz über dem aufgleitenden Tor des Mechhangars, noch während er den Zhong-shao vor den im Innern hochfahrenden Mechs warnte. *Sie hätten es sehen müssen. Sie hätten den Mechhangar als erstes überprüfen müssen.* Aber Aris wußte ebensogut, daß man von einer frisch ausgehobenen Einheit nicht erwarten konnte, alle Tricks zu beherrschen, oder von einem aus dem Ruhestand geholten Kommandeur, sich an alles zu erinnern. Sie würden es lernen, und die alten Lektionen würden sich wieder einstellen, oder die Hustaing-Rabauken würden ihre Lehrjahre nicht überleben.

Eigentlich war es alles ganz einfach, solange man emotionale Distanz bewahrte.

Aris öffnete eine Privatverbindung zu Raven Clearwater, seine Lanzenkameradin im *Hurone*. »Überlaß das den Rabauken, Raven. Wir kommen ihnen nur zu Hilfe, wenn ihnen die Situation entgleitet.« Shiao-zhang Non, wie der Xin-Sheng-Titel des Haus-Meisters jetzt lautete, hatte ihm erklärt, es sei wichtiger, daß die Hustaing-Rabauken Gelegenheit bekamen, aus ihren Fehlern zu lernen, als daß das Kriegsrecht auf Denbar zügig durchgesetzt wurde. Aris war sich nicht sicher, ob er damit übereinstimmte – je schneller sie die Lage unter Kontrolle brachten, desto weniger Verluste würden auf beiden Seiten zu beklagen sein –, aber niemand widersprach dem Shiao-zhang.

Wie der Hiritsu-Kompanieführer erwartet hatte, schaffte Zhong-shao Dho es nicht mehr, das Tor rechtzeitig mit seinen schwereren Mechs zu blockieren. Ein ältlicher *Totschläger* trat durch die zweistöckige Öffnung ins Freie, gefolgt von einer neueren *Cicada*. Beiden hätte die Flucht glücken können. Die Sprungfähigkeit des *Totschläger* hätte ihn davor bewahrt, in die Enge getrieben zu werden, und die *Cicada* war schnell genug, um selbst Aris' *Spuk* zu entkommen.

Aber die Spielhallenranger machten einen Strich durch diese Rechnung.

Ihre Koordination ließ einiges zu wünschen übrig, aber auch wenn sie mehr wie vier Einzelkämpfer agierten denn als Team, war es letztlich das Ergebnis, auf das es ankam. Angeführt von dem *Verteidiger* versuchten die vier mittelschweren Mechs, den *Totschläger* zu umzingeln, schafften es aber nicht ganz. Der *Totschläger* sah die

Lücke und rannte darauf zu, statt zu springen. Es war Pech für den Pakt-Piloten, daß sein Gegenspieler im Cockpit des *Verteidiger* sie ebenfalls bemerkte und sich dem *Totschläger* genau im richtigen Augenblick in den Weg stellte. Die Mechs stießen zusammen, und der *Verteidiger* sank auf die Knie und ging dann in einem offensichtlich übertriebenen und bewußt inszenierten Sturz zu Boden.

Dhos *Victor* feuerte zuerst. Das Gaussgeschütz, das den rechten Arm der überschweren Maschine bildete, spie eine massive Metallkugel aus, die den Pakt-Mech reichlich Rückenpanzerung kostete. Als nächstes eröffneten zwei der Spielhallenranger das Feuer und sprengten mit Lasern und leichten Autokanonen noch mehr Panzerung vom Rumpf des glücklosen *Totschläger*, der unter der Wucht des Beschusses das Gleichgewicht verlor. Dann beging der *Cicada*-Pilot einen Fehler und feuerte auf eine der leichteren Rangermaschinen, während er an ihr vorbeirannte. Der verbliebene Rangermech und die drei anderen Maschinen der BefehlsLanze erwiderten das Feuer. Zwei PPK-Treffer schlugen in das linke Bein der Maschine ein und schnitten es am Hüftgelenk ab.

Aris verzog angesichts der Schlägermethoden das Gesicht, als acht BattleMechs die beiden Pakt-Maschinen unter einem Bombardement von Energiewaffen am Boden hielten. Der *Cicada*-Pilot gab schnell auf und schaltete seinen Mech ab, aber der *Totschläger* versuchte noch einmal, auf die Beine zu kommen, bevor ein zweites Gaussgeschoß seine Rückenpanzerung durchschlug und den Kreiselstabilisator zertrümmerte.

»Lehrbuchmäßig«, gab Zhong-shao Dho auf allgemeiner Frequenz durch, ohne sich die Mühe zu näheren Erklärungen zu geben.

Aris wendete den *Spuk* und atmete hörbar aus. Es war fast ein Seufzer. »Kehren wir zur *Lao-tzu* und zu un-

serem Haus zurück, Raven. Wir haben genug gesehen.«
Nachlässig, ja. Ineffizient, absolut. Aber die Hustaing-Rabauken haben ihre Aufgabe hier erfüllt, und bald wird es Zeit für Haus Hiritsu werden, unseren Beitrag zu leisten.

Er wünschte sich nur, er hätte etwas von seinem früheren Enthusiasmus für diese Mission wiederfinden können.

* * *

Salt River Canyon, Nashuar
Herzogtum St. Ives, St. Ives-Pakt

Dünne, unter der ungewöhnlich warmen Januarsonne bereits schmelzende Schneeflecken bedeckten das winterbraune Gras des Salt River Canyons. BattleMechs bewegten sich durch den Canyon, der eigentlich ein ziemlich breites Tal darstellte, wenn auch auf beiden Seiten von steilen Berghängen begrenzt, und tauschten Impulsstöße aus gebündelter Lichtenergie in den verschiedensten Farben und Raketensalven auf langen Kondensbahnen aus. Eine Lanze gepanzerter Schweber tanzte zusätzlich über das Gelände, duckte sich zwischen die kleinen verstreuten Baumgruppen und versuchte, den feindlichen Mechs soweit möglich aus dem Weg zu gehen.

Lance Sergeant Maurice Fitzgerald riß seinen Schwebepanzer hart in die Kurve und verlor einen Teil des Luftpolsters unter der Gummischürze des Antriebs, aber wenigstens neigte der *J. Edgar* sich nicht soweit zur Seite, daß er Schnee oder Grasnabe umgepflügt hätte. Ein lyranischer *Kampffalke* geriet mehr durch Zufall unter das altmodische Fadenkreuz des Panzers, aber darauf kam es nicht an. Ein kurzer Druck auf den Feuerknopf schickte vier Kurzstreckenraketen auf den Weg in seinen Rücken. Fitz gewann rechtzeitig die Kontrolle über sein Fahrzeug zurück und rettete sich hinter einen dichten Hain aus Goldkiefern, bevor der *Kampffalke* wenden und zurückschlagen konnte.

Wie ist das passiert? Selbst mitten im Kampfgetümmel fragte Fitzgerald sich, wer eigentlich den ersten Schuß abgefeuert hatte. Soweit er wußte, hatten Schleicher-Scout und eine Lanze der Heimatmiliz-Mechkompanie den Befehl erhalten, eine Kompanie der 7. VerCom-RKG zu begleiten, *für den Fall*, daß es mit den lyranischen Besatzungstruppen Schwierigkeiten gab. Genau wie Nashuars Miliz hatte auch die VerCom-Einheit die Ausrufung des Kriegsrechts und die Aufforderung, die Waffen niederzulegen, ignoriert. Als Teil der Herzogin Liao überstellten Einheiten waren sie verpflichtet, deren Befehle auszuführen. *Aber es kann wohl niemand erwartet haben, daß lyranische Truppen das Feuer auf die VerCommies eröffnen. Besonders nicht, seit Katrina Steiner-Davion auch auf dem Thron von New Avalon sitzt. Nur ein weiterer Beweis dafür, welches Chaos heutzutage herrscht.*

Der Kampf war schon vor Fitzgeralds Eintreffen losgebrochen, und er hatte erst etwas davon erfahren, als er Befehl erhalten hatte, so viele lyranische Truppen wie möglich abzulenken, um den Rückzug der 7. aus dem Gebiet zu decken. *Es geht nichts über eine Partie Hasch-Mich mit Kampfmaschinen, die das Doppelte bis Vierfache an Masse auf die Waage bringen.*

»Alle Einheiten: Rückzug und Feindkontakt lösen. Die Siebte ist in Sicherheit.« Die Stimme gehörte Subcommander Danielle Singh, die inzwischen eine Lanze der Heimatmilizkompanie befehligte.

Fitzgerald öffnete einen Kanal zu seiner Lanze. »SchleicherScout, zurückziehen und einen halben Klick nordwärts sammeln.« Er streifte ein paar kleinere Bäume, als er zu dicht an den Waldrand steuerte, und bremste ab. Die unmittelbare Gefahr war vorüber.

»Schleicher Eins von Vier. Mayday, Mayday. Ich sitze fest, wiederhole, ich sitze fest.«

Soviel zu ›keine unmittelbare Gefahr‹. Fitz riß den *J. Edgar* in eine harte Kehre. »Schleicher Eins holt ab. Wo sind Sie, Vier?«

»Einen halben Klick südlich, mit einem BattleMech auf den Fersen. Ich bin zwischen ein paar Bäume gerutscht, und ein Stumpf hat mir die Propeller abgerissen.« Eine Pause, dann: »Es sieht nicht gut aus, Sergeant. Sehen Sie besser zu, daß Sie wegkommen.«

Danielle hatte den Notkanal abgehört und mischte sich ein, bevor Fitzgerald antworten konnte. »Lance Sergeant Fitzgerald, Abholmanöver abbrechen. Wir können es uns nicht leisten, heute noch ein Fahrzeug zu verlieren. Scout Vier geht in Gefangenschaft. Wir holen ihn uns später zurück.«

Er schüttelte den Kopf, als hätte Danielle ihn sehen können. »Negativ. Das ist mein Mann, Subcommander.« *Meine Verantwortung.* Fitzgerald beschleunigte auf sichere sechzig km/h, schnell genug, um dasselbe Mißgeschick zu vermeiden, das seinem Lanzenkameraden passiert war. »Zwo und Drei, Kurs zum Sammelpunkt halten. Schleicher Eins holt ab.«

»Schleicher Zwo holt ab.«

»Schleicher Drei holt ab.«

Na schön, holen wir uns die Strafe gemeinsam ab. Fitzgerald sah Schleicher Dreis *Harasser* von links näher kommen. Schleicher Zwo war schon ein gutes Stück vor ihnen, da er beim Rückzug zurückgeblieben war.

»Fitz, mach, daß du hier raufkommst. Du hast keine Mechunterstützung. Ich kann dich nicht decken.«

»Kenn ich, Subcommander. Wahrscheinlich könnten Sie es mir sogar ausreden, wenn wir nicht schon da wären.« Fitzgerald warf seinen Schwebepanzer in eine Serie von Schlangenlinien, als ein feindlicher *Gallowglas* ihn auf weite Entfernung mit der Partikelprojektorkanone unter Beschuß nahm. »Schleicher Vier von Eins. He, David! Nächstes Mal warnen Sie mich vor, daß ein

Schwergewicht das Gebüsch nach Ihnen abklopft statt dem ScoutMech, den ich erwartet hatte.«

»Ich sitze sechzig Meter links vor dem Monstrum«, kam Schleicher Viers Antwort. »Steige jetzt aus. Ich treffe euch an der Baumlinie.«

Fitzgerald schluckte mühsam. Seine Kehle war plötzlich wie ausgetrocknet. »Zwo holt ihn ab. Drei zu mir. Rutschen Sie hinter den Burschen und fräsen Sie ihm den Rücken auf. Ich halte ihn beschäftigt.«

Fitzgerald jagte seinen Panzer in gerader Linie auf den *Gallowglas* zu. Der Mechpilot mußte glauben, daß er ihn rammen wollte. Der siebzig Tonnen schwere BattleMech sprang neunzig Meter nach rechts und landete beinahe auf Schleicher Dreis *Harasser*. Der *J. Edgar* feuerte mit den beiden Zwillings-Kurzstreckenlafetten und dem mittelschweren Laser, konnte die Panzerung des schweren Kampfkolosses damit aber nicht einmal ankratzen. Der rächte sich keineswegs zurückhaltend: Die beiden schweren Laser schälten über die Hälfte der Panzerung auf der Vorderseite des Schwebepanzers ab. Der *Harasser* glich das teilweise aus, indem er in den Rücken des Mechs vorstieß und seine beiden KSR-Lafetten einsetzte. Ein Dutzend Kurzstreckenraketen hinterließen deutliche Spuren in der dünneren Rückenpanzerung der lyranischen Maschine.

Zwischen zwei akzeptabel gepanzerten Fahrzeugen in der Klemme versuchte der *Gallowglas*-Pilot mit einer Torsodrehung, seine Rückenpartie zu schützen. Fitz nutzte die Gelegenheit und schleuderte den *J. Edgar* in eine Serie unberechenbarer Kurven und Kehren. Fast hätte er die Kontrolle über den Panzer verloren, aber dann schaffte er es, sich zu dem *Harasser* im Rücken des Feindes durchzuschlagen. Der *Gallowglas* konnte den Torso weit genug drehen, um Fitzgerald mit der PPK zu erfassen, und der künstliche Blitzschlag bohrte sich fast durch die dünnere Seitenpanzerung ins Innere des Fahrzeugs. Aber Fitz überlebte. Das gemeinsame Erwiderungsfeuer nahm sich die Panzerung am linken Bein und rechten Arm des *Gallowglas* vor und zerschmetterte Panzerung über dem gesamten Mechrücken. Zwei von Fitz' vier Raketen drangen durch die Breschen ins Mechinnere vor, beschädigten Stützstreben und sprengten die Abschirmung des Fusionsreaktors auf.

Angesichts seiner praktisch ungeschützten Rückenpartie löste der *Gallowglas* die Sprungdüsen aus und floh zwischen die Bäume, wohin ihm die Schweber nicht folgen konnten.

»Laßt ihn«, befahl Fitzgerald und drehte zum Abmarsch nach Norden. »Schleicher Zwo, haben Sie David?«

»Sitzt hinter mir, Eins. Ich soll mich für ihn bedanken.«

Fitzgerald grinste, und bei dem schlichten Lob für gute Arbeit wurde ihm warm ums Herz. »Gern geschehen. Aber sehen Sie zu, daß er erfährt, wieviel Ärger er uns heute gemacht hat.«

»Wenn ihr Jungs jetzt genug im Wald gespielt habt«, unterbrach Danielle ihr Gespräch und gab sich keine Mühe, ihre Verärgerung zu verbergen, »wären wir euch sehr verbunden, wenn ihr die Güte hättet, uns am Sammelpunkt Gesellschaft zu leisten.«

»Schon unterwegs«, antwortete Lance Sergeant Fitzgerald fröhlicher als er es hätte zugeben dürfen. Wenn Nevarr ihn nicht dafür abkanzelte, daß er Danielles Flanke entblößt und ihren Befehl ignoriert hatte, würde es sein eigener Kompaniechef auf jeden Fall tun. *Aber ich habe die Mission erledigt und nicht einen Mann verloren. Und wenn das in deren Augen nichts zu bedeuten hat, ist mir das auch egal. In meinen Augen macht es einen Riesenunterschied.*

21

Ceres-Metall-Fabrik, Provinz Xin Singapur, Indicass Herzogtum St. Loris, St. Ives-Pakt

27. Januar 3061

Tamas Rubinsky hatte es sich knapp außerhalb des offiziellen Ceres-Metall-Geländes auf der Pilotenliege seines *Vollstrecker* gemütlich gemacht. Den Kühlmittelfluß der Weste hatte er längst abgedreht, als klar geworden war, daß vorerst keine Kampfhandlungen zu erwarten waren, und der Neurohelm lag auf der Ablage über dem Sichtschirm. Der Fusionsreaktor des 50-Tonnen-Mechs arbeitete im Leerlauf, und seine zwölf Wärmetauscher hatten keine Mühe, die dabei entstehende Abwärme vollständig abzuleiten. Die Sonne hatte den Morgentau längst aufgesogen, und jetzt strahlte sie aus saphirblauem Himmel herab auf den Fabrikkomplex von Ceres-Metall und vier Kompanien BattleMechs.

Die Konfrontation trat inzwischen in die zweite Stunde, und die Krieger von Tamas' Kompanie waren nicht mehr als Zuschauer.

Tamas nippte an einem laschen Sportgetränk mit Orangengeschmack, auf das eine Menge MechKrieger schworen, wenn es darum ging, den Flüssigkeitsverlust auszugleichen, der in der Hitze eines Mechcockpits alltäglich war. Im Augenblick trank er es aber nur, um etwas zu tun zu haben. Eine Kompanie des 3. Bataillons der St. Ives Chevau Legers hatte sich in einer einzelnen Gefechtsreihe vor dem Hauptfabrikgebäude von Ceres-Metall aufgebaut, den Blick nach Norden und mit dem Rücken praktisch an der Gebäudewand. Vierhundert Meter entfernt standen ihnen zwei Kompanien der 2. Oriente-Husaren gegenüber. Das Verrückte Zweite hatte sich in drei Abteilungen zu je zwei Lanzen formiert, machte aber keine Anstalten, die Verteidiger zu umgehen oder gegen sie vorzurücken. *Scheint, daß keine der beiden Einheiten bereit ist, einen Kampf anzufangen.*

Tamas' Befehle waren eindeutig. Sein Vater hatte sie ihm in beleidigender Detailliertheit erteilt, ein Indiz dafür, daß er Tamas dessen Rolle in dem Scharmützel bei der Landung der Besatzer immer noch nicht verziehen hatte. *Was hat er erwartet? Ich war Majorin Allard-Liao zugeteilt, und sie hat den Angriff befohlen.* Das war eine schwache Entschuldigung, und das wußte er auch. *Nur Befehle befolgt zu haben,* war die Notausflucht jedes Militärs, der in eine fragwürdige Auseinandersetzung verwickelt gewesen war. Und um der Wahrheit die Ehre zu geben, fand Tamas zudem, daß Cassandra mit ihrem Angriffsbefehl Recht gehabt hatte. Das Verrückte Zweite war ganz offensichtlich schon auf einen Kampf ausgewesen, als es kam, eine Einschätzung, die von der Reaktion des Zweiten auf den gewaltlosen Ungehorsam der Pakt-Einheiten bestätigt wurde. Bis jetzt war es Rubinskys Leichten Reitern gelungen, einen Schußwechsel mit den Husaren zu vermeiden, aber Tamas bezweifelte stark, daß dieser Frieden halten konnte.

Aber den ersten Schuß geben wir auch nicht ab. Und so stehen wir alle herum und warten.

Die Leichte-Reiter-Kompanie unter Tamas' Befehl wartete vorerst vierhundert Meter westlich der Fabrik ab, ungefähr in der Mitte zwischen den beiden einander gegenüberstehenden Einheiten. Diesmal durften sie nicht einmal die Zielerfassung aktivieren, solange nicht ohne ihr Zutun ein Kampf ausbrach, und selbst dann nur, wenn die Oriente-Husaren den ersten Schuß abgefeuert hatten. Außerdem hatte Marko Rubinsky sich noch die Mühe gemacht, einen Schuß als Waffeneinsatz in feindlicher Absicht und mit Schadenswirkung bei einem Gegner zu definieren. *Herzlichen Dank für diese Weisheit, Papa.*

Auf einem an das Taktikprogramm des Bordcomputers angeschlossenen Hilfsmonitor leuchteten plötzlich vier neue Symbole auf. Tamas' Blick flog über die Kennzeilen: *Donner*, *Cataphract*, *Schlange* und *Hurone*. Hastig holte er den Neurohelm von der Ablage und drehte die Kühlmittelleitung auf. *Capellanische Maschinen, allesamt.*

»Alles bereit«, befahl er. Um seinen Verdacht zu erhärten, holte er die Neuankömmlinge auf dem Sichtschirm näher heran. Keine Sternenbund-Insignien, nur das Katanawappen der Konföderation Capella.

»Fusionsreaktoren hochfahren und Waffensysteme überprüfen. Keine Zielerfassung, aber bereitmachen zum Waffeneinsatz.« Er sah die neue Lanze näherkommen. Es konnte kein Zweifel daran bestehen, daß sie geradewegs auf die Pattsituation vor den Toren der Fabrik zusteuerten.

Von Capellanern hat Vater nichts gesagt.

* * *

Sang-wei Jerry Gossett, bis vor kurzem Mitglied der 2. Konföderations-Reservekavallerie, stationiert auf Purvo, steuerte seinen brandneuen *Donner* in einen Einsatz, der leicht sein letzter werden konnte. Sein siebzig Tonnen schwerer BattleMech war mit drei mittelschweren Impulslasern, einer kleinen Langstrecken-Raketenlafette und einer schweren KaliYama-Autokanone bestückt, die den Platz des rechten Mecharms einnahm. Und er hatte Befehl, keine dieser Waffen einzusetzen, solange nicht deutlich nachweisbar war, daß die Pakt-Truppen ihm keine andere Wahl gelassen hatten.

Natürlich ist der erste Schuß häufig auch der letzte. Also kann es leicht schon zu spät sein, bis ich sie einsetzen darf. Aber wenn der Kanzler für das Wohl der Xin Sheng seinen Tod erforderte, dann mußte es eben so sein.

Die 2. Oriente-Husaren machten seiner Lanze Platz,

und er kam in der Mitte ihrer Formation zum Stehen. Er hatte eine abhörsichere Frequenz für die Verständigung mit dem Verrückten Zweiten erhalten, schaltete aber statt dessen auf einen offenen Kanal. »Sie hatten Anweisung, diese Fabrikanlage zu sichern«, begann er ohne Vorrede. »Warum ist das noch nicht geschehen?«

»Befehle«, erhielt er mürrisch zur Antwort. »Der Erste Lord Liao hat uns die Hände gebunden. Wir haben Anweisung, keine Gewalt anzuwenden, solange noch andere Möglichkeiten offenstehen und wir nicht angegriffen werden.«

Wortwörtlich die Antwort, auf die man mich vorbereitet hat. Aber die Form muß gewahrt bleiben und von allen, die mithören, aufgezeichnet werden. Jetzt schaltete er auf den sicheren Kanal um. »Warten Sie hier«, befahl er und setzte seinen *Donner* wieder in Bewegung. Seine Lanzenkameraden folgten ihm.

»Was haben Sie vor?«

Gossett lächelte dünn, entschlossen, seine möglicherweise letzten Sekunden zu genießen. »Ich fange Streit an«, antwortete er gelassen. *Der Wille des Kanzlers geschehe.*

Die Chevau Legers rührten sich nicht, als Gossetts Lanze geradewegs auf die vier mittleren Mechs der Linie zumarschierte. Sie hielten keine zehn Meter vor den Pakt-Mechs an. Gossett, der unmittelbar vor einem *Kampfhund* stand, schaltete zurück auf allgemeine Ruffrequenz. »Ich befehle Ihnen, den Weg freizumachen. Falls Sie diesen Befehl verweigern, bin ich befugt, Sie zu entfernen.«

»Und Sie denken, das schaffen Sie?« erhielt er augenblicklich zur Antwort. »Ich sehe keine Sternenbund-Markierungen, hinter denen Sie sich verstecken könnten.«

Gossett verzichtete auf einen weiteren Wortwechsel. Er versuchte, rechts durch die Lücke zwischen *Kampf-*

hund und dem neben ihm stehenden *Cestus* zu treten. Der *Kampfhund* versperrte ihm den Weg. Dasselbe geschah, als er es auf der linken Seite versuchte. Gossett senkte die Arme seines Mechs und versuchte, sich mit der Schulter einen Weg zu bahnen. Der *Kampfhund* rammte den *Donner* hart und warf ihn beinahe um. Gossett rang mit den Kontrollen, um die humanoide Kampfmaschine mit Knüppelbewegungen und den über den Neurohelm in das Steuerprogramm des Gyroskops gespeisten Feedbackimpulsen seines Gleichgewichtsorgans in der Balance zu halten. Der Mech hielt sich mit Mühe auf den Beinen.

Das sollte überzeugend genug für die Gefechtskameras sein. Gossett rückte erneut vor, aber diesmal hatte er beide Mecharme ausgestreckt, um den *Kampfhund* beiseite zu schieben. Die schwere Autokanone war ein ausgesprochen ungeschickter Armersatz, aber es gelang ihm trotzdem, seinen Gegner damit zu treffen. Der schwerere Mech stolperte nach hinten, prallte von der massiven Außenmauer der Fabrik ab und warf sich auf den *Donner*. Die von gewaltigen Myomerbündeln getriebene linke Faust des *Kampfhund* schlug in die linke Seite des capellanischen Mechs, und die Trümmer der zerschmetterten Panzerung regneten zu Boden.

Gossett fing den Schlag ab. *Danke sehr*, dachte er. Er bewegte sich vor, dann setzte er einen Tritt an, der den *Kampfhund* am linken Mechbein traf. Jetzt würden auch seine Lanzenkameraden eingreifen. Sie hatten den Befehl, ihre Gegner beiseite zu stoßen, in der Hoffnung, eine Kettenreaktion auszulösen und die ganze Legers-Linie in Unordnung zu bringen. Natürlich würden sie später damit argumentieren können, daß sie nur versucht hatten, ihrem Kommandeur ohne Waffengewalt zu Hilfe zu kommen. Wieviel Erfolg sie damit hatten, konnte Gossett vorerst nicht feststellen, da seine ganze Aufmerksamkeit von der auf Mechmaßstab vergrößerten Prügelei mit dem *Kampfhund* in Anspruch genommen wurde.

Beide schweren Mechs teilten Schläge und Tritte aus, wobei der *Kampfhund* leicht im Nachteil war, weil sein Pilot sich überwiegend auf Hiebe beschränkte, während Gossett ständig drohte, den schwereren Gegner mit einem gutplazierten Tritt umzuwerfen. Es war ein gespenstischer Zweikampf, ohne ablenkenden Funkverkehr und stetig ansteigende Innentemperatur, die das Cockpit in ein Dampfbad verwandelte. *Früher oder später ist es soweit,* dachte er – und spannte sich schon für den entscheidenden Augenblick an.

Schließlich kam der Schlag, auf den er gewartet hatte, ein Fausthieb auf den Kopf des *Donner*. Das rechte, augenähnliche Kanzelfenster sprang in tausend Stücke. Ferroglassplitter regneten auf die Pilotenliege herunter und flogen durch das ganze Cockpit. Gossett schüttelte den Schock ab – das hätte leicht ein tödlicher Schlag sein können – und zog das Fadenkreuz der Zielerfassung über den Rumpf des *Kampfhund*. Auf so kurze Distanz war es kaum möglich, nicht zu treffen, und er drückte die Hauptauslöser auf beiden Steuerknüppeln durch. Der linke Feuerknopf löste alle drei mittelschweren Impulslaser aus, deren rubinrote Lichtbolzen ihr Muster in die bereits angeschlagene Panzerung über dem rechten Bein und Torso des Gegners zeichneten und das Bein bis aufs Metallskelett freilegten. Der rechte feuerte die KaliYama-Autokanone, deren panzerbrechende 12cm-Granaten aus dem Lauf jagten und in den rechten Arm des *Kampfhund* einschlugen. Sie rissen die Panzerung auf, zerfetzten die darunter liegenden Myomerbündel und fraßen sich in das stützende Skelett der internen Struktur.

Vom Verlust von über zwei Tonnen Panzerung erschüttert, verlor der Pakt-Mech den Boden unter den Füßen und schlug der Länge nach rückwärts auf den

Boden. Gossett trat wild aus und traf den *Kampfhund* mit einem vernichtenden Fußtritt am schwer beschädigten rechten Bein, das in Höhe des Hüftgelenks wegbrach. *Du stehst nicht mehr auf!*

Aber Gossett bekam keine Gelegenheit, sich über seinen Sieg zu freuen. Noch während er sich drehte, um einem seiner Lanzenkameraden zu helfen, wurde der *Donner* von einem Einschlag im Rücken nach vorne geschleudert.

Die Kosaken-Kompanie! Er brauchte nicht auf den Monitor zu schauen, um zu wissen, daß ihn ein Lasertreffer erwischt hatte. Er fühlte es. Dann versank er in den Schmerzen des Neurofeedbacks und dem wilden Aufbäumen seines unter ihm sterbenden Mechs, als die Lichtwerferenergie dessen Rückenpanzerung durchschlug und die eingelagerten Langstreckenraketen der Lafette zur Detonation brachte. Die Umgebung verschwamm vor seinen Augen, und der letzte klare Gedanke, bevor ihn die Dunkelheit umfing, galt Sun-Tzu Liao. Er hatte seinem Kanzler gut gedient.

* * *

Tamas erschien es wie eine allmählich eskalierende Schlägerei zwischen rivalisierenden Straßenbanden. Erst kamen die gegenseitigen Beleidigungen, dann das Herumstoßen, das sich innerhalb von Sekunden zu einem blutigen Faustkampf entwickelte, bei dem Panzerbrokken an Stelle von Blut und ausgeschlagenen Zähnen den Boden bedeckten. Die capellanische Lanze verursachte ein Chaos, wie es ihre zahlenmäßige Stärke kaum hätte möglich erscheinen lassen, als ein Glückstreffer einen *Cestus* der Legers gegen dessen Nebenmann schleuderte und eine Domino-Reaktion auslöste, die den gesamten rechten Flügel der Linie in Unordnung brachte. Dann folgte der langsame Schlagabtausch, bei dem rohe Gewalt schnelle Fausthiebe ersetzte und der Krieger statt von verletzlicher Haut von harter Panzerung beschützt wurde.

Und nachdem eines der Bandenmitglieder einen bösen Kopftreffer einfing und ein Auge verlor, sprachen Messer und Pistolen.

»Waffen aktiv«, hatte Tamas befohlen, sobald der *Donner* seine schwere Autokanone ausgelöst hatte. »Feuer frei auf alle Capellaner, die auf einen Legers feuern und alle Oriente-Husaren, die auf uns feuern.« Das mußte an Befehlen reichen. Er löste seinen schweren Extremreichweiten-Laser aus. Der smaragdgrüne Energiestrahl bohrte sich in den Rücken des *Donner* und brachte dessen Munitionslager zur Explosion. *Ich habe soeben meine erste Kriegshandlung gegen die Konföderation Capella begangen, und es ist gutes Gefühl.*

Aber genau wie für den Piloten des *Donner* sollte auch für Tamas der Sieg von kurzer Dauer sein. Mit drei wildgewordenen Tigern mitten unter ihnen waren die Chevau Legers nicht auf den Ansturm des Verrückten Zweiten der Liga Freier Welten vorbereitet. Laserstrahlen und bläulichweiße, krachende Energielanzen aus den PPKs schlugen in eine von Schlägen und Tritten geschwächte Panzerung, und fraßen sich tief in die interne Struktur. Autokanonengranaten folgten, fanden die Breschen und nutzten sie aus. Die Legers, die dazu noch in der Lage waren, zogen sich vor diesem Angriff hastig zurück. Und damit Tamas sich nicht vernachlässigt vorkam, schob sich eine schwere Doppellanze der Husaren zwischen ihn und die Hauptschlacht um Ceres-Metall und eröffnete das Feuer auf seine leichteren Maschinen.

»Rückzug«, ordnete Tamas an und erwiderte das Feuer mit einem zweiten Laserschuß und einer Salve Bündelmunition aus der LB-X-Autokanone des *Vollstrecker*. Dann öffnete er einen Kanal zur Zentrale der Leichten Reiter.

»Weiterleiten an Colonel Rubinsky«, befahl er, ohne sich zu identifizieren. »Ceres-Metall an Husaren verloren. Leichte Reiter-Einheit in aktivem Gefecht. Ich wiederhole, aktiv. Verantwortlich für einen bestätigten…«

Er unterbrach sich, als der PPK-Glückstreffer eines Kosaken-*Verteidiger* in den Kopf eines Oriente-*Sturm* einschlug und das Cockpit mitsamt MechKrieger einäscherte. »Ich verbessere mich, zwei bestätigte Abschüsse.« Er gab eine weitere Geschützsalve ab, durch die seine Cockpittemperatur in den gelben Warnbereich kletterte. »Erwarte weitere Abschüsse.«

Cassandra wäre stolz auf mich, dachte Tamas. Das war allerdings sein einziger Trost, denn sein Vater würde ganz und gar nicht erfreut sein, wenn er erfuhr, daß seine Leichten Reiter jetzt aktiv im Gefecht mit den Sternenbund-Friedenstruppen standen.

Die Reiterzentrale schien ähnlich zu denken. »Ihr Vater wird das nicht gerne hören. Soll ich ihm sonst nichts durchgeben?«

Tamas grinste humorlos. »Sagen Sie ihm, alles war eitel Sonnenschein, bis jemand ein Auge verlor.«

* * *

Hunan, St. Loris
Herzogtum St. Loris, St. Ives-Pakt

Cassandra rutschte unruhig in dem Sessel herum, den sie an das Fenster ihrer Hotelsuite gezogen hatte, um im Licht der untergehenden Sonne den Bericht von Indicass zu lesen. Inzwischen war sie auf der letzten Seite angekommen. Die Hälfte der Prioritätsnachricht, die ihr ein ComStar-Bote eine halbe Stunde zuvor ausgehändigt hatte, beschrieb die Schlacht um Ceres-Metall und die Rolle, die Rubinskys Leichte Reiter dabei gespielt hatten. Soweit sie den Zeilen entnehmen konnte, hatte Tamas' Kompanie verhindert, daß der Kampf in einem Fiasko endete und zwei Dritteln der Chevau Legers den geordneten Rückzug ermöglicht. *Gut gemacht, Tamas.*

Sie stand auf und nahm den Bericht mit zum Lichtschalter. Dann ging sie im Zimmer auf und ab. Das Endeavor hatte sie in der besten Suite des Hauses untergebracht, mit weichen Sesseln, cremefarbenen Wänden und einem dicken Teppich, der das Geräusch ihrer Schritte verschluckte. Sie stampfte hart auf, fühlte sich eher wie ein Tiger im Käfig als ein umhegter Gast. *Und wenn ich schon darunter leide, so weit weg von der Grenze stationiert zu sein, ist es kein Wunder, wenn die Kosaken die Wände hochgehen.*

Das 1. Regiment der Kosaken hatte sie mit einer Kameradschaft empfangen, die sie an Rubinskys Leichte Reiter erinnerte. Möglicherweise etwas wilder, ein wenig ungehobelter, aber trotzdem warm und freundlich. Und Cassandra war gelungen, was ihnen die Versetzung nach St. Loris unmöglich gemacht hatte: Sie hatte Sun-Tzus Truppen geschwächt, wenn auch nur indirekt. Der Empfang hätte Cassandras Stimmung allerdings noch erheblich mehr steigern können, hätte sie nicht den Verdacht genährt, daß ihre Mutter sie hierher geschickt hatte, damit sie von den Kosaken lernte, wie sie sich *nicht* zu verhalten hatte.

Aber ich hatte recht. Friedenstruppen, daß ich nicht lache! Mein Vetter hat sie von vornherein als Offensiveinheiten gesehen. Wir haben ihnen nur gestattet, sich einzugraben. Mein Handeln und meine Methoden waren korrekt, nur mein Timing war politisch unklug.

Cassandra war sich darüber im klaren, daß ihre Aktion ihrem Cousin geholfen hatte, seinen Zeitplan zu beschleunigen, aber hätte irgend jemand die Rückkehr der Konföderation wirklich verhindern können? Candace hatte selbst angedeutet, daß nichts Sun-Tzu aufhalten konnte, wenn er einmal eine Entscheidung gefällt hatte. *Ist es nicht besser, zuerst zuzuschlagen, wenn der Kampf sich ohnehin nicht vermeiden läßt?* Na ja, jedenfalls schien Tamas Rubinskys Vorgehen auf Indicass ihr vorhergegangenes Verhalten zumindest teilweise zu rechtfertigen.

Cassandra schlug sich mit dem dünnen Papierstoß des Berichts auf die flache Hand. *Und wenigstens läßt meine Mutter mir weiter die Berichte zukommen, damit ich auf dem laufenden bleibe. Aber was kann ich hier ausrichten?* Sie starrte die dünnen Papierbögen wütend an, dann warf sie den Bericht auf einen nahen Tisch. *Ich sollte an der Grenze stehen.* Aber statt dessen hatte Kuan Yin die Erlaubnis, mit ihren humanitären Hilfslieferungen die Grenze abzufliegen.

Aber es war mehr als nur die Nachricht von den Kämpfen auf Indicass und die Hilfsflüge ihrer Zwillingsschwester, was sie beunruhigte. Sie stierte auf die Papiere, die sie auf den Tisch geschleudert hatte, und wünschte, sie würden in Flammen aufgehen. Der Bericht enthielt auch Meldungen über den freudigen Empfang capellanischer Truppen. Das wurmte sie mächtig, obwohl ihre Mutter sie vorgewarnt hatte. Offenbar hatten Sun-Tzus Xin-Sheng-Anstrengungen auch die Herzen vieler Paktbürger erreicht. Selbst einzelne Militäreinheiten standen inzwischen unter dem Verdacht konföderationsfreundlicher Motive, etwas, das sich Cassandra schlichtweg zu glauben weigerte.

Unsere Bevölkerungen verbindet eine zu lange gemeinsame Geschichte, eine zu tiefe gemeinsame Kultur. Mutters Worte. War das auch ihre Angst? Cassandra schüttelte den Kopf. Sie konnte sich nicht wirklich vorstellen, daß ihre Mutter vor irgend etwas Angst hatte. *Alles nur capellanische Propaganda.* Oder zumindest das meiste. Sie ließ sich wieder in den Sessel fallen und starrte hinaus in die

Abenddämmerung. *Wir werden kämpfen!* Das hatte sie schon ihrer Mutter geantwortet. *Ja, das werden wir.* Ich *werde kämpfen!* Cassandra hatte gewußt, was sie auf Indicass tat, und sie wußte, was sie hier tat. Der St. Ives-Pakt würde siegen.

Aber diesmal hatte sie Zweifel.

22

Shi-Zhong-Xin-Park, Föhrental, Denbar
Herzogtum Vestallas, St. Ives-Pakt

7. Februar 3061

Zhong-shao Ni Tehn Dho watete in seinem *Victor* durch den seichten, im Sonnenlicht glitzernden See im größten Erholungspark Föhrentals, und mit jedem Schritt schleuderte er Sprühwasser hoch und wirbelte die dünne Schlammschicht auf dem Grund auf. Er konnte die dünne Betonschicht unter den achtzig Tonnen Gewicht des BattleMechs bersten spüren. Rings um seinen Mech brachte Autokanonenfeuer das Wasser zum Schäumen. Verfehlte PPK- und Laserschüsse verdampften große Wassermengen, und der dabei entstehende Dunst verlieh der Luft über dem See einen spiegelnden Schimmer. Es war fast, als stürze der *Victor* auf seinem Weg eine sonst friedliche Szenerie in heilloses Chaos.

Der BattleMech ließ allerdings auch etwas zurück, in Form zerschmolzener Pfützen und zerborstener Bruchstücke seiner Panzerung. Dho kämpfte mit den Kontrollen, als eine gutplazierte Salve Langstreckenraketen in die obere Brustpartie und den Kopf des *Victor* einschlug. *Wir haben uns gewünscht, daß sie stehenbleiben und kämpfen. Jetzt haben wir unseren Wunsch erfüllt bekommen und müssen zusehen, daß wir es überleben.*

Soweit der Bataillonskommandeur es beurteilen konnte, bestand ihr Gegner aus zwei Söldner-Mechkompanien, ein paar zerbeulten Miliz-Mechs, die in einem Museum besser aufgehoben gewesen wären, und einem kompletten Panzerbataillon. Zum Teil kämpfte der Feind noch in den Straßen und Gassen Föhrentals und verteidigte seine letzte Zuflucht, aber die meisten seiner Truppen hatten sich hier im Park versammelt. Was seine eigenen Leute betraf, wußte Dho nur, wo sich seine Befehls-

Lanze befand, der größere Teil der 2. Kompanie und die Arcaderanger-Lanze der 3. Kompanie. Der Rest war in alle Winde zerstreut.

Oder jedenfalls über zweihundertzwei Quadratkilometer Stadt. Was die Garnisonstruppen auf der Basis nicht geschafft haben, ist ihnen hier hervorragend gelungen: uns aufzuspalten.

Dho sah zwei fahrbare KSR-Lafetten gemeinsam tödliche Breitseiten aus sechzig Kurzstreckenraketen auf Sao-shao Evans' frisch reparierten *Jenner* abfeuern. Über die Hälfte trafen ihr Ziel, sprengten die Panzerung des Mechs nahezu bis auf den letzten Rest ab und schlugen ein halbes Dutzend tiefe Breschen in seine interne Struktur. Evans stieg aus. Sein Kanzeldach wurde von speziell plazierten Richtladungen abgesprengt, und seine Pilotenliege stieg auf den Flammenzungen der Rettungsdüsen in den Himmel. Den Bruchteil einer Sekunde später flog der Fusionsreaktor in einem Feuerball auseinander und verzehrte den leichten Mech völlig.

Zhong-shao Dho bemerkte, daß nach dieser Demonstration purer Vernichtungskraft keiner der Hustaing-Rabauken den Selbstfahrlafetten zu nahe kam. *Kann nicht sagen, daß ich ihnen das verüble. Es gibt nicht viele Mechs, die so ein Bombardement aushalten könnten.* Er erreichte das andere Ufer des Sees, stieg aus dem Wasser und verwüstete die sorgsam gepflegte Anlage, als er das nähere der beiden Fahrzeuge anvisierte. Die langsamen Fahrzeuge verließen sich auf die Drohung der schweren Raketenlafetten, um BattleMechs auf Distanz zu halten. Aber sein Mech hatte die passende Antwort auf diese Drohung: ein Gaussgeschütz.

Dho preßte den rechten Feuerknopf ein, und das Gaussgeschütz im rechten Arm des *Victor* sog Energie aus seinen Kondensatoren, um die Nickeleisenkugel im Lauf auf Überschallgeschwindigkeit zu beschleunigen. Das Geschoß zuckte silbrig glänzend durch den verwüsteten Park in die Flanke der Selbstfahrlafette, zerschmetterte die Panzerplatten und hämmerte sich durch ins Besatzungsabteil. Dho konnte sich die Vernichtung nur vorstellen, die eine derartige Menge fliegenden Metalls bei dieser Geschwindigkeit in der Enge einer Fahrzeugkabine anrichten mußte. *Kein schöner Tod, aber welcher ist das schon?* Skrupellosigkeit und blinde Hingabe an die Erfüllung der Wünsche des Kanzlers waren entscheidende Schlüssel zum Sieg.

Oder zumindest, verbesserte er sich, waren sie Schlüssel zu einem politisch korrekten Versuch. Sie erleichterten die Verteidigung bei der Untersuchung, die jeder Niederlage folgte – von denen es in früheren Zeiten viel zu viele gegeben hatte –, und trösteten den Krieger, dessen Pflicht es war, soviel Blut zu vergießen. Selbst nach zehn Jahren Ruhestand galten diese Prinzipien noch für ihn. Und auch wenn diesmal auf beiden Seiten capellanisches Blut floß, war es ein *gutes* Gefühl, die Konföderation siegen zu sehen. *Und genau das würden wir hier auch gerne erreichen.*

Er öffnete einen Funkkanal. »Hustaing-Rabauken von Zhong-shao Dho. Im Zentralpark sammeln.« Nicht, daß er nach drei ergebnislosen Aufforderungen noch allzuhohe Erwartungen hegte. Seine Leute wurden von Häuserblocks oder Störsendern am Empfang gehindert, waren tot oder verwundet, zu sehr in eigene Kämpfe verwickelt, um ihren Kameraden zu Hilfe zu kommen, oder konnten den Park nicht finden.

Bei einem dieser Probleme konnte er ihnen helfen. »Für diejenigen ohne Stadtplan: Der Zentralpark ist das weite, offene Gelände im Zentrum der Stadt.«

Dho bewegte den *Victor* unter dem Krachen von Ästen und umstürzenden Bäumen rückwärts in einen kleinen Ulmenhain und drehte die obere Rumpfhälfte des überschweren Mechs weit genug, um auf die Bedrohung durch einen nahen Söldner-*Kampfschütze* zu reagieren. Zusätzlich hämmerten noch mindestens drei Fahrzeuge auf seine Panzerung ein, aber vorerst konnte er es sich erlauben, sie zu ignorieren. *Es hilft, wenn man der schwerste Junge auf dem Feld ist.*

»Ranger Zwo, nochmal fünfzehn Punkte für mich.«

»Ja, aber du hinkst noch immer zwanzig hinterher.«

Das Gaussgeschütz des *Victor* spuckte eine weitere silbrige Todesbotschaft aus. Diese Kugel krachte in das rechte Bein des *Kampfschütze*, verkeilte sich im Hüftgelenk und blockierte jede Bewegung. Als der Söldner-Mech umkippte, suchte Dho auf dem Sichtschirm nach dem Ursprung des Funkverkehrs, der ihn abgelenkt hatte, und entdeckte die Spielhallenranger, die das Südosteck des Parkgeländes gegen alle Angriffe verteidigten.

Er öffnete einen Kanal und wollte ihnen eine schnelle Standpauke halten, schüttelte dann aber den Kopf. *Sie haben Schwierigkeiten, mit anderen zusammenzuarbeiten, und können sich die halbe Zeit nicht einmal untereinander absprechen. Wenn ich allerdings diese Einheit am Leben halten will, sollte ich besser nichts madig machen, was funktioniert, egal, welche Form es annimmt.* Es störte sein Gefühl für angemessene capellanische Würde, aber alles zu seiner Zeit. Schließlich meinte er nur: »Wenn ihr Jungs eure Spielchen machen wollt, dann bitte auf einem Privatkanal.«

Seine Kommeinheit meldete sich mit einem Knistern. Dho bereitete sich auf eine gebührende Predigt vor, falls einer der Spielhallenranger auch nur den Versuch wagte, Widerworte zu geben. Statt dessen aber hörte er: »Gilt das auch für uns, Zhong-shao Dho?«

Die Stimme klang vertraut, auch wenn die Funkanlage sie verzerrte. Er versuchte, sie einem seiner Krieger zuzuordnen. *Fest, nicht eingebildet, aber selbstsicher – Aris Sung!* Er suchte die Sichtprojektion ab und stellte fest, daß an drei Kompaßpunkten neue Mechs eintrafen. Aris

Sungs *Spuk* lokalisierte er ganz in der Nähe seiner eigenen Position, an der Spitze einer ganzen Mechkompanie, die aus einer nahen Straße in den Park eindrang und bereits den Kampf gegen die Verteidiger Denbars aufgenommen hatte.

Nachdem die Gausskondensatoren wieder aufgeladen waren, feuerte Dho erneut auf den *Kampfschütze*, der Schwierigkeiten hatte hochzukommen. Diesmal setzte er mit den mittelschweren Impulslasern nach. Die smaragdgrünen Lichtimpulse schnitten in die Torsohöhlung der Feindmaschine und schalteten dessen Gyroskop aus. »Sie sind in der Stadt nicht zufällig irgendwelchen meiner abgängigen Rabauken begegnet, oder?«

Die Impulslaser des *Spuk* zerfetzten die Panzerung eines *Hetzer*-Sturmgeschützes, das augenblicklich abdrehte und aus der Gefahrenzone verschwand. »Doch, haben wir«, informierte Aris ihn. »Sie antworteten nicht auf Ihre Funksprüche, weil wir zur Deckung unseres Anmarschs Kommstille verhängt haben.«

Jetzt, da die denbarischen Truppen sich von allen Seiten ins Zentrum des Parks zurückzogen, hatte Ni Tehn Dho plötzlich keinen Feind mehr zur Hand. Er drehte sich, feuerte einen weiten Schuß auf eine fliehende *Cicada* ab und verfehlte sie. Aris' *Spuk* landete schräg links hinter dem mittelschweren Mech, und seine Impulslaser trafen das Ziel mit größerer Genauigkeit, aber ohne die schiere, alles zertrümmernde Wucht einer Gausskugel.

Dho holte den *Spuk* auf dem Sichtschirm heran und sah nur die Wappen Haus Hiritsus und der Konföderation Capella. »Sie scheinen keine Sternenbund-Insignien zu tragen, Aris Sung.«

»Alles zu seiner Zeit, Zhong-shao. Shiao-zang Non wird dazu in Kürze Stellung nehmen.«

Der Kommandeur der Hustaing-Rabauken nickte, obwohl er allein in seinem Cockpit saß. *Mit anderen Worten, der Kanzler und Erste Lord hat eine neue Überraschung für uns.*

Aber als der Kampf sich dem Ende zuneigte und Ni Tehn Dho den Blick über die stille Verwüstung des Parkgeländes schweifen ließ, stiegen erneut nagende Zweifel in ihm auf. Zertrümmerte Spielplatzeinrichtungen, von Laserschüssen in Brand gesetzte Bäume, tief aufgerissener und verkohlter Boden.

Dho zupfte sich an den dünnen Bartsträhnen, die unter dem Rand des Neurohelms hervorlugten. *Skrupellosigkeit und blinde Hingabe. Vergiß nicht, daß du selbst hierher zurück wolltest, alter Mann. Natürlich hättest du den Ruf des Kanzlers zu den Waffen kaum zurückweisen können, selbst wenn das Pensionärsleben dir behagt hätte, aber vielleicht solltest du in Zukunft vorsichtiger sein, was du dir wünschst...*

* * *

Nach dem Ende der Kämpfe glitt Aris Sungs Blick über dieselbe Szenerie wie der Zhong-shao Dhos. Der Park war früher sicher einmal ein wundervoller Ort für Picknicks und Familienausflüge gewesen, zur Entspannung und Muße. Jetzt sah er aus wie so ziemlich jedes andere Schlachtfeld in seiner Erinnerung: zerbombt und verwüstet. Der See besaß noch eine Aura der Ruhe, aber nur, weil Wasser sich nicht so leicht vernichten ließ wie Wiese und Rasen.

Und Häuser.

Rings um den Rand des Parkgeländes wiesen die Wohnblocks und vereinzelten Geschäftshäuser Gefechtsschäden auf. Herausgesprengte Fenster. Zerborstene oder eingestürzte Wände. Feuer. *Die Bevölkerung Denbars zahlt einen herben Preis für Herzogin Liaos Befehl des gewaltlosen Widerstands.*

Aris bewegte den *Spuk* am Außenrand des Parks entlang. Von dort aus konnte er Shiao-zang Nons neuen *Yu Huang* deutlich erkennen. Der überschwere Mech überragte mit dreizehn Metern Größe selbst andere Kampfkolosse. Der Haus-Meister überwachte die Sicherung aller gegnerischen Fahrzeuge und BattleMechs in der Mitte des Parks. *Feindliche,* versuchte Aris sich einzureden, *feindliche* Fahrzeuge und BattleMechs!

Es fiel ihm schwer. Er sah Maschinen mit den Insignien der Heimatmiliz, identisch mit dem der planetaren Milizen Capellas, die unter den Waffen der Konföderationseinheiten zu Boden gegangen waren. Einen Trupp Gefangener unter Hiritsu-Infanteriegeleit, viele mit den üblichen asiatischen Zügen, alle in bis auf die purpurrote Farbe vertrauten Uniformen. Es ist alles zu vertraut, um es leicht zu machen.

»Wir haben knapp außerhalb der Mondbahn gewartet«, stellte Ty Wu Non fest, der Zhong-shao Dho über einen sicheren Kommkanal vom Stand der Dinge unterrichtete. Aris durfte das Gespräch als Lien-zhang, als Kompanieführer, mithören. »Nachdem Aris Sung meldete, daß Sie die Wartungsanlagen gesichert hatten und er daher in Kürze mit einer größeren Auseinandersetzung rechnete, sind wir im Vorgebirge östlich von Föhrental gelandet und haben der Dinge geharrt, die da kamen. Es war die beste Methode, den Widerstand auf Denbar zu brechen.«

»Ich kann nicht behaupten, daß es mir gefällt, als Köder benutzt zu werden, Shiao-zang. Aber es hat meinen Rabauken Gelegenheit gegeben, sich eine Menge Schwächen abzugewöhnen.«

Aris kam an einem schrottreifen *Kampfschütze* und einem Schlackehaufen vorbei, der *möglicherweise* einmal ein *Jenner* gewesen sein mochte. *Sie haben noch einen weiten Weg vor sich, Zhong-shao. Ihre Leute brauchen alle eine weitere Runde im Ausbildungslager. So ungefähr ein Jahr.* Er bremste ab, um einer kleinen Gruppe Schaulustiger auszuweichen. Allmählich wagten sich wieder Menschen in den Park, um nachzusehen, ob der Tanz vorüber war und wer gewonnen hatte. Aris drehte zum Parkinneren ab, um ihnen aus dem Weg zu gehen.

Ty Wu Non klang beinahe amüsiert über Dhos Haltung. »Sie werden noch mehr Krieger bekommen, denen Sie ihre Schwächen abgewöhnen können, wie Sie es nennen. Der Kanzler wünscht, seiner dauerhaften Unterstützung für die Hustaing-Rabauken Ausdruck zu geben.« Seine Stimme nahm einen etwas ernsteren Ton an. »Abgesehen vom unmittelbaren Bergungsbedarf Haus Hiritsus, und der wird minimal ausfallen, gehören die Maschinen und BattleMechs Ihnen, als Grundstock für ein zweites Bataillon.«

Ni Tehn Dhos Stimme klang besorgt. »Ich hoffe, Sie haben nicht vor, das bekanntzugeben, bis Ihre Infanteristen auch das letzte Cockpit ausgeräumt haben.« Er stockte. »Das ist die Art von Mitteilung, die MechKrieger oder Panzerfahrer zu Selbstmördern werden läßt.«

Aris schaltete ab. Er hatte das Interesse an dem Gespräch verloren. Mehr noch, es machte ihm zu schaffen. Die kleinen Grüppchen von Zivilisten, die sich vorsichtig in den Park drängten, machten ihm zu schaffen. Die Feuerwehrzüge, Krankenwagen und sonstigen Hilfsfahrzeuge rund um die zertrümmerten Gebäude machten ihm ebenfalls zu schaffen. Aber das alles waren keine ernsthaften Probleme. Als Krieger, als Janshi, hatte Aris selbst dazu beigetragen, Situationen zu schaffen, die derartige Gespräche und Umstände hervorbrachten. *Aber ich verstehe nicht mehr warum!*

Und das war ein Problem.

* * *

Unter der Deckung der Haus-Hiritsu-BattleMechs wanderten Li Wynn und der Rest der Hausinfanterie von einem Fahrzeug und Mech zum nächsten, um alle Gegner unter Arrest zu stellen, die sich den Sternenbund-Besatzungstruppen widersetzt hatten. Li stieß seinen Gefangen mit dem Lauf des Sturmgewehrs in die Rippen, damit er sich schneller zum Gefangenenlager bewegte, das in Wahrheit nicht mehr als ein von Seilen markierter viereckiger Parkbereich war, der von zwei Mechs und einem Dutzend Fußtruppen bewacht wurde. Das abgesperrte Gebiet befand sich in der Nähe eines Fahnenmastes, an dem normalerweise die Paktfahne mit dem elfenbeinfarbenen Pferdekopf wehte. Jetzt allerdings schlugen nur die Seile in der leichten Brise gegen den Metallmast. Das gefiel Li.

»Früher oder später wird jemand euch Kriegerhäusern eine Lektion erteilen«, erklärte sein Gefangener, ein Heimatmiliz-Panzerfahrer mit leicht asiatischem Einschlag, über die Schulter. »Ich hoffe nur, ich erlebe es noch.« Er schüttelte den Kopf. »Früher oder später«, wiederholte er.

Li stieß ihn noch einmal, nicht gerade sanft, dann drehte er das Gewehr um und schlug dem Panzerfahrer den Kolben hart in den Rücken. Der Mann stolperte unter dem Schlag in Richtung Absperrung. Er fing sich und wirbelte herum, aber Li Wynn hatte bereits das Gewehr auf seine Brust gerichtet. Sein Finger krümmte sich um den Abzug, als er den Haß in den dunklen Mandelaugen seines Gegenübers sah. »Du solltest um ein Später beten, du räudiges Stück Dreck.«

Der Soldat verzichtete angesichts des Gewehrs auf Dummheiten, drehte langsam um und duckte sich unter den Seilen durch. Li grinste ihm hinterher.

»Sie werden mir alle zuhören!« Die Ankündigung dröhnte aus Lautsprechern, die an Shiao-zang Nons *Yu Huang* angeschlossen waren.

Li sah kurz hinüber, aber dann konzentrierte er sich wieder auf die Gefangenen. *Das gilt euch, nicht mir.* Er lächelte dünn, als er einen kleinen Trupp Infanteristen auf den Fahnenmast zumarschieren sah.

»Als Preis für Denbars Angriff auf die capellanische Welt Hustaing und angesichts der offensichtlichen Tatsache, daß die planetaren militärischen wie zivilen Kräfte die Autorität der Sternenbund-Friedenstruppen nicht respektieren, beansprucht Haus Hiritsu Denbar für die Konföderation Capella. Dieses System wird auf unbestimmte Zeit in den capellanischen Staatsverband eingegliedert, und von nun an wird jeder Widerstand entsprechend dem *capellanischem* Kriegsrecht geahndet.«

Wütende Proteste und das Drängen der Gefangenen auf die Absperrung zu fanden schnell ein Ende, als einige Infanteristen Warnschüsse in die Luft abgaben. Li hielt das Gewehr im Anschlag und den Blick starr auf die ihm am nächsten stehenden Gefangenen gerichtet. *Bei mir ist schon der erste Schuß gezielt.* Seine Miene spiegelte wider, was er dachte, und sie wichen zurück.

»Die Fahne der Konföderation Capella *wird* über allen Städten dieser Welt wehen«, setzte Ty Wu Non seine Ansprache fort. »Die Fahne St. Ives darf auf Halbmast gehißt werden. Jeder Verstoß gegen diese Vorschrift wird als Rebellion gewertet. Kehren Sie in Ihre Wohnungen zurück und machen Sie Ihren Familien und allen noch bewaffneten Kameraden klar, daß die Konföderation Capella nach Denbar zurückgekehrt ist und einen von St. Ives sanktionierten Widerstand nicht länger duldet. Alle Fahrzeuge werden beschlagnahmt und an capellanische Einheiten oder eine loyale Planetare Miliz übergeben. Das war alles.«

Der *Yu Huang* drehte sich um und ging langsam davon. Unter seinen Schritten erzitterte der Boden. Die Sperrseile fielen herab, und ein Lien-zhang der Infanterie zeigte den Gefangenen, in welche Richtung sie abziehen durften. Nur ein paar vereinzelte Männer hoben den Blick zum Fahnenmast, aber ihre überraschten Rufe brachten auch ihre Kameraden schnell dazu, es ihnen gleichzutun. Li Wynn gestattete sich selbst eine Sekunde lang einen Blick nach oben.

Während Shiao-zang Nons Rede war die Konföderationsfahne gehißt worden. Aber es war nicht die aus alten Zeiten vertraute Fahne... Ihr Aussehen hatte sich auf subtile Weise verändert. Das Katana war von einem Schwert erkennbar chinesischer Herkunft ersetzt worden, einer Damdaovariante, und der aus dem Dreiecksrand ragende Schwertarm wirkte schlanker als zuvor und deutete auf ein stärkeres asiatisches Erbe hin. Die Fahne war ein Zeichen dafür, daß die Xin Sheng in ihre letzte Phase eingetreten war, dachte Li Wynn voller Stolz. Aber von noch größerer Bedeutung als die Veränderungen am Flaggenbild war eine einfache Tatsache, die niemand auf dem Platz ignorieren konnte.

Zum ersten Mal seit über dreißig Jahren wehte wieder die Fahne der Konföderation Capella über einer Welt der Kommunalität St. Ives.

23

Palast des Himmels, Zi-jin Cheng
(Verbotene Stadt), Sian
Kommunalität Sian, Konföderation Capella

20. Februar 3061

In Sun-Tzus Palastbüro herrschte Stille. Das leise Brummen des Aquariums in einer Ecke und das gelegentliche Flüstern umgeblätterter Seiten unterstrichen das Schweigen nur noch. Während sein Sang-Jiang-jun die streng geheimen Unterlagen durchsah, lehnte Sun-Tzu sich mit verschränkten Fingern, die Ellbogen auf der Schreibtischplatte, in seinem Sessel vor. Er studierte die drei äußeren Finger beider Hände und inspizierte die rasiermesserscharfen Kanten der Fingernägel, die er nach derselben Mode hatte in die Länge wachsen lassen, der sein Vater gefolgt war. In seiner Nähe rauchte ein Weihrauchbecken. Heute war es Kirschholz. Ein seltenes Lächeln umspielte die Mundwinkel des Ersten Lords, als er zu Talon Zahn hinüberblickte, der auf dem einzigen anderen Stuhl des Büros saß und ganz in die Seiten eines Berichtausdrucks vertieft war.

Zahn erreichte das Ende der letzten Seite und klopfte den dünnen Papierstapel gerade. Er legte ihn sich auf den Schoß und rieb sich das Kinn. Seine dunklen Augen leuchteten frisch. »Ich habe im vergangenen Jahr immer wieder die Vermutung gehabt, daß unser Ziel die völlige Wiedergewinnung des St. Ives-Paktes sein würde. Die Militärmanöver. Eure Xin-Sheng-Rundreise entlang der Grenze. Falsche Truppenberichte, die mit Sicherheit zu Candace gelangen würden.« Er zuckte die Schultern. »Aber zugleich ständig die Kunst der Täuschung, der Einsatz der Friedenstruppen und offener politischer Manöver.« Er verengte leicht die Augen. »Hättet Ihr mich eher informiert, wäre ich besser darauf vorbereitet gewesen.«

Oder du hättest einen Fehler begangen. »Wissen Sie, wie viele Leute ein Geheimnis wirklich bewahren können, Talon?« Sun-Tzu winkte ab, als der Sang-Jiang-jun zu einer Antwort ansetzte. »Einer«, stellte er nachdrücklich fest. »Um irgend jemanden anders einzuweihen, muß man darüber reden, und das bringt in jedem Fall die Gefahr einer undichten Stelle mit sich. Und es ist nahezu sicher, daß man irgendwann auf das Geheimnis Bezug nimmt, wer weiß auf wie viele beiläufige Arten, die das Wesen dieses Geheimnisses früher oder später aufdecken.«

Zalon nickte und sah hinab auf das Geheimdokument. »Darf ich fragen, seit wann Ihr das vorbereitet habt?«

»Seit der Sternenbund-Konferenz von 3058. Seit einer Unterredung mit Katrina Steiner-Davion.« Sun-Tzu erinnerte sich und lächelte. »Ich habe allmählich aufgebaut, was nötig war. Die Papiere auf Ihrem Schoß, von mir selbst zusammengestellt und in meiner privaten Stahlkammer aufbewahrt, sind das einzige Exemplar meiner Notizen, Berichte und Auswertungen. Die einzigen vorhandenen Indizien für die Existenz der Operation Tian-é-róng Shou-tào. Unser Gespräch im letzten März war der Zeitpunkt, an dem ich mich zu ihrer Ausführung entschlossen habe.«

»Operation Samthandschuh«, wiederholte Zahn mit gedankenverlorener Stimme. »Tarnung hinter sanftem Vorgehen. Aber 3058?« Er schüttelte den Kopf. »Sicher ahnt die Maskirovka etwas.«

»Die Finte hat mir auf meine Anweisung hin Informationen geliefert, aber immer im Glauben, sie wären für einen anderen Zweck bestimmt.« Der Kanzler deutete mit einer gleichgültigen Handbewegung auf den Papierstapel. »Sie werden einige Berichte darin finden, die Sie vor zwei Jahren selbst geschrieben haben.«

Talon Zahn starrte einen Augenblick lang auf den Balkon hinaus und sammelte seine Gedanken. Schließlich kehrte sein Blick, nach einem weiteren Schlenker über das Dokument, von dessen Existenz er heute erst erfahren hatte, zu Sun-Tzu zurück. »Aber die Blackwind-Lanciers. Wie konnten Sie sicher sein, daß sie die Grenze überschreiten würden?«

»Ah. Nun, der Teil steht nicht in den Unterlagen, Sang-Jiang-jun Zahn.« Sun-Tzu lehnte sich zurück und legte die Fingerspitzen aufeinander. »Aber da sie mit diesem Bereich selbst in Berührung kommen werden: Ich habe geschummelt.«

Zahn blinzelte. »Geschummelt?«

»Ich hatte eigentlich geplant, die Kosaken auf Indicass aufzustacheln.« Die Augen des Kanzlers funkelten gefährlich. *Und es wäre mir gelungen, hätte meine Tante nicht gewisse Vorkehrungen getroffen.* »Aber dann war ich gezwungen, auf einen Ausweichplan zurückzugreifen. Auf einen Maskirovka-Maulwurf, der durch bestimmte Kennworte in meiner Ansprache auf Relevow aktiviert wurde. Meine Rede auf Gei-Fu enthielt die Befehle für den Agenten, und daher wußte ich, daß ich die Reise vor Hustaing abbrechen mußte.«

Er lehnte sich gerade weit genug vor, um einen unter der Schreibtischkante versteckten Knopf zu drücken. Die Tür zu einem Nebenzimmer öffnete sich, und eine athletisch gebaute Frau in regulärer capellanischer Uniform trat ein. »Talon Zahn, darf ich Ihnen Zhong-shao Daqing vorstellen, bis vor kurzem besser bekannt als Majorin Smithson vom 3. Bataillon der Blackwind-Lanciers.«

Talon Zahn fehlten die Worte. Es dauerte eine Weile, bis er seine Stimme wiederfand. »Wir kennen uns bereits, mein Kanzler. Ich habe die Majorin, Verzeihung, die Zhong-shao verhört, als sie nach Sian gebracht wurde. Eine höchst überzeugende Vorstellung.«

»Shí-fen gan-xiè, Sang-Jiang-jun Zahn«, bedankte sie sich in fehlerfreiem Mandarin. Auf ein Nicken Sun-Tzus zog sie sich wieder in das andere Büro zurück.

»Ihr ursprünglicher Auftrag bestand darin, mit ihrer konföderationsfeindlichen Haltung die Aufmerksamkeit meiner Tante zu erregen. Unglücklicherweise kam es nicht dazu.« *Dank eines Lancier-Obersten mit überzogenem Schutzinstinkt.* Sun-Tzu trommelte langsam mit den Fingern auf der Armlehne seines Sessels. »Ich erzähle Ihnen das, weil ich sie Ihnen übergebe.«

»Verzeihung, mein Kanzler?« fragte Zahn, mehr aus Neugier als aus Verwirrung. »Ihr übergebt sie mir?«

Sun-Tzu nickte. »Sascha ist der Ansicht, daß die Zhong-shao nicht mehr als Feldagentin einsetzbar ist, ohne ihr ein völlig neues Aussehen zu geben. Ich möchte statt dessen, daß Sie einen Weg finden, sie zurück in ihre alte Einheit einzuschleusen. Oder wenn Sie eine andere Möglichkeit finden, die Smithson-Identität zu nutzen, haben Sie dazu meine Erlaubnis.«

»Das ist einiges, mein Kanzler.« Zahn klopfte mit dem Finger auf die Papiere in seinem Schoß. »Plant Ihr, Eurem ganzen Beraterstab all das offenzulegen?«

»Noch nicht. Sascha weiß nur, was sie in Bezug auf Zhong-shao Daqing wissen muß. Und natürlich leitet die Maskirovka die Propaganda-Anstrengungen auf den St.-Ives-Grenzwelten. Ion Rush wird erfahren, was er benötigt, um die Kriegerhäuser effektiv zu leiten, wenn er aus der Genesungstherapie zurück ist. Wieviel das ist, überlasse ich Ihrer Entscheidung.« Sun-Tzu spießte Zahn mit einem strengen Blick auf. »Sie als mein Strategischer Koordinator werden alles erfahren. ›Den Sieg wird der erringen, dessen Generäle fähig sind und frei von Einflußnahme durch den Herrscher‹«, zitierte er aus *Die Kunst des Krieges.* »Es ist an der Zeit, daß Sie die militärischen Aspekte übernehmen, während ich mich der Diplomatie widme. Die Frage lautet: Sind Sie dazu in der Lage?«

»Ihr habt mein Versprechen, Weisheit des Himmels«, erwiderte Zahn sofort und voller Überzeugung. Die formelle Anrede brachte seinen Respekt für den Plan zum Ausdruck. »Der Pakt wird uns gehören.«

»Trotz der kräftezehrenden Anstrengungen in den Chaos-Marken?«

Zahn zögerte kurz, dann nickte er. »Trotzdem«, versprach er. »Der größte Teil der Umstrittenen Territorien ist unter Kontrolle, mit Ausnahme einiger weniger isolierter Systeme. Unsere Kräfte in den Chaos-Marken werden leiden, wenn ich ihnen keine umfassende Unterstützung zukommen lassen kann, aber die Rückeroberung der Kommunalität St. Ives ist natürlich von größerer Bedeutung.«

Sun-Tzu nickte, und sein Gesichtsausdruck wurde ernst. »Und was ist mit Wei?« erkundigte er sich nach dem heftig umkämpften System in den Umstrittenen Territorien. »Lord Marcus Baxter schreit nach Blut, und ich brauche ihn in St. Ives.«

Zahns Miene wurde düster. »Ich kann ihm seine Wut nicht verdenken. Ein ganzes Cavalry-Bataillon verloren, ohne einen Schuß abzugeben.« Er schüttelte den Kopf. »Aber wer konnte damit rechnen, daß die planetaren Verteidiger ein altes Nervengaslager entdecken? Ein furchtbarer Tod. Wir werden dort gute Männer und Frauen verlieren.«

»Errichten Sie eine Blockade um den Planeten, wenn es nötig ist«, befahl Sun-Tzu. Er hatte die Holobilder der Gefallenen gesehen. *Kein Capellaner sollte einen solchen Tod sterben müssen.* Dann korrigierte er sich. *Jedenfalls kein echter Capellaner.* »Aber schicken Sie zuerst Söldner und reguläre Einheiten von zweifelhafter Loyalität hinunter. Wenn es ihnen gelingt, das Problem zu isolieren, ist es gut. Wenn nicht, sorgen Sie dafür, daß wir ihre Ausrüstung bergen.«

»Es gefällt mir trotzdem nicht, Leute auf solche Weise zu verheizen.«

»Niemandem *gefällt* es, Leute zu verheizen, Sang-Jiang-jun«, stellte Sun-Tzu mit scharfer Stimme fest. »Vergessen Sie nicht, daß auch alle Toten auf Wei oder im St. Ives-Pakt Capellaner sind.« *Söhne und Töchter der Konföderation, auch wenn sie im Augenblick irregeleitet sind.*

Zahn neigte den Kopf und akzeptierte die Zurechtweisung. »Natürlich, mein Kanzler. Ich hatte nicht die Absicht, irgend etwas anderes anzudeuten.«

Sun-Tzu atmete tief durch, sog den Kirschduft des Weihrauchs ein und gestattete sich einen kurzen Moment der Ablenkung. *Und nach dieser wohlkalkulierten Erinnerung wirst du genau darauf achten, wie viele Kräfte du gegen den Pakt in Marsch setzt. Ich will ihn besiegen, nicht zerstören.*

Ein leises Klopfen unterbrach das Gespräch. »Herein«, befahl Sun-Tzu.

Ein Mitglied der Todeskommandos trat ein. Sein breiter, muskelbepackter Körper blockierte den größten Teil des Türrahmens. »Mein Kanzler, der Ständige Vertreter des St. Ives-Paktes fleht darum, in Eure Gegenwart vorgelassen zu werden. Er wartet im Thronsaal.«

Sun-Tzu konnte sich denken, was Candaces Botschafter von ihm wollte. *Drei Tage später als erwartet.* »Sag ihm, daß ich im Augenblick keine Zeit für Formalitäten habe und bringe ihn hierher.«

Der Soldat salutierte und verschwand. Talon Zahn wollte aufstehen, aber Sun-Tzu winkte ihn zurück. »Nein, Zahn, bleiben Sie. Das wird Sie amüsieren. Ein Teil der diplomatischen Bemühungen, die ich vorhin erwähnte. Aber geben Sie mir die Unterlagen zurück.«

»Natürlich, wie der Kanzler es wünscht«, bemerkte

Zahn, reichte Sun-Tzu den Papierstoß über den Schreibtisch und setzte sich dann wieder.

»Zu schade, daß wir nichts von dem Weier Nervengas haben«, stellte Sun-Tzu mit Blick auf die offene Tür fest. »Ich wüßte jetzt gerade ein paar interessante Anwendungsmöglichkeiten dafür.«

* * *

Die Begleitung der Todeskommandos machte Repräsentant Jonathan Xiam-hu nervös, um es gelinde auszudrücken. Das war mit Sicherheit eine kalkulierte Beleidigung von seiten des Kanzlers, die noch über die fehlende Anerkennung seines Botschafterstatus hinausging. Die Capellaner hatten ihren Anspruch auf den Pakt nie aufgegeben und weigerten sich, ihm die Souveränität zuzugestehen, die alle anderen Großen Häuser anerkannten und achteten. Deshalb besaß der Ständige Vertreter des Paktes auf Sian keine offizielle Residenz auf der capellanischen Zentralwelt und mußte sich solche Erniedrigungen wie eine ständige Militäreskorte gefallen lassen.

Der auf beinahe groteske Weise muskelbepackte Krieger führte Xiam-hu einen mit Fliesen ausgelegten Korridor entlang zu einer Tür hinunter, die sich in nichts von anderen unterschied. Dann blieb er halb im Rahmen stehen und deutete ins Innere. Der Ständige Vertreter blieb kurz stehen, strich seinen Anzug glatt und hantierte an seinem Aktenkoffer, während er darauf wartete, daß der Soldat Platz machte. Aber der Mann blieb stehen und grinste. Mit brennenden Wangen quetschte Xiam-hu sich vorbei und achtete darauf, ihn nicht zu berühren.

Das Büro war einfach, aber geschmackvoll nach capellanischer Art eingerichtet. Das für Regale, Schreibtisch und Täfelung verwendete Rosenholz glänzte dunkel. Einzelne weiche Kohlezeichnungen schmückten die Wände, und der Duft von Kirschweihrauch hing in der Luft. Xiam-hu hätte sich in diesem Raum wohlfühlen können, wären die beiden Männer nicht gewesen, die vor ihm saßen.

Sun-Tzu saß hinter dem Schreibtisch, die Ellbogen auf der Tischplatte, und klopfte mit den Fingerspitzen aufeinander. Hinter ihm hing ein kleines Banner mit Hàn-yu-Ideogrammen an der Wand, deren Botschaft lautete: Ich ziehe erst in den Krieg, wenn ich bereit bin. Der Kanzler starrte Xiam-hu schweigend an. Seine jadegrünen Augen schienen durch ihn hindurchzusehen und ließen nichts von seinen Gedanken oder Gefühlen erkennen. Auf dem einzigen anderen Stuhl des Zimmers saß Talon Zahn, dessen starre schwarze Augen um nichts minder beunruhigend wirkten.

Entschlossen, sich nicht einschüchtern zu lassen, blieb Xiam-hu kurz hinter der Tür stehen, die Hände militärisch im Rücken verschränkt, während er darauf wartete, einen Stuhl angeboten zu bekommen oder zumindest begrüßt zu werden. Er zählte fünf Schläge des Aktenkoffers gegen die Rückseite seiner Oberschenkel, bevor Sun-Tzu etwas sagte.

»Sie haben darum gebeten, mich sprechen zu dürfen, Mister Xiam-hu«, erklärte der Kanzler ungeduldig. »Planen Sie, bei dieser Gelegenheit auch irgend etwas zu sagen?«

Soviel zum Thema Höflichkeit. Xiam-hu schluckte verlegen und holte den Aktenkoffer hervor. Er öffnete ihn und hob eine Aktenmappe heraus, die er auf den Schreibtisch des Kanzlers legte. »Die Mappe enthält die offizielle Niederschrift des Antrags Präsidentin Liaos auf Widerruf«, stellte er in höchst formellem Ton fest. »Sowie die Verigraphantworten aller Sternenbund-Mitgliedsstaaten. Das Ergebnis ist seit einem Monat bekannt, vier zu zwei dagegen, aber die Herzogin hielt es für geboten, Euch die offiziellen Unterlagen zukommen zu lassen, Erster Lord.«

Sun-Tzu machte keine Anstalten, die Mappe zu nehmen. Er warf ihr einen gelangweilten Blick zu und setzte dann ein beleidigendes Grinsen auf. »War es das, Xiam-hu? Oder haben Sie von Candace noch einen anderen Auftrag als den, mir etwas vorzujammern?«

»Nein, das war noch nicht alles«, stellte der Ständige Vertreter fest, und sein Tonfall verlor jede Freundlichkeit, auch wenn er sorgsam darauf achtete, den protokollgemäßen Ton zu wahren. Er würde Sun-Tzu keine Entschuldigung zu weiteren Beschwerden über St. Ives liefern. »Herzogin Liao protestiert in ihrer Eigenschaft als Präsidentin des St. Ives-Paktes«, erklärte er und legte besondere Betonung auf die Titel, um Sun-Tzu daran zu erinnern, daß er es mit einem unabhängigen und anerkannten Mitgliedsstaat des Sternenbundes zu tun hatte, »offiziell gegen das Auftreten der Konföderation auf Denbar und das Eintreffen zusätzlicher Truppenverbände in einer Reihe von Grenzsystemen. Verbänden des Capellanischen Heeres, Erster Lord, nicht der Sternenbund-Verteidigungsstreitkräfte.«

Sun-Tzu warf seinem ranghöchsten Militär einen kurzen Blick zu und gestattete ihm mit einem Nicken, an seiner Stelle zu antworten. Zahns Tonfall erinnerte an die Zurechtweisung eines dummen kleinen Kindes. »Das liegt offensichtlich daran, daß Sun-Tzu Liao diese neuen Verbände in seiner Eigenschaft als Kanzler der Konföderation Capella in Marsch gesetzt hat und nicht als Erster Lord des Sternenbunds. Das eine schließt das andere nicht aus.« Er breitete in einer Geste gespielter Hilflosigkeit die Arme aus. »Und die capellanische Besatzung dürfen Sie den Garnisonskräften der betreffenden Welten zuschreiben, Xiam-hu. Sie haben sich geweigert, die Friedenstruppen des Sternenbunds anzuerkennen, daher bin ich gezwungen, diese Planeten als potentiell feindlich einzustufen.«

»Keine weitere Konföderationswelt wird leiden – wie es Hustaing mußte«, stellte Sun-Tzu fest.

Xiam-hu setzte zu einer Antwort an. Dann schloß er den Mund und zählte langsam fünf tiefe Atemzüge ab, während er zur Ruhe kam und seine Gedanken sammelte. *Vorsichtig*, ermahnte er sich selbst. *Vernünftigen Argumenten wird er zugänglich sein. Oder?* »Das betreffende Bataillon der Blackwind-Lanciers wurde aufgelöst, wie Herzogin Liao es versprochen hatte. Sie hat mir Vollmacht erteilt, Verhandlungen über Reparationen an die Konföderation einzuleiten. Aber vom St. Ives-Pakt im Angesicht Eurer Provokation eine völlige Demilitarisierung seiner Grenze zu erwarten, das ist zuviel verlangt.« Der Ständige Stellvertreter richtete sich stolz zu voller Größe auf. »So leicht geben wir uns nicht geschlagen.«

»So, so«, meinte Sun-Tzu leise und schien sich die Erklärung seines Gegenübers mit halb geschlossenen Lidern zu überlegen. »Sie lassen mir keine Wahl.«

»Es freut mich, daß Ihr zur Vernunft kommt, Erster Lord. Wenn…«

»Absolut keine Wahl«, unterbrach Sun-Tzu ihn, immer noch leise, aber mit schneidend scharfem Unterton. »Warum sollte Denbar auch die einzige Welt bleiben, die *völlig* befriedet ist.«

Repräsentant Xiam-hu stammelte ein paar halbartikulierte Erwiderungen und verfluchte seine eigene Dummheit, in eine so einfache Falle getappt zu sein. Gleichzeitig konnte er kaum fassen, daß Sun-Tzu den drohenden Konflikt mit solcher Kaltblütigkeit eskalieren ließ. »Das können Sie nicht machen«, stieß er schließlich ohne Rücksicht auf Formalitäten aus. »Unser Volk wird sich das nicht gefallen lassen. Die *Sternenbund-Mitglieder* werden sich das nicht gefallen lassen.«

Jetzt beugte Sun-Tzu sich zu der Aktenmappe vor, ohne Xiam-hus Einwände zu beachten. Er klappte sie langsam auf, so daß alle drei die Ablehnung des von Candace eingebrachten Widerrufantrags sehen konnten, der obenauf lag. »Ah! Aber das haben Sie bereits, Mister Xiam-hu. Die Mitgliedsstaaten haben es sich bereits gefallen lassen.« Er klopfte mit einem langen Fingernagel auf die Ablehnung. »Wenn ich mich recht entsinne, lautete das Abstimmungsergebnis vier zu zwei.«

24

Palastanlage, Tian-tan, St. Ives
Herzogtum St. Ives, St. Ives-Pakt

26. Februar 3061

Candace Liao saß zwischen breitblättrigen Grünpflanzen an einem Tisch im Solarium an der Südseite des Palasts und trank ihre morgendliche Tasse Mokka. Sie hatte für ihre Tai-Chi-Übungen ein Trainingsghi angelegt. Ihr verstorbener Ehemann hatte ihr die Übungen vor Jahren nähergebracht, und jetzt halfen sie ihr, trotz fortschreitenden Alters fit zu bleiben.

Sie stellte die Tasse auf den Gartentisch aus weißlackiertem Schmiedeeisen und winkte ihrer VCS-Verbindungsoffizierin, sich ihr gegenüberzusetzen. Lieutenant General Simone Devon ließ sich auf den Stuhl sacken, und Candace entging nicht, wie müde die Offizierin war. Das ließ für ihr Gespräch nichts Gutes ahnen. *Die Generalin bringt keine erfreulichen Neuigkeiten, aber damit rechne ich seit Wochen ohnehin nicht mehr.*

»Tun Sie sich keinen Zwang an, Simone.« Candace strich mit der Linken ihr Haar nach hinten. »Darf ich annehmen, daß Caroline Seng uns keine Gesellschaft leisten wird, nachdem Sie ohne sie gekommen sind?«

Der Lieutenant General nickte. »Sie hat mich gebeten, Euch ihr Bedauern auszudrücken, Herzogin. Sie wird Euch bei späterer Gelegenheit Bericht erstatten. Es sind neue Berichte von Nashuar und Indicass eingetroffen, um die sie sich sofort kümmern mußte.«

»Und wie ist die Lage?« fragte Candace.

Simone Devon fuhr sich ungeduldig durch das nach einer langen, schlaflosen Nacht störrische dunkle Haar. Sie hatte Stunden mit der Durchsicht von Truppenaufstellungen verbracht. »Schlecht, leider. Indicass ist ein

Desaster. Die Chevau Legers sind geschwächt. Rubinskys Leichte Reiter tun, was sie können, um einen schnellen Sieg der Konföderation zu verhindern, aber ohne das schwerere 1. Regiment der Kosaken haben sie keine realistische Chance, den Planeten zu beherrschen. Nashuar…« Simone schüttelte den Kopf. »Nashuar ist eine Katastrophe, die nur darauf wartet, auszubrechen. Mit der 7. VerCom-Regimentskampfgruppe als Verstärkung Eurer Heimatmiliz können die Besatzer keine Entwaffnung erzwingen. Sun-Tzu wird zusätzliche Truppen schicken, und das schon bald. Und die Tatsache, daß die derzeitigen Besatzungstruppen Lyraner sind, bereitet mir Magengrimmen.«

Candace runzelte die Stirn. Dann hob sie die Tasse und nippte an ihrem Mokka. »Ich hatte gehofft, die beiden Einheiten würden sich beruhigen, nachdem Katrina den Thron von New Avalon bestiegen hat.« *Andererseits hatte ich auch nicht erwartet, daß sie sich so schnell auf Sun-Tzus Seite schlagen würde. Es sei denn, natürlich, Katrina hofft, Sun-Tzu hier beschäftigt zu halten. Kein beruhigender Gedanke.*

»Das 5. Lyranische Heer ist äußerst Steiner-freundlich«, erklärte Devon. »Die Ferris-Vielfraße haben sich der Vereinigung beider Reiche von Beginn an widersetzt, und es würde mich überraschen, wenn sie je mit einer so ausgesprochenen VerCom-Einheit wie der 7. RKG auskämen.« Sie stieß scharf den Atem aus. »Es hat bereits erste Scharmützel gegeben.«

»Ich verstehe, in welcher Lage Sie sind, wenn es zu Kämpfen zwischen lyranischen und VerCom-Truppen kommt, Simone.« Candace schürzte nachdenklich die Lippen und setzte mit einem leisen Klirren die Tasse ab. »Das ist die Art von Zwischenfall, die das Ende einer Karriere bedeuten kann. Möchten Sie, daß ich meine Entscheidung, mich der Besatzung zu widersetzen, überdenke?«

Simone Devon richtete sich auf und zeigte plötzlich eine Charakterstärke, die ihre schmächtige Statur Lügen strafte. »Herzogin, meine persönliche Lage ist nicht von Bedeutung. Prinz Victor hat mich Eurer Autorität unterstellt, und bisher hat Archon-Prinzessin Katrina diesen Befehl nicht widerrufen.« Sie entspannte sich etwas. »Aber ich sehe ein Problem voraus, das Nashuar nur zu gut illustriert.« Die Generalin legte heide Hände flach auf den Tisch. »Wenn Sie sich der SBVS-Besatzung weiter widersetzen, werden die Ereignisse auf Denbar sich mit Sicherheit wiederholen, und die Lage wird immer weiter eskalieren.«

»Soweit sind wir bereits, Lieutenant General.« Candace blickte durch das Glasdach in den saphirblauen Himmel über St. Ives und nahm sich die Zeit, ihre Gedanken zu ordnen. *Was für eine furchtbare Unterhaltung für so einen herrlichen Tag.* »Seit die Truppen meines Neffen Denbar beanspruchten, ist der Punkt ohne Wiederkehr überschritten. Das System an den Pakt zurückzugeben, wäre mit einem Gesichtsverlust verbunden, den er sich nicht leisten kann. Das könnte seine Bemühungen zunichte machen, einen neuen capellanischen Nationalstolz aufzubauen, und diese Gefahr wird er auf keinen Fall eingehen. Die rüde Behandlung meines Botschafters bestätigt das.« Candace sah Devon wieder an und spürte eine neue Entschlossenheit in ihrem Innern. »Und ich bin ebensowenig bereit, auch nur ein System aufzugeben. Ich weiß, Caroline Seng tritt dafür ein, daß ich den Anspruch des Pakts auf Denbar – und welche andere Welt er auch immer noch will – aufgebe, um Indicass zu halten. Und der Sternenbund könnte Sun-Tzu danach sogar mit einer Bestrafung drohen und ihn zwingen, das Angebot anzunehmen. Aber er würde mit Sicherheit zurückkommen, und nach der Rückeroberung von zwei Paktsystemen hätte er beim nächsten Vorstoß eine solidere Basis für seinen Ruf nach einer Einheit Capellas.«

»Dann müssen wir auf Zeit spielen«, meinte Devon. »Sun-Tzu wird sicher einen Weg finden, Zwischenfälle zu erzwingen oder selbst zu produzieren. Unser Ziel muß sein, den Konflikt so lange auszudehnen, bis der Sternenbund endlich aufmerksam wird und einschreitet.«

Die Herzogin leerte ihren Mokka und schob Tasse und Untertasse beiseite. »Ich habe mich mit meinen Repräsentanten auf Outreach in Verbindung gesetzt. Mehrere Söldnerverbände sind bereits unterwegs, unter anderem Gruppe W, die ich in einem Subkontrakt von Katrina überlassen bekommen habe. Außerdem haben sich die Arcadians und Burrs Schwarze Kobras interessiert gezeigt.«

Simone Devons Blick wurde einen Moment lang glasig, als sie ihr photographisches Gedächtnis bemühte. »Gute Einheiten, alle drei. Gruppe W ist ein zäher Haufen. Sie wäre uns eine echte Hilfe. Und die Kobras sind versessen auf einen Kampfeinsatz und die Chance, die Schande von 3057 auszubügeln.«

»Außerdem werde ich Anweisung geben, unseren Widerstand zu verstärken.« *Sun-Tzu beschafft sich seine Zwischenfälle so oder so. Besser, wir nutzen die Lage aus, so gut wir können.* »Schußwechsel sollten vermieden werden, wo immer möglich, aber taktische Überfälle auf Nachschubdepots sind statthaft.«

»Wenn ich einen zusätzlichen Vorschlag machen darf, Herzogin: Ihr solltet Cassandra gestatten, St. Loris zu verlassen.«

Candace kniff die Augen zusammen. »Nach allen Berichten, die ich erhalte, ist sie immer noch zu eifrig.« Sie hob die Hand, um Simone Devons Einwand zuvorzukommen. »Ich weiß, ihr Handeln auf Indicass hatte keine Folgen, die nicht ohnehin eingetreten wären. Aber trotzdem war ihre Entscheidung falsch, und das hat sie immer noch nicht wirklich verstanden.«

»Stimmt«, gab Simone zu. »Aber ich kenne Cassandra jetzt seit Jahren, Herzogin. Ich habe mich mit ihr unterhalten. Sie muß sich an einer hohen Meßlatte bewähren.« Die Generalin seufzte. »Wir alle machen im Feld unsere Fehler, Candace.« Die vertrauliche Anrede war selten, doch bei einem Gespräch über persönliche Belange zulässig. »Aber gerade dadurch lernen wir. Cassandra wird es auch noch begreifen, und in der Zwischenzeit brauchen wir sie.«

Candace gestattete sich nicht, ihre Gefühle zu zeigen. »Ich höre, Simone, Was schlagen Sie vor?«

»Gestatten Sie ihr die taktischen Überfälle, von denen Sie gesprochen haben. Schicken Sie sie nach Milos oder Vestallas. Es täte der Paktbevölkerung gut, sie mit den St. Ives-Lanciers an der Grenze kämpfen zu sehen, so wie es ihr hilft, wenn Kuan Yin humanitäre Hilfe verteilt wie auf Denbar.«

Die Herzogin konnte sich ein warmes Lächeln nicht verkneifen. »Ja, diesmal eine ganze Woche vor dem Eintreffen der capellanischen Hilfsgüter. Das muß meinen Neffen gehörig verärgert haben.«

Simone nickte, ließ aber deswegen nicht locker. »Cassandras Rolle ist ebenso wichtig, Candace. Ihr Volk braucht einen Liao-Helden, um den es sich scharen kann. Kuan Yin eignet sich bei all ihrer humanitären Arbeit nicht so gut dazu wie ein Militär. An den jungen Quintus denkt kaum jemand, und das ist gut so.«

Die Erwähnung ihres Jüngsten ließ Candace leicht zusammenzucken, denn sie erinnerte sie an seine lange Abwesenheit. Aber die Generalin hatte recht, daß Quintus in der Anonymität, die er um sich herum aufgebaut hatte, am besten aufgehoben war. *Und es ist gut, ein Paar Augen und Ohren in Katrinas Umgebung zu haben. Wollen wir hoffen, daß man ihn auch weiter übersieht.*

Lieutenant General Devon beugte sich vor und stützte die Ellbogen auf den Tisch. »Kai wäre natürlich perfekt. Aber er steht nicht zur Verfügung.« Sie seufzte. »Und machen wir uns nichts vor, unsere Tage in einem Mech sind vorbei.«

»Das sagen Sie, General«, erwiderte Candace und reckte sich in übertriebenem Stolz. Aber sie dachte ernsthaft über Simones Ratschlag nach. *Habe ich Cassandra zu streng behandelt? Kai hat sich so lange selbst zurückgehalten, weil ihm das Selbstvertrauen fehlte, daß er nie einen wirklich schlimmen Fehler begangen hat. Es ist unfair, sie an Kais Erfolgen zu messen. Und Simone hat recht, daß ich schon ernstere Fehler begangen habe, als Cassandra sie sich auf Indicass hat zuschulden kommen lassen.* »In Ordnung, Simone. Ich gebe den Befehl.«

Devon lächelte zuversichtlich. »Cassandra wird Euch nicht enttäuschen, Herzogin.«

»Wollen wir hoffen, daß ich *sie* nicht enttäusche.« Candace wurde wieder ernst. »Wir brauchen handfeste Pläne, um Sun-Tzu an der Grenze zu binden. Was auch immer, damit er nicht gegen weitere Systeme vorrückt.«

* * *

Hazlet, Nashuar
Herzogtum St. Ives, St. Ives-Pakt

Im Hauptfahrzeugdepot Hazlets sah Maurice Fitzgerald von der Arbeit an seinem Panzer auf und bemerkte Danielle Singh, die durch die riesige Halle ging. *Mich sucht sie nicht,* dachte er, beobachtete sie aber aus dem Augenwinkel weiter, während er mit einem Tech den Geschützturm des *J. Edgar* reparierte. Sie kam in seine Richtung und hielt ganz offenbar nach jemandem Ausschau, und als sie ihn endlich erkannte, war sie nahe genug, daß Fitz die Überraschung in ihrem Gesicht bemerken konnte. Im Arbeitsoverall und bis zu den Ellbogen im Schmierfett des Drehmechanismus des Geschützturms erinnerte er wahrscheinlich kaum noch an den Krieger, mit dem zusammen sie trainiert hatte.

Ihre Uniform hingegen war fleckenlos, frisch gestärkt und mit dem schwarzen Balken geschmückt, der sie als Commander kennzeichnete, ein Rang, den sie mit der Ernennung zur Lanzenführerin der Mechkompanie erreicht hatte. »Fitz«, stellte sie fest, als sie vor dem *J. Edgar* stehenblieb, »du siehst furchtbar aus.«

Er zuckte die Achseln. »Dich möchte ich mal sehen, nachdem du beim Auswechseln von Myomerbündeln geholfen hast.« Er reichte dem Tech den Werkzeuggürtel. *Sie ist nicht hierher gekommen, um Konversation zu machen. Sie soll mich abholen.* »Gib mir einen Augenblick, mich frischzumachen.«

»Machst du immer noch Voraussagen?« Danielles Stimme klang beherrscht, aber er bemerkte eine Spur von Interesse. »Na, diesmal gewinnst du die Wette. Du hast fünf Minuten.«

Er brauchte nur drei. Immer noch im Overall, aber Hände und Ärmel weitgehend sauber, folgte er ihr zurück zum Ausbildungsgelände der Heimatmiliz und in die MechKriegerkaserne. Auf dem Korridor begegneten ihnen zwei MechKrieger, deren Mienen man die Überraschung ansah, einen schmierigen Panzerfahrer in ihrem Bereich zu sehen. Danielles eisiger Blick aber sorgte dafür, daß sie sich jeden Kommentar verkniffen. »Ich habe mich noch gar nicht bei dir bedankt«, erklärte sie, nachdem die anderen außer Hörweite waren. »Ohne deine Aktion hätte ich am Salt River Canyon einen Mann verloren.«

»Vergiß es«, zuckte er die Achseln. »Niemand bedankt sich bei einem Soldaten, der einen Befehl verweigert, auch nicht, wenn er dabei Glück hatte.«

»Nach deinem Gespräch mit Nevarr werde ich dich an diesen Ausspruch erinnern.«

Nevarr? Fitzgerald hatte sich bereits eine herbe Standpauke beim Heimatmilizkommandeur abholen müssen. Und jetzt, nach über einem Monat, wollte Nevarr es selbst wieder aufwärmen? »Das hat doch nichts mit dem lyranischen Überfall zu tun, oder? Meine Schleicher waren für die nördliche Streife nicht verantwortlich.« Und wer auch immer dafür die Verantwortung getragen hatte, er wäre aller Wahrscheinlichkeit nach unehrenhaft entlassen worden, wenn momentan nicht so ein verzweifelter Bedarf an Soldaten bestanden hätte. Fitz hatte von den Verlusten während dieser Aktion gehört: Die 7. RKG hatte drei Mechs verloren, und die Heimatmilizkompanie einen.

Danielle warf ihm einen schrägen Blick zu. »Hmm. Die Antworten darauf müßten wohl lauten: ›In gewisser Weise‹ und ›Wissen wir‹. In dieser Reihenfolge.« Dann hatte er keine Gelegenheit mehr, weitere Fragen zu stellen. Sie hielten vor einer der Türen an und traten nach einem kurzen Klopfen Danielles ein.

Nevarr wirkte in seinem schwarzen Anzug so ungerührt wie eh und je. Er saß halb auf einer Ecke des Schreibtischs und hatte die Arme vor der Brust verschränkt. »Lance Sergeant Fitzgerald. Schön, Sie wiederzusehen.«

»Gleichfalls, Sir«, antwortete Fitz automatisch, ohne seine Vorsicht aufzugeben. Nevarr hatte ihn sicher nicht herbringen lassen, um sich nach seiner Gesundheit zu erkundigen.

»Entspannen Sie sich, Fitz«, stellte Nevarr fest. »Ich habe Sie nicht herzitiert, um Sie abzukanzeln. Ich will Sie wieder in meine Einheit holen.« Typisch Nevarr. Ohne irgendwelche Vorreden.

Danielle setzte sich in einen in der Nähe stehenden Sessel. »Subcommander Mangh wurde beim lyranischen Angriff schwer verwundet, und dadurch haben wir eine Lücke in der Aufstellung.« Sie machte eine Pause, dann fixierte sie ihn mit maskenhafter Miene. »In meiner Lanze.«

»Sie hat Sie angefordert«, stellte Nevarr fest. »Aber ich habe zugestimmt.« Er beugte sich vor und stützte die Hände auf die Oberschenkel, als er Fitz mit eisblauen Augen anstarrte. »Ihre Insubordination war das Ergebnis der MechKriegerausbildung. Sie sind zu sehr daran gewöhnt, unabhängig zu operieren. Aber Sie haben auf die Bedürfnisse Ihrer Lanzenkameraden reagiert. Und was in meinen Augen noch wichtiger ist, Ihre Leute sind Ihnen ohne Hoffnung auf Unterstützung zurück in eine Gefahrensituation gefolgt. Sie haben sich ihr Vertrauen verdient, und das beweist, daß Sie gelernt haben, Teil eines Teams zu sein.«

Das ist die längste Rede, die ich von Nevarr je gehört habe. Und zusammen mit seinem Lob bietet der Commander mir an, worum ich so lange gekämpft habe. Vergeblich gekämpft habe. »Ich fühle mich geschmeichelt, Danielle, Commander Nevarr. Wirklich. Ihre Meinung bedeutet mir viel.« Er atmete tief durch. »Ich verzichte.«

Danielle keuchte schockiert auf, aber Nevarr blinzelte nur kurz – als einziges Anzeichen seiner Überraschung. »Sie wollen kein MechKrieger mehr werden?«

»Mehr als alles andere.« Fitzgerald verschränkte die Hände im Rücken, und die Leere, die sich in seinem Innern aufgetan hatte, als er seine Weigerung aussprach, verblaßte, als ihm klar wurde, daß er die richtige Entscheidung getroffen hatte. »Daß Sie mich für bereit halten, ein MechKrieger zu werden, hätte mir früher einmal genügt.« Er schüttelte den Kopf. »Nein, das stimmt nicht. Es war mir egal, was Sie von mir hielten, mich kümmerte nur, wie ich selbst mich sah. Und es war ein Irrtum.«

In Danielles Blick las Fitz eine Mischung aus Verwirrung und Enttäuschung. Nevarr, der sich noch nie hatte in die Karten schauen lassen, nickte einmal kurz. Er akzeptierte die Entscheidung Fitzgeralds ohne Wertung.

Fitz drehte sich zur Tür um, hielt dann noch einmal an und drehte sich um, bevor er nach der Klinke griff. »Ich lasse es Sie wissen, wenn ich der Ansicht bin, soweit zu sein.«

25

Erholungsgebiet Dansing, Nashuar
Herzogtum St. Ives, St. Ives-Pakt

13. März 3061

Die schneebedeckten Hänge des Wintersportortes waren von Skifahrern und Snowboardern verlassen. Die Sessellifte schwankten leer im steifen Wind, und die Parkplätze waren ebenfalls leer. Um so besser, denn auf den weißen Hängen Danings trug ein Dutzend Mechs mit den Halbmondinsignien Haus Hiritsus Winterspiele eigener Art mit zwölf Kampfkolossen der 7. VerCom-RKG aus. Die Siebte hatte das Erholungsgebiet eine Woche zuvor als Garnisonsposten bezogen, und angesichts der eskalierenden Situation auf Nashuar hatten die Betreiber der Wintersportanlagen den Betrieb eingestellt. In den drei Jahrhunderten der vier Nachfolgekriege hatten sie eine einfache Tatsache gelernt: Die Anwesenheit von Garnisonsstreitkräften diente als Einladung für einen feindlichen Angriff.

Aris Sung landete seinen *Spuk* in einer Gruppe hoher Fichten. Der fünfzig Tonnen schwere Mech hatte Schwierigkeiten, auf dem rutschigen Untergrund Halt zu finden, aber die Bäume halfen ihm, sich aufrecht zu halten. Er drehte den Mechtorso in Richtung der Anfängerabfahrt und zog das Fadenkreuz über den schwarzgrau bemalten *Schleicher*, der seinen Sprung keine neunzig Meter entfernt auf halber Hanghöhe beendet hatte. Der Mech gehörte zur 7. RKG und bot Aris das erste freie Ziel, seit er vor fast einem Jahr Sarna verlassen hatte. *Das ist kein Capellaner. Nur irgendein VerCommie von derselben Sorte, die der Konföderation im 4. Nachfolgekrieg so viele Systeme geraubt haben. Wir haben ihnen eine Gelegenheit geboten, die Waffen niederzulegen. Sie haben sich geweigert. Mehr sind wir ihnen nicht schuldig.*

Natürlich hatte Haus Hiritsu nicht erwartet, so schnell in einen Kampf verwickelt zu werden. Immerhin befanden sie sich erst seit zwei Tagen auf Nashuar. Die Hauptgarnisonsstreitmacht des Pakts auf der Planetenoberfläche hielt immer noch die Hauptstadt Hazlet besetzt, am Fuß der Berge, in denen Aris und der Rest seiner Hauskameraden derzeit kämpften. Aber die lyranischen Besatzungstruppen hatten sie um Hilfe bei der Säuberung mehrerer kleinerer Nachschubbasen gebeten, die mit dem Ziel eingerichtet worden waren, das Hinterland der Lyraner zu bedrohen. Eine davon war dieses Skigebiet.

Aris wartete auf eine sichere Zielerfassung und steckte eine leichte Erschütterung ein, als zwei mittelschwere Feindlaser die Panzerung über dem linken Bein und Torso seiner Maschine zerschnitten, dann stieß er beide Feuerknöpfe durch. Blutrotes Feuer aus dem schweren Impulslaser im rechten Arm des *Spuk* schlug über die linke Seite des *Schleicher* und zerschmolz die Panzerung, die in einem trübgrauen Nebel verdampfte oder in den Schnee hinabtropfte, aus dem dünne Dampfschwaden aufstiegen. Einer der mittelschweren Impulslaser zog seine Spur an der Außenseite des linken Mechbeins des VerCommies entlang, während der zweite sich ebenfalls in die linke Rumpfseite bohrte.

Verbunden mit der Hitzewelle des Sprungs jagte diese Breitseite die Temperatur im Cockpit des *Spuk* in die Höhe. Draußen schmolz mit jedem Schritt des Mechs der Schnee, während Aris in seinem Innern glühendheiße Luft in die Lungen saugte und nach Sauerstoff schnappte. Er blinzelte krampfhaft, um sich den Schweiß aus den Augen zu vertreiben. Als seine Sicht wieder klar wurde, stellte er fest, daß sich das Risiko bezahlt gemacht hatte. Der *Schleicher* lag am Boden. Der Verlust so großer Panzermengen auf der linken Seite hatte ihn aus der Balance geworfen. Die Kampfmaschine schlug mit Armen und Beinen um sich, während ihr Pilot versuchte, sie wieder aufzurichten. Schließlich schaffte er es trotz des tiefen Schnees und trat den Rückzug an, um Aris nicht die Möglichkeit eines Sprungs in seinen Rücken zu geben.

Aris gestand dem gegnerischen Krieger zu, daß er das Beste aus einer lausigen Situation machte. Er blieb bei den Bäumen und nutzte deren Deckung, während die Betriebstemperatur des *Spuk* auf annehmbarere Werte sank. Der *Schleicher* verfehlte ihn mit den Lasern. Ihre Smaragdstrahlen schnitten in die Bäume, und die Stämme zerbarsten, als das Wasser in ihrem Innern explosionsartig verdampfte. Aris stand eine modernere Waffentechnik zur Verfügung, die es ihm leichter machte, seinen Gegner zu verfolgen, und traf. Die vernichtenden Lichtblitze des schweren Impulslasers hämmerten auf den anderen Mech ein. Diesmal war sein rechter Arm das Ziel, und sie schälten die schützende Panzerung fast bis aufs letzte Gramm weg.

Der *Schleicher* zog sich weiter zurück, und Aris warf einen kurzen Blick auf die Taktikanzeige, gerade lange genug, um sich zu vergewissern, daß niemand in seiner Kompanie Hilfe benötigte. Dann stürmte er mit seiner Maschine aus dem Schutz der Fichten hinter seinem Gegner her, der hangaufwärts auf die schwereren Abfahrten zurannte. *So leicht entkommst du mir nicht.* Ein weiterer Schußwechsel kostete Aris rund eine halbe Tonne Panzerung am rechten Mecharm, aber seinerseits erzielte er mindestens den doppelten Schaden und zerschoß insbesondere die letzten Reste von Panzerschutz über der linken Torsohälfte des feindlichen BattleMechs.

Der *Schleicher* bog hangaufwärts ab, löste die Sprungdüsen aus und stieg in einem Versuch, Aris' *Spuk* zu entkommen, senkrecht in den Himmel. Aris beschleunigte zum Galopp. Einerseits wollte er eine neue Hitzewelle vermeiden, andererseits wußte er, daß sein Gegner auf diese Weise kaum Distanz machen konnte. Die feindliche Maschine nahm ihn bei der Landung unter Beschuß, diesmal mit Lasern und einer Salve Kurzstreckenraketen. Eine davon fand eine Bruchstelle im Torso des *Spuk*. Die Detonation riß das Gyroskopgehäuse auf und warf den empfindlichen Kreiselstabilisator aus der Balance.

Aris rang mit den Kontrollen und kämpfte um das Gleichgewicht der riesigen humanoiden Kampfmaschine, aber schließlich siegte die Schwerkraft. Er kippte nach vorne. Die rechte Mechschulter grub sich in Schnee und gefrorene Erde. Das kostete Panzerung. Aris wartete, bis der *Spuk* zur Ruhe gekommen war, dann richtete er ihn auf dem rechten Arm auf. *Eine zweite Chance bekommst du nicht*, teilte er seinem Gegner in Gedanken mit. Er löste beide mittelschweren Impulslaser aus. Die Waffen fanden das beschädigte linke Bein des *Schleicher*, schnitten durch die Panzerung und Myomerbündel und in die interne Struktur.

Der *Schleicher* stürzte erneut, diesmal über einen kleinen, als Sprungschanze angelegten Sims. Der Mech bohrte sich durch Schnee und Erde, zermalmte die linke Torsohälfte teilweise unter dem eigenen Gewicht und rutschte endlich den Berghang hinab. Eine Feuerkugel blühte in seinem Torso auf, versprühte Rauchfahnen und einzelne, kleinere Feuerbälle, die innerhalb von Sekunden explodierten und den VerCom-Mech hochschleuderten, bevor er noch schneller weiterrutschte.

Munitionslager! Aris wußte nicht allzuviel über die Konstruktion des *Schleicher*, aber das Ergebnis war unverkennbar. Die eingelagerten Raketen detonierten in einer Kettenreaktion, die sich zu einer gewaltigen Vernichtungskraft aufbaute. Dann schlug das Feuer aus dem linken Arm und in die Rumpfmitte durch, und der zerschmetterte BattleMech wurde wie eine Stoffpuppe herumgeschleudert, als es die Reaktorabschirmung zerschmolz und sich mit der Sonnenglut der Fusionsreaktion vereinigte. *Besitzt er denn keine zellularen Munitionslager?* Aris konnte kaum glauben, daß ein so moderner Mechtyp nicht über CASE-Technologie verfügte. Der *Schleicher* fiel vor seinen Augen auseinander, hinterließ Trümmer quer über der Abfahrt.

Steig aus, dachte Aris und richtete seinen *Spuk* wieder auf. Dabei war ihm im Grunde klar, daß es aus einer derartigen Vernichtungsorgie kein Entkommen gab. Der Sturz, die Explosion und die harten Schläge der Rutschpartie den Berghang hinab garantierten geradezu, daß der gegnerische MechKrieger bewußtlos war. Und angesichts der Purzelbäume, die seine Maschine ständig schlug, hätte ihn ein Auslösen der Rettungsautomatik wahrscheinlich zusätzlich noch mit der Wucht mehrerer Raketentreibsätze in den Felshang getrieben. Aris' weiße Finger und Knöchel schmerzten unter dem Druck, mit dem er die Steuerknüppel umklammerte, während er die letzten Sekunden des Steiner-Davion-Mechs verfolgte. »Ein *Schleicher* weniger«, stellte er über den Befehlskanal seiner Kompanie fest, aber in seiner Stimme lag nichts von der Freude, die er bei dieser Meldung gewöhnlich empfunden hätte.

»War nicht zu übersehen«, stellte Raven Clearwaters rauchige Stimme fest. »Wenn die Wertungsrichtertribüne da unten besetzt wäre, müßte es Neun-kommaneuns hageln.«

Er versuchte, über ihren Scherz zu lächeln, aber das Grinsen gefror ihm auf dem Gesicht. Es hätte ein glorreicher Kampf werden sollen, mit einem triumphalen Abschluß. Aber nachdem er den gewaltsamen Tod seines Gegners hatte mitverfolgen müssen, wirkte sein Sieg auf Aris sinnlos. Er beschuldigte den VerCom-Piloten, ihm seinen sauberen Sieg gestohlen zu haben, dann verdrängte er den Gedanken.

Ihr habt eure Chance gehabt, eine friedliche Besetzung zu

akzeptieren. Wir haben euch eine zweite Chance gegeben, die Waffen niederzulegen. Wir schulden euch gar nichts.

Und wenn es Aris gelang, diesen Gedanken durchzuhalten, hatte er vielleicht eine Chance, die Mission auf Nashuar ohne die Zweifel durchzustehen, die ihn auf Denbar und sogar auf Hustaing schon geplagt hatten. *Ich bin ein Krieger im Dienst der Konföderation. Das ist mein Beruf.* Er drehte den *Spuk* hangabwärts und kehrte in die Schlacht zurück.

* * *

Yuling-Territorium, Denbar
Xin-Sheng-Kommunalität, Konföderation Capella

Warner Doles stand auf einem Hügel über dem Flußtal des Toutle und betrachtete durch ein Fernglas die sich unter ihm ausbreitende Szenerie. Am Ufer lagen zwei qualmende Fahrzeugwracks, ein *Mantikor* und ein uralter *Ontos*, beide mit den Insignien der Hustaing-Rabauken verziert. Sie waren schrottreif, aber wenigstens hatten seine Leute einen ScoutMech in die Falle locken können, und der ließ sich reparieren. Es war etwas ärgerlich, daß es sich um einen Mech der Blackwind-Lanciers handelte, aber auch der war in ihren Händen besser aufgehoben.

»Major Doles«, unterbrach eine Stimme seine Überlegungen. Er drehte sich um und sah einen seiner Kompanieführer, ebenso entrechtet wie er, der, das Funkgerät in der Hand, auf ihn wartete. »Wir haben einen Bericht aus dem Tal. Der *Rabe* ist bergungsfähig, aber er braucht neue Laser, und die stehen uns nicht zur Verfügung. Der MechKrieger und vier Mitglieder der Fahrzeugbesatzungen sind noch am Leben und in Gewahrsam.«

Das Bataillon existiert nicht mehr, aber wir klammern uns

an alte Gewohnheiten. Doles hatte versucht, die Beförderung abzulehnen, die seine Leute ihm aufgedrängt hatten, aber schließlich hatte er sie doch angenommen, um sie zusammenzuhalten. Er hatte seine Blackwind-Lanciers kurz nach Eintreffen der ersten Besatzungseinheiten in das Mittelgebirge südlich von Föhrental geführt, weil ihm klar gewesen war, daß Denbar auch auf der Liste der zu besetzenden Welten stehen mußte und seine Leute mit Sicherheit als potentielle Unruhestifter gefangengenommen worden wären. *Und im Augenblick sind wir auch tatsächlich nicht mehr als das. Aber hoffentlich nicht für lange.*

»Danke, Commander. Wir werden schnell genug an Laser kommen, aber allein schon wegen seiner Kundschafterqualitäten will ich diesen *Rabe.*« Es war ein Anfang. Mit den drei Milizmechs, die Doles' Krieger besorgen konnten, besaßen sie inzwischen immerhin eine Lanze. Sie mußten sich stärker darauf konzentrieren, Nachschublager und Hilfstruppen anzugreifen. Dann würden sie vielleicht irgendwann soweit kommen, zurückschlagen zu können.

Aber aus den Tiefen seines Geistes stiegen die Gespenster der Niederlage auf und erinnerten ihn daran, was ihnen ihre Voreiligkeit bisher eingetragen hatte. Das würde nicht wieder geschehen. *Wir nehmen uns Zeit und bauen unsere Kräfte allmählich wieder auf. Das schulden wir der Herzogin und dem Pakt.*

»Keine Fehler«, befahl er und hob das Fernglas wieder an die Augen. »Schlachten Sie die Fahrzeuge bis auf den letzten Rest an verwendbarer Panzerung und Ausrüstung aus, dann rücken wir weiter nach Süden. Wenn diese Streife nicht zurückkehrt, wird man aufmerksam werden.«

»Ja, Sir«, bestätigte der Commander und zog sich weit genug zurück, um die Befehle weiterzugeben, ohne seinen Kommandeur zu stören.

Doles widmete sich wieder dem Geschehen im Tal und sah, wie seine Krieger sich mit Werkzeug und Schneidbrennern daran machten, den Techs zu helfen. Das war ein Anfang. Eine Lanze ließ sich in zwei verwandeln, und zwei Lanzen in eine Kompanie. Sicher gab es noch andere Widerstandsnester dort draußen, einschließlich mancher Heimatmilizionäre, die bereit waren, sich ins Hinterland zurückzuziehen, um von dort zurückzuschlagen. *Und vielleicht können wir unsere Einheit wiederaufbauen. Vielleicht, wenn man uns genug Zeit läßt.*

Im Augenblick arbeitete die Zeit allerdings nicht für den Pakt.

26

Hei-sè-Vorgebirge, Milos
Herzogtum Vestallas, St. Ives-Pakt

23. März 3061

Ein breites Sternenband zog sich quer über den klaren Nachthimmel und badete die mitternächtliche Planetenoberfläche Milos' in seinem Licht. Cassandra Allard-Liao stand auf dem Kamm eines Hügels und beobachtete durch einen leistungsstarken Lichtverstärker den Horizont. Sie trug nur einen dünnen Overall über der MechKrieger-Montur, aber die Gänsehaut auf Armen und Beinen verdankte sie nicht allein der Nachtkühle.

»Da kommen sie«, stellte sie fest, als sie in der Ferne eine Bewegung erkannte. »Wie gehofft.«

Kapitän Julius Scavros, befehlshabender Offizier der 1. Kompanie, nickte. »Sie dürften genau zwischen den beiden Bergen hindurchmarschieren. Wir sind bereit.«

Wie die 3. Canopischen Füsiliere so schnell vom Eintreffen der 2. St.-Ives-Lanciers erfahren hatten, konnte Cassandra nur vermuten. *Bessere Ortungsgeräte als wir ihnen zugetraut haben, eine Infanteriestreife, die uns entgangen ist…* Es spielte keine Rolle. Die zusätzlichen Streifen in diesem Gebiet hatten es den Lanciers ermöglicht, einen Hinterhalt vorzubereiten. Die drei Kompanien waren auf verschiedene Punkte verteilt, und Cassandra schien den richtigen ausgewählt zu haben. *Was den Hinterhalt um meine BefehlsLanze verstärkt. Zweifache Übermacht. Selbst ohne das Überraschungsmoment sollte es uns gelingen, einen klaren Sieg zu erzielen.* Aber es störte sie, daß sie dem Überraschungsmoment nicht vertraute. *Es gibt überhaupt keinen Anlaß zu erwarten, daß sie besonders aufmerksam sind. Abgesehen von ein paar einheimischen Bauern, deren Land wir überquert haben, dürfte niemand von unserer Anwesenheit hier wissen.* Sie rieb sich die Arme, als wollte sie sich wärmen. *Warum bin ich plötzlich so nervös?*

»Schnallen wir uns an«, meinte sie, und die beiden Offiziere gingen halb, halb rutschten sie den felsigen Hang hinunter auf ihre wartenden Mechs zu. Sie suchte nach einem Grund für ihr Unbehagen. »Sind Sie sicher, daß wir sie still halten können? Ich will keine Verstärkungen sehen, bevor unser Landungsschiff kommt. Wir brauchen alles Bergegut, das wir bekommen können.«

»So lange wir sie in einem halben Klick Umkreis um Subcommander Frakes' *Spector* halten können, ja. Er ist so modifiziert worden, daß er bis auf unsere eigenen Gefechtskanäle alle Frequenzen vollständig blockiert.« Damit bog Scavros zu seinem dreißig Meter entfernt stehenden *Gallowglas* ab.

Cassandra stieg die Kettenleiter zu ihrem Cockpit hinauf, zog sie hinter sich ein und verschloß die Luke des *Cestus*. Ihr Overall war so angelegt, daß er sich über die schweren Kampfstiefel ausziehen ließ, und sie schnallte sich hastig auf die Pilotenliege. Die Kühlweste war angeschlossen, der Neurohelm saß perfekt. Alle Mechsysteme zeigten grün, und sie öffnete einen abhörsicheren Kanal zu ihrer Einheit. »Alles warmlaufen lassen und Waffen überprüfen. In etwa zwei Minuten bekommen wir Gesellschaft.« *Und mit ein wenig Glück schirmen die Hügel uns vor einer Ortung ab, bis es für die Canopier zu spät ist. Das wird ihnen zeigen, daß ein Bündnis mit der Konföderation seine Schattenseiten hat.*

»Wir haben schon Gesellschaft!« rief jemand über die Leitung. »Hinter uns.«

Cassandras Sichtprojektion meldete dasselbe. Drei kleine Kreissymbole, die Fahrzeuge anzeigten, allerdings konnte ihr Bordcomputer sie nicht identifizieren. Die Kodierung veränderte sich ständig. Erst deutete sie auf *Savannah Masters* hin, dann auf Truppentransporter, dann auf leichtgepanzerte Nachschubfahrzeuge. Die

Scheinwerfer von einem der Fahrzeuge schwenkten über den Hügel, hinter dem sie sich versteckt hatte, und warfen den Schatten des *Cestus* auf den Hang. Dann prallte eine Kugel von der Außenhülle des Cockpits ab und bestätigte, daß die Neuankömmlinge feindlich waren.

Aber warum griffen sie mit Gewehren an? Partisanen? Irgend etwas sagte Cassandra, daß es diese neue Bedrohung war, die sie beunruhigt hatte, noch während sie die Fahrzeuge auf dem Sichtschirm heranholte. Ein anderer Lancier erleichterte ihr die Sicht, indem er einen leichten Laser auf eines von ihnen abfeuerte, das ihn mit Handfeuerwaffen unter Beschuß genommen hatte. Der rubinrote Lichtstrahl schnitt durch den ungepanzerten Lastwagen, der in einer Treibstoffexplosion in Flammen aufging, die einen orangeroten Feuerschein über die beiden anderen Fahrzeuge warf. Eines war ein Kipplaster, von dessen Ladefläche aus zwei Männer mit Gewehren wild auf die BattleMechs feuerten. Das andere war ein Lastzug, auf dessen Anhänger ein Traktor festgezurrt war. Jetzt verstand sie die Schwierigkeiten der taktischen Anzeige. Der Bordcomputer war nicht auf Zivilfahrzeuge programmiert.

»Feuer einstellen«, befahl sie. »Das sind Zivilisten!« Was die hier verloren hatten, war ihr schleierhaft. *Aber sie haben gerade unseren Hinterhalt zunichte gemacht.* »Angriff auf die Füsiliere! Jetzt wissen sie, daß wir hier sind. Subcommander Frakes, ich hoffe, Sie blockieren ihre Frequenzen.« Cassandra löste die Sprungdüsen aus und steuerte den *Cestus* auf den Hügelkamm, von wo aus sie den Überblick über die andere Seite hatte. Sie landete zwischen einigen Kiefern, die unter dem enormen Gewicht des BattleMechs zerquetscht wurden. Die beiden canopischen Lanzen teilten sich in Zweiergruppen. Es waren fast durchweg ältere Maschinen.

Wie die meisten Heimatmilizeinheiten, mit denen die Kon-

föderation es zu tun bekommen hat. Aber jetzt sind wir am Zug. Es war kaum ein fairer Kampf zu nennen, aber das galt ebenso für die Besetzung des Pakts durch die Capellaner.

Cassandra wählte sich einen *Whitworth* zum Ziel, der nah genug war, um ihn ohne Computerunterstützung zu treffen, und feuerte zwei schwere Laser und das Gaussgeschütz ab. Die Laser schleuderten ihre leuchtenden Lichtspeere durch die Dunkelheit und schnitten tief in die Panzerung am rechten Arm und der linken Torsoseite des Kampfkolosses. Die Gausskugel schlug in die rechte Rumpfseite ein, zerschmetterte die Panzerung und zertrümmerte die dort montierte LSR-Lafette. Damit hatte der Canopier mit einem Schlag die Hälfte seiner Langstreckenfeuerkraft verloren. Der *Whitworth* hatte keine Chance, das Feuer zu erwidern. Ihr Angriff hatte ihn sofort zu Boden geschleudert.

Eine Hitzewoge schlug durch die Kanzel, auch wenn die Doppelten Wärmetauscher des *Cestus* sie schnell wieder abgeleitet hatten. Normalerweise hätte Cassandra den Angriff auf den *Whitworth* fortgesetzt, der bereits wieder aufstand, aber im Augenblick war es wichtiger, keine der canopischen Maschinen aus dem Störfeld entkommen zu lassen. Während sie noch nach einem neuen Ziel suchte, machte ihr der Pilot eines neueren Mechs der canopischen *Marshal*-Baureihe die Entscheidung leichter, indem er mit seinem Laser und einer Salve von fünf Raketen den *Cestus* angriff. Cassandras Mech schüttelte sich unter dem Angriff, hielt sich aber aufrecht.

Sie schaute auf das Schadensdiagramm und stellte fest, daß ihr Mech ein Viertel des Panzerschutzes auf dem linken Bein an den Laserangriff verloren hatte, während die Raketen kaum mehr als Pockennarben auf dem Torso hinterlassen hatten. Sie zog das Fadenkreuz über die Silhouette des *Marshal*, hatte aber Schwierigkeiten, eine sichere Zielerfassung zu bekommen, als der durch eine Baumgruppe rannte. Sie feuerte trotzdem und setzte zusätzlich die mittelschweren Laser ein, um den Zufallsfaktor auszunutzen.

Diesmal begünstigte er den *Marshal*. Die Nickeleisenkugel des Gaussgeschützes zerschmetterte den Stamm einer alten Ulme, und ihre beiden schweren Laser zerkochten Unterholz und Waldboden. Nur die beiden mittelschweren Laser trafen und schälten jeder kaum eine Vierteltonne Panzerung vom linken Arm und der Torsomitte der canopischen Maschine. *Das war bemitleidenswert, Cassandra. Das kannst du besser!*

»*Kommando*, an Zwo-neun-fünnef Grad mit Kurs auf Vorhang.«

Fast hätte Cassandra, die damit beschäftigt war, den Schweiß aus den brennenden Augen zu blinzeln und für den nächsten Schuß anzulegen, die Meldung über den canopischen Mech ignoriert, der sich der Grenze des Bereichs näherte, in dem Frakes' Störsender Wirkung zeigte. Aber dann erkannte sie, daß der Mech sich laut Richtungsangabe hinter ihnen befand, wo die meisten Piloten ihrer Einheit ihn nicht mehr erreichen konnten, sie dagegen von der Hügelkuppe aus sehr wohl dazu in der Lage war. Sie zog das Fadenkreuz über den Sichtschirm nach rechts und drehte den Torso ihrer Maschine, um den fliehenden *Kommando* ins Schußfeld zu bekommen. Die Sichtprojektion lieferte ihr eine grobe Entfernung, und sie stellte fest, daß sie ihren Gegner kaum sehen konnte. Cassandra schaltete auf Infrarot um und entschloß sich, ganz auf die Sensoren zu vertrauen.

Sie erwischte den canopischen Mech, kurz bevor er außer Reichweite war. Das Zentrum seiner Silhouette strahlte rot von der Abwärme des Fusionsreaktors, und von dort aus zog sich die Farbe bis zu den Armen und Füßen durch das ganze Spektrum zu einem kühlen

Blau. Sie jagte dem Mech eine einzelne Gausskugel nach. Das Geschoß traf den *Kommando* in der Nähe des linken Knies, zertrümmerte die Panzerung und riß die geschäumten Titanstahlknochen seines Beins in halber Höhe des Oberschenkels ab. *Diesmal nicht, kleiner Mech.* »Räum jemand den Müll weg«, befahl sie, stolz auf ihren Abschuß.

Dann verschwamm die Welt auf ihrem Sichtschirm, als der *Cestus* unter schwerem Beschuß ins Taumeln geriet. Ein Laserschuß traf den Kopf des Mechs, warf sie in die Haltegurte, ließ sie fast das Bewußtsein verlieren. Der *Marshal* hatte ihre kurze Unaufmerksamkeit ausgenutzt und war nahe genug vorgerückt, um sie mit einer Breitseite anzugreifen. Rings um sie herum brannten Kiefern, entzündet von einem verfehlten Flammerschuß, aber alle anderen Waffen hatten in der oberen Torsohälfte des *Cestus* ihr Ziel gefunden und erheblichen Schaden angerichtet.

Cassandra schüttelte den Schock des Kopftreffers schnell ab und fand sich im Zweikampf mit der Schwerkraft. Der Neurohelm verband den Kreiselstabilisator des Mechs mit ihrem Gleichgewichtssinn, aber das allein genügte nicht. Sie wedelte mit den Mecharmen und verlagerte einen Fuß in eine sicherere Standposition. Es gelang ihr, den *Cestus* auf den Beinen zu halten und den erlittenen Schaden zu begutachten, während sie den Torso wieder zurückdrehte, um sich um den Angreifer kümmern zu können. Sie hatte zweimal so viele Mechs im Feld. Warum hatte niemand sonst sich den *Marshal* zur Brust genommen?

Als sie die Antwort erkannte, machte deren simple Klarheit ihr beinahe Angst. Kein anderer hatte auf den *Marshal* gefeuert, genau wie niemand sonst das Feuer auf den *Whitworth* eröffnet hatte, weil *sie* ihn angegriffen hatte. Sie erinnerte sich an die Gefechts-ROMs der Kämpfe, die ihr Bruder während der Clan-Invasion ausgetragen hatte, und sogar an ein paar ältere Aufzeichnungen aus den MechKriegertagen ihrer Mutter. Wie oft war Cassandra dabei nicht aufgefallen, daß andere MechKrieger sich geweigert hatten, Kai oder Candace zu Hilfe zu kommen, weil sie überzeugt waren, sie wären dem Gegner allein gewachsen und würden ihnen die Einmischung womöglich sogar übelnehmen? Ein hohes Lob, hatte sie damals gedacht.

Der *Marshal* kam den Hügel herauf. Sein Pilot versuchte sichtlich, in ihren Rücken zu gelangen. Cassandra drehte den *Cestus* und schwenkte den Torso zurück in die Frontale, während sie einen Seitschritt ausführte, um ihrem Gegner zuvorzukommen. Es war eine Hilfe, daß der andere Mech bergauf mußte. Dadurch erhielt sie eine Zielerfassung, gerade als die Schultern des *Marshal* den schmalen Kamm erreichten, auf dem sie stand. Er war jetzt nahe genug heran, so daß sie die Insignien der Füsiliere und die Markierungen erkennen konnte, die seinen Piloten als Kompanieführer kennzeichneten. *Im Duell mit dem kampferfahrensten Gegner im Feld. Na dann, Cassandra. Du wolltest doch sehen, wie gut du bist. Hier ist deine Chance.*

Smaragdgrünes Licht zuckte aus dem rechten Armlaser und dem mittelschweren Impulslaser im Torso des canopischen *Marshal*. Beide Schüsse trafen. Der schwere Lichtwerfer verdampfte den Rest ihrer rechten Seitenpanzerung, und der M-Laser fraß sich in den bis dahin unbeschädigten rechten Arm. Gleichzeitig schlug der canopische MechKrieger in einer Sensenbewegung mit dem linken Arm seiner Kampfmaschine nach den Beinen des *Cestus,* um ihn auf dem unebenen Gelände zu Fall zu bringen. Aber bevor der Schwinger landen konnte, schlug Cassandra hart zurück.

Auf diese extrem kurze Distanz verfehlte ihr Gaussgeschütz das Ziel, aber das war auch alles. Die schweren Laser der Paktmaschine bohrten sich auf beiden Seiten in den wuchtigen Torso des *Marshal*, während die mittelschweren Waffen sich Arm und Bein der rechten Seite vornahmen. Rubinroter Widerschein erhellte die Nacht, als die Metallkeramik unter der enormen Hitze zerschmolz oder sauber von der Halterung geschnitten wurde. Lodernde Metallbrocken stürzten zu Boden. *Na, wie war das?*

Cassandra fühlte den Aufprall und hörte das Knirschen zermalmter Panzerung, als der Arm des *Marshal* gegen ihr Mechbein schlug. Sie hatte keine Mühe, das Gleichgewicht zu halten, und erwiderte den Angriff mit einem kräftigen Tritt. Myomermuskeln, die stark genug waren, einen Kampfkoloß von fünfundsechzig Tonnen zu tragen, stießen das Bein mit gewaltiger Kraft nach vorne. Der schlanke Fuß des *Cestus* krachte in die rechte Seite des *Marshal* und löste einen Funkenregen aus, als er durch die verbliebene Panzerung ins Torsoinnere brach.

In den Lautsprechern des Neurohelms überlagerten sich mehrere Stimmen, als die Lanciers abgeschossene oder kampfunfähig gemachte Feindmaschinen meldeten. Soweit sie es feststellen konnte, hatte ihre Einheit bis jetzt nur einen Mech verloren, einen *Totschläger*, der ein Bein verloren hatte. Das ließ sich leicht genug reparieren. Dann zog sich der *Marshal* etwas zurück und senkte die Arme, und sie empfing von starkem Rauschen überlagerte Bruchstücke eines Funkspruchs. »... für Rückzug und Heimführung ...«

Der Kommandeur der canopischen Patrouille erkundigte sich nach den Kapitulationsbedingungen. Aber es gab keine, konnte keine geben, und beinahe hätte Cassandra das Feuer auf ihren beständig zurückweichenden Gegner eröffnet.

»Frakes«, rief sie über die zerhackte Befehlsleitung. »Senken Sie die Störleistung weit genug, um mir ein Gespräch mit dem *Marshal* zu ermöglichen.« Sie wartete mehrere Sekunden, dann versuchte sie es mit einem offenen Funkspruch über eine allgemeine Frequenz. »Hier Majorin Cassandra Allard-Liao. Können Sie mich hören?«

Die Antwort kam leise und stark gestört, aber verständlich. Die Stimme war erkennbar weiblich. »Gerade so eben. Welche Lösegeldforderungen stellen Sie für die Erlaubnis, meine Einheit zurückziehen zu dürfen?«

Cassandra zögerte mehrere Sekunden, so überrascht war sie, es nicht mit einem Mann zu tun zu haben. Sie hatte völlig vergessen, daß im Magistrat Canopus die Frauen das Militär kontrollierten. Sie schluckte, um ihre trockene Kehle anzufeuchten. »Ich kann kein Lösegeld akzeptieren«, stellte sie fest. »Unser Auftrag war, auf jede mögliche Art und Weise Material und Ausrüstung als Ersatz für die von capellanischen Truppen auf Hustaing und Denbar konfiszierten Bestände zu besorgen. Ihre Leute werden bis zu einem Gefangenenaustausch in Gewahrsam gehen.«

»In diesem Fall kämpfen wir bis zum letzten Blutstropfen, Majorin Liao. Und alle Todesfälle gehen auf Ihre Verantwortung.«

Auf diese Bemerkung reagierte Cassandra verärgert. Inzwischen war die Innentemperatur ihres Cockpits auf erträglichere Werte gefallen, und sie atmete leichter. »Wenn man dazu nicht bereit ist, sollte man keine Krieger ins Feld führen«, stellte sie brüsk fest. »Außerdem wird das Verschwinden Ihrer Einheit dazu führen, daß Truppen für die Suche nach Ihnen eingesetzt werden und dementsprechend vom Angriff auf Paktverteidiger abgezogen.« Aber noch während sie das sagte, spürte sie einen Teil ihrer Wut verebben und wußte, daß die Füsilier-Kommandeurin eine Chance hatte, sie zu überreden.

Ihr Gegenüber enttäuschte sie nicht. »Falls Sie gestatten: Zwei meiner MechKriegerinnen, die gezwungen waren, aus ihren Maschinen auszusteigen, wurden bereits von einem Zivillastwagen eingesammelt. Es wird keine großangelegte Suchaktion geben. Ich verfüge über vier einsatzbereite Mechs, wenn wir den einbeinigen *Kommando* mitzählen. Im Austausch für die drei anderen BattleMechs und die Freiheit all meiner Kriegerinnen bin ich bereit, Ihnen meinen *Marshal* auszuhändigen. Ich erwarte, daß der Erste Lord Liao unsere Verluste aus Ihren erbeuteten Beständen oder mit neueren Konföderationsmodellen ausgleicht.«

Cassandra knirschte mit den Zähnen, als sie hörte, wie respektvoll die Canopierin Sun-Tzu betitelte, und fast hätte sie ihren Vorschlag aus purem Trotz abgewiesen. Aber dann überlegte sie. *Was würde Mutter tun? Was würde Kai tun?* Zum ersten Mal war sie sich nicht sicher, daß beide zugestimmt hätten. *Kai hätte niemals so lange gebraucht, um einen* Marshal *zu erledigen, und wäre inzwischen schon mit Aufräum- und Bergungsarbeiten beschäftigt. Und Mutter würde den Vorschlag wahrscheinlich ablehnen oder sehr viel härter verhandeln.*

Aber ich bin weder Kai noch Mutter.

Ich habe hier und heute einen Sieg errungen. Es war nicht der klare Erfolg, den ich mir erhofft hatte, aber es ist ein Anfang. Cassandra nickte in die Dunkelheit jenseits des Sichtschirms. »Ich bin einverstanden, Commander.« *Mehr Glück beim nächsten Mal.*

27

Palast des Himmels, Zi-jin Cheng (Verbotene Stadt), Sian
Kommunalität Sian, Konföderation Capella

1. April 3061

Sun-Tzu hatte den Sessel vor das Aquarium in der Ecke des Büros gezogen. Das leise Brummen der Sauerstoffpumpe war über dem Trappeln auf den Gängen des Palasts kaum wahrnehmbar. Wahrscheinlich Hofbeamte auf dem Weg zu ihren morgendlichen Verpflichtungen. Sun-Tzu ignorierte die Geschäftigkeit auf den Korridoren und versenkte sich statt dessen in die Betrachtung des flammend orangeroten Chinesischen Kampffisches, der elegant zwischen Neontetras und kleinen silbernen Meerengeln durch das Wasser glitt. »So, so, Kai«, sprach er den Kampffisch an, als der auf seinem aquatischen Flug kurz anhielt. »Bist du also mit Victor zurückgekehrt?«

Daß er das Tier nach seinem Vetter benannt hatte, war mehr als nur eine Verspottung Kai Allard-Liaos, auch wenn Sun-Tzu sich eingestand, daß ihn dieser Aspekt amüsierte. Wie vieles in seinem Leben diente es noch einem zweiten Grund. Der Fisch war ebenso wild wie elegant, geradeso wie Kai es sein konnte. Und seine großen, starren Augen waren unablässig auf Sun-Tzu gerichtet, eine Warnung, seinen Namensvetter niemals zu übersehen, der mit Sicherheit von Zeit zu Zeit nach Sian schaute, um abzuschätzen, wie groß die Gefahr für die Allard-Liaos des St. Ives-Paktes war, die von Sun-Tzu ausging. *Glücklicherweise hat Kai immer seinen Kriegerneigungen den Vorzug vor großen politischen Ambitionen gegeben.*

Andererseits ist das schon mehr als Grund genug, sich Sorgen über meinen Vetter zu machen. Er betrachtete den Fisch nachdenklich.

In den letzten zwei Jahren hatte Sun-Tzu gelegentlich andere Kampffische zu Kai in den Tank geworfen, nur um ihnen zuzusehen. Auf geradezu gespenstische Weise hatte Kai nie verloren und häufig sogar ausgesprochen leicht gesiegt. Es war *fast* genug, Sun-Tzu an Omen glauben zu lassen, aber glücklicherweise stellte Kalis Besessenheit mit derartigen Vorzeichen und sonstigen religiösen Manien eine ständige Erinnerung an den Irrwitz derartiger Vorstellungen dar. Trotzdem, einmal hatte er einen ›Victor‹ zu Kai in den Tank gesetzt. Die beiden Fische waren einander ausgewichen, hatten sich das Territorium geteilt und nicht gegeneinander gekämpft. Sun-Tzu hatte es mit der Färbung des zweiten Fischs erklärt, Victor herausgefischt und selbst auf den Müll geworfen. Das war kein guter Tag geworden.

Das einzige, was er nie getan hatte, war, einem Fisch seinen eigenen Namen zu geben und ihn gegen Kai antreten zu lassen. Er hielt zwar nichts von Vorzeichen, aber er hatte auch kein Bedürfnis, das Schicksal herauszufordern. Sun-Tzu fuhr sich mit der Oberseite eines langen Fingernagels übers Kinn. *Kai ist der tödlichste MechKrieger seiner Generation. Möglicherweise der beste aller Zeiten.* Wenn Kai zuhause geblieben wäre, hätte er seinen Vorstoß gegen den St. Ives-Pakt mit ziemlicher Sicherheit auf eine spätere Gelegenheit verschoben.

Aber Kai ist mit Victor ausgezogen, um gegen die Clans zu kämpfen, und selbst wenn er jetzt zurück ist, kommt er zu spät.

»Armer kleiner Victor«, flüsterte Sun-Tzu, und als er sein Spiegelbild im Glas des Aquariums anlächelte, hob sich seine Stimmung. »Genieße den Aufenthalt auf Luthien.« Er lachte laut, genoß den Klang seiner Stimme, wünschte sich halb, er hätte dabeisein können, als Yvonne Davion ihrem abgesetzten Bruder erklärte, wie er sein Reich verloren hatte. Nach den Berichten der Maskirovka war Victor Steiner-Davion vor zwei Wochen mit den Überlebenden der Einsatzgruppe Schlange und seinen eigenen Kräften in die Freie Innere Sphäre zurückgekehrt, um dort die schlechte Nachricht zu erhalten und sich auf Luthien im Exil wiederzufinden. Die Einsatzgruppe hatte gleichzeitig den Leichnam Morgan Hasek-Davions zurückgebracht, des früheren Herzogs der Mark Capella, dessen beträchtliche Unterstützung Candace hätte gewiß sein können.

Das Schicksal meint es gut mit mir.

Kaum etwas von dem, was er in den letzten vierundzwanzig Stunden erfahren hatte, wirkte negativ. Talon Zahns Meldungen deuteten auf erste Schwierigkeiten des an die Grenze seiner militärischen Möglichkeiten stoßenden St. Ives-Paktes hin. Candaces jüngste Überfälle auf vorgeschobene Nachschubbasen in den Umstrittenen Territorien waren schmerzhaft, und ihr Einsatz einiger Söldnereinheiten mit Veteranen- und Elitestatus versprach, die Kämpfe auf den nächsten Zielwelten der Offensive zu verlängern – aber einen allzu großen Unterschied dürften sie nicht machen. *Selbst Kai als Kommandeur der 1. St.-Ives-Lanciers ist in diesem späten Stadium des Spiels nicht mehr in der Lage, etwas an seinem Ausgang zu ändern.*

Die Systeme der Chaos-Marken widersetzten sich seiner Rückkehr weit stärker als irgend jemand vorausgesehen hatte, aber sie waren von geringerer Bedeutung. Nur Wei und möglicherweise die schwerverteidigte Pleione stellten eine tatsächlich oder potentiell dauerhafte Gefahr in den Umstrittenen Territorien dar. Und die Bewegung Freies Tikonov hatte sich gewiß etabliert, so sicher, daß auch Katrina sie nicht mehr auslöschen konnte. *Aber ich hoffe, daß sie es trotzdem versucht. Nichts schürt eine Rebellion so sehr wie militärische Unterdrückung. Ungeachtet aller Davion-Propaganda über die Unterdrückung der Freiheit in der Konföderation erhalten die VerCommer ihre Regierungskontrolle ebenso durch Waffengewalt aufrecht, wenn nicht sogar noch mehr.*

So viele Fäden, die sich aus seiner Hand zum Horizont zogen. *Gut, ein paar davon sind mit Blut getränkt, sogar mit capellanischem Blut. Gelegentlich muß ein Knoten gelöst werden, und der Teppich, den sie weben, wird alles bisher Dagewesene in den Schatten stellen.*

Naomi Centrella, ein weiterer Faden, und einer der wenigen, von denen das Endergebnis entscheidend abhing, würde in Kürze an der Spitze der Kolonialmarshals und eines capellanischen Regiments auf Detroit eintreffen, um ihre Mutter zu befreien und Maltins lächerlichen Putschversuch niederzuschlagen. Danach würde Sun-Tzu die Nachricht weitergeben, daß ihre ältere Schwester tot war, unter Victors Befehl im Kampf gegen die Clans gefallen. *Damit wird Naomi Thronfolgerin des Magistrats. Das zwingt sie und ihre Mutter weiter in mein Lager als Gegner des Vereinigten Commonwealth. Wen kümmert's, daß Victor es nicht länger regiert? Und ich brauchte Danais Tod nicht einmal selbst zu arrangieren. Das ist immer ein Vorteil.*

Sun-Tzu zwang sich, zur Kante des Sessels vorzurutschen. Es war verlockend, sich in die Polster zurückzulehnen, vor dem Aquarium zu entspannen und Arbeit und Mühen auf den nächsten Tag zu verschieben. Aber das war nicht seine Art. *Ich habe eine Serie kleiner Siege errungen, die mein Reich stärken und Größeres verheißen. Doch Siege sind niemals absolut. Sie müssen geschützt werden.*

Er stand auf, zündete ein neues Sandelholz-Räucherstäbchen an und wanderte langsam durch das Büro. Es war nicht einfach, ein Problem zu erkennen, bevor es akut wurde. Soweit er es sah, mußten die bereits in Gang gesetzten Pläne ihn bis zur nächsten Sternenbund-Konferenz in sechs Monaten tragen können. *Noch sechs Monate als Erster Lord.* In dieser Zeit mußte er eine solidere Präsenz im St. Ives-Pakt etablieren, die seinen Anspruch auf das Gebiet untermauerte. Das, und noch etwas anderes.

Da ich nicht hoffen kann, bis November die ganze Kommunalität Tikonov zurückzuerobern, jedenfalls nicht, ohne meine Absichten für alle Welt erkennbar zu machen oder an anderer Stelle ein Opfer zu bringen, wäre es eine Hilfe, wenn ich mit einem etwas positiveren Erbe aus meiner Amtszeit als Erster Lord auf Tharkad eintreffen könnte als nur anhaltenden Konflikten in St. Ives. Er hatte während des Angriffs der Freien Inneren Sphäre auf Clan Nebelparder die Nachschublinien offengehalten und geholfen, die zerschlagenen Armeen schnell wiederaufzubauen, aber all das würde vor Victors endlichem Sieg und Candaces aktuellen Beschwerden verblassen.

Ich muß die anderen Lordräte irgendwie verunsichern, ihre Aufmerksamkeit auf die Punkte konzentrieren, die mir genehm sind, und gemeinsame Aktionen gegen mich verhindern. Katrina wird mir in begrenztem Umfang helfen, aber nur, bis ich sie als meine Nachfolgerin vorgeschlagen habe und die Stimmen gezählt sind. Egal, ob sie gewinnt, verliert oder die Abstimmung unentschieden ausgeht, danach wird sie mich fallen lassen, so wie ich es mit ihr täte. Auf Thomas hätte ich mich einmal verlassen können, aber der junge Janos Marik ist geradezu widerlich gesund, und mit den Gerüchten über eine zweite Schwangerschaft kann ich mir nicht einmal sicher sein, daß Isis' Gefährdung auf Hustaing ihn länger bei der Stange hält.

Isis... Das war tatsächlich ein Problem, aber nicht für heute. Er schüttelte den Kopf. *Ich brauche etwas. Irgendein zusätzliches Prestige oder einen Sieg, der die anderen in ihrem Umgang mit mir vorsichtiger macht.*

Aber was immer das sein konnte, er kam nicht darauf.

Trotzdem, seine Pläne für den Pakt würde er davon nicht beeinflussen lassen. *Eine solide Präsenz in St. Ives erfordert befriedete Systeme.* Sun-Tzu blieb bei den Verandatüren stehen und starrte hinaus in den grauen Himmel über seiner Hauptstadt. »Falls du irgendwelche

Zweifel an meiner Entschlossenheit gehabt haben solltest, Tante Candace, kannst du die jetzt begraben.«

* * *

Palastanlage, Tian-tan, St. Ives
Herzogtum St. Ives, St. Ives-Pakt

Candace Liao schlich sich in die Strategische Zentrale des Palasts, um die Diskussion zwischen Oberst Caroline Seng und mehreren hohen Paktoffizieren nicht zu stören. Sie bedeutete dem Posten an der Tür mit einer Handbewegung zu schweigen, und trat nur wenige Schritte in den Raum. Ihre Senioroberste studierte das Hologramm aufeinandertreffender BattleMecheinheiten auf einem der Kartentische der Zentrale. *Sind das die Ergebnisse einer der jüngsten Schlachten, oder handelt es sich um einen Aktionsvorschlag?*

»Auf Nashuar erleiden wir jetzt schwere Verluste«, stellte ein Major fest und bewegte die Hand in einer ausladenden Geste über die winzigen BattleMechs, die einander auf dem Tisch beschossen. »Das zeigen die Gefechts-ROMs dieses jüngsten Konflikts sehr deutlich.« *Also eine aktuelle Schlacht*, dachte Candace. *Und mehr ernüchternde Neuigkeiten.* »Die lyranischen Sternenbundtruppen sind aggressiver geworden und werden noch zusätzlich von Haus Hiritsu unterstützt. Die 7. RKG hält die Linie, aber allmählich verliert sie ihre komplette Hilfstruppen- und Nachschubstruktur.«

VCS-Generalin Simone Devon schüttelte den Kopf. »Die 7. hält durch, solange das nötig ist.« Sie blickte Caroline Seng an, der sie in Angelegenheiten, die die Pakt-Politik betrafen, den Vorrang einräumte. »Aber es würde helfen, wenn wir ihr eine der neuen Söldnereinheiten zuteilen könnten. Das nähme etwas von dem Druck, die Nordzone Nashuars zu halten.«

Seng nickte abwesend, ohne den Blick von der Karte zu heben. »Haben Sie jemand bestimmtes im Auge?« fragte sie.

»Die Arcadians«, antwortete Devon sofort. »Ihre Führung besteht zum großen Teil aus alten VerCom-Patrioten, was die Integration erleichtert. Außerdem eignen sich ihre taktischen Stärken für flankierende Unterstützungsaktionen.«

Candace war wieder einmal beeindruckt von Simone Devons Gedächtnis. *Wir können froh sein, sie zu haben. Aber sie steht natürlich deutlich auf Victors Seite, und Katrina wird es erwarten können, sie zurückzubekommen.*

»Ich werde Ihren Vorschlag unterstützen und der Herzogin vorlegen«, erklärte Seng. »Ich bin sicher, der Befehl kann sofort rausgehen.«

Candace räusperte sich und unterbrach die Diskussion. »Sie haben meine Erlaubnis, Oberst Seng. Gesundem Menschenverstand beuge ich mich gerne.« *Und wenn ich damit Simons Truppen eine gewisse Erleichterung verschaffe, ist es das mindeste, was ich tun kann.* »Kann ich sonst noch etwas für Sie tun, wenn ich schon einmal hier bin und Sie störe?« Niemand wagte es, eine Forderung vorzubringen, aber Candace las Zögern in Sengs Blick. »Ja, Caroline?«

»Unsere Militäreinheiten operieren immer noch entsprechend Eurer Anordnung mit minimaler Gewaltanwendung«, bemerkte die Oberste zögernd. »Im Lauf der letzten Woche haben Sun-Tzus Konföderationseinheiten ihre Vorstöße erheblich verschärft. Wir erleiden Verluste. Ich bin mir bewußt, daß es eine Eskalation darstellt…«

»…Aber die läßt sich ohnehin nicht vermeiden«, unterbrach Candace. »Und unsere Leute wären weniger eingeschränkt in ihren Möglichkeiten. Ich habe erwartet, daß es soweit kommt.« Sie deutete mit einem entschiedenen Kopfnicken auf die Hologrammkarte. »Ich hatte nur gehofft, wir könnten damit bis kurz vorm Sternenbundgipfel warten. Sun-Tzu scheint uns diese Zeit nicht geben zu wollen.«

»Es ist nicht nur Nashuar, Herzogin«, meldete sich eine neue Stimme. Sie gehörte einem einfachen Kapitän der 2. St.-Ives-Lanciers, aber wenn Caroline Seng ihn zu dieser Besprechung eingeladen hatte, mußte er äußerst kompetent sein. Auf jeden Fall war er selbstsicher genug, seine Meinung zu sagen. »Vestallas und Brighton stehen kurz vor der Kapitulation, besonders nach der Ankunft von McCarron's-Armored-Cavalry-Einheiten. Sie brauchen Verstärkungen und eine freiere Hand beim Vorgehen gegen die Invasoren, um sie in diesen Systemen zu binden.«

»Sie zu binden?« fragte Candace. »Wollen Sie damit andeuten, daß sie nicht planen, in den betreffenden Systemen zu bleiben und sie zu sichern?«

Der Kapitän schüttelte den Kopf. »Ich habe die Armored Cavalry studiert, Herzogin. Sie werden diese Planeten als Sprungbrett benutzen, sobald sie den anderen capellanischen Einheiten etwas Raum erkämpft haben, um Taga und möglicherweise St. Loris anzugreifen. Das ist der logische nächste Schritt.«

Seng nickte. »Ich bin der gleichen Ansicht. Sun-Tzu wird uns zuerst zurückdrängen wollen, uns tiefer im Paktinnern in die Defensive zwingen, um dann zurückzufallen und die Stellungen in den Systemen der ersten Welle auszubauen, während wir die Sekundärziele befestigen.«

Candace runzelte die Stirn. *Hinterhältig genug ist dieser Plan, aber ist es auch tatsächlich der, den Sun-Tzu verfolgt?* »Was ist mit der Dampfwalzenstrategie in der Marik-Liao-Offensive von '57?«

»Damals hatte Sun-Tzu die Liga Freier Welten im Rücken«, stellte Seng fest. »Diesmal operiert er mit begrenzteren Mitteln. Trotz seines Zugriffs auf Magistratseinheiten muß er auch in den Umstrittenen Territorien und den Chaos-Marken starke Truppenverbände einsetzen.«

»Und er wird vor der Konferenz auf Tharkad einen soliden Brückenkopf auf unserem Gebiet etablieren wollen«, meinte Candace und erkannte einen neuen Vorteil, auf den ihr Neffe aus war. Das Ganze hielt allen Einwänden stand, und ausnahmsweise hatte Candace den Eindruck, seine Pläne tatsächlich durchkreuzen zu können. »In Ordnung«, erklärte sie entschieden. »Werden Sie offensiver und verstärken Sie die Grenzwelten mit Söldnerreserven. Ich hatte gehofft, diesen Zug hinauszögern zu können, aber offensichtlich ist es an der Zeit, die Gebietsgewinne, auf die Sun-Tzu baut, kostspieliger zu machen.«

Sie drehte sich zur Tür, blieb dann aber noch einmal für ein letztes Wort an ihre hohen Offiziere stehen. »So oder so werden wir diesen Krieg beenden.«

MORDACKER

Soldaten töten den Feind, weil sie wütend sind.

– Sun Tzu, *Die Kunst des Krieges*

Was die meisten Generäle zu vergessen scheinen, ist, daß dies für beide Seiten gilt.

– Sun-Tzu Liao, Tagebucheintrag
für den 28. Juli 3059, Sian

28

Shi-Zhong-Xin-Park, Föhrental, Denbar
Xin-Sheng-Kommunalität, Konföderation Capella

18. April 3061

Der Duft von Gras und frischer Erde vermischten sich in der warmen Brise, die über Föhrentals Zentralpark wehte, wo die Hustaing-Rabauken und zahlreiche Freiwillige aus der Stadtbevölkerung an den Schäden der Kämpfe im Februar arbeiteten. Ni Tehn Dho unterbrach seine Arbeit und wischte sich mit dem Ärmel den aus dem matten grauen Haar tropfenden Schweiß von der Stirn, während er sich mit der anderen Hand auf die Schaufel stützte. Die körperliche Arbeit unter warmer Sonne strengte sein altes Herz auf eine Weise an, wie es nicht einmal die Erregung eines BattleMech-Gefechts fertigbrachte. Trotzdem konnte er es sich nicht verkneifen, das neue Rangabzeichen eines Sang-shaos am Kragen seiner Gefechtsmontur zu betasten, bevor er weitermachte.

»Immer noch nicht richtig daran gewöhnt, Sang-shao?« Sao-wei Hugh Feng warf seinem Kommandeur ein zögerndes Lächeln zu, eine bemerkenswerte Veränderung seiner üblichen mürrischen Miene. Anscheinend war auch Feng guter Laune. Dann stieß er die Schaufel in die Schubkarre mit Humus und warf eine neue Ladung auf die schwarzverbrannten Spuren eines schlecht gezielten PPK-Schusses.

Der frisch beförderte Ni Tehn Dho nickte abwesend. Mit dem Material und der Ausrüstung, die Haus Hiritsu seinem Bataillon beim Abflug hinterlassen hatten, sowie der verigraphischen Anweisung des Kanzlers, seine Einheit aufzustocken, hatte er ein kleines Team zurück nach Hustaing gesandt, um neue Rekruten anzuwerben. Auf Dhos Autorität und eine liberale Auslegung des Kanzlerbefehls hin hatten seine Leute darüber hinaus noch genug Panzer- und Infanterietruppen der Planetaren Miliz Hustaings requiriert, um ein volles Wach- und Hilfsbataillon auszuheben. Überraschenderweise hatte das Verwaltungs- und Finanzbüro des Capellanischen Heers die Aktion abgesegnet und sogar noch seine Beförderung und die Erlaubnis für den neuen Sang-shao durchgesetzt, Untergebene nach Bedarf zu befördern, um die Befehlsstruktur des Regiments aufzufüllen.

Aber seit wann machen sich Regimentskommandeure die Hände mit Aufgaben für einfache Soldaten schmutzig? fragte er sich. Seit der Xin Sheng, lautete die Antwort, und auch, weil Sang-shao Dho seiner Einheit noch etwas zu beweisen hatte.

Mit Ausnahme einer BattleMech-Kompanie und einer kleinen Zahl kombinierter Panzer-/Wachtruppen-Lanzen, die durch Föhrental patrouillierten oder am Raumhafen die Landungsschiffe sicherten, waren *alle* Hustaing-Rabauken zum Arbeitseinsatz erschienen. Bis zu dieser Woche hatten die humanitären Anstrengungen Vorrang gehabt, und zwar erst unter der Ägide Kuan Yin Allard-Liaos, dann unter der des Kanzlers. Die Kämpfe in und um Föhrental waren effektiv vorüber, auch wenn unzufriedene Zivilisten immer noch genug Ärger machten, daß Dho eine MechLanze als Schutz gegen einen möglichen Angriff in den Park beordert hatte. Einheiten in Kompaniestärke reisten routinemäßig zu den anderen Städten Denbars, um die Besatzung durchzusetzen und alle sich widersetzenden Heimatmilizeinheiten unter Arrest zu stellen. Meldungen und vereinzelte vermißte Patrouillen deuteten auf die Möglichkeit eines wachsenden, organisierten Widerstands gegen die Rückkehr der Konföderation hin, und Sang-shao Dho würde sich darum kümmern müssen, aber nicht gerade heute.

Heute wollte er bei den neuen capellanischen Bürgern Denbars etwas guten Willen fördern.

Dho arbeitete speziell als Beispiel für sie Seite an Seite mit seinen Leuten. Es war eine Lektion darüber, daß ein Krieger eine Verantwortung für die Schäden trug, die er in der Ausübung seiner Pflichten anzurichten gezwungen war. Sie waren in den Morgenstunden mit Spitzhacken, Schaufeln und sonstigem Werkzeug angerückt, das sie sich beim städtischen Gartenamt ausgeliehen hatten, um das verwüstete Gelände wiederherzurichten. Ein Teil von ihnen arbeitete an den Bodenschäden, so wie der Sang-shao. Andere räumten Schutt weg oder verarzteten beschädigte Bäume. Noch mehr standen im Seebecken, dessen Wasser durch die riesigen Risse versickert war, die Dhos *Victor* in den Betonboden getreten hatte.

Die Instandsetzung des Sees versprach eine nicht zu unterschätzende Wirkung auf die Stadtbevölkerung. Er war wirklich der Stolz der Parkanlage gewesen. Kaum sechs Stunden nach Beginn ihrer Bemühungen sah der Kommandeur der Rabauken bereits einen Erfolg. Den größten Teil des Morgens über hatten seine Krieger allein gearbeitet. Um den Mittag waren die ersten Föhrentaler erschienen und hatten die Arbeiter unterstützt. In diesem Augenblick kam eine Städterin mit einer Schubkarre frischer Erde herübergefahren, um einige tiefe Furchen aufzufüllen, die ein Mechfuß in der Nähe in den Rasen geschnitten hatte. Viel war es nicht, aber immerhin ein Anfang.

Das Funkgerät an Ni Tehn Dhos Gürtel meldete sich mit einem lauten Krächzen. »Sang-shao, hier ist Sao-shao Evans. Ich habe zwei Nachrichten vom Raumhafen, Herr. Möchten Sie zuerst die gute oder die bessere hören?«

Dho runzelte leicht die Stirn. Der Schweiß lief an den Furchen entlang und tropfte in sein rechtes Auge. Er wischte sich mit einer Hand das Gesicht und zog mit der anderen das Funkgerät vom Gürtel. Evans stand in einem erbeuteten *Totschläger* Wache, einem älteren Modell, aber dem einzigen verfügbaren Ersatz seit der Vernichtung seines *Jenner. Ich muß mich einmal mit Evans unterhalten. Er hat offenbar zuviel Umgang mit den Spielhallenrangern.* Aber das war kein Grund, die offensichtlich gute Laune des Mannes gerade jetzt zu dämpfen. Er drückte den Sprechknopf. »Geben Sie mir die gute Nachricht, Danny.«

»Die SR ist mit der Panzerlanze fertig, die heute morgen kam. Mit Ihrer Erlaubnis möchte sie die Einheit zur Neueinteilung freigeben.«

Womit schon die dritte Panzerlanze der Denbar-Heimatmiliz seit der formellen Ausrufung der capellanischen Besatzung freiwillig in unsere Dienste getreten ist. Dho lächelte. Shiao-zang Nons Beschlagnahme der Ausrüstung sich widersetzender Kampfeinheiten mochte unter den Kriegern, die zurück ins Zivilleben entlassen worden waren, für erstaunliche Haßgefühle gesorgt haben, aber sie hatte eine größere Anzahl von Einheiten dazu bewegt, eine neutrale Haltung einzunehmen oder sich sogar formell für den Dienst in der Konföderation zu verpflichten. Er zupfte sich den dünnen Bart. *Kein schlechter Tausch.*

»Teilen Sie ihr mit, daß ich es ihr überlasse, wie sie vorgeht«, gab er zurück. »Aber ich würde es vorziehen, wenn sie in derselben Stadt eingesetzt werden, aus der sie gekommen sind.«

»Soweit ich das sehe, hat die SR das auch vor, Herr.«

Dho nickte zufrieden, konnte aber trotz allem ein leises Unbehagen über seine Wahl einer Stellvertretenden Regimentskommandeurin nicht unterdrücken. Nicht, daß Zhong-shao Ilsa Cappucio nicht kompetent gewesen wäre und den Posten verdient gehabt hätte; doch es war ein weiterer Bruch capellanischer Traditionen.

Wann hat ein BattleMech-Regiment schon je die Chefin seiner Panzertruppen zur Stellvertreterin des Kommandeurs ernannt? Manchmal hatte er den Eindruck, daß die Hustaing-Rabauken es darauf anlegten, so viele Konventionen des Capellanischen Heers wie möglich zu brechen, ungeachtet seiner Überzeugung, daß viele dieser Konventionen essentiell für die Führung einer anständigen capellanischen Militäreinheit waren.

Er preßte den Daumen wieder auf den Sprechknopf. »Und was ist die bessere Nachricht, Sao-shao?«

»Marshigamas Legionäre sind im Orbit. Sie wollen uns wie angewiesen eine Lanze brandneuer BattleMechs abliefern und dann Posten auf den östlichen Kontinent beziehen.«

Die Legionäre? Dho verzog das Gesicht und hörte Sao-wei Hugh Feng, der das Gespräch belauscht hatte, aufstöhnen. Sie waren eine alte Söldnereinheit mit langer Geschichte innerhalb der Konföderation und vor kurzem – ähnlich wie zuvor McCarron's Armored Cavalry – vom Capellanischen Heer ›adoptiert‹ worden. Aber sie waren gleichzeitig auch berüchtigt für ihre egoistische Art und ihre tiefe Abneigung gegen jede Form der Zusammenarbeit mit anderen Einheiten. *Das soll eine gute Nachricht sein?* »Sie werden aber nicht mit den Rabauken integriert, oder etwa doch?«

Evans' Belustigung war selbst über Funk deutlich. »Nein, Herr. Das ist die bessere Nachricht, abgesehen von den neuen BattleMechs. Sie müssen ihre Ansichten über integrierte Befehlsstrukturen wohl recht deutlich gemacht haben. Sie nehmen uns nur die Verantwortung für halb Denbar ab.«

Nun, soweit es Sang-shao Dho betraf, hatte er dagegen nichts einzuwenden. Seine Hustaing-Rabauken hielten die Hauptstadt und den wichtigeren der beiden Kontinente besetzt. Die Legionäre durften gerne rebellische Heimatmilizionäre durch die steilen Gebirgsregionen des Südkontinents hetzen. *Und vier neue Mechs sind nie verkehrt.*

»Ich nehme nicht an, daß es sich bei einer der neuen Maschinen um einen *Yu Huang* handelt?« Dho versuchte, sich seinen Eifer nicht anmerken zu lassen, aber ein verhaltenes Grinsen auf Hugh Fengs Gesicht machte ihm klar, daß er dabei nur wenig Erfolg gehabt hatte. Dhos *Victor* war eine gute Maschine, auch wenn sie aus dem Commonwealth stammte, aber der neue überschwere Mech, den Shiao-zang Non benutzte, hatte ihn *wirklich* beeindruckt.

»Nein, Sang-shao. Ein neuer *Rabe*, eine *Schlange* und zwei *Huronen*.«

Dho zuckte die Schultern. Alles gute capellanische Modelle. »In Ordnung, Danny. Danke für die Mitteilung. Grüßen Sie Sang-shao Marshigama von mir, und dann suchen Sie sich eine Ablösung.«

»Sang-shao? Sie wollen mich ablösen?« Am Rande der Grasfläche drehte Evans' *Totschläger* sich zu Ni Tehn Dho um.

Mit einem frechen Grinsen winkte der zu dem Mech hinüber. »Ja. Sie klingen mir so, als hätten Sie da oben zu viel Spaß. Runter mit Ihnen, und greifen Sie sich eine Schaufel.« Er steckte das Funkgerät wieder an den Gürtel und lachte laut auf, als Evans den *Totschläger* mit beinahe resigniert hängenden Schultern wieder umdrehte. *Vielleicht war ich etwas zu sehr auf die Vergangenheit fixiert,* dachte er, und verdrängte seine Sorgen. *Die Rabauken könnten sich als Vorzeigeeinheit für die neue Anstrengung Capellas erweisen, eine echte Xin-Sheng-Truppe. Wir alle sind stolz auf unser capellanisches Erbe, aber das macht uns keine Angst vor Veränderung. Und vor allem: Wir erledigen unsere Arbeit.*

Eine bewundernswürdige Haltung, die ganze zehn Sekunden anhielt und dann ein jähes Ende fand, als die in der Nähe arbeitende Zivilistin blutend zusammenbrach. Der ferne Knall eines schweren Gewehrs ließ keinen Zweifel an der Ursache. Dho hatte kaum Zeit, sein Funkgerät zu packen und ›Scharfschütze‹ zu brüllen, als Hugh schon gegen ihn prallte und ihn zu Boden warf, wo er den Sang-shao unter seinem größeren Gewicht begrub.

Halb in dem flachen Graben des alten PPK-Treffers liegend, konnte Ni Tehn Dho selbst nach Monaten noch das Ozon riechen, das tief in die verkohlte Erde gedrungen war. Keine drei Meter entfernt krümmte sich die getroffene Denbarin noch ein paarmal und blieb dann reglos liegen, während ihr Blut den Rasen rot färbte. *Galt der Schuß einem meiner Krieger? Oder ist das der Preis, den sie dafür zahlen mußte, mit dem Feind zu kollaborieren?*

Ein zweiter Schuß zog eine dünne Furche durch den Erdhaufen in Hughs Schubkarre und grub sich einen Meter vor Dhos Kopf in die Erde. Er verfolgte die Linie vom Einschlagspunkt über die Schubkarre zu einem der Obergeschosse eines Wohnhauses auf der dem Park gegenüberliegenden Straßenseite. Er stieß Hugh beiseite und drückte den Sprechknopf seines Funkgeräts. »Wohngebäude, Südseite. Sechster Stock, vielleicht höher.«

Hugh verschwendete keine Zeit damit zu suchen. Er krabbelte hinüber zur Schubkarre, dann erhob er sich gerade weit genug, um sie zu drehen und in Richtung seines Kommandeurs auszukippen. Ni Tehn Dho hechtete in die improvisierte Deckung, nur den Bruchteil einer Sekunde später gefolgt von Sao-wei Hugh Feng.

Nicht schnell genug, wie sich herausstellte. Die dritte Kugel traf den Sao-wei und durchschlug dessen Brustbein.

Hugh schlug mit nicht mehr als einem einzelnen kurzen Aufschrei auf, der wie ein Echo des Gewehrschusses klang, dann verstummte er. Sein Blut spritzte aus der Wunde und durchnäßte Dhos Ärmel. »Siebter Stock«, rief eine Stimme über Funk. Anscheinend hatte ihr Besitzer das Mündungsfeuer gesehen. »Fünftes Fenster.«

Dhos Atem ging stoßweise vor Wut. »Erledigt diesen Wang ba dan, sofort! Es ist mir egal, wie. Vorwärts!«

Die Antwort auf seinen Befehl war ein Stakkato von Detonationen, das beinahe an reißenden Stoff erinnerte. *Leichtes Autokanonenfeuer.* Dho rollte hinter dem Erdhügel vor und sah Evans *Totschläger* zwischen sich und dem Wohnhaus stehen, den rechten Arm mit der 30mm-Autokanone auf das Gebäude gerichtet. Von der zertrümmerten Fassade regneten Glas und Steine auf die Straße. Nur um sicherzugehen, schien es, gab Evans noch einen schnellen zweiten Feuerstoß ab, der noch mehr Außenwand zertrümmerte und den Raum dahinter zweifellos in ein Inferno verwandelte.

Sang-shao Ni Tehn Dho kam langsam auf die Beine. Er blickte von dem zerstörten Appartment auf seinen toten Krieger und weiter zu der toten Zivilistin, die nur versucht hatte, auf ihre Art ein paar Kriegsfolgen zu heilen. *Wir werden sie hier beisetzen*, entschied er, zog das Uniformhemd aus und legte es über ihren Oberkörper. *Sie werden beide hier beigesetzt, wo ihr Blut den Boden getränkt hat, und darüber wird ein Mahnmal entstehen.* Er wußte nicht, ob es viel bewirken würde, wenn sie versuchten, den Krieg auf diese Weise persönlicher zu machen, aber Dho hoffte es zumindest.

Und hier und jetzt war es das Beste, das er für die beiden tun konnte.

29

Khingangebirge, Nashuar
Herzogtum St. Ives, St. Ives-Pakt

24. April 3061

Die Morgenschatten lagen über Nashuars Großem Khingangebirge, als Lance Sergeant Maurice Fitzgerald in den flachen Tälern des Vorgebirges, in dem eine Kompanie der 7. VerCom-RKG als Vorkehrung gegen feindliche Flankenbewegungen auf Streife geschickt worden war, das Schlachtfeld fand. Er ließ den *J. Edgar* auf der Mitte der Lichtung ausgleiten, wo er keinerlei Deckung mehr hatte, und schaltete die Hubpropeller aus, die mit einem letzten Windstoß durch die Schürzen des Luftkissenpanzers zum Stillstand kamen. Dann packte er ein Sturmgewehr und ein Handfunkgerät, vergewisserte sich, daß die Batterien in Ordnung waren, und öffnete die Luke. Fitz wußte sehr gut, daß man ein Fahrzeug nicht auf einem ungesicherten Schlachtfeld verließ, aber er mußte hinaus und es sich selbst ansehen.

Außerdem ist hier niemand mehr.

»Fitz, hast du sie nicht mehr alle?« Das war Lance Corporal Chi Kung in Schleicher Zwo, deren Stimme kaum mehr als ein schockiertes Flüstern war. »Knöpf dich wieder zu.«

Fitzgerald stand an der Vorderkante seines Panzers und sah sich um. Die Frühlingssonne wärmte ihn durch die gepolsterte Uniform. Soweit sein Blick reichte, bis zu Goldkiefernwäldern und Berghängen, sah er ein Trümmerfeld. Zerschossene Mechs und Panzer, die in kleinen Gruppen beisammenliegenden Leichen von Infanteristen. Gute zwanzig Meter von den nächsten Toten entfernt stieg ihm noch der durchdringende süßliche Gestank des Todes in die Nase. Viele Fahrzeuge waren nur noch ausgebrannte Wracks, und manche Mechs schienen so mitgenommen, daß in den Haufen verdrehter Metallschlacke nur noch wenige Einzelteile halbwegs erkennbar waren. Das fröhliche Zwitschern der Vögel wirkte angesichts dieser Verwüstung und Schlächterei besonders fehl am Platze.

Wir haben es schon erwartet. Zwei Tage ohne Kontakt. Fitzgerald rieb sich grob mit einer Hand den Nacken und versuchte, entspannter zu atmen. *Aber es mit eigenen Augen zu sehen…*

Die über Jahrhunderte der Nachfolgekriege gewachsenen Bergepraktiken der Inneren Sphäre machten Schlachtfelder wie dieses selten. Üblicherweise strömten Bergungsmannschaften der Siegerseite, wenn nicht sogar beider Seiten, auf das Gelände, noch bevor alle Feuer ausgebrannt waren. Sie sammelten die eigenen Gefallenen ein, beerdigten die der Gegenseite und suchten das Feld nach verwertbarer Ausrüstung ab. Von seiner Position aus konnte Fitz mindestens drei BattleMechs im Wert von Millionen C-Noten sehen, die nur ein fehlendes Bein oder ein zertrümmertes Gyroskop daran hinderte, aus eigener Kraft das Schlachtfeld zu verlassen. *Haben sie bis zum letzten Mann gekämpft? Keine Gnade, keine Gefangenen?*

Danach sah es zumindest aus. Fitzgerald suchte nach einer Bewegung. Er fand keine, außer dem Wind, der durch ein paar spärliche, aber hohe Gräser fuhr. Er nahm den Helm ab und lauschte nach Hilferufen oder dem Stöhnen von Verwundeten, doch er hörte nur den Wind in den Bäumen. Er warf den Helm zurück in die Panzerkabine und hob das Funkgerät an den Mund. »Schleicher Drei und Vier, das Gelände erkunden«, befahl er mit gepreßter Stimme. »Ich will eine genaue und getrennte Zählung der Fahrzeuge und Mechs. Soweit möglich inklusive Typ und Farben.« Von seiner Position aus konnte er auf mehreren BattleMechs die Insignien der Lyranischen Allianz erkennen, aber ihre rauchblaue

Bemalung hatte sie ohnehin schon identifiziert. »Ich will sofort benachrichtigt werden, wenn ihr einen Überlebenden oder einen Konföderations-Mech findet.«

Warum ein capellanischer Mech für ihn irgendeine besondere Bedeutung haben sollte, abgesehen von der Bestätigung, daß Einheiten Haus Hiritsus dabei gewesen waren, als die Lyraner die 7. angegriffen hatten, konnte Fitz nicht mit Sicherheit sagen. Er sprang auf den Boden und ging zu den nächsten Leichen hinüber. Ein Infanterietrupp, nur mit leichten Gewehren bewaffnet, und so, wie sie zugerichtet waren, von schwerem Autokanonenfeuer zerfetzt. Er wandte sich ab und ging weiter zu einem verwüsteten *Goblin*-Panzer.

Vielleicht hoffe ich, daß keine Capellaner an diesem Gemetzel beteiligt waren, nicht einmal von denen, die jetzt gerade unsere Feinde sind, denn wenn die zu so etwas fähig waren, sind wir es auch. Das war nicht die Art, wie eine Schlacht ausgetragen wurde. Irgendwann trat die eine oder andere Seite den Rückzug an oder bot die Kapitulation an. Es wurden Lösegelder gezahlt oder Bergungsrechte ausgehandelt. Während er von einem Wrack zum nächsten ging, von einer Leiche zur nächsten, versuchte Fitzgerald herauszufinden, was hier anders gewesen war.

»Haben sie sich gegenseitig umgebracht?« fragte Chi Kung einmal.

Fitzgerald ließ seinen Blick über das Schlachtfeld gleiten, versuchte sogar, ein *Gefühl* dafür zu entwickeln, was hier geschehen war, und schüttelte den Kopf. »Negativ. Jedenfalls glaube ich es nicht. In wenigstens eine Richtung humpeln ein paar Soldaten heimwärts. Wahrscheinlich in beide, aber allesamt ohne auch nur ein funktionierendes Funkgerät.« Er setzte seinen Rundgang fort.

»Schleicher Eins von Drei«, wurde er schließlich angerufen, als er bereits wieder auf dem Rückweg zum *J. Edgar* war. »Keine Überlebenden, keine Konföderations-Einheiten. Ich zähle dreiundzwanzig, das ist Zwo-drei,

BattleMechs oder Überreste und zwölf Panzerfahrzeuge. Ich kann, glaube ich, bestätigen, daß alle VerCom-Mechs anwesend sind. Und die Lyraner haben keine Panzerunterstützung mitgebracht.« Schleicher Vier bestätigte die Zählung.

Also war die Verbundwaffenpatrouille der Siebten von einer Kompanie lyranischer Mechs angegriffen und vollständig aufgerieben worden, hatte aber zumindest bis auf einen alle feindlichen Maschinen mit in den Tod genommen. In Anbetracht der größeren Erfahrung der lyranischen Angreifer war das gar kein schlechtes Ergebnis für den Abschlußbericht. Fitzgerald kletterte zurück in seinen *J. Edgar* und warf noch einen letzten Blick auf den Mordacker. *Mag sein, aber so etwas taucht in keinem Abschlußbericht auf.*

Er verstaute Handfunkgerät und Gewehr, zog den Helm wieder über und schnallte sich an. »In Ordnung«, sprach er ins Helmmikro und bemühte sich um einen geschäftsmäßigen Ton. Nach dem Anblick dieses Massakers fühlten sich seine Leute wahrscheinlich reichlich verwundbar. »Wir haben einen einzelnen lyranischen Mech, der vermutlich mit zertrümmertem Funkgerät nach Hause humpelt. Das macht es zu einem Wettrennen, und wir brauchen das Bergegut hier, um im Spiel zu bleiben.« Beim letzten Teil des Satzes hatte er Schwierigkeiten, die Stimme unter Kontrolle zu halten. *Ein tödliches Spiel.* »Reisegeschwindigkeit, bis wir die Ebene erreichen, dann mit Höchstgeschwindigkeit heim.« *Und mit etwas Glück werden wir eine derartige Erkundung nie wieder machen müssen.*

Aber daran glaubte Fitzgerald nicht. Keine Sekunde glaubte er das.

* * *

Allein an seinem Tisch in der Messe, und immer noch nicht sonderlich hungrig, ignorierte Fitzgerald die Gespräche ringsum und starrte auf sein Tablett. Panierter Fisch mit Reis. Ein typisches Essen, das selbst in der Messe meistens annehmbar war. Er schob es hin und her und verlor sich in den Mustern, die er im Reis erzeugen konnte.

»Hast du vor, das zu essen, oder willst du es einrahmen lassen, wenn du fertig bist?« Danielle Singh setzte ihr Tablett auf dem Tisch ab und schob sich neben ihn. »Ich habe von der Erkundung heute morgen gehört«, erwiderte sie. »Ich hatte gedacht, du würdest das Bergungsteam da raus begleiten.«

Fitz spielte weiter mit seinem Essen. »Meine Lanze hat vierundzwanzig Stunden Ausgang. Wir waren in letzter Zeit sehr beschäftigt.« Er sah zu ihr hinüber und fragte sich, ob Danielle zufällig oder absichtlich hier war. Wollte sie ihn wieder überreden, in die Mechkompanie zu kommen? »Was ist mit dir? Liefert die Heimatmiliz keine Deckung?«

»Nur das Panzerkorps. Sie wollten so schnell wie möglich sein.« Danielle steckte sich ein Stück Fisch in den Mund und kaute langsam darauf herum. »Hat sich als gute Entscheidung herausgestellt. Bevor sie halb fertig waren, ist ein Bataillon Canopische Füsiliere aufgetaucht und hat das Gebiet für die Konföderation gesichert.«

Das erregte sein Interesse. Er stieß das Tablett weg. »Füsiliere? Stehen die nicht auf Milos?« Fitz hatte die Berichte über Truppenbewegungen verfolgt, als ob das Wissen darum irgendeinen Unterschied gemacht hätte. Fast versuchte er, den Krieg wie ein riesiges Solaris-Match auszukalkulieren, und die Chancen standen miserabel.

Danielle zuckte die Schultern. »Wer kommt da noch nach? Gerüchteweise sind die Lyraner abgezogen worden, und die Füsiliere sollen ihren Platz einnehmen.« Sie warf einen bedeutungsvollen Blick auf sein Tablett. »Warum ißt du nichts, Fitz?«

»Hab keinen Hunger«, antwortete er und wollte es dabei belassen, aber dann gab er nach. Wenn es irgend jemanden gab, dem er sich öffnen konnte, dann war es Danielle. »Das Schlachtfeld«, meinte er nur. »Es macht mir zu schaffen.« Er starrte ihr in die Augen, und plötzlich fragte er sich nicht mehr, ob sie zufällig hier aufgetaucht war. »Du hast nach mir gesucht.«

Sie nickte. »Ich bin Chi Kung begegnet. Sie hat mir erzählt, daß es ein herber Anblick war und du nicht mit den anderen dreien nach Hazlet essen gehen wolltest.« Danielle musterte ihn nachdenklich. »Ich hätte nie gedacht, daß du einen nervösen Magen hast.«

Kein Hirn, ja. Einen nervösen Magen, nein. Fitzgerald schüttelte den Kopf. »Sicher, es hat mich etwas mitgenommen. Aber das ging vorüber. Es war etwas anderes. Mit dem leichten Panzer über ein Schlachtfeld zu fahren, auf dem BattleMechs vernichtet worden waren.« Er schüttelte wieder den Kopf. »Da frage ich mich, was ich als Scout erreichen kann.« *Was* wir *gegen die Konföderation hoffen können zu erreichen.*

Danielle legte die Gabel hin und schob ihr Tablett ebenfalls beiseite. »Sie konnten fünf bergungsfähige Maschinen wegschaffen, bevor die Canopier sie vertrieben haben. Wir brauchen MechKrieger für sie. Denkst du daran, Nevarrs Angebot zu akzeptieren?« In ihrer Stimme lag ehrliche Hoffnung.

»Ich denke ständig daran, Danielle.« Er atmete scharf aus. »Aber ich glaube nicht, daß ich schon soweit bin. Ich habe in den Simulationen böse versagt. Das kommt nicht wieder vor.«

»Klar wird es das.«

Fitzgeralds Kopf flog herum. Nach dem Gespräch mit ihr und Nevarr hatte er nicht erwartet, sie das sagen zu hören.

»Ich behaupte nicht, daß du denselben Fehler nochmal machen wirst«, erklärte Danielle hastig. »Dieses Problem hast du beseitigt. Aber du *wirst* da draußen Fehler machen. Das passiert jedem von uns. Und gelegentlich kosten sie Leben.« Ihre braunen Augen suchten seinen Blick. »Die 7. RKG und die Arcadians können nicht überall sein, Fitz. Wir brauchen mehr MechKrieger.«

»Wir *brauchen* Gruppe W, aber die ist auf Taga, nur für den Fall, daß sich die Kämpfe tiefer ins Paktgebiet ausweiten.« *Oder für den Fall, daß Kai Allard-Liao und seine 1. St.-Ives-Lanciers eine Wende bringen können, wenn er erst zurück ist. Falls er es rechtzeitig schafft.* Fitzgerald schluckte heftig, als die Wut ihm die Kehle zuschnürte. »Ein MechKrieger wird hier auf Nashuar keinen großen Unterschied machen.«

Danielle war überrascht und klang plötzlich besorgt. »Das hört sich an, als wärst du bereit, gegen uns zu wetten.«

Fitz beruhigte sich und brachte sogar so etwas wie ein Lächeln zustande. »So übel geht es mir nicht. Noch nicht. Wir halten hier schon durch, und mit der neuen Verstärkung durch ein Arcadian-Söldnerbataillon haben wir eine Hoffnung, die Canopier und selbst Haus Hiritsu eins auf die Nase zu geben. Aber vergiß nicht, daß die zurückschlagen.«

»Vergiß du nicht«, erwiderte Danielle, als sie ihr Tablett nahm und aufstand, »daß wir keine BattleMechs in Reserve halten, während ein einzelner MechKrieger sich überlegt, was er will. Im Augenblick sind Maschinen frei. Wer weiß, wann das wieder vorkommt.«

Er sah ihr hinterher, als sie das Tablett zurückgab und die Messe verließ. *Eher als uns lieb sein kann*, schickte er ihr nach. *Und das ist eine* sichere *Wette.*

30

Poyang Hu, Provinz Wanzai, Nashuar
Herzogtum St. Ives, St. Ives-Pakt

8. Mai 3061

Der Badeort in Nashuars abgelegener Provinz Wanzai erinnerte an ein altes chinesisches Fischerdorf an den grünen Fluten des Poyang Hu. Alle Häuser, vom großen Hauptgebäude bis zu den weitverstreuten Gästebungalows, waren in eleganten, fließenden Linien gehalten, mit ausladenden, in spitzen Firsten auslaufenden Dächern, breiten Stufen… all den klassischen chinesischen Architekturmerkmalen, die später von den Japanern übernommen worden waren. Gewissenhaft gepflegte Bäume und Büsche gaben der ganzen Anlage ihre besondere Atmosphäre und schirmten die einzelnen Bungalows teilweise gegen fremde Blicke ab. Die Mittagssonne glitzerte auf dem Wasser. Die gesamte Szenerie war darauf ausgelegt, an den Frieden einer vergangenen Epoche zu erinnern und geistige wie seelische Ruhe und Gelassenheit zu erzeugen.

Aris Sung saß, immer noch in Gefechtsmontur, mit gekreuzten Beinen auf dem Schwimmdock, den Rücken an einen der grob behauenen Pfosten gelehnt, die es verankerten, und starrte hinaus auf den See. Ab und zu steckte er die Hand ins kühle Wasser und schlug ein paar Wellen. Er suchte nicht nach Ruhe oder Gelassenheit. Seine Kompanie war im Feld, Li Wynn in einer anderen Operation unterwegs, und er hatte gehofft, die Gelegenheit nutzen zu können, um über die Gedanken mit sich ins Reine zu kommen, die ihm in letzter Zeit zusetzten. Aber die asiatische Umgebung beunruhigte ihn tatsächlich nur noch mehr und lenkte ihn von seinem Ziel ab.

Shiao-zang Non hatte diesen Ort seiner Bindungen an

ihr Erbe wegen als Operationsbasis ausgesucht, dessen war er sich sicher. Aber war das als besondere Belohnung des Kriegerhauses gedacht? Oder als Erinnerung, daß diese Welt einst Teil der Konföderation gewesen war, und ihre Bewohner, wenn auch irregeleitet, dennoch Capellaner waren?

Beides, entschied er schließlich. Nach dem Tod der vorigen Haus-Meisterin Virginia York hatte Aris Ty Wu Nons Leistungen als ihr Nachfolger höchst kritisch betrachtet – aber die Kritik natürlich nicht ausgesprochen. Doch im Verlauf der letzten Jahre war Non in seine Rolle des Meisters Haus Hiritsus hineingewachsen. Seine Befehle basierten oft auf Überlegungen, die für den einfachen Krieger nicht nachvollziehbar waren. In den meisten Fällen jedoch erwiesen sie sich schließlich als von einer Weisheit durchzogen, die Aris einfach nicht ergründen konnte.

Er fühlte die Erschütterung der Dockplanken, noch bevor er die leisen Schritte näherkommen hörte. Er entschied sich, sie zu ignorieren und sich nicht in seinen Überlegungen stören zu lassen.

»Ich sehe es nicht gerne, wenn einer meiner Krieger brütet.« Ty Wu Nons Stimme klang ruhig und sachlich. »Ganz besonders nicht, wenn er ein Haus-Sifu ist.«

Aris fiel fast vom Steg ins kalte Wasser des Sees, als er erschreckt zusammenzuckte, herumfuhr und versuchte, sich aus seiner entspannten Sitzhaltung aufzurichten. In einer einzigen schnellen Bewegung trat der Shiao-zang heran und legte eine stützende Hand auf Aris' Schulter. »Bleib sitzen, Aris Sung. Ich werde dir Gesellschaft leisten.« Der Haus-Meister kniete sich auf das Dock, wobei er sorgfältig darauf achtete, seine breitschultrige Robe nicht zu zerknittern, und ließ den Blick über die grünschimmernde Wasseroberfläche schweifen, in der sich das bewaldete Ufer spiegelte. »Du hast dir eine hübsche Aussicht ausgesucht.«

Viele Haus-Krieger bevorzugten zwischen den Missionen formlose Kleidung. Aris hatte das als einheimelnd empfunden und war bei seiner Dienstuniform geblieben, obwohl er genau wußte, daß er seinen Kameraden damit Unrecht tat. In Wirklichkeit trugen sie einfach nur ihre Hausmontur, die zwar außerhalb der Hiritsu-Hausanlage selten zu sehen, aber von Ty Wu Non erlaubt war. Plötzlich kam Sung sich neben dem Shiao-zang, der eine so einfache Kleidung ausgewählt hatte, um den wunderschönen Tag zu genießen, sehr abweisend vor. Er zupfte sich unbehaglich am Kragen.

»Ich brüte nicht, Shiao-zang«, erwiderte er Nons Kommentar. »Ich denke nach.«

»Na dui ma?« Tatsächlich? »Besteht da ein Unterschied?« Der Haus-Meister lächelte dünn. »Die Besatzung Nashuars war für uns alle eine Belastung, Aris Sung. Ich würde nie so weit gehen zu behaupten, daß Haus Hiritsu die falsche Einheit für diese Mission war, aber Meister Kungs Lehren lasten schwer auf uns. Wir spüren das Bedürfnis, unserer Familie, selbst entfernten Angehörigen, die nur durch das zaghafteste capellanische Erbe mit uns verbunden sind, Respekt und Höflichkeit zukommen zu lassen. Doch das fällt schwer, wenn es unsere Pflicht ist, sie zu unterwerfen.«

Das dürfte einer Kritik des Kanzlers näherkommen, als irgendein Haus-Meister es je gewagt hat. Aris nickte, vor Schreck fast gelähmt. Die Lehren des Kung-fu-tzu, oder des Konfuzius, für diejenigen Hausmitglieder, die nicht ganz so erfahren in den älteren Formen der Anrede waren, bildeten das Fundament der Hausphilosophie Hiritsus. Es waren hehre Grundsätze, die ein starkes Gefühl der Familienzugehörigkeit innerhalb des Hauses förderten. Möglicherweise hatte Meister Non recht, und es hätte Haus Imarra mit seinen politischen Neigungen oder Daidachi mit seiner Betonung herausragender kämpferischer Leistungen sein sollen, das hier Dienst tat.

Nach einem Augenblick stillen Nachdenkens entschied Aris, daß der Shiao-zang möglicherweise eine Antwort von ihm erwartete. *Aber nichts direktes. Keine höfliche Konversation, nur das nächstbeste.* »Ich habe die ROMs des Khingan-Gefechts studiert«, stellte er vorsichtig fest, und die leichte Gewichtsverlagerung Ty Wu Nons zeigte ihm, daß er die Aufmerksamkeit seines Shiao-zangs besaß. »Sie wurden uns von den Lyranern zur Verfügung gestellt, bevor Kanzler Liao ihren Rückflug in den Allianzraum anordnete.« Er schüttelte den Kopf. »Das war keine Pflichterfüllung, das war persönlich. Ich bezweifle, daß Haus Hiritsu jemals mit derartiger Wildheit über andere Capellaner herfallen könnte.«

Ty Wu Non sah Aris offen an, und die Blicke ihrer dunklen Augen trafen sich. »Was der exakte Grund sein könnte, warum wir für die Mission ausgewählt wurden. Ein interessanter Gesichtspunkt. Halte diesen Gedanken fest, Aris Sung, und du wirst deine Probleme bewältigen.«

Nein, dachte Aris. *Das sicher nicht. Aber ich werde meine Pflicht tun. Und wo ich es kann, werde ich einen gewissen Stolz auf die Ausübung meiner Verpflichtungen entwickeln.* Aber er nickte und antwortete: »Natürlich, Shiao-zang.«

In einer flüssigen Bewegung erhob Non sich vom Dock und stand auf. »Ich wollte dein… *Nachdenken* nicht unterbrechen. In Wahrheit bin ich nur hier herausgekommen, um die Aussicht zu genießen und dir zu sagen, daß ich mit den Fortschritten deines Schützlings zufrieden bin. Zhang-si Wynn hat sich als sehr findig erwiesen. Ich würde fast soweit gehen, ihn eine Bereicherung des Hauses zu nennen.« Und damit zog der Haus-Meister sich vom Schwimmdock zurück.

Aris stimmte ihm mit einem kurzen Gefühl von Stolz zu. Einen Moment lang erinnerte er sich an den jungen Krieger aus dem vorigen Jahr, der so versessen auf Ruhm und seine Chance gewesen war, dem Haus zu dienen. Aris war überzeugt, daß Li geschafft hatte, zu werden, was er sich erträumt hatte, auch wenn er noch viel zu lernen hatte.

»Genau wie ich«, flüsterte Aris seinem Spiegelbild im See zu. Er fuhr mit der Hand hindurch und es verschwand in den Wellen. *Genau wie ich.*

* * *

Li Wynn stemmte sich gegen den bewußtlosen Körper seines Kameraden und schob ihn von seinen Beinen. *Dafür wird jemand bezahlen.*

Das Innere des brandneuen *Blizzard*-Schwebetransporters bot das reinste Chaos. Nach dem Unfall waren Körper und Waffen über den ganzen Innenraum verstreut. Der Transporter war gegen irgend etwas geprallt, und jetzt neigte sich der Boden des Fahrzeugs in einem seltsamen Winkel. Die Panzerung entlang der linken Seite existierte hauptsächlich nur noch in der Erinnerung. Die Wand wies große Löcher auf, und an einer Stelle, an der ein Laser sich teilweise ins Innere gebrannt hatte, glühte sie kirschrot. Ein paar unglückliche Infanteristen waren von Trümmerstücken getroffen worden, und ihr Blut sammelte sich langsam in der untersten Kabinenecke. Li tastete seinen Körper ab, fand aber nur Prellungen und schmerzende Gelenke, keine offenen Wunden oder Brüche.

»Sie kommen herum«, schrie der Fahrer aus seiner Kabine nach hinten. »Ein *Harasser* und ein *J. Edgar.*« Über ihnen schossen mit einem Donnerschlag die Langstrekkenraketen aus der Geschützturmlafette.

Li hatte etwa so viel Vertrauen in die Schutzwirkung der LSR, wie er in die leichte Panzerung setzte, die sie bereits im Stich gelassen hatte. Der *Blizzard* verließ sich zu seinem Schutz vor allem auf Schnelligkeit, und selbst die hatten sie verloren. Li schlang das Sturmgewehr über eine Schulter, packte eine herumliegende Kletterstange und eine Bündelladung und war schon an der hinteren Luke, noch bevor der Befehl zum Aussteigen kam. Während die anderen Haus-Infanteristen sich an Waffen schnappten, was sie finden konnten, drückte Li die Kontrollen und senkte die ganze Fahrzeugrückwand wie eine Rampe ab. Er war als erster draußen und ging sofort hinter einem kleinen Steinhaufen am Fuß eines flachen Hangs in Deckung.

Das Gefecht tobte zwischen zwei langgestreckten Hügeln auf reichlich kurze Distanz. Die BattleMechs unter Lien-zhang James hielten einen Paß, während die Nashuar-Heimatmiliz mit Panzerunterstützung den anderen kontrollierte. Der *Blizzard* hatte versucht, den Gegner zu umgehen und der Infanterie Gelegenheit zu geben, sich dem Feind zu nähern und Bündelladungen an dessen Kampfkolossen zu plazieren, als die leichte Panzereskorte der Heimatmiliz ihn entdeckt hatte.

So leicht ist Hiritsu-Infanterie nicht auszuschalten. Li sah die beiden feindlichen Schweber, die klugerweise in einer weiten Kurve wendeten, um den BattleMechs des Kriegerhauses nicht zu nahe zu kommen. Er versuchte, den nächsten Angriff auf den *Blizzard* vorauszuberechnen, dann setzte er zu einem Sprint zu einem Punkt hundert Meter entfernt auf offenem Gelände an.

»Li, komm zurück«, rief Zhang-si Mikhail Chess, als Li aufstand. »Was hast du vor?«

»Vergeltung!« brüllte Li zurück. Dann konzentrierte er sich ganz darauf, einen Fuß vor den anderen zu setzen und rannte auf sein Ziel zu, so schnell ihn die Beine trugen.

Ein kleines, verkrüppeltes Gebüsch bot die einzige Deckung in der Nähe, und Li rutschte dahinter. Erst jetzt wurde er sich anderer Schritte bewußt, dann fiel ein zweiter Körper neben ihm zu Boden.

»Nicht, daß du dich einsam fühlst«, meinte Chess. Dann hoben beide die Arme über den Kopf, als eine Raketensalve, die ihr vorgesehenes Ziel verfehlt hatte, keine zwanzig Meter entfernt einschlug und eine Wolke aus Dreck und verbranntem Gras aufschleuderte, die prasselnd auf die beiden Infanteristen niederging. »Was wollen wir hier eigentlich?«

»Ich hol mir einen von den Panzern«, erklärte Li kurz angebunden.

Kletterstangen waren entwickelt worden, um Fußtruppen beim Einsatz gegen BattleMechs zu helfen. An einem Ende der einen Meter langen Stange war eine Schlaufe befestigt, aus dem anderen wurde eine an einem dünnen Kabel sitzende Haftkugel abgefeuert. Diese Kugel blieb, wenn alles gutging, am unteren Torso eines Mechs hängen, und der Infanterist, der einen Fuß in die Schlaufe steckte, wurde hochgezogen, wenn der Stabmechanismus das an der Kugel hängende Kabel wieder einrollte. Mit etwas Glück konnte der Soldat dann eine Bündelladung Sprengstoff in ein verwundbares Hüft- oder Kniegelenk packen.

Schweber haben ihre ganz eigenen Schwachstellen. Li löste einen der Gurte an der Bündelladung und schlang ihn durch die Fußschlaufe des Kletterstabs, bevor er ihn wieder befestigte. *Ohne eine Hand am Auslöseknopf arbeitet dieses Ding nicht.*

»Li, sie kommen.«

Und ich habe mich um dreißig Meter verschätzt! Li beeilte sich, die Sprengladung scharfzumachen. »Den vorderen schaffe ich nicht, aber auf mein Zeichen deckst du die Windschutzscheibe des *Harasser* mit Laserfeuer ein.« Das mußte als Anweisung genügen, und schon rannte Li wieder los, um die angreifenden Luftkissenfahrzeuge abzufangen.

Wie erwartet verfehlte er den *J. Edgar*, der mit über hundert Stundenkilometern an ihm vorbeiraste. Aber er war exakt in Position für den *Harasser*.

»Jetzt!« schrie Li, duckte sich und zielte mit der Kletterstange auf die Selbstfahrlafette. Der Fahrer sollte abgelenkt werden, damit er ihn nicht bemerkte. Das Manöver funktionierte zu gut. Als die grellen Laserblitze über die Windschutzscheibe zuckten, wich der *Harasser* jäh aus, um den versteckten Schützen abzuschütteln, und kam geradewegs auf Li Wynn zugedonnert.

Li hatte kaum Zeit, die Haltekugel abzufeuern und sich zu Boden zu werfen, bevor der Schweber ihn überfuhr. Das Donnern der Propeller war ohrenbetäubend, und Li hatte das Gefühl, in einen Orkan geraten zu sein. Die Haare peitschten schmerzhaft über seinen Hals, und aufgewirbelte Erde schnitt ihm in Augen und Ohren. Er hörte ein Brüllen, das die Propeller zunächst fast verschluckten, das aber lauter wurde, als der Schweber weiterfuhr.

Wynn brauchte ein paar Sekunden, bis er erkannte, daß er selbst es war, der dieses Gebrüll ausstieß. Dann verstummte er und zählte, während er hinter dem *Harasser* hersah. Als er bei sechs angekommen war, explodierte die Sprengladung, die an dem Kletterstabkabel etwa in Höhe der Gummischürze des Hovercraft mitgeschleppt worden war, in einem hellen Feuerball. Ein gutes Viertel der Schürze wurde zerfetzt, und das Luftkissen, das die Gummiwände unter dem Fahrzeugrumpf gehalten hatten, verströmte durch die Bresche. Der *Harasser* pflügte mit über einhundertfünfzig km/h den Talboden. Seine Frontpartie wurde zusammengepreßt wie eine Ziehharmonika, dann überschlug er sich und brach in seine Einzelteile auseinander.

Li stand langsam auf und klopfte sich den Staub von der Uniform, als habe er alle Zeit der Welt. Ohne den ohrenbetäubenden Lärm der zwischen den Berghängen tobenden Mechschlacht zu beachten, zog er das Gewehr von der Schulter und ging auf den *Harasser* zu. *Ich habe einen Gefangenen abzuholen oder einen Toten zu bestätigen.*

Und Li Wynn war gleichgültig, was von beiden zutraf.

31

**Hai Fen-ling, Provinz Xin Singapur, Indicass
Herzogtum St. Loris, St. Ives-Pakt**

28. Mai 3061

Cassandra öffnete die Luke ihres *Cestus* und kletterte hinaus auf die Schulter des Mechs, froh über die frische Luft und eine Aussicht, die nichts mit dem Blick auf einen Sichtschirm oder durch ein zerschrammtes, pokkennarbiges Kanzeldach zu tun hatte. Sonnenlicht schimmerte grünlich durch ein Dach aus Lianen und breiten Blättern, und die selbst am hellen Mittag schattige Umgebung erklärte den Namen dieses Gebiets: Hai Fen-ling – Schwarzwald.

Aber das war auch schon das Ende des Friedens. Statt irgendwelcher beruhigender Waldgeräusche, die Cassandra hier möglicherweise auf einem Spaziergang hätte hören können, drang das Wummern von Mechschritten und das an Gewehrschüsse erinnernde Krachen brechender Äste und berstender Baumstämme an ihr Ohr, als das Bataillon sich um sie versammelte und zur Ruhe kam. Einige der Maschinen trugen Bergungsgut aus ihrem letzten Gefecht: BattleMech-Gliedmaßen und sogar drei fast komplette Maschinen aus den Fabriken der Liga Freier Welten, einschließlich eines beinahe fabrikneuen *Apollo*.

Tamas Rubinsky erwartete sie am Fuß des *Cestus*. Sein *Vollstrecker* stand dreißig Meter entfernt und hielt an der Spitze seiner Kompanie eine schweigende Wacht. Die übrigen MechKrieger der Leichten Reiter saßen auf dem Waldboden oder hatten, und das war die größere Gruppe, eine Decke ausgebreitet und sich schlafen gelegt. *Sieht verlockend aus*, dachte sie, denn sie wußte genau, daß es noch Stunden dauern würde, bevor sie auch nur an Schlaf denken konnte. Ihre Gelenke schmerzten von zu vielen Stunden im Cockpit ihrer Mechs. Der Schweiß des letzten Gefechts war zu einer körnigen Schmutzschicht in den Falten ihrer Augen eingetrocknet, die sie mit müden Fingern wegrieb. Sie hatte einen faden Geschmack im Mund und fühlte sich ausgedörrt, aber daran war nichts zu ändern.

Sie rollte die Kettenleiter aus und kletterte zu Tamas hinunter, der das untere Ende festhielt. »Danke«, sagte sie, als sie den Boden erreichte und sich mit dem Rükken an den Mechfuß lehnte. Sie sahen sich mit verlegenem Schweigen an, als Cassandra sich an ihre erste Begegnung mit Tamas erinnerte und daran, wie sie bei ihrem letzten Besuch auf Indicass gezwungen gewesen war, die Leichten Reiter schnell zu verlassen. *Die Entwicklungen haben mein Handeln nachträglich gerechtfertigt. Sun-Tzu war auf dem Marsch, egal was wir taten, aber damit läßt sich eine falsche Entscheidung in den seltensten Fällen entschuldigen.*

Eine Hand geheimnisvoll hinter dem Rücken und mit der Andeutung eines Lächelns um die Lippen, wartete Tamas stoisch ab, bis der Moment vorbei war. Dann nickte er kurz. »Schön, Sie wiederzusehen, Majorin Allard-Liao.«

Cassandra rieb sich ein paar Sekunden mit beiden Händen das Gesicht, um wach zu werden, dann musterte sie den Kosaken-Captain mißtrauisch. »Sie haben doch wohl kaum eine Flasche und zwei Schnapsgläser dabei, Tamas?«

Tamas schüttelte lachend den Kopf. »Nein, keinen Wodka.« Er holte eine Plastikflasche VitaOrange hervor, auf deren Oberfläche Kondenswasser perlte. »Aber das hier wird Ihnen auch bekommen.«

»Was kostet die mich?« fragte Cassandra, der die Unterhaltung fast ebensoviel Spaß machte, wie sie nach der kalten Limonade lechzte. *Ist es so lange her, seit ich mich in Gesellschaft eines anderen Menschen entspannen konnte?*

»Ein einfaches Tauschgeschäft«, erwiderte er, und sein slawischer Akzent schmeichelte ihren Ohren. »Die Limo gegen das Bergegut, das Sie mitgebracht haben.«

»Gemacht«, erwiderte Cassandra und hielt die Hand auf, als er mit tiefer, voller Stimme lachte. Sie mochte sein Lachen. Es war voller Leben und Energie, so wie sein Akzent. »Wenn ich nicht so müde wäre«, erklärte sie nach dem ersten langen Schluck Orangenlimonade, »könnte ich Sie dafür küssen.« Dann wurde sie wieder ernst. »Ernsthaft, Tamas. Wieviel brauchen Sie? Wenn nötig, können Sie sich alles nehmen. Meine Lanciers haben schon fast eine ganze Kompanie Ersatzmechs.«

Tamas deutete auf eine in der Nähe liegende Decke, und sie nickte dankbar. »Was Sie uns von Milos mitgebracht haben, war hochwillkommen. Der Colonel schickt Ihnen seinen Dank und beste Wünsche.« Die beiden ließen sich auf der Decke nieder, Tamas im Schneidersitz, Cassandra flach auf dem Rücken. Sie starrte ins Blätterdach hinauf. »Die Frage ist also eher, wieviel brauchen *Sie*, Majorin?«

»Ich finde, wir kennen einander jetzt lange genug, um uns zu duzen. Ich heiße Cassandra«, antwortete sie. »Und ich bin gut weggekommen. Ein leichter Mech ausgefallen, zwei schwer beschädigt, aber keinen Krieger verloren.« Sie nahm noch einen tiefen Schluck. »Sie waren nicht darauf vorbereitet, von einem ganzen Bataillon angegriffen zu werden.«

Tamas sah sie einen Augenblick lang schweigend an. »Alle Krieger der Leichten Reiter haben einen Mech. Vielleicht solltest du dieses Bergegut selbst behalten oder für eine andere Einheit mitnehmen.«

»Du gibst kostenlose Ausrüstung weg?« Cassandra ließ sich ihre Überraschung anmerken. Das paßte so gar nicht zu einem Söldner. »Da könnte Colonel Rubinsky aber Einwände haben.«

»Er hat mir aufgetragen, dir in jeder Hinsicht entgegenzukommen.« Tamas zuckte die Schultern, auch wenn ihm die Erwähnung seines Vaters sichtlich unangenehm war. »Ich würde meinen, du hast noch andere Sorgen als nur Indicass.«

Cassandra setzte sich auf und fühlte plötzlich neue Energie in sich aufsteigen. »Nicht unbedingt. Ich habe einen Plan, der uns gestatten wird, Indicass zurückzuerobern. Allermindestens werden wir Ceres-Metall wieder in unsere Gewalt bringen. Aber bevor ich ihn meiner Mutter vorlegen kann, brauche ich die Unterstützung der Leichten Reiter.« Sie rutschte an den Rand der Decke und zeichnete eine grobe Karte der Provinz in den Waldboden. »Wenn wir die 2. Husaren mit einem Ablenkungsmanöver von der Fabrik weglocken können…«

»Ceres-Metall wird nicht mehr von den 2. Oriente-Husaren bewacht, Cassandra«, unterbrach Tamas sie leise. »Ich habe mit meinem Vater gesprochen, bevor ihr kamt. Kriegerhaus Daidachi hat die Fabrik übernommen.«

»Haus Daidachi? Hier?« Cassandra sank mit einem Aufstöhnen zurück auf die Decke, und prompt meldeten sich all ihre Schmerzen zurück. Sie versuchte, eine neue Lösung zu finden. Daidachi gehörte zu den besten Kriegerhäusern ihres Vetters. Die Lanciers waren ihm gewachsen, aber ihre Mutter würde ihr nie gestatten, das Bataillon für einen derartigen Plan zu riskieren. Sie schlug mit der Faust auf den Boden. »Dann ist es nicht möglich«, stellte sie leise fest.

»*Hier und jetzt* ist es nicht möglich«, relativierte Tamas. »Aber die Leichten Reiter werden sich der Konföderation weiter widersetzen. Früher oder später wird sich die Gelegenheit ergeben, auf die du hoffst.« Er verstummte einen Moment, dann meinte er: »Cassandra, auch wenn es nicht viel ausmacht, aber du hattest damals recht, als die 2. Husaren auf Indicass landeten. Es wäre besser gewesen, wenn wir sie gleich zu Anfang zurückgetrieben hätten.«

Sie lächelte müde. »Danke, Tamas. Das bedeutet mir eine Menge. Aber ich lerne gerade, daß es nicht viel hilft, recht zu haben, wenn einem die Mittel fehlen, entsprechend zu handeln.« Sie stieß einen langen Seufzer aus. *Und heute hat Sun-Tzu mich überboten.* »Ich fürchte, ich werde dein Angebot annehmen müssen. Was ich an Bergegut nicht selbst benötige, werde ich für eine andere Einheit mit ins All nehmen.« *Früher oder später werde ich die Lücke in der Panzerung dieses Molochs finden, den mein Vetter gegen uns in Marsch gesetzt hat.* »Sofern das Angebot noch gilt.«

Tamas sah sie mit schmalen Augen an. »Ich weiß nicht«, sagte er und dehnte jedes Wort, was seinen Akzent noch betonte. »Wie du selbst gesagt hast, könnte mein Vater böse werden, und das ist kein schöner Anblick.«

»Ich entsinne mich«, bestätigte Cassandra und setzte sich auf einen Ellbogen auf. Ein echtes Lächeln flackerte in ihren Mundwinkeln, blieb aber nur Andeutung. »Was kostet es mich, Tamas?«

»Deine Lanciers werden meinen Leichten Reitern bei einem scheußlichen Essen aus Feldrationen Gesellschaft leisten, bevor wir zurück zu unserem neuen Lager abziehen und ihr euch auf den Weg zum Landungsschiff macht.« Er grinste schelmisch. »Möglicherweise kann ich irgendwo eine Flasche und ein paar Gläser auftreiben.«

Cassandra setzte sich ganz auf und verdrängte für den Moment ihre anderen Probleme. Solange sie die Gelegenheit dazu hatte, würde sie die angenehme Gesellschaft genießen, die sich hier bot. »Du verlangst viel, Tamas. Aber wir sind uns einig.«

* * *

Palast des Himmels, Zi-jin Cheng
(Verbotene Stadt), Sian
Kommunalität Sian, Konföderation Capella

Wieder einmal hatte Sun-Tzu auf die Kanzlerrobe verzichtet, diesmal, um sich ganz als Erster Lord zu präsentieren. Er trug eine bestickte Han-Jacke aus goldener Seide, auf deren Ärmeln grüne Drachen prangten, über einer seidenen Hose derselben Farbe. *Gold, die Farbe, die in den alten Dynastien dem Kaiser allein vorbehalten war.* Es war dieselbe Kleidung, die er zum Auftakt der Sternenbund-Konferenz auf Tharkad getragen hatte, bei der er in sein Amt gewählt worden war. Es war eine passende Bekleidung, falls Talon Zahn es nicht übertrieb.

Die in Bronze gefaßten Türen zum Thronsaal des Palasts des Himmels standen ihm offen. Die beiden Mitglieder der Todeskommandos, die für gewöhnlich dort Wache hielten, glänzten durch Abwesenheit. Er trat durch die Tür und in den formellen Empfang. Isis Marik, Talon Zahn und Sang-shao Hyung-Tsei von den Todeskommandos erwarteten ihn am anderen Ende des Saals, in der Nähe des Himmelsthrons.

Und entlang des roten Teppichs, der vom Eingang dorthin führte, standen die vierundzwanzig Mitglieder der Black Watch aufgereiht, auf jeder Seite eine Kompanie.

Die alte Leibwache des Ersten Lords!

Die zwei Dutzend MechKrieger standen kerzengerade aufgereiht, prächtig ausstaffiert in einer Ausgehuniform, die in der Inneren Sphäre seit dreihundert Jahren nicht mehr zu sehen gewesen war. Schärpen und Kilts im Schottenmuster der Black Watch, einer Farbgebung, die noch aus den Tagen vor der Erfindung des Raumflugs auf Terra stammte. Schwere, waldgrüne Jacken im Schnitt der alten Uniformen der Sternenbund-Verteidigungsstreitkräfte, mit hohem Kagen und tiefem Saum. Sporrans mit großen, cremefarbenen Quasten hinter vier kleineren Quasten in Schwarz. Rangabzeichen auf der Schulter, auf der Mütze die alten Insignien der Black Watch.

Geister der Vergangenheit. Das war Sun-Tzus erster Gedanke. Die Royal Black Watch, ein stolzes Traditionsregiment, das sich dem Schutz des Ersten Lords verschrieben hatte, war mit dem Zusammenbruch des alten Sternenbunds untergegangen. Sun-Tzu ging langsam die Doppelreihe ab, und seine Augen bohrten sich bis in die Seele jedes einzelnen Kriegers. Immer, wenn er ein Paar passiert hatte, drehten sie sich mit zackiger Präzision nach innen, und ein lauter Knall hallte durch den Saal, als zwei Paar Stiefelabsätze zeitgleich zusammenschlugen. In allen Gesichtern sah der Erste Lord eine skrupellose Gnadenlosigkeit… denselben fanatischen Glanz der Augen, den er von seinen Todeskommandos kannte.

Nach Abschluß der Truppenschau trat Sun-Tzu zuerst zu Talon Zahn. »Ich war mir nicht sicher, ob ich es glauben sollte.« Er strich seine Jacke glatt. »Kann die Black Watch tatsächlich über dreihundert Jahre im geheimen weiterexistiert haben?«

Zahn, der für diesen Anlaß ebenfalls die Ausgehuniform angelegt hatte, nickte dem Schlußmann der rechten Formation zu. »Colonel Neil Campbell wird Eure Frage sicher besser beantworten können als ich, Erster Lord.«

Sun-Tzu drehte sich zum Kommandeur der Black Watch um und wies sich dabei in Gedanken selbst für seine Unaufmerksamkeit zurecht. Der Offizier trug die Rangabzeichen eines SBVS-Colonels, obwohl laut Zahns Bericht derzeit nur zwei Kompanien der Watch existierten. Aber wer hätte, außer vielleicht dem Ersten Lord, gewagt, dieser Einheit einen Bruch der strikten Rangordnung vorzuhalten? Sun-Tzu musterte den Mann und mußte zugeben, daß ihm gefiel, was er sah. *Das könnte genau das sein, wonach ich gesucht habe.* »Nun, Colonel? Stimmt es?«

Der durch die Frage des Ersten Lords aus seiner Hab-Acht-Stellung befreite Kommandeur der Black Watch trat einen zackigen Schritt vor. »Es stimmt wirrklich, Errsterr Lorrd Liao. Einige Mitgliederr d'rr Northwind Highlanders haben seit langem geglaubt, daß sie als überrzeugte Verrfechterr d'rr Trraditionen des Sterrnenbunds im Geiste noch Mitgliederr d'rr Black Watch warren. Sie haben einen ›Orrden‹ innerrhalb d'rr Highlanders gegrründet und insgeheim auf die Wiederrgeburrt des Sterrnenbunds gewarrtet.«

Sang-shao Hyung-Tsei runzelte ungläubig die Stirn. »Warum haben Sie sich dann nicht schon vor zwei Jahren zu erkennen gegeben?« Sun-Tzu las gleiche Teile von Eifersucht und Mißtrauen in der Stimme seines Offiziers, aber die Frage war berechtigt. Gleichzeitig bemerkte er die Enttäuschung, die über die verstärkten Muskeln unter Hyung-Tseis Uniform spielte. Der Kommandeur der Todeskommandos war ein gefährlicher Mann, und Sun-Tzu würde darauf achten müssen, daß er weder die Vorzeigeeinheit seines Reiches noch deren kommandierenden Offizier vor den Kopf stieß.

»Wirr hielten es fürr notwendig, unserren Werrt zu beweisen«, stellte Campbell fest, als erkläre das alles. »Wenn schon niemand anderrem, dann doch uns selbst.« Nach ein paar Sekunden Pause nahm er den Faden wieder auf. »D' Black Watch hat in d'rr Errfüllung ihrrerr Aufgabe nurr einmal verrsagt, vorr zweihunderrt Jahrren, als Amarris derr Usurrpator den Coup ausführrte, d'rr schließlich zum Zusammenbrruch des Sterrnenbunds geführrt hat. Wirr haben unserre Buße geleistet, aberr bevorr wirr von einem neuen Errsten Lorrd errwarrten konnten, uns zu verrtrrauen, wollten wirr uns gegen die Clans errprroben, die eine mindestens ebenso grroße Gefahrr darrstellten wie d'rr Usurrpatorr.«

Sun-Tzu verbarg seine Begeisterung hinter halb geschlossenen Lidern. Das war zu schön, um wahr zu sein. »Gut gesprochen, Colonel. Ihre beiden Kompanien haben die Clans also auf deren Heimatwelten besiegt?«

»Nurr eine Kompanie, Errsterr Lorrd.« Die Stimme Campbells war stark und sonor und zeigte keine Andeutung von Zögern, als er die Frage mit absoluter Ehrlichkeit beantwortete. *Eine putzige Eigenschaft*, dachte Sun-Tzu. »Wirr sind nach unserrerr Rrückkehrr auf schnellstem Wege nach Sian geflogen. Eine zweite verrstärrkte Kompanie von Northwind, mit einigen derr besten Krriegerrn, die d' Highlanders zu bieten haben, hat sich unterrwegs zu uns gesellt. Und wirr errwarrten, weiterr zu wachsen, bis wirr unserre alte Stärke wiederrerrlangt haben.«

»Und Sie hoffen, den Platz meiner Todeskommandos einzunehmen?« fragte Sun-Tzu mit einem minimalen Zögern für die Ohren Sang-shao Hyung-Tseis.

»Bis ein neuerr Errsterr Lorrd gewählt ist«, antwortete der Colonel sofort, »verrpflichten wirr unserr Leben und unserre Ehrre Eurrem Schutz und dem Schutz Eurrerr Heimatwelt.«

Wenn ich mit einer Eskorte der Black Watch zur nächsten Tharkad-Konferenz erscheine, wird das sicher Wirkung zeigen. Möglicherweise verleiht mir das genau das zusätzliche politische Gewicht, das ich bei den Beratungen brauche. Hyung-Tseis gekränkten Stolz werde ich später in einer Privataudienz heilen. Sun-Tzu richtete sich zu voller Größe auf, so, als hätte Campbells Schwur ihn beeindruckt.

»Colonel«, erklärte er. »Willkommen auf Sian.« Und er meinte es sogar ernst.

* * *

Colonel Campbell teilte persönlich zwei Mitglieder der Black Watch als ständige Wachen für die bronzegefaßten

Türen des Thronsaals ein und machte sich danach auf den Weg, um zwei weitere Wachen am Eingang des Palasts zu postieren. Nur Isis Marik blieb bei ihrem Verlobten zurück, und ihr Gesicht strahlte vor Stolz auf Sun-Tzu, als er sich auf den Himmelsthron setzte. *Wie weit er es gebracht hat. Und mit meiner Hilfe wird er es noch weiter bringen.*

»Ich erwarte, daß du mir jetzt raten wirst, mich aus dem St. Ives-Pakt zurückzuziehen«, erklärte Sun-Tzu und streckte katzengleich Arme und Beine, »um zu beweisen, daß ich die Black Watch verdiene.«

Isis zuckte unter dem spöttischen Ton seiner Bemerkung zusammen und spürte, wie ihre Wangen heiß wurden. *Er hat eine Menge Streß*, versuchte sie sein Verhalten zu entschuldigen. Trotzdem gestattete sie sich, etwas von ihrer Verletztheit in ihrer Antwort durchscheinen zu lassen. »Das ist nicht nett, Sun-Tzu. Wenn ich vorgeschlagen habe, daß du St. Ives gnädiger behandeln solltest, als du es für nötig gehalten hast, bedeutet das nicht, daß ich dich in irgendeiner Weise als unwürdig betrachte. Innerhalb von drei kurzen Jahren hast du mehr für die Freie Innere Sphäre und für deine eigene Nation geleistet, als es irgend jemand für möglich gehalten hätte.« Sie lächelte ihn zuversichtlich an. »Wenn du der Black Watch gestattest, dich zur Konferenz zu begleiten, wird das deiner Amtszeit einen würdigen Abschluß sichern.«

Sun-Tzus Züge wurden zurückhaltend. »Dann unterstützt du jetzt meine Bemühungen, St. Ives zurück in die Konföderation zu holen?« Der spöttische Ton war verblaßt, aber noch nicht völlig verschwunden.

»An dem Tag, an dem du Denbar zu einem Planeten der Konföderation erklärt hast, wurde jedes andere Vorgehen illusorisch.« Sie zuckte die Schultern und spürte eine versteckte Gefahr in Sun-Tzus Haltung zu diesem Thema. »Vielleicht habe ich mich geirrt, und es *ist* an der Zeit, die Konföderation wiederzuvereinen.«

Das schien ihren Verlobten zu beruhigen. Er lehnte sich bequem zurück. »Versuche, das deinem Vater zu übermitteln, wenn du ihm das nächste Mal eine Nachricht schickst. Wenn er uns schon nicht gestattet zu heiraten, könnte er mich wenigstens militärisch mehr unterstützen.«

Isis fühlte sich wie ein Faustpfand. *Aber Sun-Tzus Zynismus hat seine Berechtigung. Neun Jahre sind zu lange für eine Verlobung, egal welche politischen Umstände dafür verantwortlich sind.* »Natürlich, Liebster. Ich werde mich sofort darum kümmern.«

»Sofort muß nicht sein«, stellte Sun-Tzu abwinkend fest. »Morgen ist noch früh genug.« Er stand auf. »Entschuldige mich, Isis. Ich muß mich noch um einiges kümmern.«

Isis erkannte in seinem Tonfall die Aufforderung, ihn allein zu lassen. Sie nickte kurz. »Wie du möchtest, Sun-Tzu.« Sie biß sich auf die Unterlippe und unterdrückte ein Seufzen. Sie würde ihren Vater sicher beknien, mehr Truppen zu schicken. Möglicherweise würde er das sogar tun. *Alles, um mich fernzuhalten, alles, außer der Heirat, die ich mir wünsche. Aber vielleicht wird es an der Zeit sein, daß wir ihn gemeinsam zur Rede stellen und zwingen, einen Heiratstermin festzulegen, wenn wir in Begleitung der Black Watch auf Tharkad eintreffen.*

Und bis Isis den Thronsaal verlassen hatte, war sie bereits überzeugt, daß genau das eintreten würde.

32

Yasu, Provinz Wanzai, Nashuar
Herzogtum St. Ives, St. Ives-Pakt

3. Juni 3061

Lance Sergeant Fitzgerald raste in seinem Schweber durch Yasus Geschäftsdistrikt. Seine Aufmerksamkeit war zu gleichen Teilen auf Sichtprojektion und Ferroglas-Windschutzscheibe verteilt. Yasu lag weit südlich von Hazlet, und die einzige strategische Bedeutung der Stadt lag in der Tatsache, daß sie Nashuars jüngstes Schlachtfeld darstellte. Ihre Straßen bildeten einen der tödlichsten Irrgärten, der Fitz je untergekommen war. Die Häuser auf beiden Seiten der engen, kurvigen Straßen ragten selten höher als vier Stockwerke auf, aber sie drängten sich unangenehm dicht. Seine Hände schmerzten von Stunden an den Kontrollen des *J. Edgar*, und ihr leichtes Zittern drohte ihn bei jeder Hochgeschwindigkeitskurve aus der Bahn zu werfen.

Fitz ignorierte die Gefahr der mit fast zweihundert Stundenkilometern in nächster Nähe vorbeizuckenden Stein-und Stahlwände und klebte am Heck von Karen Simmons' *Harasser* Schleicher Drei, so wie der Arcadian in seinem *Husar* ihm folgte. Die beiden Panzerfahrer und der Mechpilot hatten sich zusammengetan, als sie vom Hauptgefecht abgeschnitten worden waren, in dem eine Kompanie Arcadians unter dem Druck Haus Hiritsus in ihre Teillanzen zerbrochen war. Die Söldner waren in alle Winde zerstreut worden wie Herbstlaub von einer Windbö. Jetzt suchten sie zu dritt in den verwinkelten Straßen nach einem Rückweg.

Drei blinde Mäuse laufen durch die Kammer. Fitz kam ein alter Kinderreim ins Gedächtnis. Aber eigentlich war es so schwer nicht. Sie brauchten nur dem Qualm zu folgen.

Gelegentlich sah Fitzgerald hinter den niedrigeren Häusern die grauschwarze Rauchsäule des Großbrands. Sie stieg senkrecht in den Himmel, wo sie die wachsende Dunstdecke über dem Ort verstärkte, und, soweit das zu erkennen war, breitete sie sich aus. In dieser Gegend wurden Wohnhäuser vor allem aus Holz gebaut, und das Feuer war zu weit entfernt, um ins Geschäftsviertel vorzudringen. Da hinten mußten Privathäuser brennen. Und bis seine Gruppe die Stadt verlassen hatte, würden die Hilfsfahrzeuge ihnen aus dem Weg gehen und das Feuer sich weiter ausbreiten. Fitz verfluchte den Kompaniechef der Arcadians, der sich entschlossen hatte, in die Kleinstadt zurückzuweichen, und dann den Hiritsu-Offizier, der ihn hierher verfolgt hatte.

Vergiß dich selbst nicht, da du schon mal dabei bist. Du warst Scout und hättest sie in eine andere Richtung führen können. Fitz verdrängte die Selbstvorwürfe. In den drei anderen Richtungen lagen eine Seenplatte und dichter Wald, nicht die Art Gelände, in der er von einem Kriegerhaus gestellt werden wollte. *Im Augenblick ist es mein Job, den Arcadians beim Sammeln zu helfen.* Noch eine Kurve, und gleich die nächste. Weit konnte es nicht mehr sein.

Wie nahe sie schon waren, erfuhr Fitz keine fünf Sekunden später, als ein feindlicher *Spuk* aus dem Himmel fiel und neunzig Meter hinter dem *Husar* landete. Aber wahrscheinlich war das kein geplanter Hinterhalt, denn dann hätte der Capellaner schon im Sinkflug die Waffen abgefeuert. Bevor er noch überlegen konnte, wie er reagieren sollte, hatte Fitzgerald den *J. Edgar* schon um hundertachtzig Grad gedreht und glitt auf demselben Weg zurück, wobei er immer langsamer wurde, weil die Hubpropeller gegen die Massenträgheit des Panzers ankämpften. Der *Husar* stürmte vorbei, stieg über den kleinen Schweber, als Fitz den mittelschweren Laser abfeuerte und eine Raketenbreitseite hinter dem Speer aus gebündelter Lichtenergie herjagte. *Zieh sein Feuer auf dich und weiche ihm aus.* Es war kein toller Plan, aber das Beste, was ihm im Augenblick einfiel.

Der mittelschwere Laser traf den *Spuk* am linken Unterschenkel und schnitt eine unregelmäßige Brandspur in die über dem Fußgelenk ausladende Panzerung. Eine Vierteltonne der stahlblau lackierten Panzerung des BattleMechs spritzte zerschmolzen über die Straße. Dann schlugen noch zwei der vier Raketen in den Hiritsu-Kampfkoloß ein. Eine sprengte einen Brocken Ferrofibritpanzerung vom linken Ellbogen, die andere explodierte auf dem Kopf des Mechs, wo sie eine der beiden Peitschenantennen abriß und den MechKrieger im Innern der Pilotenkanzel sicher gehörig durchschüttelte.

Aber auch dieser Kopftreffer schien dem Hiritsu-Piloten weder das Bewußtsein noch seinen Sinn für Gefechtsprioritäten zu rauben. Die Impulslaser an beiden Armen des *Spuk* schleuderten ihre blutroten Energieblitze dem flüchtenden *Husar* hinterher und konzentrierten sich auf die dünne Panzerung seiner Rückenpartie. Der minimale Panzerschutz des Söldnermechs verdampfte unter dem Orkan von Lichtenergie, der sich anschließend tief in das interne Skelett des Metallriesen fraß. Der leichte Mech geriet ins Stolpern, aber mit dem nächsten Schritt konnte der Pilot die Balance wiederherstellen und weiterrennen.

»Wir ziehen nach links«, gab Schleicher Drei knapp durch, als Karens *Harasser*, gefolgt vom *Husar* des Söldners, um die nächste Ecke bog.

Zeit, daß ich mich auch aus dem Staub mache. Fitz fuhr die Hubpropeller des Luftkissenpanzers hoch und riß das Steuer hart zur Seite. Der *J. Edgar* legte sich steil nach rechts und tauchte in eine nahe Gasse weg, wo er mehrere große Plastikmülleimer umstieß und dann mit weniger als einem Meter Freiraum auf jeder Seite die Straße hinabjagte. Das Röhren der Propeller hallte von den Backsteinmauern zurück. Dreck und Papier wurden aufgewirbelt und folgten ihm als ein kleiner Orkan aus Müll. *Das wird es ihm schwerer machen, mir zu folgen.* Dann erinnerte er sich. *Der* Spuk *kann springen!*

»Schleicher Drei«, rief er und öffnete einen Kanal zu seiner verbliebenen Lanzenkameradin. »Rückzug! Der *Spuk* kann über die Gebäude springen und jederzeit wiederum sechs Uhr auftauchen. Rückzug!« Er schoß aus der Gasse, überquerte eine breitere Straße, dann donnerte er durch eine neue Seitengasse und wartete auf Antwort.

»Zu spät«, hörte er leise. »Der *Husar* ist erledigt. Rückzug wohin, Fitz?«

Fitz schlug mit der Faust auf die gepolsterte Cockpitwand des Schwebers. »Ma de dan!« schrie er und verfluchte die Lage ebenso sehr wie sich selbst. *Ich habe nach Söldnern verlangt, wir haben tatsächlich Söldner bekommen, und jetzt verlieren wir Söldner. Ein hübsch geschnürtes Komplettpaket. So wie ich im letzten Monat Chi Kung in Schleicher Zwei an Hiritsu-Infanterie verloren habe und letzte Woche David in Schleicher Vier. Der lebt zwar noch, aber er braucht eine Beinprothese.* Fitz knirschte in einer Mischung aus Frust und Wut mit den Zähnen. *Sie nehmen meine Einheit Stück für Stück auseinander.*

»Ich bin in einer Seitengasse parallel zu deinem Kurs«, teilte er seiner Lanzenkameradin schließlich mit und überquerte eine weitere Straße. »Nimm die nächste links, dann müßten wir uns treffen.« Das war reine Spekulation. So wie Yasus Straßen ständig ihre Richtung änderten, konnten die beiden Schweber sich inzwischen ebensogut im rechten Winkel voneinander entfernen. Fitzgerald konnte nur hoffen, daß er recht hatte.

»Verstanden, Schleicher Eins. Ich komme.« Eine kurze Pause, dann: »Freie Bahn. Und wir haben ein Gefecht.«

Ein verwaschener Lichtreflex am Ende der Gasse war Karens *Harasser*, der mit Höchstgeschwindigkeit vorbeiraste. Fitz gab Gas und riß den *J. Edgar* in eine scharfe Kurve, die ihn auf einer Seeuferstraße in ihren Rücken brachte. Der See war schmal, aber lang und trennte den Geschäftsdistrikt von einer Wohngegend. Zwischen den Häuserfronten auf beiden Seiten bildete er die Art freies Gelände, in dem sich BattleMechs bei einem Häuserkampf zu versammeln neigten. Und genau so war es auch hier. Fitz warf einen Blick auf den Taktikschirm und sah, daß eine Lanze Hiritsu-Kampfkolosse eine tödliche Partie Hasch Mich mit der gleichen Anzahl Arcadians spielte.

Wenn er die Taktikanzeige mit dem Blick durch die Ferroglasscheibe verband, hatte Fitz den Eindruck, daß die meisten Mechpiloten sich eine Verteidigungsstellung ausgesucht hatten und diese jetzt zu halten versuchten: Es war ein Schlagabtausch mit schweren Waffen über eine mittlere, wenn nicht sogar weite Entfernung. Der Qualm, den Fitzgerald zur Orientierung benutzt hatte, stieg von einer in Flammen stehenden Häusergruppe am anderen Ufer des Sees auf. Ein *Centurion* der Arcadians wanderte immer noch durch das betroffene Gebiet und benutzte die Wohnhäuser als teilweise Deckung vor einem *Hurone* Haus Hiritsus, den er mit der mittelschweren Autokanone beharkte. In diesem Augenblick zuckte eine giftgrüne Lichtlanze aus dem schweren Laser des *Hurone* auf den Söldnermech zu, bohrte sich aber statt dessen in ein Häuserdach. Ziegel wurden davongeschleudert, und Balken zerbarsten unter dem Aufprall purer Energie. Frische Flammen loderten auf und setzten ein weiteres Wohnhaus in Brand.

Wütend warf Fitzgerald einen Schalter auf der Kommkonsole um und öffnete einen Kanal zu den Söldnern. »Striker Zwo«, rief er den *Centurion* an, dessen Rufzeichen er auf der Taktikanzeige ablesen konnte. »Machen Sie, daß Sie da wegkommen.« Er riß den *J. Edgar* in mehrere scharfe Kehren, als ein capellanischer *Kata-*

pult ihn mit einer Salve Langstreckenraketen angriff. Ein paar der Geschosse streiften seine linke Flanke und rissen Panzerung weg, aber Fitz überstand den Angriff und hielt die Verbindung aufrecht. »Die Wohnhäuser sind so schwerem Waffenfeuer nicht gewachsen.«

»Ich auch nicht«, bekam er zur Antwort. »Ich habe über sechzig Prozent Panzerung verloren und keine andere Verteidigungsstellung, auf die ich mich zurückziehen könnte.«

»Dann ziehen Sie sich mit Ausweichmanövern zurück«, befahl Fitzgerald, obwohl er dazu keinerlei Autorität hatte. *Aber irgendwer muß schließlich einmal die Verantwortung für diese Menschen übernehmen, verdammt.*

»Hier Striker Eins«, unterbrach der Kommandeur der Arcadians-ArtillerieLanze. »Wir halten diese Stellung, bis wir wieder Kontakt mit unserer BefehlsLanze oder wenigstens unseren Scouts bekommen. SchleicherScout, können Sie wenigstens die Position der ScoutLanze bestätigen?«

Wenn ihr euch nicht bewegt, muß ich den Hurone *dazu bringen, seine Waffen auf ein anderes Ziel zu richten.* Fitzgerald überholte den *Harasser* und lenkte den *J. Edgar* das Seeufer hinab ans Wasser, gefolgt von seiner Lanzenkameradin. Auf dem Luftkissen schoß der Schweber ebenso leicht über das Wasser wie über ein Rasenfeld. Leichter sogar. »Die ScoutLanze wurde zerschlagen«, informierte er den Söldneroffizier. »Mindestens ein *Husar* ist verloren.« Er raste am gegenüberliegenden Ufer hoch und gab Vollgas.

Bei ihrem ersten Angriff auf den *Hurone* erzielte Fitzgerald einen doppelten Raketentreffer, den Karen mit vier Einschlägen noch in den Schatten stellte. Der *Katapult* feuerte eine weitere LSR-Salve auf die beiden Schweber ab, deren Raketen vor ihnen in den Boden einschlugen und eine Wand aus Staub und Dreck aufwarfen, die der *J. Edgar* und der *Harasser* unbeeindruckt durchbrachen. Der *Hurone* ignorierte sie und setzte zusätzlich zu seinem Laser das Gaussgeschütz ein. Das traf auch, während der Laserstrahl sich am Himmel verlor. Die Gausskugel krachte in die rechte Schulter des *Centurion*, zermalmte das Gelenk und riß den kompletten Mecharm ab. Damit hatte der Söldnermech seine Hauptwaffe verloren.

Fitzgerald brachte den Panzer zu einem zweiten Angriff herum und fluchte, als der *Centurion* sich mit Langstreckenraketen revanchierte und der *Hurone* mit einem weiteren wilden Laserschuß das Wohnhaus zertrümmerte. Er hatte große Zweifel, daß die Schweber den Hiritsu-Piloten ablenken konnten. *Die beiden haben sich ineinander verbissen, und wir sind zu klein. Wir können ihnen nicht genug Schaden zufügen.*

»Unsere BefehlsLanze war auf dem Weg in den Geschäftsdistrikt«, meinte jemand über Funk. Fitzgerald nahm an, daß es Striker Eins war, war sich aber nicht ganz sicher. »Sie wurden von einem *Spuk* und einem *Donner* verfolgt. Haben Sie irgendeinen davon gesehen?«

Fitzgerald setzte an, um nach einer Beschreibung des *Spuk* zu fragen – die stahlblaue Bemalung des Mechs, der den *Husar* ausgeschaltet hatte, war bestimmt einmalig –, aber dann überlegte er es sich anders. *Ich frage ja geradezu nach Schwierigkeiten*, dachte er, als die beiden leichten Schweber sich wieder auf den *Hurone* stürzten. Diesmal erzielten sie ein etwas besseres Ergebnis und trafen zusammengerechnet mit einem mittelschweren Laser und sieben Raketen, aber das war noch immer nicht genug Schaden, um dem mittelschweren Kampfkoloß gefährlich zu werden.

»Dann ist Ihre BefehlsLanze entweder vernichtet oder aus dem Stadtgebiet gedrängt worden«, teilte er den Arcadians mit. »Es war der *Spuk*, der den *Husar* keine fünf Straßen von hier abgeschossen hat. Was bedeutet, daß er jeden Augenblick mit einer weiteren Hiritsu-Lanze hier auftauchen wird.« Leicht übertrieben, aber glaubhaft.

»In dem Fall ziehen wir uns zurück und versuchen, in einer Flankenbewegung den Geschäftsdistrikt zu erreichen. Nach Möglichkeit Überlebende aufnehmen und neu gruppieren.«

Und wahrscheinlich kämpft ihr euch dabei die ganze Zeit von einem Wohnviertel ins nächste, dachte Fitzgerald. »Wenn Sie sich in gerader Linie zum Stadtrand zurückziehen«, gab er durch, »nehmen Schleicher Drei und ich die Seitengassen ins Industriegebiet. Wir kommen schneller voran als Sie.« *Und ohne einen Mechkampf mitten in ein Wohngebiet zu ziehen.* »Wenn sie dort sind, führen wir sie raus. Wenn nicht, suchen wir das Gelände außerhalb der Stadtgrenzen ab und steuern sie in Ihren Kurs.«

Fitz ignorierte Karens ungläubiges »Was machen wir?« und wartete auf die Antwort des ArtillerieLanzenführers. *Geh darauf ein. Hier kannst du höchstens noch mehr Leute verlieren.*

Offenbar kam der Söldneroffizier zu demselben Schluß. »Diese Schlacht ist auf jeden Fall verloren. In Ordnung, Schleicher Eins, wir ziehen uns zurück. Gute Jagd.«

Gut. Fitzgerald schaltete auf die Privatfrequenz um, die er sich mit Karen teilte. »Auf demselben Weg zurück, den wir gekommen sind, Drei, und wir halten nur an, wenn wir Arcadians auf der Suche nach jemandem sehen, der sie mitnimmt.«

»Verstanden.«

Er wußte es zu schätzen, daß Karen auf Einwände verzichtete. Sie kehrten in ein tödliches Labyrinth aus verwinkelten Straßen und feindlichen Mechs zurück, aber als Heimatmilizionäre war es ihre Pflicht, sich in Gefahr zu begeben. Ihre Aufgabe war es, die Bevölkerung Nashuars zu schützen, und dabei konnte es auch manchmal nötig werden, mit leichten Schwebern gegen BattleMechs vorzugehen. Keiner von ihnen dachte daran, diese Pflicht zu vernachlässigen.

Er runzelte die Stirn, als er sich an seine letzte Unterhaltung mit Danielle erinnerte, die dasselbe Thema angesprochen hatte. *Wir tun unsere Pflicht, egal, was sie von uns verlangt.*

* * *

Lance Sergeant Maurice Fitzgerald stand in bequemer Haltung in Nevarrs Büro, den gepolsterten Helm locker am Kinnriemen in der linken Hand. Er war in der Hoffnung, ihn anzutreffen, direkt vom Wartungsdepot hierher gekommen, nachdem er geholfen hatte, neue Munition für die Raketenlafetten zu laden. Er trug noch immer die gepolsterte Kampfmontur des Heimatmiliz-Panzerkorps und war völlig verschwitzt. Fitz fuhr sich mit den Fingern nach hinten durch seinen vom Helm verklebten Bürstenhaarschnitt.

»Duschen hätten Sie wenigstens können«, begrüßte ihn Nevarr, ohne von den Papieren auf seinem Schreibtisch aufzusehen.

Fitz erinnerte sich, daß Nevarr ihn vor fast einem Jahr schon einmal mit exakt diesen Worten empfangen hatte. »Ja, Kapitän«, antwortete er mit Blick auf die neuen Rangabzeichen an Nevarrs Kragen. *Hat das mit der Erweiterung der Heimatmiliz-BattleMechtruppen zu tun?* Er hoffte, daß es so war. »Sir, ich habe mir Ihr Angebot überlegt, zu den MechKriegertruppen der Heimatmiliz überzuwechseln.«

Nevarr wirkte nicht überrascht. Er sah hoch und musterte Fitzgerald mit kühlem Blick. »Ich habe den Bericht gelesen, den Sie vor einer Stunde durchgaben«, stellte er ruhig fest und wandte sich wieder seiner Arbeit zu. Er teilte seine Aufmerksamkeit zwischen einem dünnen Stapel Ausdrucken und einem Compblock auf. »Wieder mal Ihre Autorität überschritten, nicht wahr?«

Der Offizier wartete nicht auf eine Antwort. »Das scheint Gewohnheit zu werden, Fitz.«

Fitzgerald versteifte sich. Obwohl es nur eine milde Zurechtweisung war, traf sie ihn hart. Nevarr wußte immer, wie er die größte Wirkung erzielen konnte. »Ja, Sir«, sagte er knapp.

»Diesmal haben Sie *möglicherweise* gerettet, was von den Arcadians übrig war. Sowie zahlreiche Zivilistenleben.« Nevarr schob den Compblock und die Papiere beiseite. »Also, wie sah die Lage dort am See aus? Hätten die Arcadians Haus Hiritsu zurücktreiben können?«

Gab es irgend etwas, das Nevarr nicht wußte? Er konnte keine Dreiviertelstunde Zeit gehabt haben, sich über die Situation zu informieren, seit SchleicherScout zurück war. Länger hatte Fitz nicht gebraucht, um die Raketenlafetten nachzuladen und herzukommen. »Sie hätten am See vielleicht gewinnen können«, gab er zu. »Ja, Sir. Aber die Lage war grundlegend instabil. Ein Sieg bringt gar nichts, wenn man ihn nicht ausnutzen kann.« Er stockte. Dann: »Außerdem waren da noch die gefährdeten Zivilisten, die es zu bedenken galt.«

Nevarr ließ sich keine Reaktion anmerken. »Und warum wollen Sie MechKrieger werden? Als ich es Ihnen das letzte Mal angeboten habe, lehnten Sie ab.«

»Und ich habe gesagt, daß ich wiederkommen würde, wenn ich das Gefühl habe, soweit zu sein.« Fitz war sich klar darüber, wie seltsam das klang, aber er wußte nicht, wie er es anders hätte erklären können. »Ich bin aus einem Gefühl der Verantwortung bei meiner Panzerlanze geblieben, obwohl ich nicht in Worte fassen kann, wie sehr ich ein MechKrieger werden wollte. Heute bin ich an die Grenzen dessen gestoßen, was ich im Panzerkorps leisten kann, und es war nicht genug.« Er stieß unzufrieden den Atem aus und suchte nach einer besseren Erklärung. »Ich bin verantwortlich für meine Leute, für meine Einheit und vor allem für die

Bürger Nashuars, Kapitän Nevarr. In einem BattleMech kann ich ihnen allen besser dienen.«

»Das hört sich reichlich eingebildet an, Sergeant.« Nevarrs Tonfall war von nahezu perfekter Neutralität, so, als kümmere ihn gar nicht, was er zu hören bekam. »Beantworten Sie mir diese Frage: Glauben Sie, daß wir die Konföderation aufhalten können?«

Fitzgerald lief es eiskalt den Rücken hinunter, als er sich mit dieser Frage beschäftigte. *Vor einem Jahr, vielleicht sogar noch vor einem Monat hätte ich gegen jede Wahrscheinlichkeit ja gesagt, weil ich mir eingebildet hätte, in einem BattleMech das Zünglein an der Waage darstellen zu können. Und ich hätte mir und Nevarr damit etwas vorgemacht.* »Nein, Sir«, erwiderte Fitz mit leicht gedrückter Stimme. »Wir können hier nur das Unvermeidliche hinauszögern. Wenn es eine Rettung in diesem Krieg gibt, muß sie von anderswo als Nashuar kommen. Unsere Aufgabe ist es, die nötige Zeit dafür zu beschaffen.«

Nevarr griff nach dem dünnen Stoß Papier, den er zuvor weggeschoben hatte. Er blätterte durch die Ausdrucke, holte einen Bogen heraus und überflog ihn kurz. »Gruppe Ws 3. Bataillon ist von Taga hierher verlegt worden. Es hat ein Nachschubschiff eskortiert, das zwei zusätzliche BattleMechs für die Heimatmiliz gebracht hat, einen TG-3 *Totschläger* und einen neuen überschweren *Imperator*.« Die Miene des Kapitäns ließ nichts von seinen Gedanken erkennen. »Welcher wäre Ihnen lieber?«

»Wenn der Kapitän damit einverstanden ist«, antwortete Fitzgerald sofort, »ziehe ich den *Totschläger* vor.«

»Nicht den überschweren Mech?« Jetzt runzelte Nevarr die Stirn. »Könnten Sie mit einem *Imperator* nicht mehr ausrichten?«

Fitz schüttelte den Kopf. »Ich bin ehrlich der Meinung, daß der für mich im Augenblick zu groß wäre. Ich bin an mittelschweren Mechs ausgebildet worden und sollte auch mit einer Maschine dieser Gewichtsklasse anfangen.« Er blickte Nevarr ruhig ins Auge. »Wenn schon nichts anderes, hoffe ich gelernt zu haben, wann es besser ist, meinen Ehrgeiz auf ein praktikables Maß zu zügeln.«

Nevarr lächelte, und seine Augen verrieten Zufriedenheit. »Das hoffe ich auch, Subcommander Fitzgerald«, erwiderte er und beförderte seinen neuesten Rekruten auf der Stelle. »Willkommen zurück in der Einheit.«

33

Hé-Mí-Lù-Schluchten, Yuling-Territorien, Denbar Xin-Sheng-Kommunalität, Konföderation Capella

13. Juni 3061

Sang-shao Ni Tehn Dho haßte Gebirgsschluchten, und Denbars Hé-Mí-Lù gehörte zum Schlimmsten, was er in dieser Hinsicht je gesehen hatte. Die zerklüftete Landschaft wurde ihrem Namen, Schachtellabyrinth, mehr als gerecht. Ständig teilten und vereinten sich die Canyons wieder, und man war immerzu in Gefahr, sich zu verirren. Senkrechte Klippen von vierzig Meter Höhe und mehr zwangen bis auf die leistungsstärksten sprungfähigen Mechs alle, am Schluchtboden zu bleiben, der an der breitesten Stelle zweihundert Meter weit sein konnte, und an einer anderen eine enge, mit Geröll bedeckte Passage war, durch die sich ein einzelner Mech nur mühsam zwängte. Der Fels war an manchen Stellen so mürbe, daß ein zu schweres Auftreten einen gewaltigen Steinschlag auslöste, und die möglichen Verstecke waren so zahlreich, daß es eine Einheit bis auf Schneckentempo abgebremst hätte, sie alle zu überprüfen. Es war ein perfekter Ort für einen Hinterhalt.

Wie den, in den meine Hustaing-Rabauken getapst sind.

Die Raketenwarnung gellte bereits, als der feindliche *Apollo* gerade erst auf der Sichtprojektion des Sang-shaos erschien, weit am linken Rand der Anzeige und damit einhundertsechzig Grad hinter ihm. Er riß die Kontrollknüppel herum, wußte genau, daß er die Maschine nicht rechtzeitig wenden konnte, und versuchte trotzdem mit aller Gewalt, den *Victor* herumzureißen. Zwei Raketensalven des feindlichen Mechs schlugen in seine linke Flanke ein, sprengten Panzerung von Bein, Arm und hinterem Torso der Maschine. Für die solide Panzerschicht des überschweren Kampfkolosses waren das nur Kratzer, aber trotzdem hätte er gerne darauf verzichtet. *Wir haben schon mit zu vielen Überraschungen zu kämpfen, mit zu vielen Unbekannten.*

Wie dem Auftauchen der Blackwind-Lanciers, die endlich aus der Versenkung zurückgekehrt und wie Racheengel auf dem Feld erschienen waren. Und woher hatten sie Kampfkolosse aus den Fabriken der Liga Freier Welten?

Vom ersten Feindkontakt an, bei dem zwei feindliche Lanzen aus dem Hinterhalt erschienen und die vorderste Reihe der Rabauken verwüstet hatten, war kaum ein Zweifel daran möglich gewesen, mit wem sie es zu tun hatten. Die Bemalung variierte, aber alle Mechs stellten stolz die Insignien der Blackwind-Lanciers zur Schau: das blaue Axtblatt auf gelbem Feld. Und nur für den Fall, daß irgend jemand nicht wußte, mit welchem Bataillon er es zu tun hatte, hatten die MechKrieger das chinesische Ideogramm für die Ziffer 2 auf das Axtblatt gemalt. Das beantwortete zumindest seine früheren Fragen, was aus den entrechteten Lanciers geworden war. Nicht jedoch die, woher sie ihre BattleMechs bekommen hatten.

Dho drückte den Hauptfeuerknopf des rechten Steuerknüppels durch und schleuderte dem *Apollo* eine Gausskugel entgegen, als die Erdwerk-Konstruktion gerade zurück in die Deckung eines engen Gebirgspasses trat. Das Nickeleisengeschoß schlug in die Felswand ein, zertrümmerte eine weite Sektion zu Staub und Splittern und löste eine Felslawine aus den höheren Bereichen der Klippe aus. Der Schutt häufte sich über sechzig Meter entlang der Schluchtwand auf, und die gewaltige Staubwolke, die durch den Steinschlag ausgelöst wurde, verbarg den abrückenden Lancier-Mech zusätzlich. *Soweit ich es gehört habe, hatte Erdwerk strikte Order, nicht an den Pakt zu verkaufen. Wann hat sich das geändert?*

Plötzlich drang Siegesgeschrei über die allgemeine Frequenz der Rabauken, gefolgt von Sao-shao Evans' Meldung: »Sang-shao Dho, wir haben es endlich geschafft, den *Sturm* vor uns zur Strecke zu bringen. Er hat ein Bein verloren, wird aber momentan von einem *Marshal* und einem *JägerMech* gedeckt. Bitte um Erlaubnis vorzurücken.«

»Abgelehnt«, befahl der Kommandeur der Hustaing-Rabauken. »Position halten.« *Wir sind gerade schon zersplittert genug, und wir haben bis jetzt erst eine Kompanie Blackwind-Lanciers gesehen. Wenn irgendwo da draußen der Rest des Bataillons wartet, machen sie uns einzeln nieder, sobald wir uns noch weiter aufteilen.* »Dieser *Sturm* war der größte Mech, den wir bis jetzt zu Gesicht bekamen, also Augen auf alle Mann. Wenn das ihr Kommandeur war, sollte sein Verlust Folgen haben.«

Die hatte er auch, aber nicht so, wie Sang-shao Dho es erwartete. Der *Apollo* lugte wieder in den Paß, gerade weit genug, um eine neue Raketenbreitseite aus seinen LSR-Lafetten abzufeuern. Diesmal stand Dho richtig und hatte keine Probleme, das Fadenkreuz über die Feindmaschine zu ziehen. Das Gaussgeschütz verbuchte einen Treffer, und er setzte die hundert Kilogramm schwere Kanonenkugel mit der Sicherheit eines Scharfschützen an die Oberkante des gegnerischen Mechtorsos, knapp über den Lanciers-Insignien, wo sie etwa eine Tonne Panzerung zertrümmerte. Der Pakt-Pilot reagierte mit zwei weiteren Raketensalven, und Dho machte sich bereit, den Einschlag abzufangen.

Er hatte jedoch nicht mit dem plötzlichen Auftauchen acht weiterer mittelschwerer bis schwerer Feindmechs entlang des linken Klippenrands und dem massierten Beschuß gerechnet, der ihm plötzlich entgegenschlug.

»Eine Falle! Eine zweite Falle«, konnte der Sang-shao

seine Einheit noch warnen, als zwei PPK-Blitze und eine ganze Serie von Energiebündeln in seinen *Victor* schlugen, unmittelbar danach gefolgt von einem Hagel von Autokanonengranaten, Raketen und einer Gausskugel aus dem Armgeschütz eines *Cestus*. Dhos überschwerer Kampfkoloß, sonst ein Fels in der Brandung der Schlacht, wurde gnadenlos durchgeschüttelt. Er versuchte gar nicht erst, sich einem Angriff dieser Größenordnung zu widersetzen, sondern überließ den *Victor* dem Zug der Schwerkraft und konzentrierte sich darauf, die Schäden auf ein Mindestmaß zu reduzieren, die der Sturz mit sich brachte.

»Reichlich Feindkontakte«, meldete Sao-shao Evans mit deutlich angespannter Stimme. »Mindestens vier Lanzen St.-Ives-Lanciers. Ich wiederhole, *St. Ives*-Lanciers. Zwei Mechs außer Gefecht. Ziehen uns zurück.«

Geradewegs in das konzentrierte Feuer zweier weiterer Lanzen, dachte Dho, rollte den *Victor* auf die Frontseite und versuchte, ihn aufzurichten. Der Sturz hatte ihn gehörig mitgenommen, und er fühlte, wie sich unter den Sicherheitsgurten ausgedehnte blaue Flecken entwickelten. *Auf der anderen Seite muß es einen Weg die Klippen hinauf geben, sonst hätten sie keine schweren Maschinen so hoch über uns in Stellung bringen können. Mit derartig konzentrierter Feuerkraft wird ein Drittel der Hustaing-Rabauken hier in diesem Abschnitt der Schlucht den Tod finden. Eine Falle in einem Hinterhalt, und die St.-Ives-Lanciers halten das Henkerbeil über unseren Hals.*

»Alle Einheiten zurückziehen«, befahl er, als der *Victor* wieder auf die Beine kam. Das Schadensdiagramm meldete den Verlust von über sieben Tonnen Panzerung, mehr als die Hälfte seines kompletten Panzerschutzes. Die rechte Rumpfseite und das Bein waren besonders verwundbar. Der Schaden reichte bereits jetzt bis an das interne Metallskelett des Kampfkolosses, auch wenn noch keine lebenswichtigen Bauteile in Mitleidenschaft gezogen waren. *Die nächste Salve ist mein Ende, aber vielleicht kann ich ein paar Kriegern genug Zeit für die Flucht verschaffen.* In der Mitte der Schlucht, die feindlichen Maschinen hoch über sich aufgereiht, bereitete Ni Tehn Dho sich innerlich auf ein ruhmreiches letztes Gefecht vor. *Es geht nichts darüber, in wahrhaft capellanischer Manier in einem aussichtslosen Gefecht zu fallen.*

Dann bemerkte er drei Rabauken-Mechs, die auf ihren Sprungdüsen die Klippe emporstiegen. Ein *Verteidiger*, ein *Totschläger* und eine neue *Schlange. Die Spielhallenranger!*

Aber außer der Schlange *kommt keiner von ihnen so hoch*, dachte Dho überrascht, bis er den vierten Ranger in einem *Quasimodo* in direkter Konfrontation vor dem *Apollo* stehen sah, in unmittelbarer Nähe der riesigen Felslawine, die Dhos verirrter Gausschuß kurz zuvor heruntergeholt hatte. Der *Verteidiger* und der *Totschläger* mußten auf die Steinhalde geklettert sein, um sich so die zusätzliche Hilfe zu verschaffen, die sie benötigten, um die Oberkante der Klippe zu erreichen. Und wenn es ihnen gelang, genug Feuerkraft vom Schluchtboden abzuziehen…

Sang-shao Dho zielte auf den *Cestus*, dessen kaum Abwärme erzeugendes Gaussgeschütz die größte Bedrohung für ihn darstellte, und löste alles aus, was ihm an Waffen zur Verfügung stand. Mittelschwere Impulslaser schleuderten ein Stakkato smaragdgrüner Energiepfeile auf den linken Arm und die Seite des Pakt-Mechs, während das Gaussgeschütz des *Victor* eine Kugel in die Mitte des Torsos sandte. Dann trafen drei der vier Kurzstreckenraketen. Eine detonierte auf dem Kopf des schweren Kampfkolosses, die beiden anderen schälten weitere Panzerbrocken vom Torso. Der *Cestus* erwiderte das Feuer, aber nur seine beiden schweren Laser trafen und kosteten Dho Panzerung am rechtem Mecharm und in der Mitte des Torsos. Das Gaussgeschoß flog über den *Victor* ins Leere.

Wie er gehofft hatte, konnten die Spielhallenranger die Feuerkraft einiger St.-Ives-Lancier-Mechs auf sich ziehen. Während ihr Lanzenkamerad im *Quasimodo* mit seiner enormen KaliYama-Autokanone die Panzerung des *Apollo* zertrümmerte, griffen die übrigen Ranger vier andere Maschinen an, wobei der *Totschläger* sein Feuer auf zwei verschiedene Ziele verteilte. Die *Schlange* verzichtete auf den Einsatz der LB-X-Autokanone im rechten Arm und stieß statt dessen einen *Gallowglas* auf der anderen Seite die Klippe hinab.

Aus der Formation geworfen, feuerten nur noch drei der aus dem Hinterhalt aufgetauchten Maschinen gemeinsam mit dem *Cestus* auf den *Victor*. Der bläulichweiße Blitzschlag eines einzelnen PPK-Schusses brannte sich in die linke Seite des Rabauken-Mechs, schnitt durch die interne Struktur und zerschmolz Dhos KSR-Lafette zu Schlacke. Vier Laser peitschten in einer Mischung aus Stakkatoimpulsen und Lichtspeeren über Mecharme und Torso, verursachten aber keine weiteren Ausfälle.

Dho bearbeitete die Kontrollknüppel und hielt den Mech im Gleichgewicht, während sich eine der Vorhutlanzen der Hustaing-Rabauken ins Schluchtinnere zurückzog und neu um ihn herum gruppierte. Das glich die aufgebotenen Kräfte aus, selbst wenn der Gegner es schaffte, seinen *Victor* auszuschalten. Damit hatten die Rabauken den Vorteil, bis die vorgeschobenen Elemente des Feindes sie einholten, und solange er selbst am Leben blieb. *Noch eine Runde?* forderte er den gegnerischen Kommandeur wortlos heraus, in welchem Mech er auch sitzen mochte.

Der *Cestus* lieferte ihm die Antwort, ungeachtet der Befehlskette. Mit einem abschließenden Gaussschuß zog der Mech sich von der Klippenkante zurück. Einzeln oder in Zweiergruppen verließen auch die übrigen Lanciers das Gebiet.

»Ranger, zurück hier herunter«, befahl Dho, der kein Bedürfnis hatte, seine Leute dort oben als Zielscheibe dienen zu lassen. Die Meldungen der Vorhut warnten ihn, daß der Gegner noch immer auf dem Vormarsch war, wenn auch zurückhaltender als zuvor. Die *Schlange* und der *Totschläger* kamen sicher auf, aber der *Verteidiger* landete hart auf der Felshalde und hinterließ zwischen den Steinen und dem Dreck einiges an zerborstener Panzerung. Zumindest jedoch brachte sein Pilot ihn schnell wieder auf die Füße.

»Sang-shao, hier spricht Sao-shao Evans. Sollen wir hier eine neue Angriffslinie aufbauen?« Eine Pause, dann: »Wir haben drei Mechs verloren und nur einen Krieger aufnehmen können.«

Dho schüttelte den Kopf. Es schmerzte, gute Männer zurücklassen zu müssen, aber auch wenn es ihnen gelungen war, der Falle im letzten Moment zu entkommen, gehörte dieser Tag den Lanciers. »Nein. Diese Runde geht an die Lanciers, Blackwind ebenso wie St. Ives. Sie kennen sich ganz offensichtlich bestens in den Hé-Mí-Lù aus, und wir verschwinden von hier, bevor sie uns noch eine schmerzhafte Lektion erteilen. Ranger, ihr habt euch den Vorhutposten verdient. Bringt uns hier weg. Evans, Sie übernehmen die Rückendeckung. Wir haben ihnen eine blutige Nase besorgt«, erinnerte er seine Leute, damit sie in der Umkehr einen taktischen Rückzug sahen, und nicht Flucht. »Vielleicht haben sie uns mehr geschadet als wir ihnen, aber es hätte sehr viel schlimmer kommen können. Vor zwei Monaten hätte wahrscheinlich keiner von uns diese Schlucht lebend verlassen. Macht daraus, was ihr wollt, Hustaing-Rabauken. Und keine Sorge, wir werden noch eine Chance bekommen.«

Dho schloß die Funkverbindung und steuerte den *Vic-*

tor aus dem Schluchtenlabyrinth. *Ja, wir werden noch eine Chance bekommen. Und danach noch eine. Und noch eine.*

Dieser Krieg ist noch lange nicht vorbei.

* * *

Es war kurz vor Sonnenuntergang, und der Schatten der Hé-Mí-Lù fiel bereits über das Landungsschiff der St.-Ives-Lanciers, als Cassandra Allard-Liao Brevet-Major Warner Doles vom wiedergegründeten 2. Bataillon der Blackwind-Lanciers die Hand schüttelte. »Ihre Leute haben sich heute gut geschlagen, Major Doles«, erklärte sie, nachdem sie seinen neuen Rang bereits vor Beginn der Schlacht bestätigt hatte. »Tut mir leid, daß wir Ihnen keine ganze Kompanie liefern konnten.«

»Sie haben es versucht, Majorin Allard-Liao.« Doles gab ihre Hand frei und trat einen Schritt zurück. Dann salutierte er zackig, und Cassandra erwiderte den Gruß. »Mehr kann man nicht verlangen.«

Cassandra schüttelte den Kopf. »Ich schon. Gute Jagd.« Dann drehte sie sich jäh um und stieg die Rampe hoch ins Schiff. Der Mechhangar des *Overlord* war geschäftig wie ein Bienenstock. Ringsum sicherten die Techs zur Vorbereitung des Starts die BattleMechs der Lanciers in den Wartungskokons. Niemand kam auf sie zu oder rief nach ihr, und Cassandra war dankbar, daß sie ausnahmsweise ihre Ruhe hatte.

Mein Plan hätte funktioniert. Er hätte funktionieren müssen. Nicht, daß sie erwartet hätte, durch den Erfolg eines Überfalls das Kriegsglück zu wenden. Aber wenn es den Lanciers gelungen wäre, eine Kompanie Hustaing-Rabauken zu vernichten und die Besatzung der Konföderation auf dieser Welt zu gefährden, hätte das Sun-Tzu zwingen können, Denbar mit zusätzlichen Einheiten zu verstärken. *Von einem Steinschlag um den Sieg gebracht!*

Cassandra zwang sich zur Ruhe. Die Blackwind-Lanciers waren zumindest wieder auf Kompaniestärke, mit drei zusätzlichen Beutemaschinen, die sie den Hustaing-Rabauken abgenommen hatten. Mit etwas Glück würden sie einen erfolgreichen Guerillafeldzug führen können.

Auch wenn Denbar derzeit keine allzu große Bedeutung zufiel. Noch vor der Landung hatte das Schiff in den Lokalnachrichten Meldungen von Kämpfen auf St. Loris und Ambergrist aufgefangen, zwei Welten in Nachbarsystemen. *Wer weiß, was in der Nähe von Nashuar und Brighton los ist.* Cassandra schürzte sich nachdenklich die Lippen. *Aber wenn schon sonst nichts Erfreuliches zu berichten ist, werden die Kosaken den Truppen meines Vetters zumindest auf St. Loris einen Empfang bereiten, den die so bald nicht vergessen.*

Beim Gedanken an die Kosaken stieg in Cassandra die Frage auf, wie es Tamas auf Indicass gehen mochte. Der Planet galt als capellanisch beherrscht, Teil der neuen Xin-Sheng-Kommunalität Sun-Tzus, wenn auch noch nicht völlig befriedet. Bis neuere Prioritätsmeldungen sie erreichten, konnte sie nur davon ausgehen, daß Rubinskys Leichte Reiter weiterhin ein tiefer Stachel im Fleisch der Besatzungskräfte waren. *Viel Glück, Tamas. Ich besuche dich, sobald ich wieder dazu komme.*

Cassandra fand eine leere Kiste und zerrte sie an eine Stützstrebe, um sich darauf zu setzen, mit dem Rücken an das kühle Metall zu lehnen und den Techs bei der Arbeit an der beschädigten Panzerung ihres *Cestus* zuzusehen. Ihre Mutter würde bald nach Tharkad aufbrechen, zur nächsten Sternenbund-Konferenz, und Caroline Seng die Führung des Widerstands überlassen. Cassandra würde im Einsatz bleiben. *Als nächstes fliegen die St.-Ives-Lanciers nach Ambergrist, um bei der Verteidigung zu helfen. Danach möglicherweise wieder nach Indicass. Und irgendwo unterwegs hoffe ich, eine entscheidende Lücke im*

Panzer meines Cousins zu finden. Sie dankte den Göttern noch einmal stumm, daß sie nicht von ihrer Einheit abgezogen worden war, um Candace zu begleiten. *Auf Tharkad bin ich überflüssig. Das schaffen Mutter und Kai auch ohne mich. Ich werde hier gebraucht. Ich kann sehen, was getan werden muß, und ich kann es erledigen.*

Ich kann *es erledigen!*

EPILOG

Palastanlage, Tian-tan, St. Ives
Herzogtum St. Ives, St. Ives-Pakt

1. Juli 3061

Candace Liao schlenderte langsam durch die Galerie des Palasts, begleitet von Senior-Oberst Caroline Seng. Sie fühlte sich in der musealen Umgebung wohl, auch wenn sie sich nicht die Zeit nahm, die Ausstellungsstücke zu betrachten, und die Haltung der Fürstin blieb beinahe militärisch: kerzengerade, mit im Rücken verschränkten Händen. Selbst unter der Anspannung der letzten sechs Monate und der Last, die sie häufig spürte, wenn niemand bei ihr war, weigerte sie sich, dem Alter nachzugeben. *Solange ich lebe, schulde ich meinem Volk mehr als Schwäche oder Gebrechlichkeit. Ich schulde ihm Hoffnung, und alles, was ich der Situation an Möglichkeiten abringen kann.*

»Indicass ist bestätigt?« fragte sie, mehr um Sengs wachsendes Unbehagen über ihr Schweigen zu lindern als aus irgendeiner Hoffnung auf eine verneinende Antwort.

»Das ist es. Indicass, Denbar und Vestallas unterstehen jetzt alle drei direkter capellanischer Herrschaft. Sie sind Teil dieser sogenannten Xin-Sheng-Kommunalität.« Die Bezeichnung schien einen schlechten Geschmack in ihrem Mund zu hinterlassen. »Hauptsächlich dank Cassandras Anstrengungen besitzen wir auf allen drei Welten noch Widerstandskräfte, aber die Zivilbevölkerung leidet unter den anhaltenden Kämpfen.« Sie verstummte kurz. »Könnten wir deren wachsende Probleme gegen Sun-Tzus Anstrengungen ausnutzen? Als Beweis für das Scheitern seines Xin-Sheng-Programms?«

»Möglicherweise im November im Hohen Rat des Sternenbunds. Aber in den Augen der Masse…« Candace überdachte die Idee kurz, während sie schweigend weitergingen und ihre Schritte über den polierten Parkettboden durch die Stille hallten. »Nein, das könnte er zu leicht gegen uns auslegen.« *Möglicherweise tut er das sowieso.* »Sehen Sie sich doch an, was er aus Kuan Yins humanitären Bemühungen gemacht hat. Er präsentiert sie als Beweis, daß wir uns für die Verwüstung verantwortlich fühlen. Trotzdem bin ich sicher, daß ihre Anstrengungen ihn enttäuschen. Xin Sheng bedeutet Wiedergeburt. Es wäre zutiefst capellanisch zu behaupten, die sich verschlechternden Bedingungen in der Xin-Sheng-Kommunalität wären das Ergebnis eines schlechten Karmas aus dem früheren *Leben* des Pakts. Für unsere Flucht aus der Konföderation im 4. Nachfolgekrieg.« *Ja, das würde absolut zu ihm passen. Und das Traurige daran ist, daß er damit in meinem Reich ebensoviel Erfolg hätte wie in seinem eigenen.*

So leicht ließ sich Caroline Seng nicht abspeisen. »Wir müssen etwas tun, Herzogin, sonst verlieren wir als nächstes Brighton. Unsere Kräfte haben Fortschritte mit dem friedlichen Widerstand gegen die Sternenbund-Friedenstruppen erzielt, aber den Berichten zufolge steht jetzt ein Regiment von McCarron's Armored Cavalry auf dem Planeten. Nashuar ist ein Desaster, und Milos…« Sie schüttelte den Kopf. »Von Milos hören wir gar nichts, weder Gutes noch Schlechtes. Und das beunruhigt mich.« Die ranghöchste Offizierin des Paktes ballte entrüstet die Fäuste. »Wir müssen etwas *tun*«, wiederholte sie.

»Und wir tun auch etwas, Caroline«, beruhigte Candace sie und legte eine schlanke Hand auf den Arm ihrer Freundin und Militärchefin. »Wir haben den Vormarsch der Konföderation gebremst, und jetzt müssen wir geduldig sein.« Aber Candace war sich bewußt, daß

Geduld eine Tugend war, die nur schwer zu erringen war und allzu leicht wieder verkümmerte, wenn sie nicht ständig trainiert wurde. *Das hat mein guter Justin mich vor so langer Zeit gelehrt, und ich habe nie Grund gehabt, meiner Impulsivität den Vorzug zu geben. Caroline hat ihre ganze Laufbahn damit zugebracht, auf Entwicklungen zu reagieren, und man kann nicht vor ihr erwarten, daß ihr dieses Warten leichtfällt.*

»Wollen Sie damit sagen, es gibt nichts mehr, was wir tun können, Herzogin?« Verzweiflung und eine Spur von Resignation schwangen in ihrer Stimme mit.

Candace lächelte grimmig und schüttelte den Kopf. »Es hat nie etwas gegeben, was wir hätten tun können, Caroline. Nichts, um das zu verhindern, und sicher im Augenblick auch nichts, um es aufzuhalten. Sun-Tzu ist entschlossen, sich den Pakt zu holen, und hätte auf jeden Fall irgendwo Anlaß und Mittel dazu aufgetrieben. Aber...« Candace hörte selbst die Zuversicht in ihrer Stimme, als sie ihre Pläne erläuterte. »Er stützt sich weitgehend auf das politische Gewicht seines Amtes als Erster Lord und die zu seiner Verfügung stehenden SBVS-Einheiten. Und das ist der Punkt, an dem wir ihn angreifen können. Es ist nur eine Frage der Zeit.«

»Im November findet die nächste Tharkad-Konferenz statt«, meinte Caroline und nickte verstehend.

»Ja. Die letzten Mitteilungen meines Bruders Tormano deuten ein Hilfsversprechen Katrinas im Gegenzug für meine Stimme in Unterstützung ihrer Kandidatur an, mit dem sich das Scheitern meines Antrags vor sechs Monaten umkehren ließe. Und selbst wenn nicht, halte ich es für möglich, Thomas Marik umzustimmen. Bestimmt rechnet er sich Chancen auf das Amt des Ersten Lords aus, und das wäre eine passende Gelegenheit, seinen Ruf als Friedensstifter auszubauen.« Candace kniff die Augen zusammen, und ihre Stimme verhärtete sich. »Und Kai wird dort sein. Wenn irgend jemand Sun-Tzu Anlaß zur Sorge liefern kann, dann ist es mein Sohn.«

Die Vorstellung ließ Caroline lächeln. »Kai würde jedem Gegner Anlaß zur Besorgnis geben, Candace. Er ist der beste Krieger, den die Menschheit je gesehen hat. Du hast alles Recht, stolz auf ihn zu sein.« Sie rieb sich die Hände. »Wir nehmen Sun-Tzu seine Machtbasis und erzwingen dann einen Rückzug der Sternenbund-Verteidigungsstreitkräfte, der seine Stellungen im Paktgebiet verwundbar macht. Noch besser wäre es, wenn wir die SBVS-Truppen auf unsere Seite ziehen und sofort einsetzen könnten.«

»Das wäre der Idealfall«, stimmte Candace ihr zu. »Aber wir müssen uns vorsehen. Ich werde nicht zulassen, daß der Pakt zu einem Schutzgebiet des Sternenbunds wird. Dafür ist Katrina Steiner-Davion auf dem Thron von New Avalon zu nah. Wir könnten leicht einen Eroberer, der sich hinter dem Titel des Ersten Lords versteckt, gegen eine Erobererin der gleichen Sorte eintauschen.« *Eine Erobererin, die ich möglicherweise selbst werde ins Amt wählen müssen, wie auch immer meine persönliche Meinung über sie aussieht. Verzeih mir, Victor.*

»Eine schwere Entscheidung, zwischen Katrina oder Sun-Tzu wählen zu müssen«, stellte Seng in einem gescheiterten Versuch fest, eine komische Note in das Gespräch einfließen zu lassen.

Candaces Blick schweifte in unbestimmte Ferne. »Nein«, antwortete sie leise. »Das wäre es nicht. Nicht für die Paktbevölkerung, und wahrscheinlich nicht einmal für dich, Caroline. Genau da liegt die Gefahr. Und *das* ist die Macht, die wir meinem Neffen auf gar keinen Fall aushändigen dürfen, wie hoch der Preis dafür, es zu verhindern, auch ausfallen mag.«

Nicht, wenn der Pakt überleben soll.

* * *

Palast des Himmels, Zi-jin Cheng
(Verbotene Stadt), Sian
Kommunalität Sian, Konföderation Capella

Sun-Tzu Liao saß auf dem geschnitzten Mahagonithron der Konföderation Capella und hielt ein kleines Glas mit leichtem Pflaumenwein in der Linken, während er sich mit der glatten Oberseite eines der langen Fingernägel seiner Rechten übers Kinn strich. *Wir sind in den letzten zwölf Monaten so weit gekommen, stehen heute so kurz davor, der Konföderation Capella ein großes Maß ihrer früheren Kraft und ihres vergangenen Ruhms wiederzuverleihen.* Er betrachtete seine Hauptberater, die mit eigenen Getränken vor der Empore standen und darauf warteten, angesprochen zu werden, mit kühlem, jadegrünem Blick.

Sang-Jiang-jun Zahn hielt der Musterung ruhig stand, in seinem Können sicher wie immer. Eine gewisse Abwesenheit in seinem Blick deutete an, daß er möglicherweise eine ganz andere Umgebung sah. *Vielleicht läßt er eine der letzten Schlachten im Pakt Revue passieren oder orchestriert eine der nahen Zukunft?* Auf Sascha Wanlis Miene zeigte sich nur ein leichtes Flackern der Unsicherheit, ein Überbleibsel ihrer Nachlässigkeiten des verflossenen Jahres. Aber die Reform der Maskirovka verlief gut, und Sun-Tzu mißgönnte ihr das verletzliche Gefühl des Wohlbehagens nicht. Ion Rush, inzwischen von den Folgen des Attentats und den darauffolgenden Operationen genesen, hielt sich etwas abseits, wie um sich von diesem Treffen zu distanzieren. Unter Kragen und Manschetten waren Ansätze seiner Brandnarben zu sehen. *Sie alle verdienen ein Wort der Anerkennung, wenn nicht des Lobes, aber auch eine Erinnerung daran, daß wir noch zu Ende führen müssen, was wir begonnen haben. Die im letzten Jahr geknüpften Fäden werden sicher bis 3062 reichen, bevor das Muster fertiggewebt ist.*

Sun-Tzu hob den Kristallkelch. »Auf die Wiedergeburt der Konföderation Capella«, sagte er mit sanfter, doch zugleich kräftiger Stimme. Er nippte an dem süßen Wein und schmeckte die leichte Säure heraus, die den Jahrgang auszeichnete.

Unter ihm hoben alle drei ihr Glas zum Gruß und tranken dann ebenfalls von ihrem Wein, der vom Kanzler selbst eingeschenkt worden war. Sun-Tzu bemerkte Saschas kurzes Zögern, als sei sie besorgt, der Wein könne vergiftet sein. Ion Rush bewegte sich nur langsam, mit genauer Überlegung, als erfordere die kleinste Muskelzuckung eine beträchtliche Konzentration. Der Kanzler und Erste Lord sah, wie die Myomermuskelbündel des Imarra-Shiao-zhangs sich selbst im entspannten Zustand unter der Uniform bauschten. *Ich habe die Entscheidung ihm überlassen. Er wird sich daran gewöhnen.*

»Sang-Jiang-jun Zahn, aus Ihrem letzten Bericht entnehme ich, daß die Todeskommandos die Lage auf Wei bereinigt haben.« Sun-Tzu hielt seinen Eifer im Zaum, indem er bewußt langsam sprach. »Wir sind also jetzt im Besitz des Nervengases, das gegen McCarron's Armored Cavalry und andere zum Einsatz kam?«

Zahns selbstsicherer Ausdruck verblaßte ein wenig. »Noch nicht, Kanzler Liao. Wei ist befriedet, das stimmt.« Er sah zur Tür, vor der zwei Mitglieder der Black Watch Wache standen. »Dadurch, daß die Watch Eure Todeskommandos freistellte, war es mir möglich, die Rebellion niederzuschlagen, aber Sang-shao Herzog meldet, daß das Chemiewaffendepot bei seiner Ankunft bereits ausgeräumt und das Nervengas abtransportiert war.« Zahn schaute zu Sascha Wanli. »Und das, obwohl die Anführer der Rebellen bestreiten, mehr als einen kleinen Bruchteil des Vorrats eingesetzt zu haben. Ich bin zuversichtlich, daß die Maskirovka-*Untersuchung* seine Verlagerung in ein anderes Depot aufdecken wird.«

Schade. Nicht, daß Sun-Tzu kurzfristig Verwendung für derart tödliches Material gehabt hätte. *Aber ich hätte es lieber unter meiner Kontrolle als unter der irgendeines anderen.* »Und Sie haben Naomi Centrellas Bericht über die Lage auf Detroit gelesen? Sie sind mit dem Ergebnis zufrieden?«

Zahn setzte eine politisch neutrale Miene auf. Nur Sun-Tzus scharfer Blick stellte fest, daß die dunklen Augen seines Sang-Jiang-jun etwas von ihrer sonstigen Lebendigkeit einbüßten. »Es stimmt, daß ich den Tod Jeffrey Calderons nicht bedaure, mein Kanzler. Er war ein Hindernis für die Verwirklichung unserer Ziele. Sein Ableben im Verlauf der Entscheidungsschlacht um Detroit kommt aus militärischer Sicht höchst gelegen.« Jetzt suchte Zahns Blick Sun-Tzu, und er hob stumm das Glas. »Möglicherweise kommt nun doch eine Zusammenarbeit mit dem Tauruskonkordat zustande.«

Sascha Wanli räusperte sich und unterbrach das Gespräch. »Falls ich dazu etwas beitragen darf. Die Maskirovka hat einen Anstieg in der VerCom-feindlichen Haltung des Tauruskonkordats festgestellt. Es gibt zwar keine Beweise, aber zumindest die Taurier scheinen zu glauben, daß das VerCom sowohl hinter Maltins Putschversuch *wie auch* hinter Calderons Tod steckt.« Sie stockte kurz und überlegte, bevor sie weitersprach. »Die Maskirovka kann keinen Hinweis auf ein Attentat feststellen«, meinte sie dann, auch wenn ihr Gesichtsausdruck vermuten ließ, daß sie unter anderen Umständen mehr dazu zu sagen gehabt hätte.

Nicht einmal darauf, daß ich dahinterstecken könnte. Ist es das, was du dir verkniffen hast, Sascha? Und jetzt verzehrt dich die Neugierde, ob, und wenn ja, wie ich es arrangiert haben könnte. Sun-Tzu gewährte ihr ein schmales Lächeln. *Weißt du, wie viele Menschen ein Geheimnis bewahren können? Ich weiß es.* Dann gestattete der Kanzler sich ein paar Sekunden Zeit, um an Naomi zu denken, die Befreierin

Detroits und jetzt Emma Centrellas Thronerbin. *Der Faden, der die letzten Knoten löst? Möglicherweise.*

Er nippte wieder am blauvioletten Wein. »Ion, was ist mit den SBVS-Truppen im Pakt? Sind Sie vorbereitet?«

Der Imarra-Meister nickte. Dabei bewegten sich nur sein Kopf und Hals. Der Rest des Körpers blieb regungslos wie ein Felsblock. *Oder wie Stahl,* dachte der Kanzler. »Die lyranischen Truppen wurden bereits nach Brighton zurückverlegt und haben Nashuar ganz Sang-Jiang-jun Zahns Einheiten überlassen. Wir kontrollieren das Paktgebiet von Indicass bis Vestallas, also gibt es da keine Schwierigkeiten. Auf Euren Befehl, mein Kanzler, ziehe ich sie ab. Die Sicherheit der Systeme wird davon unberührt bleiben.«

»Ich verlasse mich darauf«, stellte Sun-Tzu fest. »Fangen Sie an. Bei Beginn der Konferenz möchte ich keine SBVS-Truppen mehr im Pakt stehen haben.« *Das wird Katrina die Suppe versalzen. Du hast meinem Onkel Tormano also versprochen, daß du als Erste Lady die SBVS-Friedenstruppen abziehen wirst?* Er warf seiner Maskirovka-Direktorin einen kurzen Blick zu, die mit dem Abfangen von Tormanos Mitteilungen an Candace ausnahmsweise einen echten Fang gelandet hatte. *Das hätte schmerzhaft werden können, eine stehende Garnison so schnell zu verlieren. Ich muß einen Weg finden, Katrina daran zu erinnern, daß es besser ist, mich zum Verbündeten zu haben als zum Feind. Für den Fall, daß sie es vergessen hat.*

Er sah von seinem höchsten General zu seiner Geheimdienstchefin und zurück. »Steigern Sie die Aktivitäten in der Region Tikonov.« *Das ist ein Anfang, aber ich habe immer noch ein persönliches Hühnchen mit ihr zu rupfen. Doch das läßt sich auf Tharkad erledigen.*

Tharkad. »Ich reise in Kürze zur Sternenbund-Konferenz ab. Ich erwarte, daß die Situation sich weiterentwickelt hat, wenn ich zurückkehre.« Seine drei Ratgeber nickten alle ernst. *Auch wenn es mein Amt war, haben sie alle zusätzlichen Einfluß dadurch genossen, daß ich den Titel des Ersten Lords trug. Und wenn ich zurückkehre, wird es damit vorbei sein.* Er fühlte mit ihnen, auch wenn ihr Verlust ihm persönlich gleichgültig war. *Bis die letzte Stimme abgegeben ist, bleibe ich Erster Lord. Das kann mir niemand nehmen, so wie ich niemandem gestatten werde, mir jemals meine Konföderation Capella wieder zu nehmen.*

»Unsere erneuerten Anstrengungen im Dienste Capellas waren bisher ein voller Erfolg«, erinnerte er sie. »Wir haben noch eine Strecke Wegs vor uns und noch einige Fäden aufzusammeln, aber was unser war, wird uns auch wieder gehören. Verliert nicht den Mut.« Er ließ eine Spur von Drohung in seine Stimme einfließen. »Aber geratet niemals in Gefahr, in eurer Wachsamkeit nachzulassen.« *Nur für den Fall, daß sie geneigt sind zu vergessen, was unsere Selbstgefälligkeit schon einmal gekostet hat.* »Wir werden unsere Siege beschützen und noch stärker werden. Die Xin Sheng hat gerade erst begonnen.«

Lesen Sie weiter in:

Loren Coleman
Die Natur des Kriegers (in Vorb.)

GLOSSAR

Offiziersränge des Capellanischen Heers:

Neues Rangsystem	*Altes Rangsystem*
Sao-wei	Subcommander
Sang-wei	Commander
Sao-shao	Kapitän
Zhong-shao	Major
Sang-shao	Oberst
Jiang-jun	Senior-Oberst
Sang-Jiang-jun	Nicht existent *(Senior-General)*

Kriegerhausränge:

Neues Rangsystem	*Altes Rangsystem*
Zhang-si	Infanterist
Ban-zhang	Truppführer
Pai-zhang	Lanzenführer/Zugführer
Lien-zhang	Kompanieführer
Ying-zhang	Bataillonsführer
Shiao-zang	Haus-Meister

APOLLO: Ein nicht sprungfähiger mittelschwerer BattleMech von 55 Tonnen Masse und einer Höchstgeschwindigkeit von 65 km/h. Er ist bestückt mit zwei leichten Impulslasern in der Torsomitte und zwei Raketenlafetten mit jeweils 15 Abschußrohren und Artemis-IV-Feuerleitsystem im linken bzw. rechten Torso.

ARROW-IV-RAKETENARTILLERIESYSTEM: Das Arrow IV ist ein autarkes Lafettensystem, das darauf ausgelegt ist, Raketensalven zur Unterstützung konventioneller Artilleriegeschütze wie *Long Tom, Sniper* und *Klopfer* abzufeuern. Der Hauptvorteil des Arrow IV ist sein relativ geringes Gewicht, verglichen mit anderen Artilleriesystemen. Allerdings ist seine Munition äußerst teuer. Dies gilt besonders für die Clan-Version dieser Waffe, die noch kostspieliger ist als die der Freien Inneren Sphäre.

Das Arrow-IV-System benutzt zwei Grundtypen von Raketen. Die häufigere und (etwas) billigere Version ist die Standard-Arealeffektrakete, die nicht auf ein bestimmtes Ziel abgefeuert wird, sondern auf ein Zielgebiet, in dem sie jedem Objekt in einem Umkreis von 45 Metern um den Explosionspunkt herum massiven Schaden zufügt. Der zweite Raketentyp ist die zielsuchende Rakete, die sich auf ein spezifisches Zielobjekt richtet, das von einer auf dem Schlachtfeld befindlichen vorgeschobenen Beobachtereinheit mit Zielerfassungssystem markiert wird. Zielsuchende Raketen richten außer bei ihrem Zielobjekt kaum Schaden an.

ARTEMIS-IV-FEUERLEITSYSTEM: Das Artemis-IV-Feuerleitsystem erhöht die Treffsicherheit normaler Raketenlafetten. Das in einer seitlich an der Lafette montierten Kuppel untergebrachte Artemis-FLS erfaßt ein Ziel, markiert es mit einem Infrarotstrahl und feuert eine Raketensalve ab. Entsprechend den durch die Infrarotmarkierung errechneten Daten wird der Flug der Raketen konstant über eine Mikrowellenstrahlverbindung korrigiert, so daß eine größere Anzahl von Raketen das Ziel trifft.

AUTOKANONE: Eine automatische Schnellfeuerkanone. Leichte Fahrzeugkanonen haben Kaliber zwischen 30 und 90 mm, während eine schwere Mechautokanone ein Kaliber von 80 bis 120 mm oder mehr besitzen kann. Die Waffe feuert in schneller Folge panzerbrechende Hochexplosivgranaten ab.

BATAILLON: Ein Bataillon ist eine militärische Organisationseinheit der Inneren Sphäre, die in der Regel aus drei Kompanien besteht.

BATTLEMECH: BattleMechs sind die gewaltigsten Kriegsmaschinen, die je von Menschen erbaut wurden. Diese riesigen humanoiden Panzerfahrzeuge wurden ursprünglich vor über 500 Jahren von terranischen Wissenschaftlern und Technikern entwickelt. Sie sind schneller und manövrierfähiger in jedem Gelände, besser gepanzert und schwerer bewaffnet als jeder Panzer des 20. Jahrhunderts. Sie ragen zehn bis zwölf Meter hoch auf und sind bestückt mit Partikelprojektorkanonen, Lasergeschützen, Schnellfeuer-Autokanonen und Raketenlafetten. Ihre Feuerkraft reicht aus, jeden Gegner mit Ausnahme eines anderen BattleMechs niederzumachen. Ein kleiner Fusionsreaktor liefert ihnen nahezu unbegrenzt Energie. BattleMechs können auf Umweltbedingungen so verschieden wie glühende Wüstenei und arktische Eiswüsten eingestellt werden.

BEAGLE-SONDE: Die Beagle-Sonde ist eine wertvolle Systemerweiterung für Scouteinheiten, da sie es ermöglicht, selbst abgeschaltete und getarnte Einheiten auf weit größere Entfernung zu entdecken und zu identifizieren, als dies mit den üblichen elektronischen Spürgeräten möglich ist.

BLAKES WORT/COMSTAR: Das interstellare Kommunikationsnetz ComStar wurde von Jerome Blake entwickelt, der in den letzten Jahren des Sternenbunds das Amt des Kommunikationsministers innehatte. Nach dem Zusammenbruch des Bundes eroberte Blake Terra und organisierte die Überreste des Sternenbund-Kommunikationsnetzes in eine Privatorganisation um, die ihre Dienste mit Profit an die fünf Häuser weiterverkaufte. Seitdem hat sich ComStar zu einem mächtigen Geheimbund entwickelt, der sich jahrhundertelang in Mystizismus und Rituale gehüllt hat, bis es nach der Entscheidungsschlacht gegen die Clans auf Tukayyid unter Prima Sharilar Mori und Präzentor Martialum Anastasius Focht zur Reformation des Ordens und Abspaltung der erzkonservativen Organisation Blakes Wort kam.

BLITZ-KURZSTRECKENRAKETEN: Blitz-KSR enthalten Zielsuchgeräte, die ein Abfeuern erst gestatten, wenn die in die Lafette geladenen Raketen ein Ziel erfaßt haben. Ist dies einmal geschehen, treffen die Raketen das Ziel automatisch.

CASE (ZELLULARES MUNITIONSLAGER): Das zellulare CASE-Munitionslager ist eine Schadenskontrollvorrichtung, mit deren Hilfe die Druck- und Hitzewellen interner Munitionsexplosionen durch speziell verstärkte Seiten- und absprengbare Rückpaneele aus dem Innern des Mechs geleitet werden, so daß der Schaden dadurch begrenzt wird.

CESTUS: Ein nicht sprungfähiger schwerer BattleMech von 65 Tonnen Masse und einer Höchstgeschwindigkeit von 65 km/h. Er ist bestückt mit je einem schweren und mittelschweren Laser in beiden Armen und einem Gaussgeschütz im Torso.

CHAOS-MARKEN: Die als die Chaos-Marken bekannte Region des Weltalls war ursprünglich über Jahrhunderte Teil der Konföderation Capella und fiel im 4. Nachfolgekrieg als Mark Sarna des Vereinigten Commonwealth an die Truppen Haus Davions bzw. wurde als Freie Republik Tikonov für mehrere Jahre unabhängig, bevor dieses Gebiet ebenfalls in der Mark Sarna aufging. Erst der Krieg zwischen der Liga Freier Welten und dem Vereinigten Commonwealth Mitte 3057, der unter anderem zur Teilung des Commonwealth führte, als Archon Katrina Steiner die lyranischen Distrikte als Lyranische Allianz vom Reich ihres Bruders Victor abspaltete, bot dem mit der Liga verbündeten capellanischen Kanzler Sun-Tzu Liao Gelegenheit, mit seinen Truppen in die Mark Sarna einzufallen, mit dem Ziel, sie für die Konföderation Capella zurückzuerobern. Sein Feldzug kam jedoch zum Stehen, als Generalhauptmann Thomas Marik nach Erreichen seiner Kriegsziele einen Separatfrieden schloß. Ohne dessen Unterstützung konnte Liao den begonnenen Eroberungskrieg nicht zu Ende führen, und die Mark Sarna zerfiel in ein Niemandsland einander bekämpfender Allianzen. Ein weiter Bereich von Systemen in größerer Nähe der capellanischen Grenze unterliegt jedoch besonders ausgeprägtem capellanischen Einfluß und wird gelegentlich als von den übrigen Chaos-Marken separates Gebiet mit dem Namen Umstrittene Territorien bezeichnet.

CLANS: Beim Zerfall des Sternenbundes führte General Aleksandr Kerensky, der Oberkommandierende der Regulären Armee des Sternenbundes, seine Truppen beim sogenannten Exodus aus der Inneren Sphäre in die Tiefen des Alls. Weit jenseits der Peripherie, mehr als 1300 Lichtjahre von Terra entfernt, ließen Kerensky und seine Leute sich auf fünf wenig lebensfreundlichen Welten nahe eines Kugelsternhaufens nieder, der sie vor einer Entdeckung durch die Innere Sphäre schützte. Innerhalb von fünfzehn Jahren brach unter ihnen jedoch ein Bürgerkrieg aus, der drohte, alles zu vernichten, für dessen Aufbau sie so hart gearbeitet hatten.

In einem zweiten Exodus führte Nicholas Kerensky, der Sohn Aleksandrs, seine Gefolgsleute auf eine der Welten im Innern des Kugelsternhaufens, um dem Krieg zu entfliehen. Dort, auf Strana Metschty, entwarf und organisierte Nicholas Kerensky die faschistoide Kastengesellschaft der Clans.

DIVISION: Eine von der Mechkampfstärke in etwa dem Regiment entsprechende, aber Truppen verschiedener Waffengattungen umfassende Einheit der ComGuards, des militärischen Arms ComStars, und der BlakeGuards, des militärischen Arms von Blakes Wort.

DONNER: Ein nicht sprungfähiger, humanoider schwerer Mech von 70 Tonnen Masse und einer Höchstgeschwindigkeit von 81 km/h. Er ist bestückt mit drei mittelschweren Impulslasern im Torso, einer großkalibrigen Autokanone/20 im rechten Arm und einer fünfrohrigen LSR-Lafette im linken Torso.

DONNER-LANGSTRECKENRAKETEN: Donner-LSR erzeugen Streuminenfelder. Die ›Donner‹-Kennzeichnung ist die in der Freien Inneren Sphäre gebräuchliche Bezeichnung für FA-(Feldartillerie-)Streuminen-Gefechtsköpfe. Die Clans benutzen praktisch identische Gefechtsköpfe.

DOPPELTER WÄRMETAUSCHER: Doppelte Wärmetauscher leiten Wärme durch eine spezielle Kühltechnik doppelt so schnell ab wie Standardwärmetauscher und kühlen einen BattleMech erheblich effektiver ab. Sie haben dasselbe Gewicht wie Standardwärmetauscher, sind aber wesentlich wuchtiger gebaut und beanspruchen dadurch mehr Platz im Innern eines BattleMechs. Auf Grund dieser sperrigen Bauweise können doppelte Wärmetauscher nicht wie Standardwärmetauscher in den Beinen eines Mechs montiert werden.

ELEMENTARE: Die mit Kampfanzügen ausgerüstete Eliteinfanterie der Clans. Diese Männer und Frauen sind wahre Riesen, die gezielt für den Einsatz der von den Clans entwickelten Rüstungen gezüchtet werden.

ENDOSTAHL: Endostahl wurde speziell für den Bau von Mechskeletten entwickelt. Mit Hilfe von Null-g-Produktionstechniken, die eine gleichmäßige Vermischung von hochverdichtetem Stahl mit Titan und Aluminium ermöglichen, wurde auf Kosten erhöhten Platzbedarfs ein Material mit der doppelten Belastbarkeit üblicher Mechskelette hergestellt. Die Clans haben die Endostahlproduktion weiter verfeinert, während die Nachfolgerstaaten beim Einsatz von Endostahl durch den Mangel an Orbitalfabriken stark behindert werden.

EXTREMREICHWEITEN-LASER: Bei diesen Waffen handelt es sich um verbesserte Versionen des normalen Lasers, mit überlegenen Fokussier- und Zielerfassungsmechanismen. In der Clan-Ausführung besitzen diese Waffen eine deutlich größere Reichweite als gewöhnliche Laser und erzielen einen etwas höheren Schaden. Allerdings verursachen sie dabei eine um 50% höhere Abwärme. In der Freien Inneren Sphäre befindet sich die ER-Lasertechnologie noch im Entwicklungsstadium. Bisher machen Umfang und Größe der benötigten Ausrüstung eine Anwendung nur bei schweren Lasern möglich. Zudem erreicht der schwere ER-Laser der Freien Inneren Sphäre zwar eine größere Reichweite als ein schwerer Normallaser, der Reichweitengewinn fällt jedoch geringer aus als bei entsprechenden Clan-Waffen, und die Schadenswirkung ist nicht höher als bei einem normalen S-Laser. Die Wärmeentwicklung steigt jedoch ebenso an wie bei einem schweren Clan-ER-Laser.

EXTREMREICHWEITEN-PPK: Ebenso wie bei den Laserwaffen haben die Clans auch eine erheblich verbesserte Version der Partikelprojektorkanone entwickelt. Diese Extremreichweiten-PPK ist kleiner, leichter und leistungsfähiger als die Normalversion, mit größerer Reichweite und höherer Durchschlagskraft. Allerdings ist auch die Wärmeentwicklung erheblich größer, was beim Einsatz dieser Waffe zu einem Problem werden kann. Die Freie Innere Sphäre besitzt ebenfalls eine ER-Version der PPK, diese Waffe ist jedoch weniger hoch entwickelt. Größe und Gewicht entsprechen denen einer Normal-PPK, ebenso wie die Schadenswirkung, während Reichweite und Abwärme in etwa denen der Clan-Version entsprechen.

FERROFIBRIT: Ferrofibritpanzerung ist eine verbesserte Version der normalen BattleMech-/Fahrzeugpanzerung, die aus verwobenen Ferrostahl- und Ferrotitanfasern gefertigt wird. Ebenso wie für Endostahlskelette gilt jedoch, daß Ferrofibrit sperriger ist als die Standardpanzerung desselben Gewichts.

GAUSSGESCHÜTZ: Ein Gaussgeschütz benutzt eine Reihe von Elektromagneten, um ein Projektil durch den Geschützlauf in Richtung des Ziels zu beschleunigen. Obwohl sein Einsatz mit enormem Energieaufwand verbunden ist, erzeugt das Gaussgeschütz nur sehr wenig Abwärme, und die erreichbare Mündungsgeschwindigkeit liegt doppelt so hoch wie bei einer konventionellen Kanone.

HARASSER: Selbstfahrlafette von 25 Tonnen Masse und einer Höchstgeschwindigkeit von 162 km/h, bestückt mit zwei sechsrohrigen KSR-Lafetten.

HURONE: Ein nicht sprungfähiger, humanoider mittelschwerer BattleMech von 50 Tonnen Masse und einer Höchstgeschwindigkeit von 86,4 km/h. Er ist bestückt mit einem Gaussgeschütz im rechten Arm, einem mittelschweren Impulslaser im linken Torso und einem schweren Extremreichweitenlaser im linken Arm.

HUSAR: Ein nicht sprungfähiger, nichthumanoider leichter Mech von 30 Tonnen Masse und einer Höchstgeschwindigkeit von 151 km/h. Er ist bestückt mit einem schweren Extremreichweitenlaser in der Torsomitte.

IMPULSLASER: Ein Impulslaser verwendet einen Hochfrequenz-Hochenergiepuls zur Erzeugung gepulster Laserstrahlen. Der Effekt ist vergleichbar mit MG-Feuer. Diese Konstruktion erhöht die Trefferwahrscheinlichkeit des Laserangriffs und erzeugt einen größeren Schaden pro Treffer, allerdings unter Inkaufnahme erhöhter Hitzeentwicklung und verringerter Reichweite.

INNERE SPHÄRE: Mit dem Begriff ›Innere Sphäre‹ wurden ursprünglich die Sternenreiche bezeichnet, die sich im 26. Jahrhundert zum Sternenbund zusammenschlossen. Derzeit bezeichnet er den von Menschen besiedelten Weltraum innerhalb der Peripherie. Der nicht von den Clans besetzte Teil der Inneren Sphäre wird auch als ›Freie Innere Sphäre‹ bezeichnet.

J. EDGAR: Leichter Schwebepanzer von 25 Tonnen Masse mit einer Höchstgeschwindigkeit von 184 km/h, bestückt mit zwei Zwillings-KSR-Lafetten und einem mittelschweren Laser.

K³-COMPUTER: Das K³-Computersystem (Kommando/Kontrolle/Kommunikation) steht nur Einheiten der Freien Inneren Sphäre zur Verfügung. Es ist für den Einbau in Befehls- oder Scout-Mechs bzw. -Fahrzeuge vorgesehen und soll den Einheitskommandeur bei der Koordination von Aktivitäten auf Lanzen- und Kompanieebene unterstützen, indem es angeschlossenen Einheiten gestattet, das Zielerfassungssystem einer beliebigen anderen Einheit des K³-Netzwerks zu benutzen.

KOMPANIE: Eine Kompanie ist eine militärische Organisationseinheit der Inneren Sphäre, die aus drei BattleMech-Lanzen oder bei Infanteriekompanien aus drei Zügen mit insgesamt 50 bis 100 Mann besteht.

KRIEGERHÄUSER: Die Kriegerhäuser sind ordensartige, nur dem jeweiligen Haus-Meister und Haus Liao loyale Vereinigungen von Elitekriegern in der Konföderation Capella, deren Mitglieder leicht an dem zu ihrer Uniform gehörigen Damdaoschwert erkennbar sind. Kandidaten für die Mitgliedschaft in einem Kriegerhaus werden vom jeweiligen Haus-Meister ab einem Alter von 12 Jahren persönlich ausgewählt. Die Mitgliedschaft gilt als große Ehre. Kriegerhausschüler führen ein Leben in einer abgeschlossenen, eigenen Welt, die bis zu seinem Tod für die Bedürfnisse, die Ausbildung, das Training und das Privatleben eines Mitglieds sorgt. Alle Häuser bemühen sich, ihren Schülern neben spezifischer politischer und militärischer Ausbildung auch grundlegende Philosophie und Disziplin zu vermitteln. In den halbreligiösen Orden werden von jedem Mitglied zahlreiche Eide verlangt, unter anderem persönliche Treueschwüre auf den Staat und die Person des Kanzlers.

KRÖTEN: Die in der freien Inneren Sphäre übliche Bezeichnung für mit Kampfanzügen ausgerüstete Eliteinfanterie, eine zuerst bei den Clans entwickelte Waffengattung. Diese sogenannten Elementare sind wahre Riesen, die speziell für den Einsatz der von den Clans entwickelten Rüstungen gezüchtet werden. Die freie Innere Sphäre ist bei der Entwicklung ähnlicher Gefechtsanzüge deutlich im Hintertreffen, nicht zuletzt, da als Träger dieser Anzüge nur gewöhnliche Menschen zur Verfügung stehen.

KSR: Abkürzung für ›Kurzstreckenrakete‹. Es handelt sich um ungelenkte Raketen mit hochexplosiven oder panzerbrechenden Sprengköpfen.

LANDUNGSSCHIFFE: Da Sprungschiffe die inneren Bereiche eines Sonnensystems generell meiden müssen und sich dadurch in erheblicher Entfernung von den bewohnten Planeten einer Sonne aufhalten, werden für interplanetare Flüge Landungsschiffe eingesetzt. Diese werden während des Sprungs an die Antriebsspindel des Sprungschiffes angekoppelt. Landungsschiffe besitzen selbst keinen Überlichtantrieb, sind jedoch sehr beweglich, gut bewaffnet und aerodynamisch genug, um auf Planeten mit einer Atmosphäre aufzusetzen bzw. von dort aus zu starten. Die Reise vom Sprungpunkt zu den bewohnten Planeten eines Systems erfordert je nach Spektralklasse der Sonne eine Reise von mehreren Tagen oder Wochen.

LANZE: Eine Lanze ist eine militärische Organisationseinheit der Inneren Sphäre, die in der Regel aus vier BattleMechs besteht.

LASER: Ein Akronym für ›Light Amplification through Stimulated Emission of Radiation‹ oder Lichtverstärkung durch stimulierte Strahlungsemission. Als Waffe funktioniert ein Laser, indem er extreme Hitze auf einen minimalen Bereich konzentriert. BattleMechlaser gibt es in drei Größenklassen: leicht, mittelschwer und schwer. Laser sind auch als tragbare Infanteriewaffen verfügbar, die über einen als Tornister getragenen Energiespeicher betrieben werden. Manche Entfernungsmeßgeräte und Zielerfassungssensoren bedienen sich ebenfalls schwacher Laserstrahlen.

LB-X AUTOKANONE: Die LB-X (Large Bore-Extended, Großkaliber-erweiterte Reichweite) Autokanone ist eine verbesserte Version der gewöhnlichen Autokanone, bei der durch den Einsatz leichter, wärmeableitender Legierungen Gewicht und Wärmeentwicklung reduziert worden sind. Die eingesetzten Materialien machen die Waffe teurer als eine gewöhnliche Autokanone, aber die Vorteile wiegen die höheren Kosten auf. Die LB-X kann Bündelmunition abfeuern, die man mit Schrotmunition im BattleMechformat vergleichen kann. Nach Verlassen des Laufs zerfällt eine Bündelgranate in kleinere Geschosse. Dadurch wird die Chance auf einen Glückstreffer erhöht, gleichzeitig jedoch der erzielte Schaden über das gesamte Zielgebiet verteilt statt auf einen Punkt konzentriert. Bündelmunition kann nur in LB-X Autokanonen eingesetzt werden.

LSR: Abkürzung für ›Langstreckenrakete‹, zum indirekten Beschuß entwickelte Raketen mit hochexplosiven Gefechtsköpfen.

MARSHAL: Ein mittelschwerer BattleMech von 55 Tonnen Masse mit einer Höchstgeschwindigkeit von 65 km/h und einer Sprungreichweite von 120 Metern. Er ist bestückt mit einem schweren Laser im rechten Arm, einem mittelschweren Impulslaser und einer fünfrohrigen LSR-Lafette im rechten Torso, einem mittelschweren Laser im linken Arm, einem Flammer in der Torsomitte und zwei Maschinengewehren im linken Torso.

MASKIROVKA: Der Geheimdienst der Konföderation Capella, dessen Name das russische Wort für Finte ist, ging aus einem früheren Geheimdienst namens Deimosis hervor. Die Maskirovka dient gleichzeitig als interner Staatssicherheitsapparat.

MYOMERAKZELERATOR-SIGNALCODIERUNG (MASC): MASC gestattet einem BattleMech kurze Sprints mit normalerweise nicht erreichbarer Geschwindigkeit, was allerdings die Beinaktivatoren in Gefahr bringt. Beim Einsatz der MASC werden die Signale an die künstlichen Myomermuskeln der Mechbeine verstärkt, so daß diese sich schneller an- und entspannen als im Normalfall möglich. Dies erhöht die Geschwindigkeit, aber die Belastung der Aktivatoren und Myomerfasern kann zu einem Totalausfall führen, besonders nach längerem MASC-Einsatz. Die Myomerakzelerator-Signalcodierung wirkt ausschließlich auf die Beinmuskulatur.

NACHFOLGERFÜRSTEN: Die fünf Nachfolgerstaaten werden von Familien regiert, die ihre Herkunft von einem der ursprünglichen Lordräte des Sternenbunds ableiten. Alle fünf Hausfürsten erheben Anspruch auf den Titel des Ersten Lords. Sie kämpfen seit Ausbruch der Nachfolgekriege im Jahre 2786 gegeneinander. Ihr Schlachtfeld ist die riesige Innere Sphäre, bestehend aus sämtlichen einstmals von den Mitgliedsstaaten des Sternenbunds besetzten Sonnensystemen.

NACHFOLGERSTAATEN: Nach dem Zerfall des Sternenbunds wurden die Reiche der Mitglieder des Hohen Rats, die sämtlich Anspruch auf die Nachfolge des Ersten Lords erhoben, unter dem Namen Nachfolgerstaaten bekannt. Die Nachfolgerstaaten bestehen aus derzeit fünf Herrscherhäusern: Haus Kurita (Draconis-Kombinat), Haus Liao (Konföderation Capella), Haus Steiner-Davion (Lyranische Allianz/Vereinigtes Commonwealth) und Haus Marik (Liga Freier Welten). Zusätzlich existieren zur Zeit zwei kleinere Staaten: der am Ende des 4. Nachfolgekriegs von der Konföderation Capella abgespaltene St. Ives-Pakt Haus Allard-Liaos und die einige Jahre später zwischen dem Lyranischen Commonwealth (der heutigen Lyranischen Allianz) und dem Draconis-Kombinat unabhängig gewordene Freie Republik Rasalhaag Haus Magnussons. Hinzu kommen die seit wenigen Jahren in zahllose Klein- und Kleinststaaten zerfallenen Chaos-Marken zwischen Terra und der Konföderation Capella. Die Clan-Invasion unterbrach die Jahrhunderte des Krieges seit 2786 - die Nachfolgekriege - einstweilen. Die Nachfolgerfürsten setzten ihre Streitigkeiten aus, um der Bedrohung durch den gemeinsamen Feind, die Clans, zu begegnen. Die trügerische Ruhe seit Abschluß des Waffenstillstands von Tukayyid hat diese Solidarität jedoch inzwischen sehr brüchig werden lassen, und im Jahre 3057 brechen die Kämpfe innerhalb der freien Inneren Sphäre wieder aus.

NARC-RAKETENBOJE: Das NARC-Raketenbojensystem, kurz auch einfach als NARC-Boje bezeichnet, ist eine weitgehend umgebaute Raketenlafette, die spezielle, als NARC-Module bezeichnete, Raketen abfeuert. Diese verfügen über eine hinter einem Magnetkopf untergebrachte leistungsstarke Funkbake. Trifft die Rakete ihr Ziel, beginnt diese Bake ein Peilsignal für Raketen, die auf das NARC-Signal eingepegelt sind auszustrahlen. Wie das Artemis-IV-System erhöht auch die NARC-Boje die potentielle Zahl von Raketentreffern. Das NARC-System ist dem Artemis IV insofern überlegen, als eine einmal erfaßte Zielpeilung nicht mehr verlorengehen kann. Die Peilbake sitzt am Ziel fest und kann nicht zerstört werden.

PERIPHERIE: Jenseits der Grenzen der Inneren Sphäre liegt die Peripherie, das weite Reich bekannter und unbekannter Systeme, das sich bis in die interstellare Nacht erstreckt. Die einstigen terranischen Kolonien in der Peripherie wurden durch den Zerfall des Sternenbundes technologisch, wirtschaftlich und politisch verwüstet. Derzeit existieren in der Peripherie drei größere Nationalstaaten, die an der Grenze zwischen dem Draconis-Kombinat und dem Vereinigten Commonwealth gelegene Außenweltallianz Haus Avellars, das zwischen dem Vereinigten Commonwealth und der Konföderation Capella gelegene Tauruskonkordat Haus Calderons und das zwischen der Konföderation Capella und der Liga Freier Welten gelegene Magistrat Canopus Haus Centrellas. Der Rest der Peripherie ist größtenteils Zufluchtsort für Banditenkönige, Raumpiraten und Ausgestoßene.

PPK: Abkürzung für ›Partikelprojektorkanone‹, einen magnetischen Teilchenbeschleuniger in Waffenform, der hochenergiegeladene Protonen- oder Ionenblitze verschießt, die durch Aufschlagskraft und hohe Temperatur Schaden anrichten. PPKs gehören zu den effektivsten Waffen eines BattleMechs.

RAKETENABWEHRSYSTEM: Ein Raketenabwehrsystem ist ein Schnellfeuerflak-MG, das anfliegende Raketen selbsttätig verfolgt, unter Beschuß nimmt und vernichtet. Der Hauptnachteil dieses sehr effektiven Defensivsystems ist sein hoher Munitionsverbrauch. Dies gilt für Clan-Anlagen ebenso wie für solche der Freien Inneren Sphäre, allerdings benutzen die Clans Schrapnellmunition, was die Anzahl der Salven pro Tonne Munition verdoppelt.

REGIMENT: Ein Regiment ist eine militärische Organisationseinheit der Inneren Sphäre und besteht aus zwei bis vier Bataillonen von jeweils drei oder vier Kompanien.

SBVS: Die Sternenbund-Verteidigungsstreitkräfte SBVS waren der größte Militärapparat aller Zeiten. Zur Hochzeit des alten Sternenbunds umfaßte die Reguläre Armee fast 15.000 Regimenter, die Raumflotte ebenso viele Kriegsschiffe und Transporter. Die SBVS waren die unangefochtene Macht hinter den Gesetzen des Sternenbunds. Mit Neugründung des Sternenbunds 3058 wurden – hauptsächlich für den Kampf gegen die Clans – auch die SBVS wieder gegründet, allerdings verfügen sie in ihrer neuen Inkarnation nur über Einheiten, die von den Mitgliedsstaaten auf Verlangen des Hohen Rats und/oder des Ersten Lords an den Sternenbund abgestellt wurden.

SCHLANGE: Ein mittelschwerer humanoider BattleMech von 45 Tonnen Masse und einer Höchstgeschwindigkeit von 86,4 km/h sowie einer Sprungreichweite von 150 Metern. Er ist bestückt mit drei Zwillings-Blitz-KSR-Lafetten im linken Torso und einer LB-X-Autokanone/10 im rechten Arm.

SCHWARM-LANGSTRECKENRAKETEN: Schwarm-LSR sind Raketen mit zielsuchenden Mehrfachsprengköpfen, die sowohl das anvisierte Primärziel als auch in dessen Nähe befindliche Einheiten angreifen.

SPLITTERKAPSEL: Splitterkapseln sind gerichtete Minen an den Unterschenkeln eines BattleMechs – also genau dort, wo Infanterie-Mechabwehrtruppen angreifen, um Sprengladungen an den empfindlichen Aktivatormechanismen anzubringen. Wird eine Splitterkapsel ausgelöst, stößt sie eine

Schrapnellwolke mit einem effektiven Radius von 15 Metern aus. Der Effekt gegen Fußtruppen, die sich im Augenblick der Explosion im Wirkungsbereich der Splitterkapsel aufhalten, ist verheerend.

SPRUNGSCHIFFE: Interstellare Reisen erfolgen mittels sogenannter Sprungschiffe, deren Antrieb im 22. Jahrhundert entwickelt wurde. Der Name dieser Schiffe rührt von ihrer Fähigkeit her, ohne Zeitverlust in ein weit entferntes Sonnensystem zu ›springen‹. Es handelt sich um ziemlich unbewegliche Raumfahrzeuge aus einer langen, schlanken Antriebsspindel und einem riesigen Solarsegel, das an einen gigantischen Sonnenschirm erinnert. Das gewaltige Segel besteht aus einem Spezialmaterial, das gewaltige Mengen elektromagnetischer Energie aus dem Sonnenwind des jeweiligen Zentralgestirns zieht und langsam an den Antriebskern abgibt, der daraus ein Kraftfeld aufbaut, durch das ein Riß im Raum-Zeit-Gefüge entsteht. Nach einem Sprung kann das Schiff erst weiterreisen, wenn es durch Aufnahme von Sonnenenergie seinen Antrieb wieder aufgeladen hat.

Sprungschiffe reisen mit Hilfe ihres Kearny-Fuchida-Antriebs in Nullzeit über riesige interstellare Entfernungen. Das K-F-Triebwerk baut ein Raum-Zeit-Feld um das Sprungschiff auf und öffnet ein Loch in den Hyperraum. Einen Sekundenbruchteil später materialisiert das Schiff am Zielsprungpunkt, der bis zu 30 Lichtjahre weit entfernt sein kann.

Sprungschiffe landen niemals auf einem Planeten und reisen nur sehr selten in die inneren Bereiche eines Systems. Interplanetarische Flüge werden von Landungsschiffen ausgeführt, Raumschiffen, die bis zum Erreichen des Zielpunktes an das Sprungschiff gekoppelt bleiben.

SPUK: Ein mittelschwerer humanoider BattleMech von 55 Tonnen Masse und einer Höchstgeschwindigkeit von 118,8 km/h sowie einer Sprungreichweite von 210 Metern. Er ist bestückt mit einem schweren Impulslaser im rechten und zwei mittelschweren Impulslasern im linken Arm.

STERNENBUND: Im Jahre 2571 wurde der Sternenbund gegründet, um die wichtigsten nach dem Aufbruch ins All von Menschen besiedelten Systeme zu vereinen. Der Sternenbund existierte annähernd 200 Jahre, bis 2751 ein Bürgerkrieg ausbrach. Als das Regierungsgremium des Sternenbunds, der Hohe Rat, sich in einem Machtkampf auflöste, bedeutete dies das Ende des Bundes. Jeder der Hausfürsten rief sich zum neuen Ersten Lord des Sternenbunds aus, und innerhalb weniger Monate befand sich die gesamte Innere Sphäre im Kriegszustand. Dieser Konflikt hielt drei Jahrhunderte, bis zum Überfall durch die Clans, an. Die Jahrhunderte nahtlos ineinander übergehender Kriege werden in toto als die ›Nachfolgekriege‹ bezeichnet. Erst die Gefahr durch die Clan-Invasion führte 3058 bei der ersten Whitting-Konferenz auf Tharkad zur Neugründung des Sternenbunds und zur – auf vier Jahre befristeten – Wahl des capellanischen Kanzlers Sun-Tzu Liao zum neuen Ersten Lord.

ST. IVES-PAKT: Bevor diese Nation gegen Ende des 4. Nachfolgekrieges entstand, war sie als Kommunalität St. Ives Teil der Konföderation Capella. Vorher wie nachher wurden die 18 Systeme dieses Staates von Candace Liao regiert, der ältesten Tochter und bis zu diesem Zeitpunkt voraussichtlichen Thronerbin des capellanischen Kanzlers Maximilian Liao, die sich von der Konföderation Capella lossagte und Justin Xiang Allard heiratete, einen engen Vertrauten Hanse Davions, den sie kennen- und liebengelernt hatte, während er mit einem Geheimauftrag den capellanischen Geheimdienst Maskirovka unterwanderte. Ihr kleines Reich ist eng mit dem Vereinigten Commonwealth verbunden, dessen Streitkräfte mehrere Regimenter zu seiner Verteidigung beitragen.

STURM: Ein schwerer humanoider BattleMech von 65 Tonnen Masse und einer Höchstgeschwindigkeit von 65 km/h sowie einer Sprungreichweite von 120 Metern. Er ist bestückt mit drei mittelschweren Lasern am Kopf und in der Torsomitte, einer sechsrohrigen KSR-Lafette am linken Torso, einem schweren Impulslaser im linken Arm und einem Gaussgeschütz im rechten Arm.

TODESKOMMANDOS: Die Todeskommandos sind eine ursprünglich von Kanzler Maximilian Liao gegründete capellanische Eliteeinheit außerhalb der üblichen Rangstruktur des Capellanischen Heeres, deren handverlesene Mitglieder bei Eintritt in die Einheit einen Bluteid auf die Person des Kanzlers leisten und ihr Leben der Eliminierung aller Feinde seiner Person (und damit der Konföderation Capella) widmen. Die Todeskommandos erhalten besondere Ausrüstung und Waffen. Zu ihren Missionen zählen neben

Infiltration und Zerstörungsaktionen hinter den feindlichen Linien auch die Sabotage gegnerischer Kommunikationszentren, Attentate auf politische Gegner sowie Geiselnahme und Terroranschläge gegen feindliche Städte. Neben ihrer Kampfausbildung erlernen ihre Mitglieder Spionage, Kryptographie, planetare Gesellschaftsstrukturen und Politik, die Anwendungen von Giftstoffen und archaischen Waffen sowie deren Improvisation.

TOTSCHLÄGER: Ein mittelschwerer BattleMech von 45 Tonnen Masse mit einer Höchstgeschwindigkeit von 64,8 km/h und einer Sprungreichweite von 120 Metern. Er ist bestückt mit zwei schweren Extremreichweitenlasern in den Armen und zwei Zwillings-Blitz-KSR-Lafetten im Torso.

ULTRA-AUTOKANONE: Mit einem kurzen, glatten Lauf, einem modifizierten Kammermechanismus, einer Schnelladevorrichtung und spezieller Munition ist die ursprünglich von den Clans entwickelte und erst seit kurzem auch in der Freien Inneren Sphäre eingeführte Ultra-Autokanone eine weit vielseitigere Waffe als die üblichere normale AK. Die Clans besitzen Ultra-Autokanonen in allen Standardgrößen, die sämtlich in Gewicht und Hitzeentwicklung den Standardmodellen entsprechen, aber ein verbessertes Leistungsprofil besitzen, das zu reduzierter Minimal- und erhöhter Maximalreichweite führt und das Feuern mit normaler oder doppelter Feuergeschwindigkeit gestattet. Die Ultra-AK-Modelle der Nachfolgerstaaten sind weit effizienter als eine Standard-AK, aber bei weitem nicht so technisch fortgeschritten wie die Clan-Waffen.

VICTOR: Ein überschwerer BattleMech von 80 Tonnen Masse mit einer Höchstgeschwindigkeit von 64,8 km/h und einer Sprungreichweite von 120 m. Er ist bestückt mit einem Gaussgeschütz im rechten Arm, zwei mittelschweren Impulslasern im linken Arm und einer vierrohrigen KSR-Lafette im linken Torso.

WÄCHTER-ECM-STÖRSENDER: Der Wächter-ECM-Störsender ist eine Breitband-Stör- und ECM-(Electronic Countermeasure) Phalanx, die darauf ausgerichtet ist, die Wirkung gegnerischer Langstreckenortungs- und -überwachungsapparaturen zu reduzieren.

WAFFENSTILLSTAND VON TUKAYYID: Der Waffenstillstand von Tukayyid hat eine fünfzehnjährige Waffenruhe zwischen den Clans und der Inneren Sphäre begründet. Khan Ulric Kerensky, ilKhan der Clans, vereinbarte mit dem Präzentor Martialum ComStars, Anastasius Focht, auf dem Planeten Tukayyid eine Entscheidungsschlacht. Bei einem Sieg der Clans verpflichtete sich ComStar, ihnen Terra auszuhändigen, bei einem Sieg ComStars verpflichteten sich die Clans zu einem fünfzehnjährigen Waffenstillstand. Der nach einem überwältigenden Sieg der ComGuards auf Tukayyid unterzeichnete Vertrag etablierte eine Grenzlinie, die durch den Planeten Tukayyid verläuft. Die Clans dürfen diese Grenzlinie bis zum Ablauf des Waffenstillstands nicht überschreiten.

WEGWERFLAFETTEN: Gelegentlich sind Fahrzeuge und BattleMechs mit Wegwerfversionen einer Standardraketenlafette ausgerüstet. Solche Lafetten benötigen keinen Munitionsvorrat, da sie bereits fertig geladen montiert werden und keinen Nachlademechanismus besitzen. Sie entsprechen in allen sonstigen Leistungsmerkmalen den normalen Systemen der betreffenden Version und Munition.

XL-(EXTRALEICHT-)REAKTOR: Fortschritte in der Abschirmungstechnologie für Fusionsreaktoren haben es möglich gemacht, Standardreaktoren nachträglich mit neuen, leichteren Abschirmungen zu versehen, die das Reaktorgewicht erheblich verringern. Allerdings sind diese extraleichten Reaktoren weit sperriger als die kompakter gebauten Standardmodelle und dadurch bei einem Bruch der Torsopanzerung anfälliger für Beschädigungen. Die Clan-Versionen der XL-Reaktoren sind jedoch deutlich kleiner als die bisher in der Freien Inneren Sphäre entwickelten Maschinen.

YU HUANG: Ein überschwerer BattleMech von 90 Tonnen Masse und einer Höchstgeschwindigkeit von 65 km/h sowie einer Sprungreichweite von 120 Metern. Er ist bestückt mit einer großkalibrigen LB-X-Autokanone/20 im rechten Arm, einer Extremreichweiten-PPK, zwei mittelschweren Lasern und einem mittelschweren Impulslaser im linken Arm sowie einer zehnrohrigen LSR-Lafette im Torso.

ZUG: Ein Zug ist eine militärische Organisationseinheit der Inneren Sphäre, die typischerweise aus etwa achtundzwanzig Mann besteht. Ein Zug kann in zwei Abteilungen aufgeteilt werden.

Yu Huang

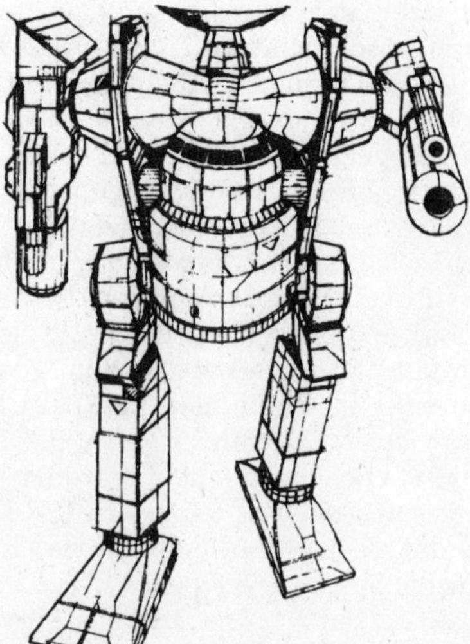

JägerMech

Spuk

Stadtkoloss

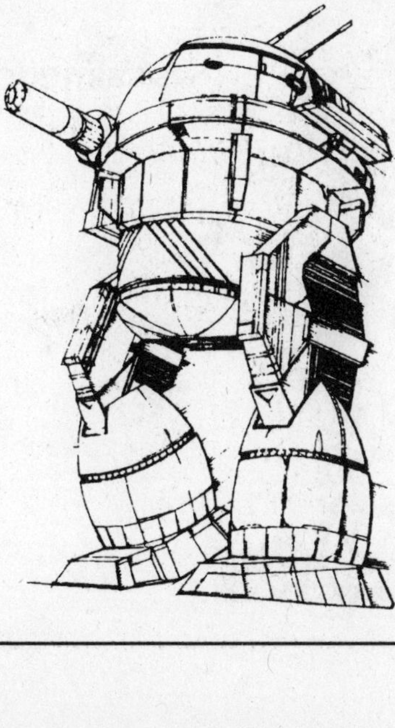

Cataphract

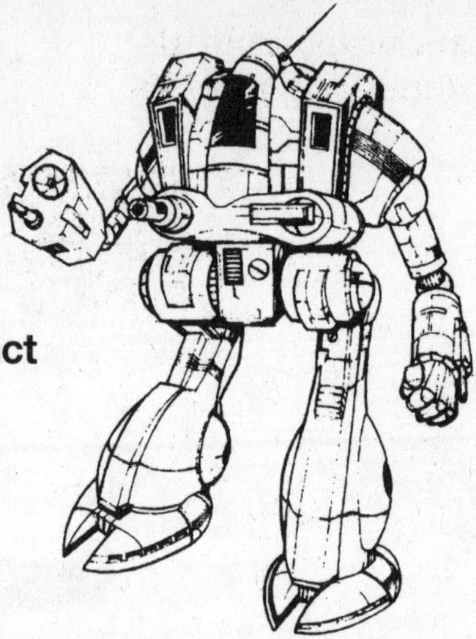

Quasimodo

Landungsschiff der Lung-Wang-Klasse

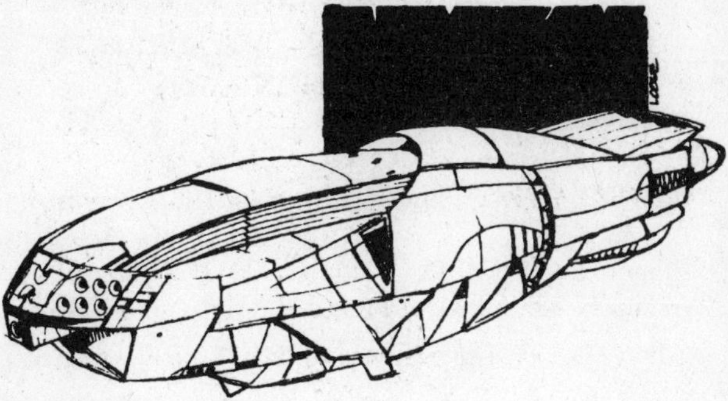

Landungsschiff der Invasor-Klasse

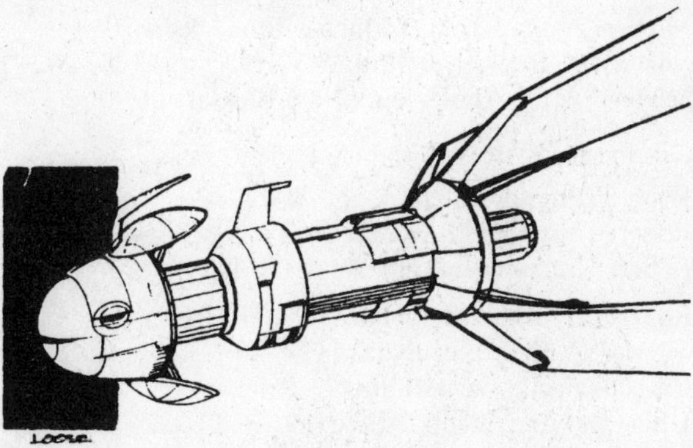

BATTLETECH®

Vom Battletech®-Zyklus erschienen in der Reihe
HEYNE SCIENCE FICTION & FANTASY

DIE GRAY DEATH-TRILOGIE:

William H. Keith jr.: Entscheidung am Thunder Rift · 06/4628
William H. Keith jr.: Der Söldnerstern · 06/4629
William H. Keith jr.: Der Preis des Ruhms · 06/4630

Ardath Mayhar: Das Schwert und der Dolch · 06/4686

DIE WARRIOR-TRILOGIE:

Michael A. Stackpole: En Garde · 06/4687
Michael A. Stackpole: Riposte · 06/4688
Michael A. Stackpole: Coupé · 06/4689

Robert N. Charrette: Wölfe an der Grenze · 06/4794
Robert N. Charrette: Ein Erbe für den Drachen · 06/4829

DAS BLUT DER KERENSKY-TRILOGIE:

Michael A. Stackpole: Tödliches Erbe · 06/4870
Michael A. Stackpole: Blutiges Vermächtnis · 06/4871
Michael A. Stackpole: Dunkles Schicksal · 06/4872

DIE LEGENDE VOM JADEPHÖNIX-TRILOGIE:

Robert Thurston: Clankrieger · 06/4931
Robert Thurston: Blutrecht · 06/4932
Robert Thurston: Falkenwacht · 06/4933

Robert N. Charrette: Wolfsrudel · 06/5058
Michael A. Stackpole: Natürliche Auslese · 06/5078
Chris Kubasik: Das Antlitz des Krieges · 06/5097
James D. Long: Stahlgladiatoren · 06/5116
J. Andrew Keith: Die Stunde der Helden · 06/5128

BATTLETECH®

Michael A. Stackpole: Kalkuliertes Risiko · 06/5148
Peter Rice: Fernes Land · 06/5168
James D. Long: Black Thorn Blues · 06/5290
Victor Milan: Auge um Auge · 06/5272
Michael A. Stackpole: Die Kriegerkaste · 06/5195
Robert Thurston: Ich bin Jadefalke · 06/5314
Blaine Pardoe: Highlander Gambit · 06/5335
Don Philips: Ritter ohne Furcht und Tadel · 06/5358
William H. Keith jr.: Pflichtübung · 06/5374
Michael A. Stackpole: Abgefeimte Pläne · 06/5391
Victor Milan: Im Herzen des Chaos · 06/5392
William H. Keith jr.: Operation Excalibur · 06/5492
Victor Milan: Der schwarze Drache · 06/5493
Blaine Pardoe: Der Vater der Dinge · 06/5636
Nigel Findley: Höhenflug · 06/5655
Loren Coleman: Blindpartie · 06/5886
Loren Coleman: Loyal zu Liao · 06/5893
Blaine Pardoe: Exodus · 06/6238
Michael Stackpole: Heimatwelten · 06/6239
Thomas Gressman: Die Jäger · 06/6240
Robert Thurston: Freigeburt · 06/6241
Thomas Gressman: Feuer und Schwert · 06/6242
Thomas Gressman: Schatten der Vernichtung · 06/6299
Michael Stackpole: Der Kriegerprinz · 06/6243
Robert Thurston: Falke im Aufwind · 06/6244

DIE CAPELLANISCHE LÖSUNG:

Loren Coleman: Gefährlicher Ehrgeiz · 06/6245
Loren Coleman: Die Natur des Kriegers · 06/6246 (in Vorb.)